Karpfhamer Katz

Ingrid Werner stammt aus München und hat sich mit ihren Berufen Juristin, Heilpraktikerin, Malerin und Mutter optimal auf das Schreiben von Karin-Schneider-Krimis vorbereitet. Bis jetzt sind bei Emons die Kriminalromane »Niederbayerische Affären«, »Unguad« und »Karpfhamer Katz« erschienen. Daneben ist die Autorin in mehreren Anthologien mit Kurzgeschichten vertreten und selbst Herausgeberin einer Krimi-Anthologie. Sie wohnt mit Familie und Hund im niederbayerischen Rottal.
www.werner-ingrid.de

INGRID WERNER

Karpfhamer Katz

NIEDERBAYERN KRIMI

emons:

Bibliografische Information der Deutschen Nationalbibliothek
Die Deutsche Nationalbibliothek verzeichnet diese Publikation in der Deutschen Nationalbibliografie; detaillierte bibliografische Daten sind im Internet über http://dnb.d-nb.de abrufbar.

FSC
www.fsc.org
MIX
Papier aus verantwortungsvollen Quellen
FSC® C083411

Umschlagmotiv: © mauritius images/imageBROKER/Hans Lippert
Umschlaggestaltung: Tobias Doetsch
Gestaltung Innenteil: César Satz & Grafik GmbH, Köln
Lektorat: Carlos Westerkamp
Druck und Bindung: CPI – Clausen & Bosse, Leck
Printed in Germany 2016
Erstausgabe 2014
ISBN 978-3-95451-383-3
Niederbayern Krimi
Aktualisierte Neuauflage

Für Antonia, Felicitas und Xenia

1

Donnerstag

»Mörder! Alles Mörder!« Direkt hinter uns poltert es, und die Bremsen eines Autos quietschen.

Wir springen zur Seite und drücken uns an die Hausmauer. Eine gute Entscheidung. Keine Sekunde danach rumpelt ein hellblauer VW Käfer mit den Vorderreifen auf den Bürgersteig und stoppt knapp neben unseren Füßen. Der Motor stirbt ab, ein derber Fluch dringt aus dem offenen Fenster. Dann wird die Tür aufgerissen, und die Reitmeier Rosi stürmt heraus. Ihre graubraunen Haare stehen wirr vom Kopf ab, und sie zerrt einen länglichen Gegenstand hinter sich her.

»Mörder«, schreit sie wieder und stürzt auf uns zu.

Meine Freundin Isabell, obwohl einen Kopf größer als ich, schiebt sich hinter mich. Sie umklammert meinen Oberarm. »Du meine Güte«, flüstert sie.

Rosi bleibt schnaufend vor uns stehen, zieht das Ding in die Höhe und schwingt es vor meinem Gesicht hin und her.

»Schau's dir an, Karin«, ruft sie, und ihre Stimme überschlägt sich. »Der Zauner hat die Mimi umbracht.«

Mein Blick gleitet von ihren rotfleckigen Wangen hinüber zu ihrer schwieligen Faust und hinunter auf das Ding. Mein Gott! An einem auffallend kurzen Schwanz baumelt eine getigerte Katze. Ich schlucke. Das arme Tier ist offensichtlich tot. Ein Stück seiner rosa Zunge ragt aus dem Maul, und auf einen seiner Augäpfel setzt sich gerade eine Fliege. Mich schüttelt es.

Hinter mir haucht Isabell: »Oh, die arme Katze. Was ist denn passiert?«

»Der Zauner war's«, giftet die Reitmeierin. »Ich hab's ja schon immer gesagt. Der Zauner bringt noch meine Katzen um. Und jetzt ist es geschehen. Ich war auf der Polizei. Hab dem Grieshuber die Mimi hingehalten und gesagt, dass der Zauner wieder seinen Dreck auf meinen Grund geschmissen hat, und sie hat's aufgefressen, das elende Viech. Aber der hat nur den Kopf geschüttelt. Immer nur den Kopf geschüttelt. So ein sturer Hammel, ein sturer.« Ihre Stimme bebt vor Zorn.

Ich streiche meine Locken aus der Stirn und seufze. »Rosi«, fange ich an, aber ich komme nicht weit.

»Der Zauner war's«, ruft sie über unsere Köpfe hinweg und hält die Katze hoch.

Ich drehe mich um. Ein älteres Ehepaar ist in einiger Entfernung stehen geblieben und sieht unsicher zu uns herüber. Ich kenne sie nicht. Wahrscheinlich Kurgäste aus dem nahen Bad Griesbach, die sich den historischen Platz von Kirchmünster anschauen wollen. Er ist ja auch pittoresk, unser Kirchplatz, mit den bunten Fassaden der Stadthäuser und den gewaltigen Kastanienbäumen. Im Moment jedoch haben sie dafür keinen Blick. Auf der anderen Seite kommen ebenfalls Leute heran und stecken ihre Köpfe zusammen. Wir haben gute Chancen, zum heutigen Tagesgespräch zu werden.

Zu allem Überfluss ist auch noch der Schulbus im Begriff, die Haltestelle anzufahren. Gleich wird es hier von Kindern wimmeln, die schreiend die tote Katze entdecken.

»Rosi«, wiederhole ich energischer als zuvor. »Es ist wirklich furchtbar, was mit der Mimi passiert ist.« Ohne die Reitmeier Rosi aus den Augen zu lassen, nehme ich die Bücher, die ich gekauft habe, aus der Plastiktüte und drücke sie Isabell in die Hand.

»Ganz schrecklich«, fahre ich fort. »Aber vom Rumschreien wird sie nicht wieder lebendig. Willst du sie nicht besser beerdigen?« Ich schüttle die Tüte auf und halte sie unter die Katze. »Die Mimi würde bestimmt lieber unter dem Holunderbusch liegen, als hier in der Sonne herumgezogen zu werden. Meinst du nicht?«

Ich stülpe die Tüte von unten über den toten Körper und nicke der Rosi auffordernd zu. Mit wildem Blick fixiert sie mein Gesicht. Ich bemühe mich, sie anzulächeln und freundliche Entschlossenheit auszustrahlen. So stehen wir uns eine Weile gegenüber. Ich höre das Zischen der sich öffnenden Bustüren, verstärke mein Lächeln und habe Glück. Tränen glitzern in ihren Augen, und die Katze plumpst in den Beutel.

»Gut.« Erleichtert nehme ich die Tasche in die eine Hand, fasse Rosi am Ellbogen und drehe sie Richtung Auto. Ich schöpfe bereits Hoffnung, dass ich die unselige Situation schnell und glimpflich beenden kann. Aber ich habe Rosi unterschätzt. So schnell gibt sie nicht auf.

Sie wischt meine Hand von ihrem Arm und packt stattdessen meine Schultern. »Karin. Du kennst doch die ganze Geschicht. Der Zauner, der Mistkrippi, traktiert mich jedes Jahr. Es nimmt einfach kein End.«

»Rosi«, versuche ich, sie zu unterbrechen. Es bleibt bei dem Versuch.

»Und du wirst seh'n, jetzt beim Karpfhamer geht's auch wieder los mit der Stehlerei.« Sie beugt sich näher zu mir herüber und reißt ihre Augen auf. »Er hat eine ganze Bande, und er ist der Chef. Handtaschen«, zischt sie und nickt. »Glaub's mir. Handtaschen.«

In gebührendem Abstand verfolgen die Passanten das Geschehen. Sie tuscheln. Die Worte »Zauner« und »Handtaschendieb« spitzen aus dem Gemurmel heraus. Wenn die Rosi nicht aufpasst, hat sie gleich noch eine Anzeige wegen übler Nachrede am Hals. Wäre ja nicht die erste.

Ich neige mich zu ihr und sage leise: »Rosi, du bist jetzt aufgebracht. Sag nichts Unüberlegtes.« Ich hebe abwehrend die Hände, weil sie schon wieder den Mund öffnet, und spreche schnell weiter. »Es ist eine schwere Zeit für dich. Das Volksfest macht dir zu schaffen, erst der Aufbau, dann die vielen Leute.«

»Und dieser Krach!«, plärrt sie. »Den ganzen Tag und die ganze Nacht.«

Ich lege meine Hand auf ihren Arm. »Ja, ich weiß. Vielleicht solltest du mal wieder zu mir kommen. Dann üben wir zusammen autogenes Training. Zur Beruhigung.« Zwar habe ich dazu überhaupt keine Lust – ich erinnere mich mit Grausen daran, wie sie damals fast meinen Entspannungskurs mit ihrem Mitteilungsbedürfnis hätte platzen lassen –, aber ich halte es für meine Pflicht, es ihr anzubieten. Schließlich bin ich Psychotherapeutin geworden, um den Menschen zu helfen.

Rosi beutelt sich jedoch wie ein Hund. »Ich brauch kein

autogenes Training«, ruft sie. »Ich bin ganz ruhig. Aber helfen könnst mir schon. Du …«, dabei pikt sie mir mit dem Zeigefinger in den Brustkorb, »du hast doch schon so viel aufgeklärt. Die ganzen Morde und das andere Zeug. Spionier dem Zauner hinterher. Du find'st bestimmt was. Dann kommt er ins Gefängnis, und ich hab endlich mei Ruh.«

Ich bin sprachlos.

»Na, was sagst? Das wär doch was für dich. Ha?«

Langsam lasse ich die Luft aus meinen Backen entweichen. Ideen hat die! Den Zahn muss ich ihr allerdings gleich ziehen. Ich lasse mich nicht für ihre Spinnereien einspannen!

»Nein, Rosi, das mache ich nicht.« Ich sehe sie ernst an. »Der Zauner ist ein unbescholtener Bürger. Er kann nichts dafür, dass er auf dem Karpfhamer sein Festzelt genau neben deinem Hof stehen hat. Lass du ihn endlich in Ruhe, dann hast selber auch deine Ruh.« Klare Worte können nicht schaden.

»Pah, dann mach halt nichts. Du wirst schon noch sehen, dass ich recht hab.« Damit reißt sie mir die Tüte aus der Hand und läuft zu ihrem Auto. Der Motor heult auf, das Getriebe knirscht, dann holpert der alte Käfer vom Bürgersteig, drängelt sich in den Verkehr und rast davon.

Ich atme auf. Die Leute lachen und gehen weiter. Ein gut aussehender Mann mit grauen Schläfen lächelt mir zu und hält den Daumen nach oben. Ja, ich bin seiner Meinung. Ich habe mich prima geschlagen.

»Was war denn das?« Isabell tritt neben mich und wirft ihre langen dunklen Haare nach hinten.

»Das war Rosi«, antworte ich.

Das ältere Ehepaar kommt langsam näher. Die Frau hat sich bei ihrem Mann untergehakt und macht immer noch einen ängstlichen Eindruck.

»Sagen Sie«, spricht er mich an, »sollten wir nicht lieber die Polizei rufen? Diese Frau war ja nicht ganz bei Sinnen.«

»Nicht nötig«, ich winke ab. Das fehlt mir gerade noch, mich mit dem Grieshuber wegen der Reitmeierin herumschlagen zu müssen. Ich setze mein treuherziges Gesicht auf. »Wir haben nur für ein Stück geprobt. Laienschauspielgruppe, wissen Sie.«

»Ah so.« Die beiden nicken. Nun taut auch die Frau auf. »Das ist ja interessant«, meint sie. »Wie heißt das Stück denn?«

»Die Karpfhamer Katz«, sage ich und kann mir ein Grinsen nicht verkneifen.

»Ein kurioser Name. Wird es denn bald aufgeführt?« Offenbar sind die beiden kulturbeflissen.

Ich wiege meinen Kopf hin und her. »Das steht noch nicht fest. Ich wünsche Ihnen einen angenehmen Aufenthalt im Rottal.« Schnell nehme ich Isabell bei der Hand und ziehe sie über die Straße zur Kirche hinüber.

Als wir außer Hörweite sind, bleibt meine Freundin stehen. »Karin, sag mal, den beiden hast du jetzt aber einen Bären aufgebunden, oder?«

Ich lache. »Natürlich. Was denkst denn du?«

Sie sieht mich tadelnd an und schüttelt den Kopf. »Aber wie kannst du darüber nur deine Witze machen? Die arme Katze. Es ist doch schlimm, wenn jemand Katzen vergiftet.«

»Natürlich. Aber ich glaube nicht, dass sie vergiftet worden ist. Die Reitmeier Rosi hat mindestens dreizehn Katzen, und da kann es schon vorkommen, dass eine stirbt.«

»Dreizehn Katzen?«, wiederholt Isabell.

Ich nicke. »Du kennst die Rosi nicht. Sie ist etwas sonderbar.«

»Na, das hab ich auch gerade gemerkt«, meint Isabell.

»Ja, die Rosi spinnt halt ein bisschen. Das eben war ein schönes Beispiel. Eigentlich darf ich nicht darüber reden, aber nur so viel: Vor zwei Jahren ungefähr war Rosi bei mir in Behandlung. Wegen ihrer Nervosität, wie sie sich ausgedrückt hat. Obwohl sie in Rente ist, seit Langem erwerbsunfähig, wenn ich das richtig im Kopf habe, war sie im Dauerstress. Und wie wir gerade gesehen haben, ist sie das zumindest um das Karpfhamer herum immer noch. Ich hab die Behandlung damals beendet. Sie war die anstrengendste Klientin, die ich jemals hatte. In jeder Sitzung ist sie über einen ihrer Bekannten hergezogen. Sie wusste über jeden etwas Schlechtes. Irgendwann hab ich ihr keine Termine mehr gegeben. Für ihre Tratscherei musste sie sich jemanden anderen suchen.«

Ich zeige Richtung Trachtengeschäft, das in der Volksfestzeit *der* Einkaufsmagnet in Kirchmünster ist. Die Leute geben sich quasi gegenseitig die Türklinke in die Hand. Tracht ist in und ein absolutes Muss für einen zünftigen Festbesuch. »Komm, lass uns jetzt endlich zu den Münchhamers gehen und dir ein Dirndl kaufen. Du sollst anständig angezogen sein fürs Karpfhamer.« Ich eile voran.

»Okay. Aber meinst du nicht, dass die Katze –«

»Nein, meine ich nicht. Jetzt komm. Vergiss es einfach.«

***

Die Glocke bimmelt, als ich die Tür des Geschäftes aufdrücke.

»Ja, Frau Schneider«, begrüßt mich sofort Vroni Münchhamer, und ihre Schwester Hilde winkt uns aus den Tiefen des Ladens zu. Die beiden sind Anfang sechzig und mit Leib und Seele Trachtenschneiderinnen. Sie haben den Laden von ihrer Mutter übernommen, und nach einer Zeit der Dürre, in der nur sehr traditionsbewusste Frauen an hohen Festtagen im Dirndl gingen, floriert nun das Geschäft. Selbst ich habe mich von der wieder auflebenden Trachtenbegeisterung anstecken lassen und letztes Jahr mein erstes Dirndl seit Langem bei ihnen erworben. Als Kind in München hatte ich mal eins, doch in späteren Jahren wäre es mir nicht im Traum eingefallen, so etwas auch nur in meinen Kleiderschrank zu hängen. Aber was soll ich sagen? Ich fühle mich wohl darin. Man ist einfach gut angezogen. Letzte Woche habe ich dann noch ein zweites gekauft. Und jetzt schleppe ich meine Freundin hier herein. Damit zähle ich mich zu den Stammkundinnen.

Beide Münchhamerinnen sind beschäftigt. Hilde zupft bei einer Frau mit blonder Hochsteckfrisur und auffallend großem Mund am Saum einer lila Kreation herum. Die grasgrüne Schürze finde ich mehr als gewagt dazu. Auf den ersten Blick macht die Frau einen zu steifen Eindruck, als dass so ein Hingucker überhaupt in Frage käme.

Vroni schlichtet ein Rottaler Dirndl mit rotem Mieder und hellblauer Schürze in eine große Papiertasche und geleitet die Kundin zu Tür. Dann dreht sie sich zu uns um. »Wie schön, dass Sie vorbeischauen, Frau Schneider. Haben Sie in Ihrem Schrank noch ein Platzerl für ein drittes G'wand gefunden?«

Ich winke ab. »Nein, nein. Heuer nicht mehr. Vielleicht nächstes Jahr. Aber ich hab Ihnen hier meine Freundin Isabell Chiara mitgebracht. Die braucht dringend eins.«

»Ah, die Frau Chiara, grüß Sie Gott.« Vroni Münchhamer schüttelt Isabell die Hand. »Sie sind die Künstlerin, die im Schloss ein Atelier hat, gell?«

Isabell nickt. »Ja, im KUSS. Aber ich bin dort Gott sei Dank nicht allein. Ich hab sehr nette Kollegen.«

»Was heißt jetzt KUSS gleich wieder?«, fragt Vroni.

»Kunst im Schloss«, antworten wir gleichzeitig und lachen.

»Ja, freilich, Kunst im Schloss. Sehr schön. Und was kann ich jetzt für Sie tun?«

Meine Freundin lässt ihren Blick über die Kleiderstangen gleiten, an denen Dirndl an Dirndl hängen. In allen Farben und Größen. In kurz oder lang. Daneben passende Strickwesten oder auch die Lederhose für die Dame. Isabell schaut Frau Münchhamer unschlüssig an.

»Haben Sie etwas in Orange?«, fragt sie.

»Orange?« Sollte dieses Ansinnen Erstaunen bei der Trachtenexpertin ausgelöst haben, so merkt man es ihr nicht an.

»Ja, oder in Gelb«, ergänzt Isabell.

»Aber natürlich haben wir auch etwas in diesen Farben. Ich nehme an, Größe achtunddreißig.« Die Verkäuferin lässt einen professionellen Blick über Isabells Figur fliegen und zieht dann ein Kleid in sattem Gelbton hervor, an dem eine gelborangefarbene Schürze flattert.

»Wow«, entfährt es Isabell. Sie liebt bunt. Das kann man auch an ihren Bildern ablesen. Meistens malt sie großformatige Sonnen, von denen eine in meiner Praxis hängt und positive Energie ausstrahlt.

»Die Kabinen sind dort hinten, wenn Sie es anprobieren möchten.« Frau Münchhamer weist in den hinteren Teil des Ladens, und Isabell verschwindet hinter dem Vorhang.

Die blonde Frau hat das lilafarbene Kleid gegen ein vornehmes Modell in Dunkelblau vertauscht, das eindeutig besser zu ihrem Typ passt. Finde ich zumindest. Irgendwoher kenne ich sie. Dieser Gegensatz von leidenschaftlich vollen Lippen und offensichtlicher Zugeknöpftheit ist mir schon früher aufgefallen. Aber ich komme im Moment nicht darauf.

»Vorhin hatte die Reitmeierin wieder ihren Auftritt.« Frau Münchhamer grinst mich verschmitzt an. Ich wundere mich, woher sie das denn schon wieder weiß. Dann sehe ich jedoch aus ihrem Schaufenster und verstehe. Von hier aus hat man einen prima Blick auf die gegenüberliegende Seite des Kirchplatzes, an der vor ein paar Minuten ein alter Käfer nicht vorschriftsmäßig geparkt hat.

»Na ja.« Ich zucke mit den Schultern. »Sie hat's halt auch schwer, so direkt neben der Festwiese. Mir würde es auch nicht gefallen, wenn Hunderttausende an meinem Garten vorbeilaufen und mir beim Rasenmähen zuschauen.«

»Die spinnt, das ist alles«, kommentiert die blonde Frau mit einem strengen Zug um den Mund. Ohne eine Erwiderung abzuwarten, dreht sie sich zum Spiegel zurück.

»Aha.« Mehr fällt mir dazu nicht ein.

»Kennen Sie sich?«, fragt Frau Münchhamer. »Das ist Frau Ilzdorfer. Frau Schneider.« Mit gedämpfter Stimme sagt sie: »Ihrem Mann gehört die Ilzdorf-Brauerei.« Und ich kann hören, wie im selben Moment Hilde Münchhamer zu Frau Ilzdorfer flüstert: »Sie hat doch die Morde aufgeklärt.«

Jetzt fällt mir auch wieder ein, warum sie mir bekannt vorkommt. Ich gehe ein paar Schritte in ihre Richtung und sage: »Wir kennen uns vom Elternabend, nicht wahr? Unsere Kinder gehen in dieselbe Klasse, in die 9b. Meine Tochter heißt Susanne und Sie haben einen Sohn, den …« Ich überlege, ob Susa schon mal seinen Namen erwähnt hat. Wohl nicht.

»Stefan«, spricht sie in den Spiegel.

»Genau. Den Stefan.« Von einem Stefan hat Susa sicherlich noch nie etwas erzählt. Dann muss er zu den nicht so angesagten Jungs gehören. Egal. »Wie geht's ihm denn in Chemie? Versteht er was? Meine Tochter tut sich ja damit ein bisschen schwer, und der Lehrer, der Meier, muss auch nicht so gut sein.«

Wenn ich dachte, auf diese Weise mit der Frau Ilzdorfer ins

Gespräch zu kommen, habe ich mich geirrt. Sie dreht sich noch nicht einmal zu mir um, sondern spricht wieder in den Spiegel, und ihr Gesicht drückt keinesfalls freundliche Anteilnahme aus. In dezidiertem Tonfall erklärt sie: »Der Stefan ist sehr gut in der Schule.« Dann verschwindet sie in der Umkleidekabine. So ein arrogantes Weib!

Aber ich habe nicht viel Zeit, mich länger über sie aufzuregen, denn in diesem Moment gleitet der Vorhang der anderen Kabine zur Seite und der Raum erstrahlt in Gelborange. Isabell tanzt auf uns zu.

»Ich fühle mich wundervoll«, flötet sie und dreht sich im Kreis. Einer Sonnenblume gleich wirbelt sie über den Teppich. »Ganz phantastisch.«

»Hab ich dir ja gesagt.« Ich bin froh, dass ich insistiert und recht behalten habe. Ein Dirndl hat was! Die Farbe ist zwar gewöhnungsbedürftig, aber wenn das der Preis dafür ist, dass sie ordentlich ausgestattet mit mir aufs Karpfhamer geht, muss ich eben ein Auge zudrücken. Mit nur einem Auge ist der Farbschock auch nicht mehr ganz so extrem.

»Toll siehst du aus«, sage ich, und Frau Münchhamer fällt sofort ein: »Sie können das tragen. Da sieht man sofort, dass Sie Künstlerin sind. Sie werden allen die Schau stehlen, Frau Chiara.«

Isabell bewundert sich im Spiegel und fasst spielerisch ihre Haare nach oben zusammen. Frau Hilde hat Frau Ilzdorfer verabschiedet und gesellt sich zu uns. Sie schlägt begeistert die Hände vor ihrem Mieder aneinander. »Sehr kleidsam, Frau Chiara, und ja, eine Hochsteckfrisur, vielleicht geflochten, und hier, darf ich«, sie beugt sich vor und zupft an Isabells Haaren, »ein paar kleine Strähnen, perfekt.« Frau Hilde tritt zurück und bestaunt ihr Werk. Ihre Schwester verströmt ebenfalls vollste Zufriedenheit.

»Ich nehm's«, verkündet meine Freundin und erntet rundherum zustimmendes Nicken. »Am liebsten würd ich es ja gleich anlassen. Aber ich muss noch mal ins Atelier.« Sie vollführt zum Abschluss eine Pirouette und schwebt zur Umkleidekabine.

Die beiden Schwestern bestätigen sich gegenseitig noch einmal, wie gut ihre Kundin in einem ihrer Dirndl ausgesehen hat. Dann ist dieses Thema ausgeschöpft.

»Ja«, beginnt Frau Vroni. »Die Frau Ilzdorfer haben Sie also schon gekannt?«

Ich mache eine wegwerfende Geste. »Nur flüchtig. Aus der Schule. Unsere Kinder.« Dort drüben gibt es eine Samtauslage mit Trachtenschmuck, die sollte ich mir genauer ansehen.

»Kennen Sie dann den Herrn Ilzdorfer auch?«, fragt Hilde Münchhamer. »Eine Augenweide.« Sie kichert und ihre Schwester stimmt ein. »Und Georg heißt er. Sozusagen der George Clooney vom Rottal.« Die beiden verstecken ihr Giggeln hinter der Hand.

»Tatsächlich?« Für dieses Thema kann ich mich erwärmen.

»Ja, aber das ist für die Frau bestimmt nicht einfach. So ein Bild von einem Mann weckt natürlich bei den anderen Frauen Begehrlichkeiten.«

»Begehrlichkeiten?« Ich frage mich gerade, ob die beiden Schwestern überhaupt verheiratet sind. Ein Herr Münchhamer ist mir jedoch nicht bekannt.

»Genau.« Sie kichern wieder. Frau Vroni macht ein ernstes Gesicht und beugt sich näher zu mir. Ihre Nasenspitze leuchtet. »Man sagt, er hätte was mit der eigenen Haushälterin.«

»Ein junges hübsches Ding«, fügt ihre Schwester hinzu. »Aus der Großstadt.«

Ich verkneife mir ein Grinsen. Diese verruchte Großstadt. Der bin ich auch nur mit knapper Not entronnen. Ohne Frage, ich amüsiere mich.

»Mit der eigenen Haushälterin? Das ist frech. Und, ist die Frau über die Eskapaden ihres Mannes informiert?«

Die beiden weichen zurück. »Oh, das wissen wir nicht.«

Isabell tritt mit dem bayerischen Traum in Gelb über dem Arm aus der Kabine. »Nehmen Sie auch Kreditkarte?«

»Aber natürlich.« Die beiden Münchhamerinnen schalten sofort wieder auf Geschäftsfrau um.

Draußen vor der Tür hänge ich mich bei Isabell ein. »Na, bist du froh, dass ich dich quasi zu deinem Glück gezwungen habe?«

Sie drückt meinen Arm. »Natürlich, Karin, du hattest recht. Wie immer.« Wir gehen ein paar Schritte.

»Da drin erfährt man ja allerhand über seine Mitmenschen«,

meint Isabell und nickt mit dem Kopf zurück in Richtung Trachtengeschäft. »Ich hab mit dem Umziehen extra getrödelt, damit ich die Geschichte nicht unterbreche.«

»Gut gemacht«, lobe ich sie. »Ich möchte allerdings nicht wissen, was sie dem Nächsten über uns so alles erzählen.«

Wir umrunden die Pfarrkirche und streben der Tiefgarage zu, in der ich meinen alten Kangoo abgestellt habe. Da bleibt meine Freundin unvermittelt stehen. »Kommt eigentlich Martin am Wochenende?«

Mit dieser Frage bringt Isabell eine gewisse Schwermut in diesen heiteren Vormittag. Denn meinen Mann sehe ich nur noch selten. Vor ein paar Monaten hat er einen Chefarztposten in München-Großhadern angenommen und beehrt seine Familie nur noch gelegentlich am Wochenende. Ich bin zur *grünen Witwe* geworden. Alleinerziehend mit drei Kindern, Linus, Susa und Vicky, denn Lilli, die untreue Tomate, hat der Provinz auch den Rücken gekehrt. Ihr ist es schon lange zu fad gewesen. Jetzt geht sie in Schwabing ins Gymnasium und macht ihre Geschwister mit ihren Geschichten vom Großstadtleben neidisch. Daran wird sich so schnell nichts ändern, denn Susa ist mir mit ihren fünfzehn Jahren noch zu jung, um tagsüber unbeaufsichtigt in München herumzulaufen, und Vicky ist eh erst zwölf. Aber Linus hat daran zu knapsen. Eigentlich wäre er mit seiner Zwillingsschwester, die nur noch die Ferien bei uns verbringt, mitgegangen. Aber im letzten Jahr ist Anna in sein Leben getreten, und ohne seine Freundin geht er im Moment nirgendwohin. Das heißt, er bleibt mir noch eine Weile erhalten, denn Anna bekäme man höchstwahrscheinlich nur tot aus Niederbayern heraus. Mir soll es recht sein.

»Nein«, antworte ich. »Martin hat an diesem Wochenende eine Tagung in Berlin. Außerdem war er noch nie ein Fan vom Karpfhamer Volksfest.« Ich zucke mit den Schultern. »Egal. Uns beiden Hübschen wird schon nicht langweilig werden.«

Auch damit sollte ich recht behalten.

***

Kaum bin ich zu Hause angekommen, klingelt das Telefon. Gleichzeitig springt mir Runa zur Begrüßung freudig wedelnd entgegen. Ich tätschle meiner Hündin, einem Retriever-Mix, den Kopf, gehe zum Apparat und nehme ab.

»Karin, hier ist Claudia. Claudia Schlagl«, tönt es mir aus dem Hörer entgegen. Ich krame in meinem Gedächtnis und finde eine Übereinstimmung mit einer Bekannten aus dem Gartenbauverein. Ja, dieser Institution bin ich vor einigen Jahren gleich nach unserem Umzug von München nach Niederbayern beigetreten. Denn nirgendwo lernt man schneller Leute kennen als in Vereinen. Und da ich mit Blumen mehr anfangen kann als mit Gewehren oder auch mit Kegeln, war der Gartenbauverein meine erste Wahl.

»Claudia, grüß dich. Lang nicht mehr gesehen.« Was konnte die bloß von mir wollen?

»Ja, stimmt, ist schon eine Weile her.« Sie zieht die Nase hoch. »Aber ich hab deine Karriere in der Zeitung fleißig mitverfolgt.«

»Welche Karriere?« Ich runzele die Stirn. Auch wenn Claudia das nicht sehen kann, hängt der Zweifel wohl in meiner Stimme. Denn die paar Hansl, die in meine psychotherapeutische Heilpraktikerpraxis kommen, kann man unmöglich eine Karriere nennen.

»Na, deine Erfolge als Ermittlerin«, trompetet sie in mein Ohr.

Ich schweige. Gerade heute habe ich wieder die Erfahrung gemacht, dass dieses Entree zu nichts Gutem führt.

Claudia schnieft. »Das war wirklich unglaublich, wie du dem Landrat draufgekommen bist. Oder die Sache mit der Pflegerin im Altenheim. Wer hätte das gedacht?«

Okay. Ich habe verstanden. »Danke, Claudia. Kann ich etwas für dich tun?« Ich gehe mit dem Mobilteil des Telefons in die Küche und gieße mir einen Orangensaft ein. Ich habe so das Gefühl, dass ich eine Stärkung gut gebrauchen kann.

»Wenn du mich so direkt fragst, Karin, da fällt mir schon etwas ein.« Ich höre, wie sie sich verhalten in ihr Taschentuch schnäuzt. »Ich bin krank, Karin. Nichts Ernstes. Gottlob. Eine verspätete Sommergrippe. Frau Dr. Brockkamp meinte, ich soll mich ein paar Tage ins Bett legen und Salbeitee trinken.« Sie niest. Explosionsartig. Leider habe ich nicht schnell genug reagiert. Na ja. Ich halte den Hörer ans andere Ohr. »Nun kann ich meine Dahlien nicht hochstecken. Und mein Gemüsegarten … Die Bohnen wuchern, ich sage dir.« Sie seufzt.

»Ich soll deinen Garten machen?« Nun bin ich wirklich verdutzt.

»Nein, natürlich nicht, Karin.« Ihr Lachen geht in ein Husten über. Als der Anfall vorüber ist, fährt sie fort: »Heute beginnt doch das Karpfhamer. Und mein Mann, der Franz, nimmt sich die ganzen sechs Tage frei. Er geht so gerne hin.« Ihr Taschentuch schrabbt über die Sprechmuschel. »Ich hab ihn damals auch am Karpfhamer kennengelernt. Im Motodrom. Ja. Das ist auch schon wieder fünfzehn Jahre her.« Sie stockt. Die Erinnerungen haben sie überwältigt.

Dann räuspert sie sich. »Auf jeden Fall war ich bisher immer dabei, auf dem Karpfhamer. Jeden einzelnen Tag. Und ich hab es gerne gemacht, Karin, das musst du mir glauben. Aber heuer«, ihre Stimme bekommt einen weinerlichen Unterton, »bin ich krank. Zu krank fürs Motodrom.« Sie schnaubt laut in ihr Tuch. Es dauert eine Weile, bis sich Claudia wieder gefasst hat. »Und deshalb«, sie hickst, »deshalb hab ich an dich gedacht, liebe Karin.«

»An mich?« Mir schwant Böses. Ich nehme noch einen Schluck Orangensaft.

»Ja, an dich.« Ihre Stimme hört sich nun erstaunlicherweise fester an. »Du hast doch Erfahrung in verdeckten Ermittlungen.«

Darauf fällt mir so schnell nichts ein.

»Deshalb ist es für dich doch ein Klacks, auf meinen Franz ein wenig aufzupassen.«

»Was?« Ich stelle mein Glas mit lautem Knall auf die Küchentheke.

Claudia hustet wieder. »Bitte, Karin. Du hast doch bestimmt auch in der PNP gelesen, dass sich die Scheidungsrate nach dem Karpfhamer um dreißig Prozent erhöht. Und ich will nicht zu den dreißig Prozent gehören.«

Sie schluchzt, und ich schnaufe. Wie komme ich aus dieser Nummer heraus? Ratlos reibe ich mir am Kinn.

»Claudia …«, beginne ich.

»Bitte!«

»Mensch, Claudia, wie soll ich ihn denn überhaupt finden unter all den Leuten? Schließlich sprechen wir von knapp fünfhunderttausend Menschen in sechs Tagen, also überschlägig achtzigtausend pro Tag.«

»Das ist ganz einfach. Du weißt doch, wie er aussieht.« Sie macht eine Pause.

»Nun, ja … ich glaube schon.« Ich habe ihn mal beim Obstbaumschneidekurs auf der gemeindeeigenen Streuobstwiese gesehen. Vor Jahren. Ein etwas dicklicher Vierzigjähriger mit schütterem braunem Haar. Typ Versicherungsvertreter. Wenn ich mich recht erinnere, arbeitet er irgendwo in einem Büro. Ob Claudia wirklich so besorgt sein muss um ihn, würde ich bezweifeln. Aber, bitte, eventuell irre ich mich auch und er ist der reinste Casanova.

»Gut.« Der Punkt ist für Claudia damit abgehakt. »Franz geht immer am Donnerstag zum Anstich ins Zaunerzelt. Da kannst du ihn gar nicht verpassen.« Sie ist zuversichtlich.

»Claudia, ich weiß nicht …«

»Oh bitte. Wenigstens heute Abend, Karin. Ich zahle dir auch gern eine, wie sagt man dazu, eine Aufwandsentschädigung.«

»Nein, das kommt ja gar nicht in Frage.« Engagieren lass ich mich auf keinen Fall von ihr. Wer weiß, was ihr noch alles einfallen würde?

»Ich weiß nicht, an wen ich mich sonst wenden soll«, jammert Claudia und putzt sich geräuschvoll die Nase.

Ich seufze. Ich streiche mir über die Stirn. Ich seufze erneut. Dann gebe ich mir einen Ruck. »Na gut. Ich bin heute eh beim Anstich, falls ich deinen Franz sehen sollte, dann …« So genau weiß ich auch nicht, was ich dann machen werde. Aber sie scheint damit zufrieden.

»Super, Karin, danke dir! Du bekommst auch einen Fexer von meiner bayerischen Feige.«

»Na prima!« Was tut man nicht alles für einen Feigenableger, noch dazu einen bayerischen. Nein, Quatsch. Aber ich bin ein von Grund auf gutmütiger Mensch, und ich hasse es, meinen Mitmenschen eine Bitte abzuschlagen. Da ich vorhin mit Rosi schon so streng war – sein musste –, ist mein Kontingent für den heutigen Tag erschöpft. Ich kann nur hoffen, dass meine Kinder diesen Schwächezustand nicht mitbekommen.

Außerdem wollte ich heute sowieso aufs Fest. Den Anstich lasse ich mir nie entgehen. Endlich hat das Warten ein Ende, und das Karpfhamer beginnt. Na, dann kann ich das Angenehme mit dem Nützlichen verbinden und gleich ein gutes Werk tun. Was soll's?

Claudia triumphiert. Niesend. Und hustend. Wir beenden das Gespräch.

***

Es ist inzwischen zwölf Uhr. Gerade will ich mich um das Mittagessen kümmern, was, beiläufig erwähnt, nicht meine Lieblingsbeschäftigung ist. Kochen. Notwendige Pflichterfüllung für jede Mutter, die etwas auf sich hält. Schließlich sollen die lieben Kleinen etwas Vernünftiges zu sich nehmen. Aber so zeitaufwendig! Überlegen, einkaufen, kochen, abräumen. Und gerade das Gesunde macht am meisten Arbeit. Gemüse putzen, Salat waschen.

Egal.

Ich komme eh nur dazu, die Kühlschranktür für eine Inspektion zu öffnen, da klingelt es schon wieder. Diesmal an der Haustür. Als niemand schreiend aus dem oberen Stockwerk herunterstürzt, gehe ich an die Tür.

Davor steht ein Junge. Rotblonde Haare, am Scheitel zur Seite gekämmt. Ein schlaksiges Etwas mit einem Skatebord. Die vorstehenden Hüftknochen hindern die Jeans am Hinunterrutschen.

»Ja?« Ein aufmunterndes Lächeln begleitet meine Frage.

»Hey. Ist die Susa da?« Der Bub befindet sich gerade mitten im Stimmbruch. Süß!

»Hm. Ich glaube schon.« Schließlich bin ich erst seit Kurzem wieder zurück. Da kann sich an den häuslichen Verhältnissen seit dem Morgen einiges verändert haben. »Wer möchte das denn wissen?«

»Ich.« Er runzelt die Stirn. Vermutlich hält er mich für ziemlich begriffsstutzig.

»Ah ja, Ich, schön, dich kennenzulernen.« Ich strecke ihm meine Hand entgegen.

Erstaunlich, wie viele Falten auf so eine Jungenstirn passen. Er gewährt mir ein Händeschütteln. Dann sagt er doch noch: »Stefan.« Wahrscheinlich aus Mitleid.

»Stefan«, wiederhole ich mit für ihn sicherlich nicht nachvollziehbarer Begeisterung. »Ilzdorfer, nehme ich an.« Die Lippen hat er zweifelsfrei von seiner Mutter.

Die Stirn immer noch zerfurcht, nickt er. Langsam tut er mir leid. Ich halte die Haustür auf.

»Warte hier. Ich schau mal nach, ob die Susa da ist, okay?«

»Ist gut.« Er kommt herein und blickt auf Runa, die in den Flur spaziert ist, um den Gast zu begutachten.

»Sie tut nichts.« Mit dieser allseits beliebten Hundebesitzerfloskel überlasse ich ihn seinem Schicksal und steige die Treppe in den ersten Stock empor.

»Susa?« Ich klopfe an ihre Zimmertür und mache ebendiese auf. Meine Tochter liegt, wie es sich für eine Fünfzehnjährige gehört, bei strahlendem Sonnenschein um zwölf Uhr mittags mit herabgelassenen Jalousien im Bett. Aus den Kopfhörern dröhnen Bassklänge, die ihr Trommelfell sicherlich für alle Zeit zerstören werden.

Ich kenne das schon. Mit einem Griff habe ich die Anlage ausgeschaltet und lasse die Jalousien hochfahren. Meine Tochter fährt ebenso hoch. Entrüstet.

»Hey. Was soll das?« Ihre Haare sind verwuschelt, und den Pullover hatte sie gestern Abend auch schon an. Offensichtlich hat sie darin geschlafen.

»Guten Morgen, mein Schatz.« Man soll sich als Elternteil ja nicht von der dauerschlechten Laune seiner pubertierenden Sprösslinge anstecken lassen. »Unten wartet Besuch auf dich.«

Ich hebe ein zerknülltes Handtuch vom Boden auf, das noch von gestern hier herumliegt. Inzwischen habe ich es aufgegeben, meiner klugen Tochter die Wirkung von feuchten Gegenständen auf Holzböden zu erklären. Das ist zu schwierig für das Fräulein. In zwei Jahren werde ich einen neuerlichen Vorstoß wagen.

Sie richtet sich auf. Ihre Augen funkeln. »Echt? Wer?« Man merkt, dass sie die Zeit überschlägt, die sie brauchen würde, sich zu duschen, ihre Haare zu waschen und sich ein cooles Outfit herauszusuchen.

»Stefan. Ilzdorfer.«

Susa fällt auf ihr Bett zurück. »Nee, Mama, nee. Nicht dein Ernst.«

Ich höre, dass im Gang eine Tür zuknallt und jemand die Stufen nach unten hüpft. Eindeutig Vicky, mein zwölfjähriger, noch nicht wirklich in der Pubertät angekommener Schatz.

»Doch.« Ich nicke. »Er steht unten mit einem Skatebord und freundet sich mit Runa an.« Ich ziehe ihr die Decke weg. »Los, steh auf. Es wird dir guttun, ein bisschen rauszugehen.« Ich öffne ihre Balkontür.

»Hey! Mach die Tür wieder zu!« Wütend reißt Susa mir den Bettzipfel aus der Hand und zieht sich die Decke bis unters Kinn. »Ich gehe bestimmt nicht zu dem Loser runter. Das kannst du vergessen. Nur weil ich gestern im Sapperlot mit ihm geredet hab, braucht er sich nicht einbilden, dass ich was mit ihm mache.«

Ich verschränke meine Arme. »Und warum nicht? Es sind Ferien. Du hast nichts anderes vor. Er scheint nett zu sein.« Dass er hinsichtlich seines Entwicklungsstandes noch etwas gegenüber meiner Tochter aufzuholen hat, muss ich ja nicht zugeben.

»Vergiss es.« Sie zerrt sich die Bettdecke über den Kopf. »Er ist ein Loser, und dabei bleibt's.«

»Na dann.« Sanft schließe ich die Tür von außen.

Bin ich jetzt ein erziehungstechnisches Weichei? Kann schon sein. Aber ich kann doch meine Tochter nicht zwingen, einen ungebetenen Gast freudig zu empfangen. Sollte ich? Nein, ich nicht. Tut mir leid.

Gerade möchte sich bei mir dennoch eine Spur schlechten

Gewissens bezüglich des verschmähten Jungen einschleichen – ganz umsonst. Denn von unten kommt angeregtes Geplapper. Vicky hat sich Stefans angenommen, und er scheint einstweilen ganz zufrieden zu sein, dass sich die jüngere Schwester von Susa um ihn kümmert. Er sitzt auf unserer Garderobenbank, streichelt Runa und hört Vicky bei einer ihrer unzähligen Pferdegeschichten zu. Anscheinend habe ich gerade die Pointe verpasst, denn die beiden lachen. Dann öffnet Vicky die Haustür, Stefan nimmt sein Skatebord, und draußen sind sie. Ohne Mittagessen. Aber man kann als Mutter nicht alles haben.

Die Zeit bis zu meinem Aufbruch Richtung Festwiese verbringe ich mit Haushaltskram. Bei dreieinhalb Kindern – Lilli ist in den Ferien quasi zu Besuch hier – fällt jede Menge Wäsche und Unordnung an. Um fünf begebe ich mich ins Bad und beginne mit meiner Verschönerung. Viel erwarte ich nicht davon, denn auch mit Make-up wird aus einer Fünfundvierzigjährigen keine junge Göttin. Trotzdem bin ich mit dem Ergebnis zufrieden. Dann schlüpfe ich in mein neues Münchhamer-Dirndl, ein dunkelgraues Kleid mit verwaschenen Rosen. Der Vorteil an diesen Dirndln ist, dass sie für Frauen mit Figur gemacht wurden. Das Mieder hält etwaige Ausuferungen in Zaum, und das Dekolleté lenkt den Blick des Gegenübers auf ansprechendere Polsterungen. Ideal für mich.

Nach einem Rundgang durchs Haus – alle bis auf Susa sind ausgeflogen, sie telefoniert – schnappe ich mir meine Handtasche, hänge sie probeweise an meinen Arm und mustere mich im Garderobenspiegel. So ganz zufrieden bin ich nicht. Die Tasche ist ein einfaches schwarzes Ding und passt nur suboptimal zu meinem G'wand. Ich sollte morgen einen Abstecher zu den Münchhamer-Schwestern machen und mir ein passenderes Exemplar gönnen. Mal schaun.

***

An sich ist Karpfham ein kleiner, unscheinbarer Ort mit einer spitztürmigen Kirche, einem Weinkontor und einem Reiterbedarfsgeschäft. Der Lebensmittelladen hat vor ein paar Jahren dichtgemacht, auch die Raiffeisenbank hat ihre Filiale hier geschlossen. Es existiert jedoch noch ein Bäcker, und der Bad Griesbacher Metzger schickt einmal in der Woche einen Verkaufswagen.

Aber jedes Jahr Ende August zur Volksfestzeit schwappt Leben in das Dorf. Die Wiesen der Bauern verwandeln sich in Parkplätze, und auf dem Festgrund drängen sich Fahrgeschäfte neben Essensbuden und Zelten. Gleich angrenzend finden die Bauern alles, was für sie von Interesse ist. Die Rottalschau ist die größte landwirtschaftliche Ausstellungsmesse in Süddeutschland.

Als Linus klein war, waren die Traktoren und Schlepperfahrzeuge die wahre Attraktion für ihn. Stundenlang konnte er vor den riesigen Ungetümen stehen, und wenn er gar in einem sitzen durfte, war er tagelang glücklich.

Die Landwirtschaftsmesse war auch der eigentliche Ursprung des Festes. Es ist überliefert, dass dort schon Anfang des 19. Jahrhunderts landwirtschaftliche Preisverleihungen abgehalten wurden, und da das Rottal Pferdeland ist, wahrscheinlich für Pferdezucht und Pferdesport.

Man kann den Niederbayern nicht vorwerfen, dass sie nicht gerne feiern. Denn die anfänglichen drei Tage Volksfest wurden peu à peu zu sechs Tagen ausgeweitet. Von Donnerstag bis Dienstag kann man sich heutzutage vergnügen, informieren und ein paar Mass heben. Und damit Letzteres klappt, gibt's an diesem Abend den Anstich.

Nachdem ich mein Auto auf einer der Parkplatzwiesen losgeworden bin, reihe ich mich in den Besucherstrom zur Festwiese ein. Schon an der Straße dorthin bieten Standl Lebkuchenherzen mit Aufschrift, Socken oder Staubsaugerzubehör an. Die meisten Leute halten sich hier jedoch nicht auf, sondern gehen schnurstracks zum eigentlichen Fest.

Allerdings müssen alle am Hof der Reitmeier Rosi vorbei. Das alte Rottaler Holzhaus mit dem beachtlichen Grund steht als einziges direkt neben dem Festplatz. Mit seinen kleinen Fenstern und den dunklen Holzschindeln trotzt es dem vergnügten Leben um ihn herum. Und Rosi trotzt mit. Allerdings nicht so stumm wie ihr Haus. Recht lautstark ist sie schon von Weitem zu hören. Ihr Schimpfen übertönt die Geräusche des nahen Festes und schwillt, wenn etwas oder jemand sie besonders aufregt, zu einem hohen Gekeife an. Ich spaziere näher.

Rosi trägt eine grün gemusterte Kittelschürze über T-Shirt und Jeans und wirkt dadurch älter als Mitte fünfzig. Ihre Haltung ist gebeugt, ihre mageren Schultern fallen nach vorne. Sie hält sich am Zaun fest, mustert mit festem Blick die Vorbeigehenden und stößt ihre Verwünschungen aus. Nicht jeder traut sich, sie anzusehen, sondern beeilt sich vorbeizukommen. Wie man auch um einen geifernden Schäferhund einen großen Bogen machen würde.

»Ja, geht's nur, geht's nur und schmeißt eure sauer verdienten Lutscherl zum Fenster raus! Ha, Sepp, meinst nicht, dass dei Frau und deine Kinder das Geld besser brauchen täten als der Wirt?«

Der Angesprochene macht nur eine wegwerfende Handbewegung und schreitet rasch weiter.

»Sepp, lauf zua, sonst wern die Schweinswürschtl kalt.« Rosi lacht auf und hört sich an wie die Hexe aus dem Märchenwald.

»De schaug o!« Sie zeigt mit dem Finger auf zwei junge Mädchen, die sich mit Glitzertops und Hotpants herausgeputzt haben. »Schamt's ihr euch gar ned? Wenn ich eure Mutter wär, würd ich euch einsperren, in den Hühnerstall, da gehört's hin. Goah goah goah!« Die Mädchen flüchten.

Ich bin beinahe bei ihr angelangt und lege mir schon zurecht, was ich ihr sagen will. Irgendwie hoffe ich, die richtigen Worte zu finden, um sie zu beruhigen. Wenigstens für kurze Zeit. Damit sie sich und ihren Mitmenschen eine Pause gönnen kann. Ich sehe ihr an, dass sie sich nur noch mit Mühe aufrecht hält. Gewiss steht sie hier schon seit Stunden.

Als ich quer über die Zufahrt zu ihrem Gartentor gehen will, fährt mir ein Auto vor die Füße und zwingt mich, zur Seite zu springen. Zum zweiten Mal an diesem Tag.

»Hey!«, schreie ich auf, aber der Fahrer dieses hässlichen rot-orangenen Monstrums kümmert sich nicht um mich. Er entsteigt mit Mühe seiner tiefgelegten Sardinenbüchse und hastet auf Rosi zu. Das überrascht mich. Was will der Kerl von ihr? Sie herunterputzen, weil sie alle Leute anpöbelt? Ich bleibe hinter seinem Gefährt stehen – »Corvette C4«, entziffere ich den Schriftzug am Heck – und beobachte erst einmal.

Der Mann ist groß, mindestens eins neunzig, und wirkt auf den ersten Blick imposant. Bis man feststellt, dass er keine Muskeln, sondern Fettpolster mit sich herumschleppt. Das zerstört den ersten Eindruck. Obwohl er wie Mitte dreißig aussieht, lichten sich bereits seine Haare. Trotzdem hat er sie mit Gel in die Höhe gestylt. Mich erinnert er ein bisschen an Meat Loaf in jungen Jahren. Allerdings hätte Meat Loaf nie ein giftgrün kariertes Hemd angezogen! Für den Moppel wäre eine dezentere Farbe auch kleidsamer gewesen.

Er wirft mir einen kurzen Blick zu. Seine Augenbrauen strecken sich gen Himmel und geben seinem Gesicht einen erstaunt-besorgten Ausdruck. Wie ich später noch feststellen werde, ist das seine normale Mimik.

»Rosi, meinst nicht, dass für heute genug ist?« Seine Stimme passt zu seiner Figur. Sie ist weich, fast ein bisschen schmalzig.

»Das sagt der Richtige«, fährt sie ihn an. »Der Gruber Hansi, noch so ein Volksfest-Gewinnler. Dass du um diese Zeit überhaupt schon aus dem Bett g'fallen bist?« Rosi sieht demonstrativ zur Kirchturmuhr hinüber, entdeckt dabei mich und wendet sich wieder ab. Offenkundig ist sie wegen heute Morgen beleidigt. Na ja.

Der Mann legt seine große Pranke auf Rosis schmächtige Schulter. »Sei doch g'scheit, gib doch einmal einen Frieden. Davon wird's doch nicht besser.«

Rosi reißt seine Hand herunter. »Rühr mich nicht an, Hundskrippi. Was weiß ich, wo du heut Nacht wieder deine Händ gehabt hast.«

»Tante!«, schreit er empört und weicht einen Schritt zurück.

Tante? Der Riesenteddybär ist Rosis Neffe? Ich wusste gar nicht, dass sie Verwandtschaft hat.

»Du willst dir nicht helfen lassen, bitt' schön, dann lass ich dich.« Er hebt seine Hände in einer resignierenden Geste, stapft zu seiner Corvette zurück und fährt davon.

Ich mache die paar Schritte auf sie zu. »Du bist heute aber liebenswürdig«, sage ich und habe gleich darauf meine Zweifel, ob das der richtige Beginn für eine konstruktive Unterhaltung war.

Anscheinend nicht, denn sie dreht hocherhobenen Hauptes ihre Nase auf die andere Seite und schweigt.

Ich stelle mich mit dem Rücken zum Zaun neben sie, lege meine Ellbogen auf die Holzlatten und blicke auf den Besucherstrom, der an uns vorüberzieht. »Was stört dich denn an den Leuten, Rosi? Die tun dir doch nichts.«

Sie stößt ein Zischen aus.

Mit einer ausholenden Bewegung weise ich auf Fußgänger, Fahrradfahrer und Autos. Mofas knattern vorbei. Von hinten trägt der Schall das Hupen und Klingeln der Fahrgeschäfte zu uns, die Mikrofonstimmen der Schausteller. Es ist wirklich mächtig was los, das muss man zugeben. Aber vielleicht könnte man das alles auch positiv sehen?

»Nimm es doch als Übung, Rosi, als Übung, bei dir zu bleiben.« Ich lege meine Hand auf meinen Bauch. »Atme in deinen Solarplexus und entspanne. Eventuell –«

»Schmeiß deine verdammte Zigaretten nicht in meinen Hof, du Saubär!« Rosi reißt das Gartentor auf, dessen Klinke sicherlich nur aus Versehen in meinen Solarplexus schlägt, und stürmt wie ein losgelassener Kettenhund auf einen jungen Burschen zu. Der ist gemütlich auf dem Bürgersteig entlanggeradelt, den Fußgängern ausgewichen und hat seinen Zigarettenstummel weggeschnipst. Das hätte er nicht machen sollen. Rosi packt ihn am Schlawittl und zieht ihn von seinem Rad herunter. Er stolpert, sein Fahrrad schlingert.

»Hey!« Der Schlacks versucht sich zur Wehr zu setzen, doch Rosi verpasst ihm einen Schlag auf den Hinterkopf.

»Was willst! Wenn i di noch einmal erwisch!« Sie hebt drohend die Hand. »Schau, dass'd weiterkommst, sonst setzt's was!«

Der junge Kerl beeilt sich, auf seinen Sattel zu steigen, und sucht das Weite.

»Frau Reitmeier«, brüllt es von hinten. Wir drehen uns gleichzeitig um.

Ein jüngerer Polizist kommt auf uns zugestürmt. »Nicht gar so gach!«, fordert er. »Sonst kriegen S' auch noch eine Anzeige wegen Körperverletzung. Langt Ihnen die wegen übler Nachrede noch nicht?«

»Der Herr Oberhauptkommissar Riedl«, ruft Rosi und verzieht verächtlich ihren Mund.

»Polizeimeister, wenn ich bitten darf«, sagt der Beamte.

Sie ignoriert seinen Einwurf. »Machen S' lieber was dagegen, dass die alle nicht immer ihren Dreck auf meinen Grund und Boden schmeißen.«

»Ach geh, keiner tut was«, wiegelt der Polizist ab.

»Und das grad war nichts? Und der Zauner? Der vergiftet meine Katzen!«

»Reitmeierin«, beginnt der Beamte, doch Rosi ist noch nicht fertig.

»Aber mir glaubt ja keiner. Immer nur ›Reitmeierin, Reitmeierin‹. Ich kann's nimmer hören.« Für eine Sekunde hält sie sich die Ohren zu, dann fuchtelt sie mit ihrem Finger heftig vor unseren Nasen herum. »Irgendwann ertrag ich's nimmer, und dann bring ich mich um. Dann werd's schon sehen, was ihr von eurem Wegschaun habt's.«

Rosi wirft uns einen waidwunden Blick zu, rennt in ihr Haus und schlägt die Tür hinter sich zu.

»Rosi!«, rufe ich ihr hinterher, erschrocken über ihren Ausbruch.

Der Polizist ist keineswegs beunruhigt. »Lassen Sie's«, meint er. »Die kriegt sich schon wieder ein.« Damit tippt er an seine Schirmmütze und strebt dem Volksfest zu.

Ich blicke zur Haustür, die fest verschlossen bleibt. Das hab ich ja noch nie von ihr gehört. Der Polizist offenkundig schon.

Verhalten folge ich ihm. Aller Voraussicht nach ist es tatsächlich das Beste, Rosi jetzt allein zu lassen. Wenigstens steht sie nicht mehr am Zaun.

Mit jedem Schritt in Richtung Volksfest kehrt meine Vorfreude zurück. Und als ich die bunten Bänder sehe, die am grünen Kranz über dem »Grüß Gott«-Schild des Eingangs flattern, geht mir das Herz auf. Dahinter ragt das Riesenrad aus der Zeltstadt des Volksfestes empor. Diese einfache Stahlkonstruktion finde ich anrührend, denn sie erinnert mich an meine Kindheit.

In München bin ich als kleines Kind mit meiner Mutter oft auf die Wiesn gegangen. Natürlich gab es dort auch ein Riesenrad. Staunend stand ich davor und dachte, es müsse wie fliegen sein. Wunderbar hoch oben über der Stadt zu schweben und den Vögeln ins Gesicht zu sehen.

Irgendwann konnte ich meine Mutter überreden, eine Eintrittskarte zu kaufen und mit mir in solch eine glitzernde Gondel zu steigen. Aber damit war der Zauber vorbei. Wimmernd kauerte ich am Boden der Kabine und heulte. Ich hatte eine Heidenangst dort oben. Das war das letzte Mal, dass ich in so ein Gefährt eingestiegen bin.

Trotzdem bewahre ich in einer kleinen Kammer meines Herzens das Riesenrad als wertvolle Erinnerung an meine Mutter. Und dieses Gefühl steigt sacht in mir hoch, wenn ich aufs Karpfhamer zugehe und die Gondeln im Wind schaukeln sehe.

Noch weiter hinten spießen die Türme von neuen Fahrgeschäften die weißen Wolken im bayrisch blauen Himmel auf. Aber damit verbinde ich nichts Positives. Nie im Leben würde ich mit so etwas fahren!

Gleich nach dem Eingang lockt ein Stand mit gebrannten Mandeln, und es ist Tradition, dort eine Tüte zu kaufen. Früher bettelten meine Kinder auch um Zuckerwatte, aber die gab es später. Hier und heute gönne ich mir meine Mandeln und stecke eine in den Mund. Die erste schmeckt immer am besten. Dieser Zimt, der sich um die Geschmacksknospen schmiegt! Diese Zuckerhülle, die einem mit ihrer Knackigkeit vorspiegelt, gesund zu sein.

Ich genieße meine tausend Kalorien und bummle dem Zaunerzelt zu. Dort ist heuer der Anstich. Dieses Privileg wird gerecht zwischen den einzelnen Festwirten verteilt. In jedem Jahr hat ein anderer die Ehre, das erste Fass anzustechen. Und danach die Freibier-G'sichter auszuhalten. Ja, Anstich bedeutet Freibier.

In den Budengassen geht es geschäftig zu. Die Leute schieben sich aneinander vorbei. Aber das Nette am Karpfhamer Fest ist, dass man immer und überall jemanden trifft, den man kennt. Und so laufe ich quasi in den Herrn Biedersteiner hinein. Er wohnt seit ein paar Jahren in Bad Griesbach und hat mich schon öfter mit wichtigen Informationen versorgt. Kennengelernt habe ich ihn im Wald. Er drehte mit seinem Jack-Russell-Terrier Hasso zur gleichen Zeit seine Runden wie ich mit Runa. Und wenn sich die Hunde verstehen, kommen auch die Menschen zusammen.

Herr Biedersteiner ist ein hochgewachsener Mann mit klaren Gesichtszügen. Er hat glatt nach hinten gekämmte weiße Haare und hält sich betont gerade. Das gibt ihm ein vornehmes Aussehen. Obwohl er schon gut über siebzig Jahre alt sein müsste, ist er sehr agil und immer unterwegs. Im Moment amüsiert er sich vor einem Wettstand. Blecherne Kamelreiter kämpfen um den ersten Platz.

»Ah, Frau Schneider, Sie auch hier. Und so fesch im Dirndl. Alle Achtung!« Er hebt anerkennend seine Augenbrauen und wendet sich wieder dem Rennen zu. »Ist das nicht köstlich? Diese Vorrichtung kenne ich noch aus meiner Jugend!« Die Nummer drei geht gerade knapp vor der blauen Vier ins Ziel. »Sind Sie auch auf dem Weg zum Anstich?«

»Ja, wollen Sie mich begleiten? Oder sind Sie mit Frau Lindner verabredet?« Ich will keinen Unfrieden zwischen ihn und seine Freundin bringen.

»Ich begleite Sie gerne.« Er bietet mir seinen Arm, und ich hake mich unter. »Trude wird später zu uns stoßen. Ich konnte nicht absehen, bis wann ich es schaffen würde. Ich war gestern in Frankfurt auf einem Treffen des Anwaltsvereins, und dann besuchte ich noch einen früheren Kollegen. Er ist auf Insolvenzrecht spezialisiert und hat von Jahr zu Jahr mehr zu tun. Das können Sie sich sicherlich vorstellen. Bei der heutigen Wirtschaftslage.« Er schüttelt den Kopf. »Immer, wenn ich wieder Einblick in die momentane Arbeitssituation bekomme, verspüre ich doch Erleichterung, dass ich mich damit nicht mehr auseinandersetzen muss. Aber lassen wir diese schweren Themen. Wir haben uns ja schon länger nicht mehr auf einem Spaziergang getroffen. Wie geht es denn Runa?«

Hundehalter können immer über ihre Lieblinge sprechen, und so bummeln wir in angeregter Unterhaltung durch die

Gassen. Nebenbei lasse ich meinen Blick über die anderen Festbesucher gleiten. Irgendwo hier muss sich auch Franz, der Mann meiner besorgten Bekannten Claudia, herumtreiben. Ich bezweifele, dass er mir tatsächlich über den Weg laufen wird, aber ich will mir zumindest Mühe geben. Damit ich ihr morgen guten Gewissens erzählen kann, dass es leider nicht geklappt hat.

»Da sind wir ja schon.« Herr Biedersteiner weist auf das Bierzelt vor uns. Tannengrün und Girlanden mit weiß-blauen Rauten schmücken den Eingang. Darüber steht in großen, geschwungenen Buchstaben der Name des Wirts: »Zauner«. Aus dem Inneren schwillt uns Blasmusik entgegen. Je näher wir kommen, desto enger wird es. Es scheinen alle Besucher des Volksfestes einen Platz im Zelt bekommen zu wollen. Wir drücken und werden gedrückt. Schräg vor uns nutzt ein Mann das Gedränge dazu, seiner Freundin in den Hintern zu kneifen. Sie macht einen kleinen Hupferer und quietscht: »Aber Franzi!«

Franzi? Da horche ich auf. Sollte der allzu kesse Typ *der* Franz sein? Leider sehe ich ihn nur von der Seite. Die Größe könnte allerdings stimmen. Er ist ungefähr zehn Zentimeter größer als ich, und wenn ich mich richtig erinnere, ist Claudias Franz auch kein Riese. Haarfarbe und -fülle passen ebenfalls. Aber die Figur? Soweit ich es in der Enge beurteilen kann, ist der Körper dieses Franzis durchtrainiert, sein Gesicht braun gebrannt und kantig. Er sieht nicht im Mindesten nach Schreibtischhengst aus.

Ein Hengst ist er möglicherweise schon, zumindest hält er sich für einen. Er presst seine Begleiterin an sich und flüstert ihr etwas ins Ohr, das ihr wieder ein Aufquietschen entlockt. Das lässt ihn zufrieden grinsen. Aus dem Augenwinkel hat er wohl mitbekommen, dass ich ihn mustere, denn er dreht seinen Kopf zu mir nach hinten und zwinkert mir zu.

Mein Gott, der hält sich ja für unwiderstehlich. Vielleicht ist er es ja doch? Es kann nichts schaden, in seiner Nähe zu bleiben. Auch wenn ich die Rasierwasserwolke, die ihn umgibt, widerlich finde. Nicht mein Duft. Und schon gar nicht in der Menge.

Ich dirigiere Herrn Biedersteiner unauffällig zu dem Biertisch, an dem sich Franzi mit seiner Eroberung niedergelassen hat. Kaum dass er sich breitbeinig auf die Holzbank gesetzt hat, schreit er schon nach der Bedienung.

Wir bekommen am Tisch hinter ihnen noch einen Platz. So kann ich ihn problemlos im Auge behalten. Auch wir bestellen etwas zu essen. Ich entscheide mich für einen Rottaler Käse. Das ist die richtige Grundlage für das Bier, das später verteilt wird.

Gleich geht es los. Der Bürgermeister steht gerade von seinem Tisch auf, an dem die üblichen Honoratioren sitzen. Natürlich der Landrat, der hier ansässige MdL, ein Staatssekretär und der Vorsitzende des Festvereins. Unser Stadtoberhaupt bekommt eine grüne Schürze umgebunden und steigt auf die Bühne. Die Musiker hören zu spielen auf. Nach ein paar launigen Worten stellt er sich vor das große Holzfass und haut mit einem großen hölzernen Stößel den Hahn hinein. Die Leute zählen mit und werden von Schlag zu Schlag lauter. Nach vier Schlägen ist das Werk vollbracht. Das Bier spritzt, es erklingt das traditionelle »O'zapft is«, und man spendet begeistert Beifall. Das Fest kann beginnen.

Ein Blick zu Franz hinüber informiert mich, dass er währenddessen nicht untätig geblieben ist. Er sitzt fast auf seiner Bekanntschaft und hat nicht nur seine Augen in ihrem Ausschnitt, sondern auch seine Finger.

Noch versucht sie, ihn scherzhaft davon abzubringen, ihren Busen zu begrapschen, aber ich merke es ihr an, dass ihre Geduld bald vorüber sein wird. Wahrscheinlich überlegt sie, wie es sich entwickeln wird, wenn der Casanova erst eine Mass intus hat.

Scheibenkleister! Er hat schon wieder spitzgekriegt, dass ich ihn beobachte. Und was macht er? Er zwinkert keck. Ganz klar. Seine Einheitswaffe, um Frauen zu erlegen. Gütiger Himmel!

Dann werde ich abgelenkt, denn mit den ersten überschäumenden Bierkrügen kommt auch Frau Lindner, die Freundin von Herrn Biedersteiner. Wir rücken, und sie setzt sich zu uns. Nach der Begrüßung entspannt sich sofort ein Gespräch zwischen uns. Ich mag sie und habe sie schon länger nicht mehr gesehen.

Plötzlich höre ich ein Klatschen. So laut, dass es sogar den Lärm im Bierzelt übertönt.

Gleich darauf: »Jetzt langt's! Ich geh! Lass mich durch!«, und die Bekanntschaft vom Franz will ihn nicht länger kennen.

Da sitzt er nun mit seiner roten Backe und ist sich bewusst, dass alle im näheren Umkreis seine Niederlage mitbekommen haben und so tun, als ob sie ihn nicht anstarren würden.

Er macht das einzig Richtige in dieser Situation. Er hebt seinen Bierkrug und nimmt einen langen Schluck. So lange, bis die Leute sich wieder von ihm abwenden und mit etwas anderem beschäftigen.

Nur ich schaue ihn immer noch an und überlege, wie ich ihn weiter beschatten soll, wenn er jetzt aufsteht und weggeht. Ich habe keine Lust, die Unterhaltung mit meinen beiden Begleitern zu beenden, nur um einem Schürzenjäger hinterherzujagen.

Aber was passiert? Genau. Franz bemerkt natürlich, dass ich ihn schon wieder nicht aus den Augen lasse, und nimmt das als Einladung. Er prostet mir mit seinem leeren Bierkrug zu, grinst, steht auf und kommt an unseren Tisch.

»Na, schöne Frau, so alleine hier?« Von oben herab bedenkt er mich mit einem gönnerhaften – ja, was? – Zwinkern. Ich könnte schreien. Aber dann sage ich mir: Wenn er mit dir zusammen ist, kann er keine andere Frau anbaggern, und ich muss ihm nicht hinterherlaufen. Einfacher geht's nicht. Ein Lächeln erscheint auf meinem Gesicht, und unter dem Tisch streife ich heimlich meinen Ehering ab. Wenn schon undercover, dann richtig.

Meine freundliche Miene ist ihm Antwort genug. Er nötigt mein Gegenüber zu rutschen und lässt sich nieder. Zwar spüre ich, dass sich Herr Biedersteiner und Frau Lindner darüber wundern, aber ich ignoriere es. Bei Gelegenheit werde ich sie über meinen Inkognito-Auftrag aufklären. Aber das hat Zeit.

Ich stelle Herrn Biedersteiner, den ehemaligen Rechtsanwalt, als Staatsanwalt a. D. vor, was meinen Bekannten erneut überraschte Blicke entlockt. Aber ich denke, dass sich Franz in Gesellschaft eines Staatsanwaltes bestimmt besser benehmen wird. Darüber hinaus wähle ich als Abwehrtaktik das intensive Ausfragen. Das fällt mir zugegebenermaßen nicht schwer.

Schnell bekomme ich heraus, dass es sich tatsächlich um »meinen« Franz handelt. Der Name Schlagl ist nicht so geläufig hier in der Gegend, außerdem arbeitet er in einem Büro. Er ist »*der* wichtige Mann«, wie er sich ausdrückt, bei der Ilzdorf-Brauerei. Über ihn laufen alle Aufträge und Bestellungen. Damit sieht es im Moment allerdings nicht so rosig aus, verrät er mir gleich im Vertrauen und beugt sich dabei näher zu mir herüber. Dass sein Blick in meinen Ausschnitt wandert, ist wahrscheinlich nur Zufall.

»Das ist ja interessant«, hauche ich und klimpere mit den Wimpern. Langsam macht mir dieses Spiel Spaß.

Franz zieht seine Brieftasche heraus und sucht etwas. »Jetzt hab ich nur die Visitenkarten von der Brauerei dabei, so ein Mist«, meint er. »Aber das geht auch.« Er zückt einen Kugelschreiber. »Wenn'st mal eine spezielle Bestellung hast, Karin, für ein Festerl oder so, ruf mich an.« Er kritzelt seine Handynummer auf eine freie Fläche und schiebt mir die Karte mit einem Augenzwinkern rüber. »Oder wenn ich sonst was für dich tun kann.«

Der hält sich für ein Geschenk an die Frauen. Meine Herren! Ich mag solche Typen ja gar nicht, aber ich will unserer kurzen Bekanntschaft nicht gleich am Anfang den Todesstoß versetzen. Also bedanke ich mich sparsam, stecke die Karte in mein Portemonnaie und stelle die Handtasche wieder neben mich auf die Bank.

Und weiter geht es mit der Selbstdarstellung. »Ja, und seit Neuestem laufen Chinesen in unserem Betrieb herum. Das macht natürlich alle nervös. Wer weiß, ob die uns nicht übernehmen wollen?« Er schiebt die aufgekrempelten Ärmel seines Hemdes tatkräftig nach oben. »Aber selbst die Chinesen werden einen guten Mann erkennen, wenn sie ihn vor sich haben.« Er verzieht den Mund. »Ich hab da gar keine Bedenken. Mir passiert nichts.«

In diesem Augenblick legt sich eine Hand auf seine Schulter. Eine sehr gepflegte, aber dennoch männlich wirkende Hand. Schlanke, kräftige Finger mit perfekten Nägeln.

Ich lasse meinen Blick nach oben gleiten. Dabei muss ich

meinen Kopf in den Nacken legen. *Dieser* Mensch ist stattlich zu nennen. Keine Frage.

Überrascht stelle ich fest, dass es der gut aussehende Mann ist, der mir heute Vormittag am Kirchplatz den erhobenen Daumen gezeigt hat. Und von der Nähe aus betrachtet sieht er noch besser aus. Die lederne Kniebundhose sitzt wie angegossen an seinem Körper, das weiße Trachtenhemd unterstreicht seine dezente Bräune, die dunklen Haare mit den aparten grauen Strähnen sind perfekt geschnitten. Als er lächelt, spinnen sich feine Falten um seine dunkelbraunen Augen.

»Grüß Sie Gott, Schlagl. Auch beim Anstich? Freilich, Sie sind ja immer an vorderster Front. Wie im Betrieb.« Er schlägt ihm auf die Schulter. »Und noch dazu in so charmanter Begleitung.« Er streckt mir seine Hand hin. Sie ist trocken und kühl. »Darf ich mich vorstellen: Georg Ilzdorfer.«

Oh, der George Clooney. Da hätte ich aber auch von allein drauf kommen können.

»Angenehm. Karin Schneider.« Unter seinem Blick kriecht eine wohlige Wärme aus meinem Dekolleté und schleicht den Hals hinauf.

»Sie haben sich heute gut geschlagen, Frau Schneider. Die Reitmeier Rosi kann manchmal schon recht anstrengend sein.« Er hat meine Hand immer noch nicht losgelassen. Meine Handflächen pulsieren. Nun legt er auch noch seine zweite darauf. Ich bemühe mich um Gelassenheit.

»Sagen Sie, sind Sie etwa *die* Karin Schneider, die die Morde aufgedeckt hat?« Er neigt seinen Kopf zur Seite, und es sieht nicht im Geringsten affig aus. Wirklich!

Nun hat sich die Röte bis in meine Wangen vorgearbeitet. Ich spüre es ganz deutlich. Was soll ich darauf sagen? Ich nicke und schweige.

»Meine Hochachtung, Frau Schneider. Wirklich bewundernswert.« Er sieht mir tief in die Augen. Seine schimmern golden. Fast kann ich mich nicht auf seine Worte konzentrieren. Aber das wäre sehr schade. Denn: »Entschuldigen Sie, dass ich Sie nicht gleich erkannt habe, aber so ein Zeitungsfoto kann Ihrer wahren Schönheit nicht gerecht werden.«

Und das hört sich überhaupt nicht schmalzig an. Überhaupt nicht. Ich schwöre!

»Bei Ihrer kriminalistischen Ader müssten Sie auch Waffen interessieren. Ich habe einen Revolver aus den Vierzigern bei mir zu Hause. Bei einer Versteigerung in den USA habe ich ihn vor Jahren«, er lacht auf, »nein, eher Jahrzehnten erworben. Angeblich soll er Al Capone gehört haben. Wenn Sie Lust haben, kommen Sie doch mal vorbei. Ich zeige ihn Ihnen gerne.«

Nach diesen Worten entlässt er meine Hand in die Freiheit, und ich beginne wieder zu atmen. Nur am Rande bekomme ich mit, dass sich Georg Ilzdorfer verabschiedet, dem Mann hinter mir zur Begrüßung auf den Rücken klopft, sich zu ihm hinabbeugt und ein paar Worte spricht. Dann kehrt er zu seinem Tisch drei Reihen von uns entfernt zurück. Ich bin mit Abkühlen beschäftigt.

Franz richtet seinen Kragen und meint: »Das war der Chef.«

Ja, das war ein Chef. Eindeutig. Ich spähe zu ihm hinüber. Er sitzt neben seiner Frau, deren Bekanntschaft ich ja heute bei den Münchhamers aufs Herzlichste erneuert habe. Diese Bissgurk'n hat so einen Mann! Wie hat die denn das geschafft? Umgeben sind die beiden tatsächlich von Chinesen. Fünf Stück, die für mich alle ziemlich ähnlich ausschauen.

Ilzdorfer ist ein guter Gastgeber, denn seine chinesischen Gäste lächeln unentwegt, und manchmal lachen sie sogar laut. Unter Umständen trägt das Festbier auch das Seine dazu bei.

Eben stellt eine sehr blonde Bedienung eine frische Runde auf dem Tisch ab. Dabei wackelt sie mit ihrem schmalen Hintern, den nur die Falten des Dirndls etwas aufpolstern, und schäkert mit Ilzdorfer. Kein Wunder, so wie der Mann aussieht. Sie legt sogar ihre Hand auf seinen Oberarm und beugt sich so weit nach vorne, dass er sicherlich einen guten Einblick in ihr Dekolleté hat. Seine Frau beachtet dieses Spielchen gar nicht, sondern sieht demonstrativ in die andere Richtung. Die beste Vorgehensweise in solch einer Situation. Die aufdringliche Bedienung bleibt lange am Tisch stehen, kichert über etwas, was Ilzdorfer zu ihr sagt, und wiegt ihre Hüften hin und her.

Als dann aber die Rufe nach Bier an den Nebentischen immer lauter werden, verabschiedet sie sich unwillig.

»I kimm ja scho!«, schreit sie und eilt davon. Ilzdorfer wendet sich wieder seinen Begleitern zu.

Am Rand der Gruppe sitzt eine junge, hübsche Frau. Kurze hennagefärbte Strubbelhaare und ein zartes Elfengesicht. Ob das die Haushälterin ist? Mit der Ilzdorfer ein Verhältnis hat? Eifersucht flammt in mir auf. So schnell geht das bei mir. Karin, komm runter!, denke ich mir. Bis heute wusstest du überhaupt nichts von seiner Existenz. Es ist nicht dein Problem, wenn er seine Frau mit dieser Elfe betrügt.

Sie lächelt quer über den Tisch zu ihm hinüber und sieht dabei einfach bezaubernd aus. Ein Brennen sticht in meinen Magen. So hinreißend kann man nur mit dreißig noch sein – ich also in diesem Leben nicht mehr. Ich schlucke den bitteren Geschmack dieser Erkenntnis hinunter.

Langsam werde ich gewahr, dass Franz mit mir redet. Ich lenke meine Aufmerksamkeit resigniert auf ihn.

»Gleich gibt's Ärger, hab ich gesagt.« Franz beißt seine Kiefer aufeinander, dass die Muskeln an seinen Schläfen hervorspringen.

»Wie bitte?« Wovon redet der Mann?

Franz weist mit dem Kopf schräg hinter mich. »Da, der Zauner Michael.«

Ich will mich umdrehen, werde aber im selben Moment heftig nach vorne gestoßen. Au, tut das weh! Frau Lindner beugt sich zu mir und legt beschützend ihren Arm um meine Schultern.

Gleichzeitig schreit der Typ hinter mir. Ängstlich drehe ich mich um. Ein kleiner bulliger Mann schraubt sich aus der Bank und steht mit geballten Fäusten da. Den quadratischen Schädel hat er wie zum Angriff gesenkt. Sein Ziel ist der Benedikt Venus, einer der größten Pferdebauern hier in der Gegend. Er organisiert das Rottaler Rodeo, das dieses Jahr zum ersten Mal stattfindet. Ich kenne ihn, denn Vicky, meine Jüngste, nimmt bei seinem Sohn Tim Reitunterricht. Eigentlich ein besonnener Mann. Ich finde es seltsam, dass er in eine Streiterei verwickelt ist.

Der andere brüllt jetzt. Ich verstehe kein Wort von dem, was er da von sich gibt. Sein Niederbayrisch ist von Alkohol und Wut zerfressen. Da muss ich passen. Venus murmelt beschwichtigende Worte, aber das scheint den anderen nur noch mehr zu reizen. Ich habe Angst, dass jeden Moment eine Schlägerei losbricht. Die flüchtige Überlegung, ob Franz mir dann beistehen würde, streift mein Bewusstsein. Da hab ich meine Zweifel. Eher schon Herr Biedersteiner.

Nun drängt sich jemand zwischen die beiden und redet auf den Bullen ein. Den kenne ich auch! Max Huber, ein gut gebauter Mittdreißiger, der immer braun gebrannt ist, seit er Bademeister im Freibad geworden ist. Er war mir eine große Hilfe, um den früheren Landrat zur Strecke zu bringen. Ich sage es ja, auf dem Karpfhamer trifft man alle!

»Dieser Zauner macht nur Schwierigkeiten«, mischt sich Franz in meine Gedanken ein. Er spricht hinter vorgehaltener Hand, damit der Stier ihn nicht hört. »Immer besoffen. Seine Frau kann einem leidtun.«

»Seine Frau?«, flüstere ich zurück. Wie kann man mit so einem überhaupt noch verheiratet sein?

»Ja, die Bedienung, die danebensteht. Das ist seine Frau. Vielleicht hat der Venus zu lange mit ihr geredet. Oder ihr zu viel Trinkgeld gegeben. Was weiß ich!«

Die Bedienung, ein dünnes Weiblein, beobachtet mit eingezogenem Kopf, wie sich ihr Mann gebärdet. Ihre abgearbeiteten Hände hat sie vor dem Bauch gefaltet, so als ob sie beten würde. Ihr Mund bewegt sich unablässig, ohne dass ein Ton zu hören ist.

Das überrascht nicht, denn dieser Zauner brüllt immer mehr. Max redet auf ihn ein, Venus macht abwiegelnde Gesten. Aber es hilft alles nichts. Das Gesicht des Mannes sehe ich nicht, aber sein Hals hat inzwischen eine ungesunde rote Farbe, und er zittert so stark, als ob er jeden Augenblick explodieren würde. Vielleicht sollte ich vorsichtig aufstehen und mich aus der Gefahrenzone bringen?

Da eilt ein Mann vom Ausschank herbei. Eine grüne Schürze umspannt seinen gewaltigen Bauch, den er wippend vor sich herträgt. Energisch streicht er sich über seinen schwarzen Schnurrbart, bevor er die Bedienung zur Seite schiebt, damit er näher herankann. So muss ein Wirt aussehen, denke ich mir.

»Ist das der Zauner-Wirt?«, frage ich Franz.

»Freilich, was hast du gedacht? Der ist der Einzige, der seinen Bruder zur Räson bringen kann.«

Seinen Bruder? Na klar. Der Zauner Michael ist natürlich mit dem Zauner-Wirt verwandt. Logisch.

Der Wirt stellt sich nahe vor seinen Bruder, legt eine Hand auf seine Schulter und redet leise auf ihn ein.

Ich beobachte, wie der Michael unter den Worten seines Bruders kleiner wird. Fast so, als würde er schmelzen. Bald ist vom rasenden Stier nichts mehr übrig geblieben, kraftlos sinkt er auf seinen Platz zurück.

Der Wirt nimmt einer vorbeieilenden Bedienung eine Mass ab und stellt sie seinem Bruder hin. Ein letztes Schulterklopfen, dann schickt der Wirt seine Schwägerin mit einer Kopfbewegung wieder an die Arbeit. Mit den Händen in deren Rücken führt er Venus und Max freundlich ratschend weg. Die beiden setzen sich auf die andere Seite des Zeltes. Ich sehe, wie der Wirt auch sie mit zwei Mass versorgt und sich mit einem Nicken verabschiedet.

»Na, das war ja knapp«, meint Herr Biedersteiner. »Ich hoffe, dass er jetzt ruhig bleibt.« Er wirft einen misstrauischen Blick auf den Störenfried. Auch ich vergewissere mich, dass hinter mir alles friedlich ist. Michael Zauner hängt über seinem Bierkrug und rührt sich nicht. Na gut.

»Ist der immer so?«, wispere ich.

Franz zieht eine Grimasse. »Oft. Ab und zu gibt ihm der Ilzdorfer einen Job bei uns, aber das macht auch mehr Arbeit, als dass es etwas bringt.« Er zuckt mit den Schultern. Franz ist mit dem Thema durch. Er tippt mich am Arm an. »Was ich dich noch fragen wollte …«

Ich wedle mit der Hand. »Gleich. Ich will nur schnell mal wohin.« Da die Gefahr nun vorbei ist, macht sich ein natürliches Bedürfnis drängend bemerkbar. Schließlich habe ich meine Mass fast schon geleert. Ich stemme mich hoch und muss mich kurz am Tisch festhalten. Hui, ich bin echt nichts gewöhnt!

Darauf bedacht, gerade zu gehen, stolziere ich den Gang zwischen den Tischen entlang. Mit jedem Meter wird es besser. Ich atme tief durch und orientiere mich. Da ist das Schild, das zum stillen Örtchen weist. Und darunter steht der Zauner-Wirt, die Arme verschränkt, und überblickt sein Reich.

»Das haben Sie ja prima hingekriegt.« Ich kann es mir nicht verkneifen, ihn anzusprechen. Und mit ein bisschen Alkohol im Blut klappt es gleich noch mal so gut. Nebenbei registriere ich, dass seine tiefschwarzen Haare bestimmt gefärbt sind.

Der Wirt beugt sich zu mir herüber. »Wie bitte?«

Ich zeige zu seinem Bruder. »Na, dass Sie eine Schlägerei verhindert haben. Ich hatte schon die größten Befürchtungen.«

Zauner winkt ab. »Das war nichts. Der Michi reagiert nur manchmal über. Das gibt sich schnell wieder.«

»Dann ist es ja gut«, meine ich und sehe Richtung Ausgang. Draußen ist es schon dunkel, aber die Lichter des Festes erhellen alles, auch die nähere Umgebung. Rosis Haus, das hinter ihrer großen Wiese zu erkennen ist, wird ebenfalls angestrahlt. Ich bilde mir ein, sie an ihrem Zaun stehen zu sehen. Schon wieder. Diese Frau!

»Da drüben haben Sie ja den nächsten Problemfall.« Ich weise mit der Hand Richtung Rosis Haus.

Der Wirt runzelt die Stirn. »Was meinen S'?«

»Na, die Reitmeier Rosi. Die wettert doch seit Jahren gegen das Fest und speziell gegen Sie.«

Zauner lacht auf. »Geh, die Rosi. Das interessiert doch keinen. Was kann die schon sagen? Dass ich Bier pansche? Oder dass meine Bedienungen Drogen in den Kartoffelsalat mischen?« Er ist sichtlich amüsiert.

»Nein, aber, dass Sie Rosis Katzen vergiften und einen Handtaschendiebesring organisiert haben.« Ich merke selber, wie hirnrissig es sich anhört, wenn man es ausspricht. Trotzdem würde ich an seiner Stelle nicht so entspannt reagieren, wenn mir jemand solch einen Blödsinn nachsagt.

Doch auch das kann die gute Laune vom Zauner nicht verderben. Er zeigt in die Runde. Das Zelt ist bis auf den letzten Platz besetzt. »Das sieht nicht so aus, als ob sich einer um ihr

Gerede scheren würde, ha? Ich kenn die Rosi schon seit der Kindheit. Wir waren zusammen in der Grundschul. Die war immer schon anders als die anderen. Und mit dem Alter werden die Weiberleut nicht einfacher.« Er tätschelt süffisant lächelnd meinen Arm und lässt mich stehen.

Okay. Dann nicht. Dann kümmere ich mich jetzt um meine eigenen Angelegenheiten. Und zwar schleunigst.

***

Als ich zu unserem Tisch zurückkehre, sehe ich, dass der Zauner Michael verschwunden ist. Sehr gut. An seiner Stelle sitzen zwei junge Mädels in knallbunten Dirndln, beide mit ihren Handys in der Hand.

Die Musik im Zelt ist inzwischen noch lauter geworden. Ich lasse mich neben Frau Lindner nieder und versuche, das Gesprächsthema meiner drei Bekannten aufzuschnappen. Ah ja. Das Rottaler Rodeo. Die Neuheit auf dem Karpfhamer dieses Jahr. Sie rätseln, ob es tatsächlich stattfinden wird. Da kann ich ihnen weiterhelfen.

»Ja, wird es«, werfe ich einfach in die Diskussion und habe damit ihre Aufmerksamkeit. »Die Vicky geht am Samstagvormittag auf den Venushof und hilft beim Herrichten und bei der anderen Stallarbeit, die sonst liegen bleiben würde.« So ein bisschen stolz bin ich schon auf meine Tochter. »Und um fünfzehn Uhr, nach dem Zehnerzug, ist dann die Vorführung. Bin schon gespannt.«

»Wieso gibt es plötzlich ein Rodeo auf dem Karpfhamer?«, fragt Frau Lindner. »Das ist doch was Amerikanisches oder nicht?«

Ich möchte gerade zu einer Erklärung ansetzen, aber Franz kommt mir zuvor.

»Da weiß ich Bescheid«, schmettert er und wirft sich in Positur. »Der Benedikt organisiert das, weil er selber ein halber Amerikaner ist.« Er lacht über die erstaunten Gesichter seiner Zuhörer.

»Der Venus war als junger Mann ein Jahr in Texas«, schiebe ich ein. Diese Effekthascherei vom Franz stört mich.

»Und da hat er nicht nur Rodeos, sondern auch seine Frau kennengelernt«, drängelt sich Franz wieder vor. »In Vegas hat der die Mary dann geheiratet, und sie ist mit ihm nach Niederbayern gekommen. Weil sie hier einen Reiterhof fürs Westernreiten aufbauen wollten. War ein bisserl schwer am Anfang, weil sie ja kein Deutsch gekonnt hat. Und erst recht kein Bayrisch. Aber dann ist der Tim auf die Welt gekommen, und alles war paletti, haben wir gedacht. War aber nicht so. Sie hat solches Heimweh gekriegt, die Mary, dass sie wieder zurück ist nach Texas. Der Bene hat sie nicht aufgehalten. Nur den Tim wollte er nicht hergeben, und so hat er den Westernstall und seinen Sohn allein aufgezogen.«

Frau Lindner und Herr Biedersteiner haben ihm aufmerksam zugehört. »Und warum macht er heuer ein Rodeo auf dem Karpfhamer?«, nimmt Frau Lindner ihre Ausgangsfrage wieder auf.

»Mei, es hat einige Zeit gedauert, bis die Zuständigen einverstanden waren«, meint Franz. »Der Benedikt hat immer gesagt, wenn es schon einen ›Stier von Pocking‹ gibt, muss der auch auf dem Karpfhamer zu sehen sein.«

Da die beiden seinen Witz nicht verstanden haben, springe ich bei. »›Der Stier von Pocking‹ ist ein Buch vom Wugg Retzer. Einem Journalisten von der Süddeutschen. Es ist eine Anthologie mit niederbayerischen Geschichten. Sozusagen ein Klassiker. Und ein Wirtshaus hieß auch so, aber das wird der Franz nicht gemeint haben.«

»Dann reitet der Herr Venus also auf einem Stier?«, fasst Herr Biedersteiner unsere ausschweifenden Erklärungen zusammen.

»Genau«, sagen wir beide wie aus einem Mund.

»Aber das ist erst der Anfang«, füge ich an. »Wenn das Rodeo gut ankommt, wird es nächstes Jahr ausgeweitet. Dann wird auch ein Kalb eingefangen und –«

»Das *breakaway calf roping*«, trumpft der Franz mit dem Fachbegriff auf, allerdings in einem Englisch mit markantem bayerischen Akzent.

»Ja, richtig.« Ich frage mich, woher er dieses Insiderwissen hat. Mich hat Vicky seit Wochen damit zugetextet. »Und zum

Abschluss soll ein Rettungsrennen ausgetragen werden.« Neugierig schaue ich zu ihm hinüber, ob jetzt auch wieder der amerikanische Ausdruck kommt, und werde nicht enttäuscht.

»Das *rescue race.*«

Ich nicke. »Ein Cowgirl reitet zu seinem Cowboy, und er muss aufspringen. Das Paar, das am schnellsten ist, hat gewonnen. Aber das ist noch Zukunftsmusik. Da gibt es dann auch eine Ausschreibung, und die Leute können sich anmelden. Die Vicky träumt davon, nächstes Jahr mitzumachen.«

»Das ist ja interessant«, meint Herr Biedersteiner. »Dann sollten wir uns das übermorgen nicht entgehen lassen, nicht wahr, Trude?«

»Auf keinen Fall, Bernhard«, stimmt sie ihm zu. Sie nimmt seine Hand und drückt sie. Ist es nicht wunderbar, wenn man auch noch im fortgeschrittenen Alter die Liebe finden kann? Da springt sofort meine sentimentale Seite an.

»Wer ist eigentlich Vicky?«, fragt Franz und klingt, wenn ich es in diesem Trubel richtig einschätzen kann, ein wenig misstrauisch. Nun heißt es aufpassen, wenn meine Tarnung nicht auffliegen soll.

»Woher kennst du dich eigentlich so unglaublich gut im Rodeo aus?«, versuche ich ihn mit einer Schmeichelei abzulenken.

»Ach, ich kenn den Venus schon ewig. Wir schafkopfen immer am Donnerstag im Lebzelter. Und wer ist jetzt die Vicky?«

Ich tue so, als ob ich ihn nicht gehört hätte, und fische stattdessen nach meiner Tasche, die von der Bank gerutscht sein muss.

»Wollen wir hier mal raus?«, frage ich und verschwinde mit meinem Kopf halb unter dem Tisch. Irgendwo hier muss sie doch sein! Ich ertaste ein kaltes Schweinswürschtel und eine Serviette, aber keine Handtasche. Das gibt's doch nicht!

»Suchen Sie etwas, Frau Schneider?« Herr Biedersteiner hat mich beobachtet.

Ich stehe auf. »Meine Handtasche. Die muss mir von der Bank gefallen sein.« Wieder tauche ich ab. Als sich auch noch Herr Biedersteiner, Frau Lindner und Franz erheben und mir beim Suchen helfen, wir die Nachbartische abklappern und die

Bedienungen fragen, ist irgendwann klar: Die Tasche ist weg. Gestohlen!

Ich schlage mir die Hand vor den Mund. Mein Gott! Was da alles drin war! Mein Geldbeutel mit Bank-, Kredit- und Krankenkassenkarte, mein Personalausweis, mein Handy, mein Autoschlüssel, mein Haustürschlüssel. Von diversem Kleinkram nicht zu reden.

So ein Megamist!

»Da müssen Sie zur Polizei, liebe Frau Schneider«, rät mir Herr Biedersteiner. Ich starre ihn an und erinnere mich augenblicklich an die anderen Gelegenheiten, bei denen er mir diesen Satz gesagt hat. Und immer ist es ein sinnloser Rat gewesen, weil die Polizei nicht helfen konnte. Oder wollte.

Aber es hat keinen Sinn, sich dagegen zu sträuben. Wenn ich wenigstens eine klitzekleine Chance haben möchte, meine Habseligkeiten wiederzubekommen, muss ich Anzeige erstatten.

»Okay. Ich gehe. Hier ist doch irgendwo auch eine Station auf dem Festgelände, oder?«

»Ja, direkt beim Eingang. Sollen wir Sie begleiten?« Frau Lindner sieht mich besorgt an.

Ich schüttele den Kopf. »Nein, nein. Das schaff ich schon allein.« Ich reiche ihnen die Hand. »Wir laufen uns hier bestimmt noch mal über den Weg. Spätestens übermorgen beim Rodeo. Franz, servus, war nett.« Ich wende mich zum Gehen. Um ihn kann ich mich jetzt wirklich nicht mehr kümmern.

»Warte.« Franz springt auf und drückt mir zwei Abschiedsbusserl auf die Backen. »Denk an meine Nummer auf der Visitenkarte. Falls du unsere Bekanntschaft vertiefen willst«, sagt er – und zwinkert mir zu.

Innerlich aufstöhnend tätschle ich seine Schulter und gehe.

***

Jetzt ist mir doch tatsächlich meine Handtasche gestohlen worden! Das darf doch gar nicht wahr sein. Aber wir haben alles abgesucht. Die ist weg. Futsch. Ich hätte besser auf sie aufpassen müssen. Sie am Arm lassen. Oder mich draufsetzen. Hab ich sie auf dem Klo dabeigehabt? Ich überlege angestrengt. Nein. Ich glaube nicht. Wie konnte ich nur so dumm sein!

Ich zwänge mich durch die Bierzeltbesucher und weiche Bedienungen aus, die mit vollbeladenen Tabletts durch die Gänge sausen. Das Gedränge macht mich aggressiv. Ich habe es eilig! Kurz vor dem Ausgang des Zeltes versperrt mir ein gewaltiger Bauch in Grün den Weg. Der Zauner-Wirt.

»Pardon.« Er tritt zur Seite und macht mir Platz. Dann erkennt er mich. »Gehen S' schon?«

Der kommt mir gerade recht. »Ich wäre gerne länger geblieben«, sage ich und stemme meine Hände in die Seite. »Dann wurde mir allerdings meine Handtasche gestohlen. Hier. In Ihrem Zelt.« Meine Augen verengen sich zu Schlitzen. »Genau wie Rosi gesagt hat.«

»So ein Pech«, antwortet er geschäftsmäßig. Er zeigt mit seinem dicken Daumen nach hinten. Und da steht er doch in der Tat wieder unter einem passenden Schild: »Für Diebstähle wird nicht gehaftet«.

***

Auf der Polizeistation ist ein Mordsauflauf. Ein G'schmackl aus Schweiß und Bierausdünstungen wabert durch den Raum. In einer Ecke liegt eine junge Frau auf einer Trage. Sie ist sehr blass im Gesicht. Sanitäter kommen herein, nehmen die Bahre auf und tragen sie hinaus. Dafür liefern Sicherheitskräfte zwei eindeutig stark angetrunkene Burschen an. Die werden zu den drei anderen Besoffenen, die vor sich hin rülpsen, auf eine Bank gesetzt. Einer von ihnen gibt gerade sein Bier wieder von sich. Das ist das Startzeichen für die anderen. Ich halte die Luft an und schaue woandershin.

Eine dunkelhaarige Frau redet auf einen Beamten ein. Wie sollte es anders sein? Sie vermisst ebenfalls ihre Handtasche.

»Entschuldigen Sie«, mische ich mich in ihre Schilderung ein. »Mir ist auch die Tasche gestohlen worden. Im Zauner-Zelt. Waren Sie auch im Zauner-Zelt?«

Vielleicht hat Rosi doch recht, und der Zauner betreibt einen organisierten Handtaschendiebstahl!

Sie sieht mich verwirrt an. »Nein, ich saß in der Sternsteinhof-Hüttn.« Dann dreht sie sich wieder zu dem Polizisten um.

Es dauert eine Weile, bis jemand für mich Zeit hat. Der junge Beamte, den ich an Rosis Gartenzaun kennengelernt habe, nimmt meine Anzeige auf. Polizeimeister Riedl. Ob ich was beobachtet hätte?

Darüber habe ich auch schon die ganze Zeit nachgedacht. »Na, der Zauner Michael saß hinter mir«, tue ich das Ergebnis meiner Überlegungen kund.

»Ja, und?« Er sieht mich mit leicht vorstehenden Augen an. Die sind schon auffällig. Er sollte sich mal die Schilddrüse untersuchen lassen.

Ich zögere. Manchmal muss man auch was riskieren. »Na ja, man erzählt sich, dass der Zauner einen Handtaschendiebesring in seinem Zelt aufgezogen hätte, und der Bruder könnte der Handlanger sein.« Jetzt ist es heraus.

Der Polizist schaut mich verblüfft an.

Vielleicht war es gut, dass ich es gesagt habe. Manchmal sieht man ja das Naheliegende erst, wenn einen ein anderer darauf hingewiesen hat.

Er fängt jedoch zu lachen an.

Ich schnaufe.

Er hört gar nicht mehr auf damit. Erbost schaue ich ihm beim Lachen zu.

Endlich beruhigt er sich wieder. »Frau, äh …« Der Beamte sieht auf das Blatt vor ihm. »Frau Schneider, meinen Sie nicht, dass es für einen Wirt sehr ungünstig wär, in seinem eigenen Zelt kriminelle Handlungen zu begehen, noch dazu durch seinen eigenen Bruder?« Seine Augen batzeln noch ein bisschen weiter raus.

Ich verziehe meinen Mund. Dann halt nicht.

»Solche Banden, wie Sie sie im Sinn haben, kommen meist aus Tschechien oder Polen. Die fallen einen Tag über das Fest her, klauen wie die Raben und verschwinden dann wieder.« Seinen mitleidigen Blick, der an mir klebt wie Kaugummi, kann er sich sparen. Ich bin nicht so minderbemittelt, wie er womöglich gerade denkt.

Er ist mit seiner Rede allerdings noch nicht fertig. »Und wenn ich Ihnen einen guten Rat geben darf: Lassen Sie solche Verdächtigungen. So ein Tatbestand der üblen Nachrede ist schnell erfüllt. Das sag ich der Reitmeier Rosi auch immer, wenn sie alle zwei Tage aufs Revier kommt und den Zauner anzeigen will.«

»Ist ja gut. Ich wollte ja nur zur Aufklärung beitragen.« Beleidigt reiße ich die Bestätigung meiner Anzeige an mich und stapfe aus dem Polizeigebäude.

***

Und mein Glück hält an. Kaum bin ich draußen, spüre ich die ersten Regentropfen auf meinem Kopf.

Eigentlich wollte ich noch mal ins Zelt schauen, ob wir doch was übersehen haben. Ich wende mich in Richtung Zauner-Zelt, da donnert es und – platsch – klatscht eine ganze Ladung Wasser vom Himmel runter. Von jetzt auf gleich schüttet es wie aus Eimern, und ich bin innerhalb von Sekunden tropfnass. Die Leute um mich herum rennen zu ihren Autos. Das würde ich jetzt auch gerne machen, aber ich habe ja keinen Autoschlüssel mehr.

Schon bilden sich die ersten Pfützen. Das geht hier schnell. Der Boden ist hart, da läuft das Wasser nicht ab. Vor einigen Jahren hat es so viel in so kurzer Zeit geregnet, dass die Parkplatzwiesen unter Wasser standen und die Autos teilweise absoffen. War ein nettes Foto in der Zeitung – wenn es einen nicht selber betroffen hat.

Meine Frisur, die mich heute Nachmittag eine halbe Stunde vor dem Spiegel gekostet hat, löst sich auf, und nasse Strähnen gleiten über meine Stirn, um sich vor meinen Augen zu ringeln. Ich wische sie ärgerlich fort. Himmelherrgott, das darf doch alles nicht wahr sein!

Unschlüssig drehe ich mich im Kreis. Was soll ich machen? In einem Zelt Zuflucht suchen? Aber das ist, so nass, wie ich inzwischen bin, auch umsonst. Ob hier jemand herumläuft, der mich mitnehmen kann? Ich blicke in die Gesichter der Menschen, die eilig an mir vorbeihasten. Die Frauen, die ihre Handtaschen noch haben, halten sie als Regenschutz über den Kopf. Niemand, den ich kenne. Ich drehe mich weiter und überdenke meine Möglichkeiten. Der Taxistand ist verwaist. Natürlich sind alle Taxis bereits weg. Da hätte ich schneller sein müssen. Mensch! Warum ich?

Ungestüm stapfe ich mit dem Fuß auf, um mich aus meinem Selbstmitleid zu befreien. Klappt auch ganz gut, denn mein Absatz bricht ab, und ich bin stante pede wütend. Ich hebe ihn auf und schmeiße ihn mit aller Kraft in die Regenwand.

Das bedeutet also, nach Hause zu humpeln. Das Gewitter kracht über mir. Blitze erleuchten den Regen. Es fehlt nur noch, dass mich einer davon erschlägt. Ich ziehe den Kopf zwischen die Schultern und verschränke meine Arme vor der Brust. Ich hasse Gewitter. Außerdem wird mir langsam kalt. Ich habe fünf Kilometer Fußmarsch vor mir und sollte mich auf den Weg machen, wenn ich heute noch zu Hause ankommen will. Jetzt ist es halb elf.

Holprig geht es voran. Als ich mich Rosis Haus nähere, denke ich, ich sehe nicht recht. Da steht tatsächlich dieses Weib noch am Gartenzaun. Was macht sie da?

Ich hinke auf sie zu. Der Regen fließt über mein Gesicht und platscht auf den Weg. Trotzdem, ich bin mir nicht sicher, aber ja, Rosi redet. Steht an ihrem verdammten Zaun, hält den Kopf starr geradeaus und brabbelt vor sich hin. Ist sie jetzt komplett verrückt geworden?

»Rosi?« Ich habe sie fast erreicht. Sie reagiert nicht. Was sie sagt, kann ich nicht verstehen. Ich bleibe direkt neben ihr stehen und stupse sie in den Arm. »Rosi? Hey!«

»Mimi, Blessi, Peterl, Bazi, Schwarza, Striezi, Loisl, Graua, Burli, Kopferl, Tratschn, Oide, Wuide, Kloane, Tiga, Sockn, Bussal, Engerl …« Diese Namen wiederholt sie ohne Unterlass.

»Rosi. Du musst reingehen. Es regnet«, versuche ich sie zu erreichen. Keine Chance.

Mit sanfter Gewalt löse ich ihre Finger von den Zaunlatten.

Sie sind eiskalt. Ich schiebe Rosi vom Gartentor weg, öffne es und gehe hinein. Steif steht sie da und murmelt die Namen ihrer Katzen. Ich nehme sie bei den Oberarmen und führe sie zu ihrem Haus.

Neben der Haustür wächst ein eindrucksvoller Holunderbusch. Er ist bestimmt schon sehr alt, denn die Stämme sind enorm dick, und die Krone reicht bis zum ersten Stock.

Unter dem Busch ragen kleine Holzkreuze aus der Erde. Die letzten Ruhestätten ihrer Katzen. Sie hat mir damals in den Gesprächsterminen erzählt, dass sie ihre Lieblinge unter dem Hollerbusch begräbt. Dort sind sie immer bei ihr. Im Laufe der Jahre ist eine beachtliche Anzahl zusammengekommen. Das frische Grab von Mimi liegt fast neben dem Fußweg zum Gartentor. Es gibt noch kein Kreuz mit Namen. Daneben ist dem Anschein nach ein uraltes, denn das Holz ist bereits ziemlich verwittert. Ein Stück entfernt liegt ein Kreuz umgeknickt, und ein dunkles Etwas verdeckt es halb. Ich kneife die Augen zusammen. Ist das …? Nein, das kann nicht sein. Ich werde es mir später anschauen. Erst bringe ich mal Rosi ins Bett.

Die Haustür ist nur angelehnt. Ich stoße sie ganz auf, und vor uns erscheint ein Stück dunkler Flur. Instinktiv taste ich nach dem Lichtschalter, spüre aber nur ein seltsames Ding unter meinen Fingern. Sie wissen jedoch, was sie damit anfangen sollen, drehen das Mittelteil herum, und es wird hell.

Wie eine Aufziehpuppe geht Rosi vor mir her, wendet sich nach rechts und verschwindet in der Küche. Ich folge ihr und mache Licht. Auch hier gibt es diesen altertümlichen Drehschalter, den ich bislang nur aus dem Manufaktumkatalog kannte.

Rosi hantiert bei der niedrigen Anrichte herum, nimmt einer Schlafwandlerin gleich ein Schnapsglas aus dem Küchenbüfett, entkorkt eine Flasche, gießt sich von dem schwarzvioletten Inhalt ein, legt eine Tablette in ihren Mund und trinkt. Dann füllt sie das Glas nochmals und leert es wieder in einem Zug. Den Kopf weit nach hinten gelegt. Ein drittes folgt.

Im Umdrehen stellt Rosi das Glas ab und schlurft an mir vorbei. Ich folge ihr. Mit gleichmäßigen Bewegungen schreitet sie die Holztreppe nach oben und biegt in ihr Schlafzimmer ein. Ein karger Raum mit einem schmalen Bett und einem Schrank. Nur noch schwach klopfen die Regentropfen gegen das winzige Fenster. Das Gewitter verzieht sich. Ich helfe Rosi, sich auszuziehen und das Nachthemd überzustreifen. Still legt sie sich ins Bett und schließt die Augen. »Mei Kopf, mei Kopf«, jammert sie noch, dann ist sie eingeschlafen.

»Gut Nacht, Rosi«, flüstere ich und bekomme keine Antwort mehr. Ich gehe hinaus und lösche das Licht. Dabei sehe ich, dass über dem Lichtschalter ein kleines Weihwasserbecken aus Messing hängt. Ich greife mit zwei Fingern hinein, sie werden nass, und ich bekreuzige mich. Das ist so über mich gekommen. Es kann nicht schaden.

Ich schleiche die Treppe nach unten und beeile mich, aus dem Haus zu kommen. Es ist mir unheimlich. Diese alten Bauernhäuser … Sie haben so viel Leid miterlebt, bestimmt auch Freude, aber irgendwie habe ich das Gefühl, mehr Leid. Das ist in ihr dunkles Holz eingedrungen, und das atmen sie – vor allem in der Nacht – wieder aus. Nein, ich will hier raus.

Ich ziehe die Haustür zu und eile zum Gartentor. Halt. Nein. Ich will mir ja noch das Ding unterm Hollerbusch ansehen.

Der Regen hat tatsächlich nachgelassen, eine positive Entwicklung. Ich trete auf die durchweichte Wiese und gehe die paar Schritte zum Busch, beuge mich hinunter und erstarre. Das gibt's doch nicht! Da liegt meine Tasche! Ich reiße sie an mich. Ohne Zweifel. Das ist sie. Wie kommt sie denn dahin?

Hat Rosi sie gestohlen, um den Verdacht auf den Zauner zu lenken? Aber dann hätte sie ja im Zelt sein müssen, und da hätte ich sie bestimmt bemerkt. Hundertprozentig. Außer, na ja, wenn sie in der Zeit gekommen wäre, als ich auf dem Klo war. Allerdings hätten meine Bekannten sie gesehen und mir sicherlich etwas davon gesagt. Nein, dass Rosi etwas damit zu tun hat, ist unwahrscheinlich. Es muss jemand anderes die Tasche geklaut haben. Also doch der Zauner Michael? Polizei hin oder her. Der Riedl ist auch nicht allwissend. Vielleicht hat Rosi was beobachtet. Da muss ich sie gleich morgen ausfragen. Und dem Zauner Michael fühl ich auch noch auf den Zahn.

Ich richte mich auf und öffne die Tasche. Handy, Autoschlüssel, Haustürschlüssel, Geldbeutel, alles da. Unglaublich. Ich durchsuche mein Portemonnaie. Das Geld ist weg. Zweihundert Euro. Autsch. Aber sonst fehlt nichts. Alle Karten stecken in ihren Fächern. Mein Ausweis. Unglaublich!

Ich wandere kopfschüttelnd aus dem Garten. Jetzt muss ich nicht die ganze Strecke nach Kirchmünster mit meinem kaputten Schuh humpeln, sondern kann mit dem Auto zurückfahren. Wie schön. Plötzlich schüttelt es mich durch. Mir ist saukalt. Hoffentlich habe ich mich in den nassen Klamotten nicht verkühlt, dafür bin ich anfällig. Ich sollte schauen, dass ich endlich nach Hause komme.

Auf dem riesigen Parkplatz steht mein Kangoo und wartet auf mich. Die Straßen sind leer. Der Regen hat aufgehört. Flott düse ich Richtung Heimat.

Als ich auf halber Strecke beim Kirchmünsterer See vorbeikomme, reißt die Wolkendecke auf, und der Vollmond lugt hervor. Sein Licht spiegelt sich auf der sanft gekräuselten Oberfläche des Wassers. Die Büsche und Bäume am Ufer sind nur als schwarze Umrisse zu erkennen. Ich fahre langsamer und bewundere die Nachtlandschaft. So ein Bild müsste Isabell malen, denke ich mir. Da sehe ich das Auto. Einsam steht ein dunkles BMW-Cabrio am See. Das Dach geschlossen. Da hatte noch jemand Lust auf einen Spaziergang. Oder brauchte ein Liebespaar ein heimliches Versteck?

2

Freitag

Beim Frühstück blättere ich die Passauer Neue Presse durch. Wie erwartet gibt es unter »Bad Griesbach/Kirchmünster/Karpfham« eine ganze Seite mit Fotos und Berichten vom Anstich auf dem Karpfhamer. Der Bürgermeister beim Anzapfen, die Menschenmassen in den Budengassen, ein kleines Mädchen mit einem Delphin-Luftballon. Ha! Wer ist das? Der Max Huber, der gestern versucht hat, den Zauner Michael zu beruhigen, als der sich mit dem Venus angelegt hatte. Ich glaube es nicht! Er steht hinter dem Mädchen, hält das ganze Paket Schnüre der glitzernden Kinderträume in der Hand und schaut lächelnd auf die Kleine. Ist er jetzt unter die Luftballonverkäufer gegangen?

Im Bericht selbst lese ich weiter unten eine Warnung der Polizei. Schon am ersten Tag sei es zu Zwischenfällen mit K.-o.-Tropfen gekommen. Außerdem seien zwei Handtaschen gestohlen worden. Ja, das kann ich bestätigen. Die Polizei rät zur vermehrten Achtsamkeit. Soll ich denen sagen, dass meine Tasche wieder aufgetaucht ist? Nein, erst mal muss ich mit der Rosi reden.

Die Küchentür fliegt auf, und Vicky kommt herein. Wie immer ist sie das Erste der Kinder, das in den Ferien aus dem Bett springt. Je älter sie werden, desto länger schlafen sie. Linus muss ich manchmal um halb eins zum Mittagessen aus dem Bett stauben.

Aber meine Jüngste gehört noch zu den Frühaufstehern.

»Hey, Mama. Wie war's gestern?«, fragt sie und holt sich den Toast aus dem Kühlschrank.

Ich gebe ihr einen kurzen, kindgerechten Abriss. Sie ist an den richtigen Stellen entrüstet, lacht aber auch bei der Vorstellung, wie ich mit einem abgebrochenen Absatz durch Karpfham gehumpelt bin. Noch kommen die Emotionen ungefiltert aus ihr heraus.

»Was sind das für Handschuhe?« Ich halte ein paar ausgebeulte

Dinger in die Höhe, die auf dem Boden neben der Küchentheke gelegen sind.

»Die gehören Stefan. Der macht fei Parcours, das ist voll cool.« Vickys Augen glänzen.

»Parcours?« Was ist das Neumodisches?

»Ach, Mama, das kennst du. Da klettert man durch die Stadt. Also überall hinauf und hinunter, was es da so gibt. Über Geländer, Hausmauern, Aschentonnen. Das ist echt cool. Stefan sagt, er möcht noch bei so einem Profitypen in New York einen Workshop machen. Aber ich find ja, der Stefan kann das jetzt schon super«, schwärmt sie. »Mir bringt er es auch bei, hat er gesagt.«

»Okay ...« Ich weiß noch nicht, ob ich damit wirklich einverstanden bin. »Ist das nicht gefährlich?«

»Schmarrn.« Vicky wackelt missbilligend mit dem Kopf. »Auch nicht gefährlicher als Reiten.«

Stimmt, darüber bin ich ebenfalls nicht glücklich. Aber man kann seine Kinder ja nicht in Watte packen.

»Wo wohnt denn der Stefan?«, frage ich.

»In Kirchmünster, Pillhamer Straße 17«, antwortet sie wie aus der Pistole geschossen.

»Dann bring ich ihm die heute vorbei«, sage ich. »Ich muss eh in die Richtung.« Das ist zwar geschwindelt, denn die Ilzdorfers wohnen eben nicht in Karpfham neben der Rosi. Aber ich muss meiner Tochter ja nicht auf die Nase binden, dass ich den Georg Ilzdorfer gerne wiedersehen will.

»Nee, die geb ich ihm, Mama. Wir wollten heute sowieso zusammen aufs Fest.« Vicky greift nach den Handschuhen, aber ich lasse nicht los.

»Passt schon, Vicky, ich fahr ohnehin vorbei.« Ich zerre sie ein Stück zurück.

»Mama, was soll das? Das ist mein Freund!« Sie wird rot. »Also, ich meine, *ein* Freund. Du weißt schon«, fügt sie ärgerlich hinzu.

»Okay, ich sag dir, warum ich sie unbedingt zurückbringen möchte. Ich muss etwas nachschauen dort.« Jetzt werden meine Ohren heiß. Ich habe es nicht so mit dem Lügen.

»Nachschauen? Was musst du nachschauen?« Vicky kräuselt ihre Nase, und ihre Sommersprossen formieren sich zu einem neuen Muster.

»Halt dann ermitteln, wenn du das besser verstehst.« Schön langsam komm ich mir blöd vor, mit meiner Tochter um die alten Handschuhe zu streiten wie zwei räudige Hunde. Aber sie wären der perfekte Vorwand.

»Beim Stefan?« Vicky ist entrüstet. »Was hat er denn gemacht?«

Ich schnaufe ungeduldig. »Er hat nichts gemacht. Auch seine Eltern haben nichts gemacht«, komme ich ihrer nächsten Frage zuvor. »Aber ich muss trotzdem hin.« Damit reiße ich wieder an den Dingern.

»Dann nimm sie halt, Mensch.« Vicky ist eingeschnappt. Ich kann das auch verstehen. Trotzdem ist es nicht zu ändern.

»Danke, mein Schatz!« Ich versuche, ihr ein Bussi zu geben, aber sie dreht ihr Gesicht zur Seite. »Bald kann ich dir erzählen, worum es geht.« Wenn ich es selbst weiß.

»Meinetwegen.« Sie ist Gott sei Dank nicht nachtragend. »Aber dann ist es okay, wenn ich heute Nachmittag mit ihm aufs Karpfhamer geh, gell? Wir wollen den Airport fahren, willst du mit?« Sie grinst. Es ist ein alter Witz, dass ich noch nicht einmal in ein Kettenkarussell einsteige.

»Nein.« Das ist doch eine dieser Mörderstangen, an der wehrlose Menschen in atemberaubender Höhe herumgeschleudert werden. Nie im Leben bringt mich da jemand rein! »Und es ist nicht nett, jemanden wegen seiner Angst auszulachen«, necke ich sie und gebe ihrer Nase einen Stups.

»Es tut mir so leid, Mamilein«, flötet sie. Um im nächsten Augenblick den Kopf schief zu legen und die Hand auszustrecken. »Krieg ich Geld?«

Ich finde, das ist ein fairer Handel.

***

Kurz darauf mache ich mich mit meinem ergatterten Eintrittsschlüssel zum Haus vom Georg Ilzdorfer auf. Obwohl Haus arg untertrieben ist, wie ich feststelle, als ich davorstehe. Villa wäre ein passenderer Ausdruck.

Nahe dem Wald am Ende einer ruhigen Sackgasse haben sich die Ilzdorfers einen Prachtbau hingestellt. Walmdach, Erker, bodentiefe Fenster, Doppelgarage. Ein Traum von einem Haus, umgeben von einem gepflegten Garten, besser gesagt Park, mit hohen Bäumen. Vor den Garagen stehen ein weißer Cinquecento und ein anthrazitfarbenes BMW-Cabrio. Ist das etwa das Cabrio vom See?

Auf meinem Weg zum Haus biege ich zum BMW ab, um ihn mir genauer anzusehen. Ein schickes Ding mit so einem kleinen Lenkrad. Auf dem Rücksitz liegen eine feine Strickjacke, die eindeutig nach Frau Ilzdorfer aussieht, und ein Cap mit dem Logo vom Golfclub. Ansonsten ist der Innenraum picobello sauber. Wenn ich da an meinen Kangoo denke!

Von außen hätte der Wagen allerdings eine Wäsche vertragen. Die Reifen und die Karosserie sind schlammverspritzt. Den Dreck könnte er am Kirchmünsterer Weiher nach einem kräftigen Regen abbekommen haben. Der Parkplatz dort ist mehr Schlammwüste als Schotter. Und es gibt bestimmt nicht viele anthrazitfarbene BMW-Cabrios hier in der Gegend, deren Besitzer gerade gestern Abend einen Spaziergang am Wasser genießen wollten. Dann würde ich mal knallhart kombinieren, dass es dieser Flitzer war, den ich am Weiher gesehen habe.

Ich bin noch in meine Überlegungen vertieft, da öffnet sich die Haustür, und die Elfe vom Bierzelt wirft mir einen misstrauischen Blick zu.

»Kann ich Ihnen helfen?«, fragt sie und unterzieht mich einer gründlichen Musterung. Sie kann also noch anders als niedlich.

Ich hebe Stefans verbeulte Handschuhe hoch und wedele damit durch die Luft. »Ich möchte etwas zurückbringen.« Beschwingt trete ich näher. »Ist denn Herr Ilzdorfer zu Hause? Oder seine Frau?«, schiebe ich hinterher.

Die Elfe zieht ihre Lippen zu einer schlechten Kopie eines Lächelns auseinander. »Ich denke nicht, dass diese Dinger Herrn Ilzdorfer gehören. Oder gar seiner Frau.« Weidet sie sich etwa an der aufsteigenden Röte meines Gesichtes? Ich mag sie nicht.

Falsch lächeln kann ich auch. »Natürlich. Sie sind die Haushälterin, nicht wahr?« Ich versuche, die Oberarzt-, nein, inzwischen ja Chefarztgattin hervorzukehren. Aber es glückt mir nicht wirklich, denn ich hasse das.

Die Tür öffnet sich weiter, und Frau Ilzdorfer erscheint. Sie hat das Dirndl an, das sie bei den Münchhamers gekauft hat, als ich mit Isabell dort war. Sie sieht darin sehr vornehm aus.

»Kommst du, Tanja?« Dann erblickt sie mich und lässt mir genau den gleichen Blitzcheck angedeihen, wie ihre Angestellte es schon getan hat.

»Ah, Frau … ähm.« Sie legt kurz ihre Hand an die blasse Stirn. Sie hat also von gestern auf heute meinen Namen vergessen? Wer's glaubt.

Ich helfe ihr nicht. Warum sollte ich? Wieder halte ich die Handschuhe in die Höhe. Und komme mir inzwischen reichlich doof dabei vor. Warum habe ich nicht Vicky den Vortritt gelassen? Nur wegen meiner pubertären Schwärmerei für Georg. In meinen Gedanken spreche ich seinen Namen Englisch aus. George.

»Die Handschuhe hat Ihr Sohn Stefan gestern bei uns vergessen, und da ich gerade in der Gegend war …« Ich lasse den Satz unvollendet, trete einen Schritt vor und drücke die Dinger Frau Ilzdorfer in die manikürten Hände.

Wie aufs Stichwort kommt Stefan um die Ecke gerauscht, meint: »Hallo, Frau Schneider«, nimmt seiner Mutter die Handschuhe aus der Hand, zieht sie über, schwingt sich auf das Aschentonnenhäuschen, von dort auf die Garage und ist hinter dem Dach verschwunden.

»Boah. Toll«, entfährt es mir. Körperliche Selbstbeherrschung habe ich schon immer bewundert. Ich kann Vicky absolut verstehen, dass sie Stefan cool findet. Schade, dass Susa nicht ebenso denkt. Sie steht eher auf Ganzkörpertattoos. Ich hoffe, dass das nur eine Phase ist.

Ich sehe wieder zu den beiden Damen. Sie stehen in der Haustür einträchtig nebeneinander.

»Sie gehen aufs Karpfhamer?«, werfe ich Frau Ilzdorfer noch

ein bisschen Small Talk entgegen. Ist bei ihrem Outfit ja nicht schwer zu erraten.

Ihre Hände gleiten an den Seiten der Schürze hinab. Sie hat deutlich erkennbar keine Lust, mir zu antworten.

»Ja. Der Festzug ist immer sehr prächtig.« Sie faltet die Hände und schaut mich gelangweilt an. Diese Tanja verschwindet ohne ein weiteres Wort im Haus.

Ich nicke. »Da haben Sie recht. Überhaupt ist das Karpfhamer ja ein sehr traditionelles und gemütliches Volksfest. Wenn ich da an die Wiesn denke …« Ich mache eine unbestimmte Geste. »Diese Massen, so viele Touristen aus aller Herren Länder. Auf dem Karpfhamer bleiben die Niederbayern größtenteils unter sich, nicht wahr?«

Frau Ilzdorfer schenkt mir keine Reaktion.

»Aber heuer sind auch auf dem Karpfhamer einige Chinesen. Ihr Mann ist mit denen verbandelt?« Ich sehe sie fragend an.

Nichts.

»Hat er gute Geschäftsbeziehungen nach China?«, starte ich einen erneuten Versuch.

Der Blick von Frau Ilzdorfer ist kalt. »Ich habe keine Kenntnis von den Geschäftspraktiken meines Mannes, Frau, äh.« Sie nickt mir zu und schließt die Tür.

Sumpfkuh, denke ich und gehe zu meinem Auto.

***

Nach diesem überhaupt nicht erfolgreichen Ausflug kehre ich nach Hause zurück. Die Post war inzwischen da, und ich leere den Briefkasten. Neben den üblichen unerfreulichen Rechnungen und Werbungen fällt mir ein kleinformatiger Brief in die Hände. Das Kuvert ist schon leicht vergilbt. Keine Briefmarke. Die Adresse mit Schreibmaschine geschrieben. Wer benutzt heutzutage noch eine Schreibmaschine?

Ich klemme mir die restliche Post unter den Arm, gehe zum Haus und fahre mit dem Finger in die Lasche des Umschlags. Neugierig ziehe ich den Briefbogen heraus und falte ihn auseinander. Auch hier Schreibmaschinenschrift.

Ich mag nicht mehr. Mir ist alles zu viel. Und als Unterschrift ist *Rosi* daruntergekrakelt.

Mehr nicht.

Was soll ich damit anfangen? Ist das etwa ein Abschiedsbrief? Nein. Oder doch? Meine Güte! Gestern war sie wirklich richtig durch den Wind. Nein, das kann nicht sein. Das darf nicht sein!

Ich schließe die Haustür auf, streichele ohne hinzusehen Runa über den Kopf und gehe in die Küche. Die andere Post lasse ich achtlos auf den Tisch fallen und lese noch mal Rosis Brief.

Ich mag nicht mehr. Mir ist alles zu viel. Rosi.

Wie soll man das anders verstehen, als dass sie sich umbringen will? Mist!

Ich eile zum Telefon, ziehe mein Adressbuch aus der Schublade und fliege durch die Seiten bis R. Da. Reitmeier Rosi. Ich tippe ihre Nummer. Es klingelt. Und klingelt. Und klingelt.

Niemand geht ran. Verfluchter Mist! Ich werfe das Mobilteil in die Ladestation.

Dann muss ich zu ihr fahren. Ich packe den Autoschlüssel und renne hinaus.

So schnell war ich noch nie in Karpfham.

Es ist kurz vor elf. Die Parkplätze am Rand des Ortes füllen sich langsam. Die ersten Besucher wandern schon zur Festwiese.

Ich fahre bis zu ihrem Haus, erkenne sofort, dass keine Rosi am Zaun steht, um die Leute zu beschimpfen, biege in ihr Grundstück ein und parke. Erst vor wenigen Stunden habe ich sie verlassen. Die Tür natürlich hinter mir zugezogen. Ich drücke die Klingel. Im Innern schellt es laut.

Kein Mucks ist zu hören. Keine Schritte. Kein Türenschlagen.

Ich klopfe. Und glaube schon selber nicht mehr daran, dass sie an die Tür kommt.

Möglicherweise ist sie im Hof und hört mich nicht. Mit neuer Hoffnung gehe ich um die Ecke in den Innenhof und schaue mich um. Keine Rosi. Auch ihr blauer VW-Käfer ist nirgends zu sehen. Ist sie weggefahren? Das wäre eine schöne Alternative zu einem Selbstmord. Sie lässt den ganzen Zirkus hinter sich, um sich im Bayerischen Wald zu erholen.

Aber Rosi war noch nie im Urlaub. Das hat sie mir damals erzählt. »Für was brauchst du einen Urlaub, wenn du im Rottal wohnst?«, hat sie mich gefragt.

»Weil man ans Meer will. Baden. In der Sonne liegen.« Das war meine Antwort. Aber ich erntete nur verständnislose Blicke von ihr.

Mensch, Rosi! Verrücktes Huhn! Was soll ich nur machen? Ich beiße auf meinen Daumennagel. Zur Verbesserung meiner Konzentration. Vom Karpfhamer kommen die üblichen Geräusche der Fahrgeschäfte, und die bunten Lämpchen blinken allenthalben.

Da ich hier nicht ewig nägelkauend herumstehen kann, entschließe ich mich zu handeln. Ich muss zur Polizei. Mir ist es egal, wenn es falscher Alarm sein sollte. Das ist mir einfach zu heikel.

Ich eile mit großen Schritten über Rosis Wiese, schlüpfe durch den Bretterzaun am anderen Ende und komme hinter dem Zauner-Zelt raus. Von da ist es nur ein kurzes Stück zum Polizeigebäude.

Noch ist dort alles ruhig. Ich steige die Stufen hinauf und platze in die Morgenbesprechung. Vier Beamte sitzen um einen kleinen Tisch und sehen gleichzeitig auf, als ich den Raum betrete. Mein Polizist von gestern ist auch darunter.

»Guten Morgen!« Ich gebe mir ein forsches Auftreten.

Herr Riedl steht auf. »Ihre Handtasche wurde bis jetzt noch nicht abgegeben«, meint er.

»Oh, ja. Stimmt. Die hab ich inzwischen wiedergefunden.« Das war kein guter Einstieg. Der Beamte schaut auch etwas pikiert. »Das wollte ich Ihnen mitteilen. Danke für Ihre Hilfsbereitschaft.« Höflichkeit öffnet ja bekanntlich alle Türen. »Aber eigentlich bin ich wegen etwas anderem hier.« Nervös falte ich den Brief auseinander und halte ihn dem Polizisten hin. »Hier. Ich hab die Befürchtung, dass sich die Reitmeier Rosi etwas angetan hat.«

Der junge Polizist nimmt den Brief, liest ihn und schaut mich ernst an. Er dreht sich um und reicht den Briefbogen an seine Kollegen weiter. Er wird rundherum gegeben. Dann steht ein älterer Beamter auf und kommt näher.

»Sie sind?«, fragt er.

»Karin Schneider. Ich war gestern schon da. Er, also Ihr Kollege, kennt mich.« Ich schlucke. Ich habe nie gerne mit der Polizei zu tun. Da komme ich mir immer so vor, als ob ich etwas verbrochen hätte.

»Und Sie stehen mit der Reitmeier Rosi in welcher Verbindung?«, verhört er mich weiter. Obwohl das technisch gesehen wahrscheinlich gar kein Verhör ist. Ich schwitze trotzdem.

»Sie ist eine Bekannte, also eine frühere Patientin, ich bin Heilpraktikerin für Psychotherapie. Irgendwo muss ich eine Visitenkarte …« Ich will in meiner wieder aufgetauchten Handtasche kramen, aber die habe ich im Auto gelassen. »Nein, ich hab keine dabei. Auf jeden Fall lag das heute in meinem Briefkasten.« Ich zeige auf das Papier in seiner Hand. »Und sie geht nicht ans Telefon oder an die Tür, und ihr Auto ist auch nicht da. Also, vielleicht hat sie sich etwas angetan …«

Die Polizisten schweigen. Der jüngere Beamte blickt den älteren an, wie um sich die Redeerlaubnis einzuholen, und als dieser nickt, wendet er sich an mich.

»Zwei Angler haben heute um circa fünf Uhr morgens die Frau Reitmeier am Kirchmünsterer See angetroffen. Ihr Fahrzeug, ein hellblauer VW-Käfer, befand sich im Wasser. Das Dach und die Fenster ragten noch heraus. Frau Reitmeier stand neben dem Auto und versuchte vergebens einzusteigen. Die Angler verständigten uns. Frau Reitmeier war nicht ansprechbar und wurde auf unsere Veranlassung ins Bezirksklinikum verbracht.«

Ich starre ihn an. »Was?«

Der Polizist sieht mich mit seinen Batzel-Augen an und wiederholt: »Die Frau Reitmeier ist momentan im Bezirksklinikum.« Er hält den Brief in die Höhe. »Vielen Dank für Ihre Mithilfe. Dieses Schreiben unterstützt die Einschätzung, dass in diesem Fall ein erfolgloser Selbstmordversuch vorliegt.«

»Ja, okay.« Ich blinzle. »Dann lebt sie also?«

Der Polizist nickt langsam. »Korrekt.«

»Und ist jetzt im Bezirksklinikum?« Wenn ich aufgeregt bin, arbeitet mein Verstand nicht so effektiv.

Er nickt weiter.

»Gut.« Ich schaue in die Runde. Die Polizisten schauen zurück. »Dann geh ich jetzt wieder.« Ich stolpere zur Tür, obwohl da gar nichts zu stolpern ist. »Auf Wiedersehen.«

Draußen verharre ich und nehme mein Gesicht in die Hände. Was ist da nur passiert, nachdem ich sie gestern allein gelassen habe? Ist sie wieder aufgestanden? Aber sie hat doch schon geschlafen, noch ehe ich aus ihrem Zimmer gegangen bin. Ist sie früh aufgewacht und hat dann den Entschluss gefasst, sich umzubringen?

Ich atme langsam aus und schiebe meine Hände über den Mund. Aber warum? Sie war gestern wirklich schlecht beieinander. Ich hätte sie nicht allein lassen dürfen. Ich hätte gestern schon erkennen müssen, dass sie sich in einem Ausnahmezustand befand. Ich hätte sie überreden müssen, in eine Klinik zu gehen. Pfff. Nein, das hätte sie nie gemacht. Ich hätte sie mit zu mir nehmen müssen.

So eine Scheiße! Ich habe auf ganzer Linie versagt. Was bin ich nur für eine grottenschlechte Therapeutin? Erkenne eine Suizidgefährdung nicht, wenn ich sie vor meiner Nase habe. Verzweifelt fahre ich mir durch die Haare.

Nun aber genug mit Selbstmitleid! Dann muss ich ihr wenigstens jetzt zu Hilfe kommen. Rasch setze ich mich in Bewegung und laufe in einen Haufen glitzernder Objekte.

»Oh!« Verwirrt drücke ich gegen die bunten Luftballons und versuche, ihnen zu entkommen.

»Sorry!« Die Ballons steigen in die Höhe, und Max Huber kommt dahinter zum Vorschein. »Karin! Wie schön, dich zu sehen.«

»Max!« Ich muss mich erst wieder sammeln. »Schön. Ja. Aber ich muss weiter.«

Vermutlich mache ich einen verstörten Eindruck, denn Max hält mich am Ellbogen zurück und fragt besorgt: »Karin, was ist los?«

»Die Reitmeier Rosi hat versucht, sich umzubringen, und ich bin schuld«, bringe ich stockend hervor.

»Was? Die Rosi ist tot? Und warum bist du schuld?«

»Nein, sie ist nicht tot. Gott sei Dank! Aber sie wollte. Verstehst du? Und ich wusste es. Nein, eigentlich nicht. Aber ich hätte es ahnen können, und jetzt ist sie im Bezirksklinikum.« Vor Scham über mein Versagen kann ich Max nicht in die Augen schauen. Ich blicke zu Boden und sehe, ohne wirklich was zu sehen, meinem Fuß zu, der kleine Steinchen hin und her stößt.

»Karin, Menschenskind!« Max streckt einen Arm nach mir aus und zieht mich an seine Schulter. Die Luftballons schweben über uns. Kurz gebe ich der Schwäche nach und lehne mich gegen ihn. Ich bin so enttäuscht von mir.

Aber es bringt nichts, sich an einer starken Männerbrust zu verstecken. Ich muss handeln. Deshalb rapple ich mich wieder auf und sehe Max verlegen an. So nah sind wir uns noch nie gekommen.

»Danke.« Ich versuche ein Lächeln.

»Gern geschehen.« Max zwinkert mir zu, bei ihm sieht es jedoch nett aus. Er nimmt seine Luftballonschnüre in die andere Hand. »Was hast du jetzt vor?«

Ich atme tief durch. »Ich werde erst mal im Klinikum anrufen. Vielleicht kann ich etwas tun. Mal schaun.«

»Viel Glück.« Max berührt kurz meinen Arm. »Und halt mich auf dem Laufenden!«

»Okay.«

***

Bald darauf fahre ich ins Klinikum. Ich habe damit gerechnet, dass sie mir am Telefon nichts sagen würden. Als ich jedoch der Stationsleitung meinen Namen nannte und gerade zu einer Erklärung über das Patienten-Therapeuten-Verhältnis zwischen Rosi und mir ansetzen wollte, unterbrach die Schwester mich und meinte, Frau Reitmeier verlange dringend nach mir. Ob ich Zeit hätte, vorbeizukommen. Und schon war ich auf dem Weg.

Ich eile den Gang der Station entlang. Zimmer 2.13, hat man mir gesagt. Schon bei Zimmernummer 2.10 höre ich Geschrei, und als ich vor Rosis Tür stehe, ist klar, dass die Schreierei von hier kommt. Eine tiefe und eine hohe Männerstimme und – ganz unverkennbar – Rosi. Ich wappne mich und öffne die Tür.

Durch das Fenster scheint die Sonne und lässt die gelben Wände erstrahlen. Helle Holzmöbel und eine Zimmerpflanze verbreiten eine freundliche Atmosphäre. Aber all diese Bemühungen der Klinikverwaltung können nicht gegen die aufgepeitschte Stimmung ankommen, die in diesem Raum herrscht.

Rosi sitzt im Bett und sieht fürchterlich aus. Dunkle Augenringe lenken die Aufmerksamkeit auf den unnatürlichen Glanz ihrer Augen. Die Falten scheinen sich über Nacht noch tiefer in ihr Gesicht gegraben zu haben, und ihre Haut hat einen grauen Schimmer. Sie ist frisch geduscht worden, denn ihre Haare liegen ungewohnt gesittet um ihren Kopf, und sie hat ein hellgrünes Anstaltshemd an. Sie selbst führt sich allerdings alles andere als gesittet auf. Ungestüm gestikulierend schreit sie die Männer an. Der eine im weißen Kittel und mit ergrautem Vollbart ist ein Arzt. Der andere ihr Neffe, der Gruber Hansi. Heute spannt ein T-Shirt mit röhrendem Hirsch über seinem Bauch.

»Ich bin nicht verrückt. Ich brauch keinen Betreuer.« Sie fuchtelt in Hansis Richtung. »Und schon gar nicht den Gletzn!«

»Tante!«, schreit Hansi auf, und seine Stimme hätte einem Eunuchen gehören können, so unpassend hoch war sie für seinen bulligen Körperbau. Seine Augenbrauen steigen ebenfalls in ungeahnte Höhen. Er sieht verletzt und hilflos aus. »Du weißt nicht, was du redest. Ich will dir ja nur helfen.«

Rosis Bett wackelt, so sehr arbeitet sie darin herum. »Ich brauch deine Hilfe nicht. Ich bin gesund.« Sie schlägt die Bettdecke zurück und ist im Begriff aufzustehen. »Und ich geh jetzt heim.«

Da springt der Arzt nach vorne und breitet die Arme aus, um sie zu stoppen. »Frau Reitmeier, Sie können nicht heimgehen. Die Untersuchungen sind noch nicht abgeschlossen.« Er bemüht sich, ruhig und autoritär zu sprechen.

Das macht auf Rosi aber keinen Eindruck. »Ich hab keine Untersuchungen nicht bestellt«, bellt sie und versucht, wieder aufzustehen. Das führt zu einer Rangelei mit dem Arzt, der von Hansi unterstützt wird. Beide schaffen es, Rosi im Bett zu halten.

»Sie müssen untersucht werden«, keucht der Doktor, »denn Sie wollten sich umbringen.«

Rosi kreischt: »Schmarrn! Wo sollt ich mich denn umbringen wollen!« Dann schüttelt sie ein übler Husten. Selbst ihre trainierten Stimmbänder sind mit dieser Lautstärke überfordert.

»Entschuldigung ...« Ich trete einen Schritt nach vorne. Bis jetzt haben mich die drei noch nicht bemerkt. Umso erstaunter blicken sie mich an.

»Karin!«, krächzt Rosi und streckt mir so erbärmlich hilfesuchend ihre Hände entgegen, dass mir die Brust eng wird.

»Hallo Rosi«, begrüße ich sie und räuspere mir die Ergriffenheit aus dem Hals. Zum Arzt gewandt, stelle ich mich vor. »Ich bin Karin Schneider. Man hat mir mitgeteilt, dass Frau Reitmeier mich dringend zu sehen wünscht.« Bei so vielen Emotionen in mir und um mich herum schalte ich wie von selbst auf sachlich. Außerdem kann es sicherlich nicht schaden, wenn der Arzt mich für eine kompetente Kollegin hält – auch wenn ich selber gerade die größten Zweifel an meinen Fähigkeiten habe.

Der Arzt scheint erleichtert. Er schüttelt meine Hand. »Dr. Krompaß. Schön, dass Sie gekommen sind. Herrn Gruber kennen Sie?«

Ich bedenke Hansi mit einem Nicken und versuche, seinen Gesichtsausdruck zu deuten. Kurz wundere ich mich über den Ärger, den ich in seiner Miene zu lesen meine, aber dann konzentriere ich mich wieder auf den Doktor. Der ist in der Zwischenzeit zu dem kleinen Tisch gegangen und blättert eine schmale Akte auf.

»Frau Reitmeier wurde heute früh am Kirchmünsterer Weiher gefunden. Sie war verwirrt und wollte in ihr Auto einsteigen, das allerdings im Wasser stand und absolut fahruntüchtig war.«

Rosi murmelt vor sich hin. Ich verstehe nichts davon. Deshalb achte ich nicht auf sie, sondern höre weiter dem Arzt zu.

»Die Rettung brachte sie zu uns. Sie hat weder eine Erinnerung an den Vorfall, noch kann sie uns erklären, was sie am See wollte. Wir gehen von einem Suizidversuch bei akuter psychotischer Episode aus. Der Brief, den Sie zur Polizei gebracht haben, unterstützt unsere Meinung. Wir haben ihn per Fax erhalten.« Er hält ein Stück Papier in die Höhe. »Vielen Dank dafür.« Er legt das Fax in die Akte zurück, schließt sie und schiebt sie unter seinen Arm. »Nun stehen wir vor dem Problem, dass wir ihr Medikamente geben müssen. Sie sehen selbst, in welchem Zustand sie sich befindet. Sie weigert sich allerdings strikt, mit uns zusammenzuarbeiten.«

Rosi horcht bei den Worten auf. »Ich brauch keine Medikamente nicht. Ich nehm nur meine eigenen Tabletten. Gell, Karin, die Melissenkapseln hast du mir doch empfohlen?« Sie sieht mich flehend an.

Ich setzte mich zu ihr auf die Bettkante und nehme ihre Hand in meine. Sie ist heiß und verschwitzt. »Ja, Rosi, das hab ich.«

»Deshalb stehe ich kurz davor«, fährt der Arzt unbeirrt fort, »beim Betreuungsgericht anzuregen, Herrn Gruber hier zu ihrem Betreuer zu bestellen. Damit wir mal weiterkommen.« Er sieht missbilligend auf Rosi herab.

»Es ist ja auch nur zu ihrem Besten«, setzt Hansi nach und schaut beifallheischend zum Doktor.

Bei Hansis Worten hat Rosi zu zappeln angefangen. Ich spüre, wie sie Luft holt, um lauthals zu widersprechen. Schnell drücke ich ihre Hand und sage zu ihr: »Lass mich mal machen, Rosi.« Auch ohne sie anzusehen, merke ich, dass sie ihren Ausbruch kaum bremsen kann. Dann aber doch stillhält. Die Frage ist bloß, wie lange.

»Okay.« Ich stehe auf. »Ich kann Sie sehr gut verstehen, Herr Dr. Krompaß. Vielleicht kann ich helfen. Ich würde mit Frau Reitmeier gerne unter vier Augen reden.«

»Einverstanden. Dann lassen wir Sie für ein paar Minuten allein.« Der Arzt hebt den Arm, um Herrn Gruber aufzufordern, mitzugehen.

»Das ist doch Zeitverschwendung.« Hansi sieht auf seine Armbanduhr, ein klobiges Ding. »Ich hab heute noch was anderes vor. Es ist Karpfhamer. Ich muss meine Bar aufsperren und –«

»Kommen Sie, Herr Gruber.« Dr. Krompaß' Ton lässt keinen

Widerspruch zu. Sichtlich unwillig folgt ihm Hansi aus dem Zimmer und wirft noch einen letzten Blick auf Rosi und mich. Gruselig hart.

***

Ich seufze, schiebe mir einen Stuhl an Rosis Bett und setze mich so, dass ich ihr ins Gesicht schauen kann.

»Jetzt erzähl!«, fordere ich sie auf.

Rosis Finger fummeln auf der Bettdecke herum. Sie zuckt mit den Schultern, und als sie aufblickt, sehe ich, dass ihre Augen voller Tränen stehen.

»Ich kann mich an nichts erinnern«, wispert sie und presst ihre Lippen zu einem festen Strich zusammen.

»Ja, das hab ich mitbekommen. Aber was ist das Letzte, das du noch weißt?«

Sie schüttelt leicht den Kopf, und die Tränen beginnen zu laufen. Ich suche in meiner Handtasche nach Taschentüchern, wedle eins auf und gebe es ihr.

»Dankschön«, flüstert sie und betupft Augen, Nase und Mund. Zusammengeknüllt behält sie es in der Hand.

»Es ist grad wieder Karpfhamer«, beginne ich, um ihr zu helfen.

Sie nickt.

»Und da stehst du immer an deinem Zaun und redest mit den Leuten«, beschönige ich die Realität.

»Na ja«, einer ihrer Mundwinkel zuckt, »ich reg mich auf.« Es ist ihr unangenehm, das zugeben zu müssen. Dann richtet sie sich jedoch kerzengerade auf und sagt mit lauter Stimme: »Aber ich hab recht! Die schmeißen nur ihr Geld zum Fenster raus und saufen und huren, und alles vor meiner Nasn!« Sie ist immer lauter geworden. Jetzt fällt sie wieder in sich zusammen.

So kommen wir nicht weiter. Ich überlege und entschließe mich zu einem krassen Vorstoß. »Weißt du, was mit der Mimi passiert ist?«

Rosi reißt ihre Augen auf. Presst ihr Taschentuch an den Mund. Undeutlich murmelt sie: »Die Mimi ist tot.« Dann kann ich zusehen, wie Zorn in ihr hochsteigt. Sie lässt die Hand sinken und setzt aufgebracht hinzu: »Der Zauner hat sie umgebracht. Der Zauner ist überhaupt der Allerschlimmste.«

Sie beugt sich zu mir vor, aber bevor sie wieder in ihre Litanei verfallen kann, komme ich ebenfalls näher, lege meine Hand auf die ihre und frage eindringlich: »Und wo hast du die Mimi begraben?«

»Unterm Hollerbusch.«

»Und unterm Hollerbusch lag auch meine Tasche.« Ich halte sie hoch. »Die ist mir zuvor gestohlen worden.«

»Gestohlen?« Ihre Augen leuchten auf. »Hab ich's nicht gesagt! Du warst im Zauner-Zelt, gell?«

»Ja«, gebe ich zu. »Aber das ist jetzt nicht wichtig. Die Tasche lag unter deinem Busch. Hast du eine Ahnung, wie die dahingekommen ist?« Ich beobachte sie genau. Aber ich sehe nur Unverständnis.

Dementsprechend ist die Antwort. Rosi zieht die Mundwinkel nach unten und schüttelt den Kopf. »Woher soll ich das wissen?« Dann hat sie eine Idee. Sie blitzt in ihrem Gesicht auf. »Der Zauner. Der hat sie in meinen Hof geschmissen. Damit du meinst, ich war's.« Sie wird wieder lebhaft. »Der Hundskrippi, der elendigliche! Der soll –«

»Rosi, Rosi, Rosi! Nicht schon wieder. Ich hab verstanden, dass du den Zauner in Verdacht hast.« Ich werde ihr nicht verraten, dass ich selbst dessen Bruder Michael noch überprüfen will.

»Der war's auch«, haucht sie theatralisch und zieht ihre Augenbrauen nach oben. Ihre Augen glühen. Sie kommt mir einmal mehr wie die Hexe aus dem Märchen vor. Aber ich gestatte mir nicht, sie unheimlich zu finden. Trotzdem bin ich froh, dass wir nicht nachts in ihrem Holzhaus hocken, sondern hier in der Klinik. Draußen bewegt ein leichter Wind die Blätter der Bäume vor dem Haus und zaubert ein Spiel aus Licht und Schatten. Alles ganz normal.

Rosi rückt nah zu mir her. Ihre Lider sind gerötet und die Pupillen riesengroß. »Karin, ich hab recht. Du wirst das auch noch sehen.«

»Schon gut.« Ich sollte lieber herausbringen, was sie in der Nacht gemacht hat. Der Arzt kommt sicher bald wieder herein. »Vielleicht hast du recht, Rosi. Vielleicht war's der Zauner.« Soll sie ihren Frieden haben. »Aber nun zurück zu dir. Was hast du gemacht, nachdem du die Mimi begraben hast?«

Sofort drückt Rosi das Taschentuch an die Augen. »Mei, die Mimi«, jammert sie.

Ich bin ja so ein Esel! Jetzt habe ich wieder die Heulerei. Ihre andauernden Stimmungssprünge finde ich extrem anstrengend, sind aber sicherlich ihrer psychischen Ausnahmesituation geschuldet. Ich bin eh froh, dass ich wenigstens einigermaßen vernünftig mit ihr reden kann. Im Vergleich zu gestern Abend ist sie direkt normal. Das macht möglicherweise der Wutausbruch von vorhin aus. So starke Emotionen können einen Menschen manchmal aus einem psychotischen Schub herauskatapultieren. Ich muss Geduld mit ihr haben und darf mich nicht so dämlich anstellen. Karin, das kannst du besser! »Ist sonst irgendwas Besonderes gewesen?«

Rosi wischt sich die Tränen von der Backe. »Die Mimi hat auch der Zauner auf dem Gewissen. Immer schmeißt er seinen Dreck zu mir rüber.«

»Ja, das ist schlimm.« Ich werde den Teufel tun und mich noch einmal auf eine Zauner-Diskussion einlassen. »Du bist also am Gartentor gestanden. Ist da jemand Besonderes vorbeigekommen?«

»Die Bruni hat auch schon Durchfall«, klagt Rosi und schnieft.

Was? Ach, noch eine Katze. Ich kneife meine Lippen zusammen. Von draußen höre ich Stimmen. Kehren die beiden schon zurück? Mach endlich, Karin! Die Zeit drängt.

»Weißt du noch, dass ich dich ausgezogen und ins Bett gebracht hab, Rosi?« Schocktherapie.

Wirkt. Rosi starrt mich mit offenem Mund an. Ihre Taschentuchhand hat sie vor ihre Brust geschlagen. So als ob sie noch im Nachhinein ihre Kleider festhalten will.

»Du warst nass bis auf die Knochen, Rosi. Es hat geschüttet. Verstehst du mich?«

Sie zeigt keine Reaktion.

In diesem Augenblick wird die Tür mit Schwung geöffnet, und Dr. Krompaß will mit Hansi im Schlepptau hereinkommen.

Ich werfe ihnen meine erhobene Hand entgegen. »Halt. Ich brauch noch ein paar Minuten. Bitte«, setze ich hinzu.

Der Arzt blickt auf seine Uhr und seufzt. »Na gut. Meinetwegen. Fünf Minuten, Frau Schneider.«

»Aber ich muss –«, ruft Hansi von hinten. Der Doktor schließt jedoch die Tür, und ich kümmere mich nicht darum, dass der Gruber dahinter ziemlich laut protestiert.

Ich wende mich wieder Rosi zu. Sie hat sich nicht bewegt. Vielleicht war das eben doch kein so guter Einfall. Vielleicht sollte ich meine Psycho-Praxis an den Nagel hängen. Stattdessen Privatdetektivin werden. Oder stricken.

»Rosi, ich bin Heilpraktikerin«, bemühe ich mich, sie aus ihrer Starre zu erwecken. »Ich bin mit der menschlichen Anatomie vertraut. Und du warst nass. Du hättest dir sonst den Tod geholt.« Jetzt muss aber gut sein.

Rosis blassgraue Wangen erblühen rosa. Sie senkt den Blick.

»Bist du denn in der Nacht aufgewacht und hast nicht mehr schlafen können?«

Keine Antwort. Rosi vermeidet es, mich anzusehen.

»Wann bist du am Morgen aufgestanden? Das muss ja irre früh gewesen sein.«

Ungeduldig rutsche ich auf meinem Stuhl herum. Wieso sagt sie immer noch nichts? Habe ich sie wirklich so verschreckt? Aber sie ist doch keine zweiundachtzig mit dem Schamgefühl aus dem vorletzten Jahrhundert. Sie ist nicht sehr viel älter als ich. Da kann es doch nicht so ein Drama sein. Oder doch?

»Hast du irgendwann etwas getrunken? Oder gegessen? In der Früh? Oder in der Nacht?«

Sie schüttelt den Kopf. Wenigstens eine Reaktion. Dann schaut sie mich an, um gleich darauf wieder wegzublicken. Inzwischen haben sich leuchtend rote Flecken auf ihren Wangen gebildet. Meine Güte!

»Wie schaut's mit dem Hollerwein aus?« Davon weiß ich. Sie hat vor mir drei kleine Gläser zu sich genommen, und ich habe dunkel in Erinnerung, dass sie mir auch schon früher davon erzählt hat. Ich glaube, den Wein macht sie selber aus den Holunderbeeren ihres Busches. Und sie behauptet, ein Hollerbaum vor dem Haus bringe Glück oder so.

»Davon trink ich nur ein Stamperl vorm Bettgehen.« Sie spricht ungewohnt leise, ich verstehe sie fast nicht.

Okay, gestern ist es nicht bei einem geblieben, aber ich will nicht päpstlicher sein als der Papst. Das ist also ein Kalter. Nächste Frage, Frau Schneider. »Wann hast du mir denn den Abschiedsbrief geschrieben?«

»Was?« Nun sieht sie mir wieder voll ins Gesicht. »Ich hab dir gar nichts geschrieben.«

»Den hat jetzt leider die Polizei, aber es war ein Brief von dir. Es stand zumindest ›Rosi‹ drunter. Er war mit Schreibmaschine geschrieben. Hast du überhaupt eine?«

»Schon«, kommt es zögerlich.

»Und das Kuvert war so ein altmodisches, kleines.« Ich zeige die ungefähren Abmessungen mit den Händen. »Man sah auch, dass es schon älter war.« Meine Umschreibung dafür, dass es vergilbt war und Stockflecken gehabt hat. Das ist mir als Allererstes aufgefallen.

»Ich hab noch so Kuverts von meiner Tante«, gibt Rosi zu. »Die hat mal einen Schreibwarenladen gehabt. Ich schmeiß nichts weg.« Sie setzt sich anders hin. »Was hab ich dann geschrieben?«

Wie war der genaue Wortlaut des Briefs? Ich tippe an meine Stirn. Erinnere dich, Mensch! Es waren doch nur zwei Sätze. Also! »Da stand: ›Ich mag nicht mehr. Mir ist alles zu viel. Rosi.‹« Ich nicke. Das muss es gewesen sein.

»Aha.« Rosi stiert die Bettdecke über ihren Knien an. Plötzlich atmet sie tief ein und bedeckt ihr Gesicht mit den Händen. »Ich weiß überhaupt gar nichts mehr.« Sie schluchzt auf.

Oje. Das muss furchtbar sein. Sacht nehme ich sie in die Arme, und sie lässt es geschehen. Sie heult. Sie heult Rotz und Wasser. Mein T-Shirt wird nass, und nicht nur von Tränen. Das ist mir jedoch egal. Ich streiche ihr über den Rücken und brumme beruhigende Laute. Mehr nicht. Was soll ich in solch einer Situation groß sagen?

Nach ein paar Minuten wird es leichter. Sie drückt sich von mir ab und putzt sich mit dem schon ziemlich ramponierten Tempo die Nase, wischt über ihre Augen. Ich halte ihr ein frisches hin.

»Rosi, okay. Du kannst dich an nichts erinnern.« Sie sieht mich verschreckt an. Ich hebe die Hände. »Das ist nicht schlimm. Echt. So ist es nun mal. Aber dann solltest du dir helfen lassen.« Ich setze meinen Therapeutenblick auf. Verständnisvoll, aber kompromisslos. Ich habe den Durchblick. Das ist lachhaft, aber meistens wirkungsvoll. Und zum Wohle der Patienten. »Lass dich hier behandeln, Rosi. Die sind gut, die wissen, was sie tun. Und dann wird dir auch wieder einfallen, was letzte Nacht passiert ist. Ganz bestimmt.«

Zu meiner Überraschung sehe ich, dass sie nickt.

»Okay?«, schiebe ich nach.

»Okay«, sagt Rosi. Ihre Augen schimmern feucht. Aber das ist kein Wunder nach all den Tränen.

»Dann hol ich mal den Doktor.« Ich stehe auf und gehe zur Tür.

»Aber was wird mit meine Katzen?«, ruft Rosi, erneut voller Unruhe. »Ich muss heim zu meine Viecher! Die verhungern sonst!«

»Um die kümmere ich mich, verlass dich darauf.« Das ist bestimmt kein Problem. So Katzen muss man ja nur füttern und nicht mit ihnen spazieren gehen. Die sind ziemlich anspruchslos, vermute ich.

Die beiden Männer warten draußen im Gang. Hansi schwebt über dem Arzt und redet auf ihn ein. Der zieht den Kittelärmel nach hinten und blickt auf seine Uhr. Ich deute seinen Gesichtsausdruck als Erleichterung, als er erkennt, dass die Wartezeit vorbei ist.

Sie kommen zu Rosi ins Zimmer. Hansi schimpft vor sich hin und kann sich kaum zusammenreißen. Ihn hat die Warterei arg strapaziert.

»Nun«, eröffne ich das Gespräch, »Frau Reitmeier hat sich bereit erklärt, mit Ihnen zu kooperieren.«

Dr. Krompaß sieht mich überrascht an.

»Stimmt's, Rosi?«

Rosi sitzt zusammengesunken in ihrem Bett. »Einverstanden, ich nehm Ihre Medizin. Vielleicht wirkt sie ja.« Das ist wahrscheinlich das größte Zugeständnis, das man ihr abringen kann. Ich bin zufrieden.

Der Arzt lächelt. »Das freut mich.« Er blickt mich wohlwollend an. »Hat Frau Schneider Ihnen also die Notwendigkeit der Behandlung nahebringen können.«

Ich denke: Vorsicht, so gefestigt ist die Rosi in ihrer Meinung nicht. Aber wunderbarerweise kommen von ihr keine Widerworte.

»Dann bedanke ich mich bei Ihnen.« Dr. Krompaß nickt mir und Hansi Gruber zu. Er wendet sich an den Neffen. »Das Verfahren zur vorläufigen Bestellung eines Betreuers läuft. Morgen ist die richterliche Anhörung. Sollte sich im Folgenden herausstellen, dass dies nur eine vorübergehende Episode war, wird die Betreuungsanordnung schnell wieder aufgehoben.«

»Was?« Hansi ist eindeutig nicht einverstanden. »Die ist doch nicht ganz sauber. Das haben Sie selber gesagt! Die braucht einen Betreuer, immer, damit nicht alles vor die Hunde geht.«

»Du Hurenbeidl, g'schtingada, was sagst über mi?« Das kann Rosi nicht auf sich sitzen lassen.

»Könnten Sie ...«, beginne ich und deute zur Tür. Das sollte wirklich nicht vor der Rosi ausgestritten werden. Damit machen sie all meine Bemühungen zunichte. Darauf ist der Arzt jedoch schon selbst gekommen. Er fasst den Hansi am Arm und schiebt ihn zur Tür hinaus.

»Ich krieg das schon hin«, beruhige ich Rosi. Sie sitzt hoch aufgerichtet in ihrem Bett. Alles an ihr steht unter Spannung und scheint zu brennen. Die Augen, die Wangen. Ich hoffe wirklich, dass die Behandlung ihr weiterhelfen kann.

»Vergiss meine Viecher nicht«, ruft sie mir nach.

In der Tür drehe ich mich noch mal um. »Hast du einen Schlüssel dabei? Ich muss ja in dein Haus.« Das ist mir gerade noch eingefallen.

Rosi blickt an sich herunter. In dem Krankenhauskittel ist keine Tasche, und ihre normalen Kleider sind nirgends zu sehen. Vielleicht trocknen sie in der Klinikwäscherei.

»Nein, ich hab keinen Schlüssel. Aber zur Hintertür kommst immer rein. Die ist nie abgeschlossen.«

Dann ist das geklärt. »In Ordnung. Ich füttere die Katzen, hol dir ein paar Klamotten und komm dich dann wieder besuchen. Einverstanden?«

Rosi nickt und hat schon wieder Tränen in den Augen. »Dank dir schön, Karin. Wenn ich dich nicht hätt …«

»Passt schon, Rosi, werd schnell gesund.« Mit diesem frommen Wunsch verlasse ich sie.

***

Dr. Krompaß hat es irgendwie geschafft, Hansi bis nach vorne zum Schwesternzimmer zu lotsen. Deshalb höre ich erst im Gang die aufgebrachte Stimme vom Gruber. Es liegt wohl in der Familie, dass die Stimmlage eine Oktave hochschnellt, wenn sie aufgeregt sind.

Ich dagegen bin fast euphorisch, weil ich es erreicht habe, Rosi zu beruhigen. Alles wird gut werden. Sie wird hier die Behandlung bekommen, die sie braucht, um gefestigt und ohne weitere Suizidgedanken wieder nach Hause zu gehen. Dann ist auch das Karpfhamer lange vorbei, im besten Fall bereits abgebaut, und Rosi hat nur die leere Festwiese vor ihrem Grundstück. Und nächstes Jahr werde ich rechtzeitig vorher einschreiten, damit es gar nicht mehr so weit mit ihr kommen muss.

Deshalb gehe ich mit einem Lächeln im Gesicht auf die beiden Herren zu.

Der Doktor fertigt Hansi gerade ab. »Herr Gruber, vielen Dank für Ihre Bereitschaft, aber ich bleibe bei meiner Einschätzung. Ihre Tante hat sich mehrmals klar geäußert, dass sie Sie nicht als Betreuer haben möchte. Diesem Willen des Betreuten wird in der Regel entsprochen. Es wird ein ehrenamtlicher Betreuer bestellt, oder«, er hat mich erblickt, »Frau Schneider wird gefragt, ob sie das Amt übernehmen möchte.«

»Was! De Schicksn soll Betreuer werden! Nur über meine Leich«, quietscht Hansi.

So leid es mir tut, aber diese Stimme macht ihn in meinen

Augen extrem unmännlich, und ich kann ihn nicht ernst nehmen. Daher mochte sich mein Lächeln ganz von selbst zu einem Grinsen verstärkt haben. Kann sein, dass das unhöflich ist. Das war jedoch nicht meine Absicht.

Hansi hört mich herankommen, dreht sich reflexartig zu mir um, sieht mich und eben auch mein Gesicht, mein grinsendes, und stößt einen tierischen Schnaufer aus. Seine Augen bekommen einen wilden Ausdruck. Ich erschrecke, kann jedoch gar nicht schnell genug reagieren. Mit Wucht verpasst er mir einen Stoß, und ich werde rückwärts gegen die Wand geschleudert.

»Scher di zum Deife!«, schreit er und stürmt davon.

Ich hänge halb an der Wand, halb sitze ich am Boden. Dr. Krompaß stürzt herbei, greift mir unter die Arme und hilft mir wieder auf.

»Sind Sie verletzt?«, fragt er.

Ich reibe über meinen Rücken. Der tut verdammt weh. Das wird morgen bestimmt blaue Flecken geben. Zur Sicherheit biege ich ihn in alle Richtungen, aber es scheint sonst alles in Ordnung.

»Nein, geht schon«, murmele ich und ordne meine Kleidung. Der Gruber hat ja nicht alle Tassen im Schrank! So auf mich loszugehen.

Dr. Krompaß gibt mir meine Handtasche, die auf den Boden gefallen ist. »Wollen Sie Herrn Gruber anzeigen? Ich kann gerne bezeugen, dass er unvermittelt auf Sie zugestürzt ist. Nein? Nun, das ist Ihre Entscheidung. Nach diesem Vorfall kommt er meines Erachtens unmöglich für eine Betreuerstellung in Frage.« Er runzelt die Stirn. »Ich danke Ihnen, Frau Schneider. Ohne Sie wäre die ganze Angelegenheit nicht so reibungslos verlaufen.« Er drückt herzlich meine Hand. »Wären Sie denn bereit, das Amt der Betreuerin für die Frau Reitmeier zu übernehmen?«

Ich atme tief durch. »Wenn es nötig ist, meinetwegen. Sie rühren sich dann? Okay. Passen Sie gut auf sie auf«, flachse ich. »Ich komme wieder.«

***

Also mache ich mich auf den Weg zu Rosis Haus. Katzen füttern, Klamotten zusammensuchen. Ich hoffe, das schnell erledigt zu haben.

Als ich beim Kirchmünsterer Weiher vorbeikomme, sehe ich, dass ein gelber Abschleppwagen am Ufer parkt. Das Auto von der Rosi!

Ich bremse, biege auf den Parkplatz ein und umrunde die Pfützen, die sich nach dem gestrigen Regen gebildet haben. Ganz schön schlammig hier.

Der Wagen mit der Aufschrift »Schmid – Abschleppunternehmen, Entsorgungen aller Art« rangiert gerade, und ich gehe in einem weiten Bogen vorbei zum See. Der Fahrer bringt sein Gefährt in die richtige Position, um das Abschleppseil an Rosis VW zu befestigen.

Er tut mir leid, der Wagen. Der Käfer ist noch einer von den alten. Zwar nicht mit der geteilten Heckscheibe, aber ein Modell kurz danach. Sicher schon ein Oldtimer, und es ist ewig schade, dass er in diesem brackigen Wasser abgesoffen ist. Das Hinterteil ragt noch heraus, aber ansonsten ist er fast bis zum Dach versunken.

Rosi hat den Käfer geliebt. Sie hat mich einmal völlig erstaunt, als sie vom »Mucki« gesprochen hat. Erst dachte ich, es wäre eine ihrer Katzen. Aber nein. Es war das Auto. Ich finde es auch knuffig. So schön himmelhoch jauchzend hellblau.

Und jetzt dümpelt es im Wasser vor sich hin. Rosi musste gestern schon sehr verzweifelt gewesen sein, wenn sie sich zusammen mit Mucki umbringen wollte. Ist aber auch nicht so abwegig. Vielleicht wollte sie einen Freund dabeihaben.

Ich grüße den Fahrer mit einem Nicken. Er flucht vor sich hin, weil er in den See waten muss, um an die Hinterachse heranzukommen. Zwar hat er hohe Gummistiefel an, aber das Wasser schwappt trotzdem über den Schaft. Seine Arbeitshose hat bereits nasse Flecken.

»Eine blöde Arbeit«, drücke ich mein Mitgefühl aus. »Müssen Sie öfter Autos aus dem Wasser ziehen?«

Er stapft an Land zurück und putzt sich die Hände an seinem Hosenboden ab. »Kommt schon vor. Mehrer ausm Graben, aber auch ausm Wasser.« Er bleibt bei mir stehen. »Aber die ham meistens nicht so a Glück.«

»Wie meinen Sie das?«

»Ja mei, die san tot«, meint er.

Klar. Das hat die Rosi ja auch vorgehabt. »Aus so einem Auto im Wasser kann man schlecht wieder raus, oder?« Ich habe mal einen Bericht im Fernsehen über dieses Thema gesehen. Man muss erst die Fenster einschlagen und das Auto voll Wasser laufen lassen, bevor man die Tür öffnen kann. Sonst ist der Druck des Wassers von außen zu stark. Dafür muss man Nerven haben!

»Kommt drauf an, wie tief im Wasser es ist, gellns«, lässt er mich an seinem Wissen teilhaben. Er zeigt auf den Käfer. »Da ist er schon vorher raus. Weil so hätt er's nimmer geschafft. Und die Scheiben sind noch ganz.«

»Es war eine Sie«, stelle ich klar.

»Haben S' die kennt?« Er mustert mich interessiert unter seinen dunklen Augenbrauen.

»Sie war eine Bekannte. Ist es immer noch«, verbessere ich mich. »Sie lebt ja Gott sei Dank noch.«

»Dann hat sie's aber nicht ernst gemeint.« Er wendet sich seinem Fahrzeug zu und schaltet die Seilwinde ein. Langsam wird Mucki aus seinem kalten Bad gezogen. Das Wasser rinnt in Bächen unter den geschlossenen Türen hervor.

Ob er damit recht hat, der Mann? Hat Rosi es nicht ernst gemeint? Oder hat ihr Wille zu leben kurz vorher doch die Überhand gewonnen und sie ist rasch herausgesprungen? Wie ist sie überhaupt darauf gekommen, sich mit ihrem Auto ertränken zu wollen? Na ja, es hätte schon klappen können. Das Ufer ist steil, ein Auto würde schnell in tieferes Wasser sinken. Hat es hier nicht getan, aber das war Zufall. Der Kirchmünsterer Weiher ist bekannt dafür, dass er unberechenbar abfällt. Deswegen kommen hier meistens nur Spaziergänger her, aber keine Badenden.

Wenn ihre Erinnerung zurückkehrt, wird Rosi es uns erzählen können. Bis dahin bin ich auf Spekulationen angewiesen.

Der Mann hat den Käfer aufgebockt und steigt in seine Fahrerkabine.

»Was passiert jetzt mit dem Auto?«, frage ich ihn.

»Zu mir auf den Schrottplatz. Der Gruber hat gemeint, er braucht es nimmer. Ich schlacht es aus und dann in die Pressn damit.« Er hebt die Hand zum Gruß und fährt davon.

Der Gruber? Wieso bestimmt der, was mit Rosis Auto geschieht? Die Rosi ist nicht tot – gottlob –, und er ist auch nicht ihr Betreuer, obwohl er es heute wirklich gern geworden wäre. Komisch.

Ich lasse meinen Blick noch einmal über den Uferabschnitt und den ganzen See gleiten. Da ich aber nichts entdecke, was meine Aufmerksamkeit erregt, mache ich mich wieder auf den Weg.

***

In Karpfham muss ich am Ortsanfang parken, denn die Straße durch das Dorf wurde von der Feuerwehr abgesperrt. Es ist kurz nach zwei, und bald wird der Festzug beginnen. Zwar war der Anstich schon am Donnerstag, aber traditionell fängt das Fest mit dem großen Umzug am Freitag an. Brauereigespanne, Musikkapellen, Trachten- und historische Gruppen sammeln sich gerade auf der Straße, die aus Schwaim kommt. Noch ist es ein beträchtliches Durcheinander, aber bis jetzt haben sie es jedes Jahr geschafft, in geordneten Formationen durch das Dorf zu marschieren.

Am schönsten finde ich die Goldhaubenfrauen. Sie sehen nicht nur prächtig aus, dieses Brauchtum wird auch noch wirklich gelebt. Sie nehmen an Prozessionen oder Umzügen teil und sind zu besonderen Festtagen der Glanzpunkt in der Kirche. Papst Benedikt hatte ihnen eine Audienz gewährt, und jetzt sollen die Goldhauben sogar ein schützenswertes Kulturgut der UNESCO werden.

Früher gab es den Beruf der Haubenstickerinnen, heutzutage fertigen die Trägerinnen ihren Kopfschmuck in vielen hundert Stunden selbst an. Jede Menge Geduld und Kunstfertigkeit investieren sie in die filigrane Handarbeit. Ich wäre dafür absolut ungeeignet, umso mehr bewundere ich sie.

Dort vorn entdecke ich ihre Hauben, die wie goldene Kronen in der Sonne blinken. Alle Altersschichten sind vertreten, sogar zwei junge Mädchen laufen mit. Allerdings haben sie nicht die langen einfarbigen Seidenkleider der erwachsenen Frauen an, sondern Dirndl. Aber auch so sehen sie wunderschön aus.

Es haben sich bereits viele Zuschauer eingefunden und stehen beidseits der Straße Spalier. Der Festzug ist wie immer ein großer Anziehungspunkt. Fotoapparate werden bereitgehalten, Bekannte begrüßt. Man nutzt die Wartezeit, um zu besprechen, in welches Zelt man nachher gehen, mit welchem Irrsinnsgefährt man fahren will. Ich erkenne viele bekannte Gesichter, schließlich lebe ich schon über zehn Jahre in Kirchmünster.

Im Moment habe ich allerdings keine Zeit zum »Schmatzen«, wie die Niederbayern das Ratschen und Tratschen nennen. Ich zwänge mich durch die wartenden Leute und versuche voranzukommen. Jetzt beginnt die erste Musikkapelle zu spielen, und der Zug setzt sich in Bewegung. Nun ist es noch schwieriger für mich, denn alle strömen in die mir entgegengesetzte Richtung.

Auf der anderen Straßenseite erblicke ich Georg Ilzdorfer mit seinem Gefolge. Er sticht mit seiner großen, schlanken Figur aus der Menge heraus. Die Entdeckung setzt mir einen kurzen Stich ins Herz. Dieser Mann hat etwas Besonderes an sich. Er strahlt eine gelassene Autorität aus, die im Zusammenspiel mit seinem attraktiven Äußeren ihre Wirkung auf mich nicht verfehlt. Hoffentlich ergibt sich später die Gelegenheit, mit ihm zu reden. Neben ihm steht seine Ehefrau, die blonden Haare streng nach hinten frisiert. Und ein Stück dahinter sehe ich die sogenannte Haushälterin. Tanja. Wie ein Satellit umschwirrt sie George. Mein Herz sticht wieder, diesmal allerdings vor Eifersucht. Es wundert mich nur, dass sich die Ehefrau das gefallen lässt. Ob sie nichts weiß? Ehefrauen wissen ja angeblich zuletzt, wenn ihr Mann fremdgeht. Aber hier ist es ja schon ziemlich auffällig.

Langsam zwänge ich mich weiter durch die Menschenmassen.

Nun, mir kann das egal sein, ob der Georg Ilzdorfer etwas mit der süßen Tanja hat oder nicht. Sollte es zumindest. Schließlich bin ich ebenfalls verheiratet. Kurz denke ich an Martin, der sich in Berlin vergnügt. Tagung, ha! Mir kann keiner erzählen, dass auf einer Ärztetagung nur fachlich gearbeitet wird. Zumindest abends werden sie es schon krachen lassen, die Herrschaften. Ich verdränge den Gedanken an meinen Ehemann und seine möglichen Aktivitäten in der Großstadt. Obwohl, seit Neuestem hat er ja jeden Abend die Gelegenheit, sich in einer Großstadt zu vergnügen.

Im Stillen wurmt es mich, dass er die Stelle in München angenommen hat. Natürlich haben wir es vorher intensiv besprochen. Und ich habe ihm auch dazu geraten. Es ist also formal in Ordnung.

Aber ich hätte gar nicht anders handeln können. Sein Wunsch, diese Chance für seine Karriere zu nutzen, war beinahe mit Händen zu greifen. Selbstverständlich hat er vorgeschlagen, dass wir mitziehen sollen. Der langweiligen Provinz den Rücken kehren und in München wieder neu Fuß fassen. Alte Kontakte reaktivieren. Selbst meine Praxis würde in München besser laufen.

Ich wollte jedoch nicht. Ich habe diese »langweilige Provinz« lieb gewonnen. Ich mag die Niederbayern. Sie sind bodenständig, geradeheraus und freundlich. Mich zieht es nicht in den Lärm, den Gestank und in die Enge der Stadt. Stadtluft macht angeblich frei. Aber nicht mich. Ich fühle mich freier, wenn ich mit meinem Hund im nahen Wald spazieren gehen kann und meine Kinder in einer Umgebung aufwachsen, die der meiner eigenen Kindheit ähnlich ist. Ich würde das Leben in der Stadt nicht mehr verstehen. Ich bin zu einem Landei geworden.

Und dieses Landei hat sich inzwischen erfolgreich zu Rosis Holzhaus durchgekämpft. Mir kommt es befremdlich vor, dass sie nicht an ihrem Zaun steht und schimpft. Auch einige der Leute, die vorbeigehen, sehen zu ihrer angestammten Stelle hinüber und wundern sich über die Leere. Unter ihren Blicken trete ich durch Rosis Gartentürl und schreite den Kiesweg entlang zu ihrer Haustür. Ich überlege, ob ich pro forma klingeln soll. Ach was. Sollen die Leute denken, was sie wollen. Sie werden hoffentlich nicht gleich die Polizei rufen.

Die vorderste Blaskapelle kommt näher, die Musik wird lauter, man sieht die ersten Fahnen. Jetzt liegt die Aufmerksamkeit sowieso beim Zug, und ich umrunde so selbstsicher wie möglich das Haus.

Der Hof, in den ich durch einen gemauerten Torbogen komme, ist an drei Seiten von Gebäuden umgrenzt. Ein echter Rottaler Dreiseithof, für den Münchner bestimmt eine schöne Summe hinlegen würden. Die Stallgebäude werden nicht mehr als Stall genutzt, sondern als Abstellmöglichkeit für diverse Gerätschaften und als Garage für Mucki, die ja nun leider verwaist ist. Sie sind nicht perfekt in Schuss, aber weit davon entfernt zu verfallen. Entlang der Mauern hat Rosi Oleanderbüsche in großen Kübeln aufgestellt. Hier sind sie windgeschützt und danken es mit einer Blütenpracht in allen Rottönen. Ein bisschen mediterranes Flair in Niederbayern.

Auf einer Bank neben der Tür sonnt sich eine weiße Katze und mustert mich.

»Na, du«, begrüße ich sie. Vorsichtig strecke ich meine Hand aus, um sie zu streicheln. Bei Katzen weiß ich nie so genau, woran ich bin. Ich rechne immer damit, dass sie gleich ihre Krallen ausfahren, um mich zu kratzen. Völliger Quatsch, ganz klar. Vielleicht ein unerkanntes Trauma aus meiner Kindheit. Dieses Exemplar jedoch lässt sich von mir kraulen, dreht sich auf den Rücken und rekelt sich unter meinen Liebkosungen. Als ich ein sanftes Schnurren höre, bin ich richtiggehend stolz auf mich. Karin, die Katzenflüsterin.

»Hast du Hunger?«, frage ich sie. Und sie scheint mich zu verstehen. Denn als ich aufstehe und mich zur Tür wende, hüpft sie von der Bank und streicht um meine Beine.

Das scheint auch das Kommando für ihre Freunde zu sein. Ich höre ein Miauen, und schon laufen Katzen aus allen Himmelsrichtungen auf den Hof, kriechen unter den Oleanderbüschen hervor, springen von Mauern. Mit einem Mal bin ich von Katzen umringt. Es sind bestimmt zehn Stück in allen Farben und Mustern, die mich mit herzergreifendem Maunzen und intensiven Blicken auffordern, endlich diese Tür zu öffnen.

»Habt ihr nicht genug Mäuse gefangen?«, frage ich in die

Runde. »Nein? Dann wollen wir mal schauen, ob wir das Futter für euch finden.«

Wie Rosi gesagt hat, ist ihre Hintertür nicht abgesperrt. Ein vertrauensseliges Überbleibsel aus alten Zeiten. Mittlerweile ein bisschen zu vertrauensselig für meinen Geschmack. Denn auch hier auf dem Land wird ab und an eingebrochen. Oder Rosi denkt, bei ihr gibt es sowieso nichts zu stehlen, warum soll sie dann zusperren? Nun gut, für meine Zwecke ist es praktisch. Ich schiebe die Tür auf, und sofort stieben die Katzen mit hoch aufgerichteten Schwänzen an mir vorbei in den düsteren Flur.

Ich folge ihnen und lasse die Tür offen. So fällt Sonnenlicht herein, und ich kann den Festzug hören. Die Musik der Kapellen schallt bis zu mir.

Unter meinen Schuhen knirschen Kiesel, als ich den Flur entlanggehe. Der graue Steinfußboden ist ausgetreten. Ich steige über schmutzige Gummistiefel und einige Halbschuhe und Hauspantoffeln, die kreuz und quer im Weg liegen. Recht ordentlich scheint Rosi nicht zu sein. An der Wand hängen diverse Jacken und eine Kittelschürze.

Ich weiß, draußen scheint die Sonne, und es sehen einige tausend Menschen dem Festzug zu. Die Blaskapellen versuchen das Ihre, um gute Stimmung zu verbreiten. Eigentlich Gründe genug, um sich in diesem alten Bauernhaus nicht unwohl zu fühlen. Ich tue es trotzdem.

Zum einen dringe ich in die Privatsphäre von Rosi ein. Sie hat mir zwar die Erlaubnis gegeben, dennoch werde ich gleich in ihren Sachen herumschnüffeln, und wir sind nicht gerade die engsten Freundinnen. Aber ich muss das Katzenfutter suchen und ihr ein paar Kleidungsstücke zusammenpacken.

Zum anderen macht das Haus so einen freudlosen Eindruck auf mich. Nicht nur, weil ich über Schuhe steigen muss. Bei mir ist beileibe auch nicht perfekt aufgeräumt.

Hier strahlen allerdings die Mauern diese Lieblosigkeit ab. Es riecht kalt. Ja, anders kann ich es nicht beschreiben.

Ich werde jetzt schnell das erledigen, was ich erledigen muss, und dann wieder von hier verschwinden. Am besten, ich sehe nach, wohin die Katzen gelaufen sind. Die müssen wissen, wo das Futter lagert.

Ah, in der Küche. Erwartungsvoll sehen mir die Tiere entgegen. Sie stehen vor oder sitzen auf einem niedrigen Küchenschrank. Ob sie mir damit etwas sagen wollen?

Ich finde das Trockenfutter und die fünf Fressnäpfe neben dem Herd. Schnell versorge ich die Meute. Die Katzen stürzen sich auf ihr Fressen. Man könnte meinen, sie hätten tagelang nichts mehr bekommen.

Als ich wieder auf den Gang trete, fällt mir der Korb mit dem Altglas neben der Küchentür auf. Eine dunkelgrüne Flasche ohne Etikett sticht mir ins Auge. Aus genau so einer Flasche hat sich Rosi gestern ihre drei Betthupferl-Stamperl eingeschenkt. Da war sie noch voll gewesen. Heute leer. Von drei Gläschen wird aber eine Flasche nicht leer. Da muss sie schon noch mal zugelangt haben.

Na, dann kann ich mir erklären, warum sie einen Blackout hatte. Der Alkoholgehalt von so einem selbst gemachten Hollerwein ist sicher nicht ohne, und nach einer ganzen Flasche würde ich auch nichts mehr wissen.

Aber sich gleich umbringen zu wollen? Ist sie in der Nacht noch mal aufgestanden, hat sich einen eingeschenkt, hier gesessen und über ihr Leben nachgedacht? Hat sie dann die Schwermut gepackt, und Rosi hat immer weiter getrunken, bis die Flasche leer war? Und weiter?

Ich sehe Rosi vor mir, wie sie in ihrem Nachthemd am Küchentisch hockt, den Kopf in die Hand gestützt, vor sich den Wein. Sie ist des Aufbegehrens gegen das Karpfhamer müde. Fühlt sich einsam, so ohne Mann und Kinder. Im Ort ist sie unbeliebt. Mit dem Zauner liegt sie im Dauerstreit. Jeder hält sie für verschroben. Sogar für die Polizei ist sie nur eine Querulantin.

Da kann es schon sein, dass ihr vor Alkohol vernebeltes Gehirn Selbstmordgedanken produziert. Sie steht also auf. Schwankend. Und dann? Zieht sie sich erst um? Ich weiß nicht, mit welcher Bekleidung die Rosi gefunden worden ist. Da muss ich mal meinen Polizisten fragen.

Allerdings ist es unrealistisch, dass sich Rosi in ihrem Zustand noch die Treppe hinaufgeschleppt hat, um sich was anzuziehen. Nein, eher hat sie sich im Nachthemd ihren Autoschlüssel geschnappt und in ihren Mucki gesetzt.

Andererseits ist sie sehr g'schamig. Es war ihr schrecklich peinlich, als sie erfuhr, dass ich sie umgezogen hatte. Würde sie mit diesem ausgeprägten Schamgefühl so durch den Ort fahren? Selbst bei Nacht wohl eher nicht. Und hätte sich dann ins Wasser gestürzt, wenn klar war, dass sie in diesem Aufzug von jemandem gefunden würde? Nein, oder? Schwer zu sagen.

Und wann hat sie den Abschiedsbrief an mich geschrieben und ihn bei mir eingeworfen?

Verzwickt. Alles Grübeln hilft mir nicht weiter. Eines Tages wird sie sich wieder daran erinnern und es mir dann erzählen können. Aber jetzt muss ich erst mal ein paar Sachen fürs Krankenhaus zusammensuchen.

***

Rosis Schlafzimmer liegt im ersten Stock. Das weiß ich seit gestern. Deshalb steige ich die knarrende Holztreppe hoch. Das Bett ist zerwühlt, die Decke halb auf den Boden gerutscht. Es sieht so aus, als ob sie unruhig geschlafen oder sich mit dunklen Gedanken im Bett hin- und hergeworfen hat. Ich ziehe die Bettdecke wieder auf die Matratze und schaue mich um.

In der Zimmerecke steht ein schmaler Holzschrank. Wenn das die einzige Unterbringungsmöglichkeit für ihre Klamotten ist, wird der Umfang übersichtlich sein. Ich öffne die Schranktüren. Auf der einen Seite sind Pullover, T-Shirts und Jeans akkurat übereinandergestapelt. Auf der anderen Seite hängen ein paar Blusen, einige Stoffhosen, ein kariertes Sommerkleid und ein dunkelblaues Kostüm auf einer kurzen Kleiderstange. Mehr nicht.

Ich nehme vier T-Shirts und eine Jeans heraus und lege sie aufs Bett. Wo hat Rosi ihre Unterwäsche? Unter dem Fenster steht eine Kommode, und in deren Schubläden finde ich, was ich suche. Auch hier herrscht eine penible Ordnung. In der Küche war ebenfalls alles aufgeräumt. Kein Geschirr stand herum, alle Flächen waren sauber abgewischt. Der Verhau im Flur war demnach nicht typisch für sie. Vermutlich ist sie in ihrem Suff über die Schuhe gefallen und hat sie einfach liegen lassen.

Unterwäsche, zwei Nachthemden und zwei Handtücher kommen zu der Auswahl auf dem Bett dazu. Was brauche ich noch? Neben ihrem Bett steht ein dunkles Nachtkastl. Darüber hängt ein gerahmtes Bild. Ich werfe einen Blick darauf. Das Gemälde ist nicht allzu groß, etwa zwanzig auf dreißig Zentimeter. Es zeigt einen Engel mit blonden Löckchen, der unter einem ausladenden Busch kniet. Sein kindliches Gesicht streckt er gen Himmel. Er betet.

Das Bild passt nicht zur Rosi, finde ich. Es ist so zart. Sie dagegen macht nach außen immer so einen aufgedrehten und heftigen Eindruck.

Ganz in Gedanken über die häufige Diskrepanz zwischen Schein und Sein ziehe ich die Schublade an dem Nachtkastl auf. Eine Packung Taschentücher, ein Stift, ein abgewetztes ledergebundenes Buch. Neugierig nehme ich es in die Hand. Es ist ganz schön dick. An der Seite ragen ein paar Blatt Papier mit gezacktem Rand hervor, die irgendwo herausgerissen worden sind.

Ob das Rosis Tagebuch ist? An der Stelle, an der die meisten Blätter eingelegt sind, klappt es auf. Fast von allein. Ein vierblättriges Kleeblatt rutscht heraus und fällt zu Boden, ein Blatt Papier folgt ihm. Ich bücke mich und hebe das Blatt auf. Es ist mit schwarzer Tinte beschrieben. Der kurze Text drückt sich ins obere Drittel.

Schneeglöckchen ahnen nun, was sie bedeuten. Wenn du die Augen schließt, hörst du sie läuten.

Schön.

Das habe ich schon mal irgendwo gelesen. Ein Gedicht von Eichendorff oder Kästner oder so. Und das hat Rosi geschrieben? Oder hat sie es von jemandem bekommen? Beides kann ich nicht glauben.

Ich lege das Blatt zurück und sehe mir die Handschrift im Buch an. Sofort sticht mir das Wort *Zauner* ins Auge. *Zauner, du Volldepp, hab ich geschrien …*, steht da. Wenn das nicht von der Rosi ist!

Ihre Schrift ist rund und klein, während sich die Buchstaben auf dem Zettel extrem nach rechts neigen und überdimensionierte Schlingen beim kleinen l und beim h haben. Eindeutig zwei Personen. Also hat Rosi einmal einen romantischen Verehrer gehabt. Diese Vorstellung entlockt mir ein Lächeln. Na ja, warum nicht? Schließlich war sie auch einmal jung.

Soll ich ihr das Buch mitbringen? Möglicherweise würde es die Rückkehr ihrer Erinnerung beschleunigen. Oder wäre sie mir böse, weil ich es gefunden und hineingesehen habe? Kann sein. Aber ich werde es riskieren.

Ich schließe die Schublade und lege das Tagebuch auf den Kleiderhaufen. Da fällt mir das Kleeblatt ein. Das gehört noch hinein. Ich bücke mich und sehe nach. Unter dem Nachtkasten liegt es nicht. Ich beuge den Kopf und schaue unters Bett. Da ist es, neben einem kleinen grünen Knopf. Ich lege den Knopf, der im Licht neongrün aufleuchtet, auf den Nachttisch und das Kleeblatt ins Buch. Was soll ich als Nächstes machen?

Zahnbürste! Genau.

Das Bad ist frisch renoviert worden – in den siebziger Jahren – und besticht mit dunkelbraunen Kacheln. Ich werfe alles, was auf dem Bord über dem Waschbecken steht, in einen Kulturbeutel, den ich in einem Regal gefunden habe. Nun muss ich nur noch eine Tasche für die ganzen Klamotten auftun.

Wo könnte sie so etwas aufbewahren?

Wir haben unsere Koffer im Speicher. Rosi vielleicht auch. Hat sie denn einen Speicher? Ich gehe in den Gang hinaus und entdecke die schmale, steile Holztreppe, die nach oben führt.

Soll ich wirklich da hinaufklettern? Ich steige schon nicht gerne auf Leitern und habe geradezu panische Angst, diese luftigen Stiegen in Kirchtürmen hinaufzugehen.

Ich besehe mir noch einmal diese Treppe, verziehe mein Gesicht und entscheide mich dagegen. Rosi hat bestimmt irgendwo anders eine Tasche. Notfalls nehme ich auch eine Plastiktüte. Ich versuche es im unteren Stockwerk.

Die Küche ist wieder katzenfrei. Sie haben sich die Bäuche

vollgeschlagen und sich nach draußen verzogen. Ich schaue in die Schränke und ins Kammerl. Die Speisekammer ist gut gefüllt, Gläser mit Marmelade und anderem Eingemachtem reihen sich neben Leberwurstdosen und Nudelpaketen. Plastiktüten suche ich vergebens. Nur ein Einkaufskorb steht herum. Aber ich will ungern mit einem Weidenkorb über dem Arm in die Klinik spazieren.

Das nächste Zimmer ist das Wohnzimmer. Am Fenster steht eine Eckbank, darüber hängt im Herrgottswinkel das Holzkreuz, das in keinem niederbayerischen Haushalt fehlt. Auf dem Fensterbrett blühen mehrere Alpenveilchen. Dafür hat Rosi meine Bewunderung. Mir gehen die immer ein.

Es gibt auch einen Lehnstuhl, der nicht sehr bequem aussieht, vor einem riesigen Fernseher. Aber kein moderner Flachbildschirm, sondern so ein bauchiger Apparat, wie ihn meine Eltern auch noch haben. Meine Kinder wären entsetzt, wenn sie das vorsintflutliche Ding sehen würden. Rosi ist wirklich sparsam eingerichtet.

An der hinteren Wand stehen ein Regal und ein weiterer, kleiner Tisch mit einem Stuhl davor. Ist das eine Schreibmaschine? Ich gehe näher. Richtig. Die hatte ich auch einmal. Eine mechanische Olympia mit rot-schwarzem Farbband ohne Korrekturmöglichkeit. Der Horror für mich damals. Meine Briefe taten sich durch die Masse an durchge-x-ten Buchstaben hervor. Wahre Kunstwerke.

Neben der Maschine liegen Briefbögen und Kuverts. In einem solchen Kuvert hat der Abschiedsbrief gesteckt, den sie an mich geschickt hat. Unverkennbar. Es gibt noch einige davon. Einzigartig in Format und Fleckenmuster.

Unter den Briefbögen schaut ein flacher Karton hervor. Ich hebe das Papier hoch, damit ich die Aufschrift auf dem Karton lesen kann.

Durchschlagpapier. Meine Güte, das ist hier wirklich eine Reise in die Vergangenheit! Die schwarzen dünnen Blätter legte man zwischen zwei Bögen Papier, dann konnte man von seinem Schreiben gleich eine Kopie anfertigen. Das war, bevor die Kopierer so klein und billig wurden, dass sie sich auch ein

Privatmensch leisten konnte. Und lange vor Multifunktionsdruckern.

Einer spontanen Eingebung folgend setze ich mich, spanne ein Blatt in die Maschine und klicke den Blatthalter herunter. So. Was soll ich schreiben?

Rosen, Tulpen, Nelken, alle Blumen welcken, tippe ich. Ha, klar, verschrieben. Ich betätige die Rücktaste und übertippe das fehlerhafte c mit einem x. Genau so haben meine Briefe immer ausgesehen.

Aber ich sollte hier nicht herumspielen, sondern nach einer Tasche suchen, sonst muss ich schnell zum nächsten Laden laufen und mir eine Plastiktüte erbetteln. Oder doch den Einkaufskorb nehmen.

Ich ziehe den Briefbogen aus der Schreibmaschine, falte ihn und stecke ihn in meine Hosentasche. Dabei wandert mein Blick über das Regal. Mehrere kleine Kontenordner von der Raiffeisenbank sind hier aufgereiht, sauber mit Jahreszahlen beschriftet, und ein Leitz-Ordner. Hier herrscht überall Ordnung. Auf dem untersten Brett liegt ein Paket. Etwas ist in eine Plastiktüte eingewickelt. Wunderbar! Die werde ich mir ausleihen.

Ich beuge mich auf dem Stuhl nach vorne und will nach dem Päckchen greifen. Dabei rutscht mein Fuß zu weit nach hinten, ich gerate aus dem Gleichgewicht, kippe Richtung Regal und stütze mich dort ab. Die Ordner wackeln und fallen mit Gepolter auf den Boden.

Scheibenkleister! Ich reibe mir meine schmerzende Hand und begebe mich auf die Knie, um alles wieder einzuräumen.

1997, 1998, 1999. Ich werfe einen Blick auf die Kontoauszüge von 2000. Oha! Zweiundfünfzigtausend Mark auf dem Girokonto. Das hätte ich nicht gedacht. Neugierig nehme ich den aktuellen Bankordner zur Hand. Trotz Währungsumstellung sind es immer noch dreiunddreißigtausend Euro. Alle Achtung. Ein Sparbuch hat sie auch. Über vierzigtausend Euro. Die Rosi ist ja gar nicht so arm, wie sie immer tut!

Aber sparsam. Das sieht man schon an der Einrichtung hier im Haus und an ihrer Kleidung. Da wird kein Euro unnötig ausgegeben. Miete muss sie auch keine zahlen. Einen kleinen Gemüsegarten hat sie hinterm Haus. So kann im Laufe der Jahre auch mit einer Erwerbslosenrente einiges zusammenkommen. Ich stelle die Ordner wieder ins Regal zurück.

Nur noch einer liegt auf dem Boden. Das ist der große dunkelgraue Leitz-Ordner. Was sammelt sie darin? Ich öffne ihn, und mich springt der Name »Ilzdorf-Brauerei« an.

Ein Brief vom Georg Ilzdorfer. Oben prangt das Logo seiner Brauerei. Was hat er mit Rosi zu tun? Ich überfliege die Zeilen. Er möchte ihr Grundstück kaufen. Das Haus samt Grund drum herum. Interessant. Für was er es will, steht da nicht. Hm. Aber der Kaufpreis. Er bietet Rosi dreihundertzwanzigtausend Euro dafür an. Holla! Eine immense Summe, finde ich. Auch wenn sie das Geld nicht wirklich braucht, nach ihren Kontoauszügen zu schließen, sollte sie es sich überlegen, sein Angebot anzunehmen. Denn dann wäre sie mit einem Schlag den ganzen Karpfhamer-Ärger los.

Ich blättere um.

Ein Durchschlag. Ha, mit vielen Verschreibern. Da bin ich aber beruhigt, dass Rosi das auch nicht besser hinkriegt als ich.

Als ich zu lesen beginne, ist es jedoch vorbei mit meiner Ruhe.

Es ist ein Brief an Frau Ilzdorfer. Erst fängt er unspektakulär an, aber dann kommt:

… du Flitscherl br~~u~~auchst gar nicht so hochnasert an mir vorbeispa~~ziren~~zieren. Ich an deiner ~~s~~Stelle würd l~~ei~~ieber aufpassen, das dei Mann nicht auf dein sa~~b~~ubere~~e~~s Verheltnis mit deiner Hausmadam, der angeblichen k~~i~~omm~~m~~t!!! Das du ~~nicht~~ dich nicht schamst? Ich würd mich ja der Sünden fürchten! …

Vor Überraschung setze ich mich auf meinen Hosenboden. Das muss ich gleich noch einmal lesen. Ja, aber davon wird es auch nicht anders.

Die Rosi meint also, nicht Herr Ilzdorfer hätte ein Verhältnis mit der niedlichen Haushälterin, sondern seine Frau. Unglaublich!

Ob da was dran ist? Sie ist doch verheiratet und hat sogar einen Sohn. Von Anfang an war sie's also nicht. Lesbisch. Ein blödes Wort. So negativ. Wie »weibisch«. Oder »hämisch«. Unsympathisch einfach. Dafür müsste man mal einen anderen Ausdruck erfinden.

Letztens beim Friseur habe ich in einer Zeitschrift gelesen, dass sich immer mehr Frauen im mittleren Alter umentscheiden würden. Sie seien von den Männern enttäuscht und wendeten sich stattdessen Frauen zu.

Ich zucke mit den Schultern. Na ja, warum nicht? Für mich wäre es zwar nichts – ich würde lieber den Herrn Ilzdorfer nehmen als seine Frau –, aber jedem das Seine.

Mir wird es auf dem Boden zu unbequem. Ich gehe zu der Eckbank hinüber und setze mich. Da ist auch das bessere Licht. Ich lege den Ordner vor mich auf den Tisch und sehe nachdenklich aus dem Fenster. Der Festzug ist zu Ende gegangen, nun flanieren die Leute auf dem Weg zur Festwiese am Haus vorbei.

Eine verheiratete Frau liebt eine andere, und das in Kirchmünster? Das könnte ganz schön Zunder geben. Aber wie kam die Rosi da nur darauf? Hat sie mal was beobachtet? Anzunehmen. Sie ist ja mit ihrem Radl oder mit dem Käfer oft unterwegs.

Ich überlege, was ich bis jetzt von der Frau Ilzdorfer und dieser Tanja mitbekommen habe. Die Ilzdorfer kommt unnahbar und ein bisschen eingebildet rüber. Da kann ich mir schon vorstellen, dass die Rosi sich darüber aufgeregt hat. Wenn ich daran denke, wie sie mich abgefertigt hat. Wir sind auch keine Freundinnen geworden.

Sie sieht nicht schlecht aus, die Ilzdorfer. Keine strahlende Schönheit, aber nicht unrecht. Gepflegt.

Und diese Tanja ist eine junge hübsche Person. Woher kommt die überhaupt? Eine Hiesige ist die auch nicht. Ach, die Frau Münchhamer hat ja gesagt, sie wäre aus der Großstadt. Na, dann hat bestimmt sie die brave niederbayerische Ehefrau verführt. Ich grinse. Diese Vorstellung würde hier bestimmt kursieren, wenn es mal herauskäme.

Wenn es mal herauskäme. Falls es überhaupt der Wahrheit entspricht. Ich kann mich an kein diesbezüglich verdächtiges Verhalten erinnern. Halt! Das Cabrio am See. Waren das die beiden? Ein romantischer Mondscheinspaziergang. Das allein ist aber noch kein Beweis. Das würde ich auch mit Isabell jederzeit machen.

Neugierig schlage ich die nächsten Seiten auf. Es kommen ein paar Rechnungen. Unwichtiges Zeug. Dann ein Artikel aus der Passauer Neuen Presse mit einem Foto vom Venus Benedikt über das geplante Rodeo. Aber warum hat Rosi diesen Artikel aufgehoben? Hat sie auch etwas gegen ihren Nachbarn? Die Antwort finde ich hinter einigen uninteressanten Schreiben vom Gartenbauverein und dem katholischen Pfarramt. Rosi hebt wirklich alles auf. Das, was bei mir im Altpapier landen würde, heftet sie ab. Auch eine Methode.

Aber meine Frotzelei vergeht mir, als ich den Brief an Venus entdecke.

… tätst be~~ss~~ßer dran, auf deine~~m~~n Sohn aufzupass~~s~~en. Wenn'st glaubst, dass ich nicht wei~~s~~ß, dass der eine Hasch~~pb~~plantasche hat, dann~~n~~ bist auf dem Holzweg. Und wah~~r~~rscheinlich verkauft er des dann an die jungen Madl i~~n~~m Sta~~h~~ll. Desweng fahrt der junge~~n~~ Bursch a den BMW.

Rosi, du Schandmaul! Wie kommt sie denn dadrauf? Tim als Marihuanabauer und Dealer? Quatsch! Also, da ist bestimmt nichts dran. Die Vicky hätte mir hundertprozentig erzählt, wenn der Tim kleine Tütchen an die Mädels auf dem Venus-Hof verkaufen würde. Ich mag den Tim, und Vicky himmelt ihn an. Er schaut aber auch gut aus. Groß, breite Schultern, dunkle Augen. Da ähnelt er seinem Vater. Immer sehr freundlich. Und fleißig ist er. Klar braucht so ein junger Mann von Anfang zwanzig einiges an Geld. Er fährt ein schnelles Auto. Aber gleich davon auszugehen, er hat sich das Geld zusammengedealt, ist schon weit hergeholt. Ob Rosi die Pflanzen gesehen hat? Irgendeinen Grund muss sie ja haben, wenn sie das behauptet.

Ich glaube es trotzdem nicht.

Allerdings kann man für niemanden die Hand ins Feuer legen. Ich muss Vicky mal fragen. Natürlich würde ich sie auf keinen Fall mehr dorthin lassen, wenn es auch nur den geringsten Verdacht gäbe, dass er mit Drogen dealt.

Mist. Ich ärgere mich über mich selber. Jetzt hat Rosi Zweifel gesät. So schnell geht das, und man hat den Ruf eines Menschen angekratzt, wenn nicht ruiniert.

Wenn der Benedikt diesen Brief tatsächlich erhalten hat, war er bestimmt stinkwütend auf die Rosi. Falls diese Gerüchte im Ort rumgehen, bedeutet das nicht nur den finanziellen Ruin für seinen Reiterhof, sondern auch für das Ansehen seines Sohnes. Ich glaube, ich wäre an seiner Stelle ausgerastet, wenn Rosi so etwas von Linus behauptet hätte.

Wann hat sie das denn geschrieben? Ich sehe aufs Datum. 22. Juli. Noch gar nicht lange her.

Meine Stimmung ist im Keller. Rosi hat mit ihrem Geschreibe einen Stachel in mein grundsätzliches Vertrauen meinen Mitmenschen gegenüber gesetzt. Zwar musste ich in den letzten Jahren immer wieder in menschliche Abgründe blicken, doch ich habe mir eine Art Urvertrauen bewahrt. Ich will immer noch an das Gute im Menschen glauben. Erst mal.

Niedergeschlagen blättere ich weiter. Eine Einladung des katholischen Frauenbundes zu einem Vortrag über *Ägypten – Wasserströme in der Wüste*. Was für ein Thema. Eigentlich ist mir die Lust an meiner Neugierbefriedigung vergangen. Ohne große Begeisterung wende ich ein paar Seiten. Ein aus einer Zeitschrift gerissenen Artikel über das Restless-Legs-Syndrom. Eine Werbung für die Diskothek Moustache: Donnerstag ist *ladies time*. Der Besitzer Joe Gruber persönlich überreicht jeder Frau einen Begrüßungsprosecco. Sehr interessant. So extraordinär.

Ah ja. Mein Gehirn arbeitet vor lauter Niedergedrücktheit langsamer als sonst. Joe Gruber ist Hansi. Die Diskothek Moustache gehört also ihrem Neffen. Aber warum hebt sie die Reklame für den Frauentag auf?

Die Antwort darauf gibt der nächste Durchschlag, adressiert an den Gruber.

Du bist ~~a~~ eine Schand fur unsere ~~fa~~Familie. Dei Mu~~a~~tter würd sich im Grab umdre~~eh~~hen. Laß die Fing~~a~~er von de Weib~~a~~er und heirat en~~t~~dlich!

Es geht nichts über nette Verwandtschaft, die ein Auge auf einen hat.

Gleich dahinter liegt ein Artikel über die Bad Füssinger Spielbank. Ein notorischer Spieler ist gesperrt worden. Es wird darauf hingewiesen, dass Glückspiel süchtig machen und man sich bei Bedarf an die Suchtberatungsstelle der Caritas wenden kann.

Rosi eine Spielerin? Das glaube ich nicht.

Auf der folgenden Seite bekomme ich prompt die Bestätigung meiner Einschätzung geliefert. Rosis Durchschlag eines Briefes an das Spielcasino.

… *de~~m~~n Gruber Hans mü~~s~~ß~~s~~en Sie sperren, weil der das gan~~n~~ze Erbe von mein~~es~~er Schwester selig, der Gruber Elisabeth, geb~~h~~o~~h~~rene Reitmeier verspielen tut.*

Na, noch eine Einmischung in sein Leben. Darüber hat er sich bestimmt arg gefreut, der Neffe.

Das Nächste ist wieder ein Durchschlag. Was steht da?

Zauner. Natürlich. Wahrscheinlich die üblichen Beschimpfungen. Ich habe keine Lust mehr und will den Ordner schon zuschlagen, da sehe ich, dass sie an die Frau Zauner geschrieben hat. Das wundert mich, und ich überfliege den Text.

… *warum du al~~de~~te Schicksn denkst, dein Mann würd nicht drauf kemma, dast ein Gsp~~b~~usi hast. So~~o~~ saublöd bist do~~s~~ch auch nicht. Red lieb~~a~~er bevor er~~s~~ es von ebban ander~~n~~m erfahrt …*

Ich fühle mich müde. Schon wieder ein außereheliches Verhältnis. Will ich das wissen? Im Grunde nicht. Ich schließe den Ordner und lege meine Hände darauf.

Eigentlich habe ich der Rosi helfen wollen. Sie hat mir leidgetan in ihrem Klinikzimmer kurz nach ihrem Selbstmordversuch, mit den zwei Männern gegen sie. Aber im Moment mag ich sie gar nicht. Nicht nur, dass sie allen Leuten hinterherspioniert, das weiß ich ja schon aus den Gesprächen bei mir in der Praxis. Nein, sie schreibt ihnen auch noch grausliche Briefe. Und ob das wahr ist, was sie ihnen unterstellt, ist mehr als fraglich.

Ich sehe auf den Ordnerdeckel. Ja, ich muss noch mal hineinschauen. Ich will wissen, ob sie noch weitere Menschen belästigt hat. Wen würde ich noch alles finden, wenn ich die Seiten durchblättere? Ganz Karpfham, Bad Griesbach und Kirchmünster? Wie groß ist der Radius ihrer Kampagne gegen Unmoral? Auf das Schlimmste gefasst, gehe ich alles durch. Aber bis auf belangloses Zeug finde ich nur noch einen weiteren Durchschlag.

Der Brief datiert vom 8. Januar und ist an ein Nannerl gerichtet. Kein Nachname, keine Adresse.

Nannerl, werd endlich erwa~~s~~chsen, steht da. *Was will~~l~~st in Neusee~~l~~land? Eine~~r~~ aus Niederbayern bleibt auch in Niederb~~b~~ayern oder mindestens in Bayern, so wi~~w~~e bei Dir, und fahrt nicht in der Weltgesc~~c~~hicht umeinander. Geld krie~~k~~gst von mir keins. Das sag ich Dir glei. Frag halt Deinen sauberen He~~r~~rrn Bruder, ob er Dir ein Geld gibt. Und ich brauch auch keine~~n~~ ~~Brief~~ Weihna~~h~~chtskarte nimmer plötz~~t~~lich nach zwanzig Jahr. Ewig hast Dich nicht blicken lassen. Ich würd Dich auf der Straß gar nicht ~~er~~erkennen. Daß Dich n~~e~~icht schamst, in Deinem Alter. Arbeit was, dann brauch~~ts~~st nicht betteln!*

Na, das kann ich mir vorstellen, dass die Rosi auf einen Bettelbrief nicht gnädig reagiert. Nannerl? Kenn ich keine. Wer auch immer Nannerl ist – bei ihr hat sich Rosi ebenfalls nicht beliebt gemacht.

Energielos stehe ich auf, schleppe mich zu dem Regal und will den Ordner zurückstellen. Aber ein Gedanke lässt mich innehalten.

Was, wenn sie damit jemandem empfindlich auf die Füße getreten ist? Wenn sie etwas herausgefunden hat, das unter keinen Umständen ans Tageslicht gelangen darf? Und derjenige sie zum Schweigen bringen will!

Ist das abwegig?

Nehmen wir mal an, Rosi hat die Wahrheit gesagt. Sie wollte sich nicht umbringen. Dafür spricht, dass sie ihre Katzen niemals ohne Pflegeersatz alleingelassen hätte. Nie! Das ist mir gleich sauer aufgestoßen. Sie ist also in ihrem Bett gelegen und plötzlich in der Bezirksklinik aufgewacht. Kann sich an nichts erinnern. Hätte diesen Selbstmordversuch jemand vortäuschen können?

Mit neuem Schwung stelle ich den Ordner zurück und wandere im Zimmer auf und ab.

Was weiß ich von der Nacht davor?

Ich habe Rosi ins Haus geführt, und sie hat eine Tablette genommen. War die Tablette etwa manipuliert?

Ich sause in die Küche. Sehe mich auf dem Büfett um, an dem sie gestern gestanden hat. Neben altmodischen Porzellandosen mit den verschnörkelten Aufschriften »Zucker«, »Salz«, »Mehl« und »Grieß« stapeln sich ein paar Tablettenpackungen. Zuoberst liegen die Melissana, Melissenkapseln, die ich ihr vor Jahren empfohlen habe. Ich nehme sie in die Hand, öffne die Packung, ziehe den Blister heraus. Es ist nur noch dieser eine in der Schachtel, und erst eine Tablette wurde herausgedrückt. Wenn das ein Blister von einer Schlaftablettenpackung ist? Ich spüre Aufregung in mir aufsteigen, drehe das Teil um. Mensch, nein! Auf der Rückseite ist der Name des Melissenpräparats aufgedruckt. Nichts wurde vertauscht. Schade.

Aber das wäre auch zu leicht gewesen, tröste ich mich. Ich schaue die anderen Packungen durch. Es ist jedoch alles harmloses Zeug. Ginsengkapseln, Magnesiumbrausetabletten, ein Mittel gegen Völlegefühl. Außerdem hat Rosi davon gestern nichts angerührt.

Sie hat die Tablette mit ihrem Hollerwein hinuntergespült. Die Flasche habe ich vorhin schon beim Altglas bemerkt. Ich gucke in den Korb, der neben der Küchentür im Gang steht, bücke mich, hebe die Flasche hoch und halte sie gegen das Licht. Nein, nicht das kleinste Schlückchen ist mehr drin. Rosi hat alles ausgetrunken.

Oder hat jemand etwas in den Wein getan, um sie zu betäuben, und hat ihn danach weggeschüttet? Ich schnüffele an der Flasche und bin auch nicht schlauer. Weiß der Himmel, ob der Geruch verdächtig ist. Wie riecht Hollerwein? Und wie vergifteter Hollerwein? Ich habe weder den einen noch den anderen jemals getrunken.

Aber wenn in den Wein tatsächlich etwas hineingekommen wäre: Hätte derjenige die Flasche nicht mitgenommen, anstatt sie in diesen Korb zu stellen, wo sie jeder finden kann?

Nachdenklich drehe ich die Flasche in meinen Händen. Andererseits fällt eine leere Flasche im Altglas nicht weiter auf, und man hat sie los. Muss nicht mit einer Flasche aus dem Haus. Da ist die Korblösung wirklich die elegantere. Wer denkt schon daran, dass jemand die Flasche beachten würde?

Ich beiße auf den Daumennagel. Also noch mal. Jemand wollte Rosi betäuben und hat ihren Wein gepanscht, weil er oder sie wusste, dass sie jeden Abend davon trank. Später kam er oder sie ins Haus – ach, bleiben wir einfachheitshalber beim Er. Er trug Rosi die Treppe hinunter, in ihr Auto und fuhr mit ihr zum Weiher. Dort legte er sie ans Ufer und ließ den Käfer die Böschung hinab ins Wasser rollen.

Das wäre doch möglich, oder?

Er wollte sie nicht umbringen, sonst hätte er sie im Auto gelassen. Er wollte ihr nur einen Denkzettel verpassen. Oder eine Warnung.

Aber das hat ja nur dann einen Sinn, wenn sie das auch weiß. Wenn sie zumindest ahnt, wer ihr das angetan hat.

Sie kann sich allerdings an nichts erinnern. Sagt sie. Ob das wirklich stimmt? Vielleicht hält sie nur den Mund, weil sie sich nicht sicher ist. Oder weil sie Angst hat.

Ich muss sofort noch einmal mit Rosi reden! Ich werde sie mit meinen Schlussfolgerungen konfrontieren, dann wird sie schon damit herausrücken. Es ist viel zu gefährlich, wenn sie schweigt. Das kennt man aus jedem Fernsehkrimi. Wenn das Opfer schweigt, ist es kurz darauf tot.

Ich darf keine Zeit verlieren! Geschwind hole ich den Korb aus der Speisekammer, stopfe Rosis Sachen hinein, steige über die Gummistiefel im Flur und verlasse das Haus. Als ich das Bauernhaus umrundet habe und auf den Kiesweg trete, streift mein Blick flüchtig die Holzkreuze unter dem Hollerbusch.

Ziemlich morbide, denke ich, sich die toten Katzen neben die Eingangstür zu legen. Und dann auch noch Wein aus den Holunderbeeren des Busches zu machen, dessen Wurzeln zwischen den Kadavern wachsen. Ich verziehe angeekelt meinen Mund.

Rosi sorgt sich um ihre Katzen, bestattet sie wie ihre nie geborenen Kinder. Aber mit den Menschen kommt sie nicht aus. Traurig.

***

Im Bezirksklinikum gehe ich stracks zu Rosis Zimmer. Ich werde sie nicht eher wieder verlassen, bis sie mir nicht alles erzählt, wenigstens ihren Verdacht mitgeteilt hat.

Ich rausche durch ihre Zimmertür und stoppe. Rosis Gesicht ist knallrot und glänzt. Die Augen hat sie geschlossen, die Lider zucken. Ihre Brust hebt sich, und beim Einatmen entweicht ihrem Mund ein jammernder Laut. Was haben die mit ihr gemacht?

Rasch gehe ich an ihr Bett und lege meine Hand auf ihre Stirn. Glühend heiß.

»Mein Gott, Rosi«, entfährt es mir. »Was ist passiert?« Sie ist ohne Zweifel schwer krank.

Ihre Augenlider flattern. Es fällt ihr schwer, mich anzusehen. »Karin«, flüstert sie. Ihre Stimme klingt wie Schmirgelpapier. »Meine Viecher.«

Ich ziehe mir den Stuhl näher und setze mich auf die Kante der Sitzfläche, auf dem Sprung, gleich einen Arzt zu holen. »Deinen Katzen geht es gut, Rosi, ich hab sie gefüttert.«

Sie greift nach meiner Hand und drückt sie. Wie kann ein Mensch nur so heiß sein?

In meinem Kopf herrscht Leere. Alles, was ich ihr übel genommen habe, ist verschwunden. Alle Fragen, die ich ihr stellen wollte, haben sich aufgelöst. Ich sehe nur Rosi, krank und einsam, für die allein ihre Katzen wichtig sind.

»Was ist …«, beginnt sie, beinahe tonlos, die Augen wieder geschlossen. Sie setzt nochmals an. »Was ist mit der Mimi?«

Kann sie sich nicht mehr daran erinnern, dass sie gestern die tote Katze durch Kirchmünster geschleift hat? Ihr Fieber muss gewaltig sein.

»Der Mimi geht's gut«, antworte ich. Ihre sorgenvollen Gesichtszüge entspannen sich. Sie liegt bewegungslos in ihrem Bett. Einige mühsame Atemzüge lang ist Stille.

Ich werde unruhig. Sie gefällt mir gar nicht. Am besten, ich rufe eine Schwester. Die müssen etwas gegen ihr Fieber tun. Und ihr Schnaufen gefällt mir auch nicht. Hoffentlich hat sie sich keine Lungenentzündung geholt, als sie heute früh mit nassen Klamotten im Weiher stand. Wer weiß, wie lange sie dort herumgelaufen ist? Ich will nach dem Klingelknopf greifen, da reißt Rosi die Augen auf. Sie sind glasig und rot umrandet. Erschreckend kräftig packt sie meinen Arm.

»Und was ist mit dem Engerl?«, raunt sie.

Mir läuft es kalt den Rücken hinunter. Rosi scheint gar nicht mehr richtig da zu sein. Trotzdem wartet sie begierig auf eine Antwort. Ich überwinde mich und sage: »Dem Engerl geht's auch gut.« Ihr Griff lockert sich, die Hand gleitet auf die Bettdecke. Rosi schließt die Augen.

In diesem Moment eilt eine Krankenschwester herein. Unmittelbar hinter ihr schieben zwei Sanitäter eine Trage ins Zimmer. Sofort herrscht professionelle Geschäftigkeit. Ich bin erleichtert, dass nun jemand anderes die Verantwortung für Rosi übernimmt.

Schnell trete ich beiseite, um ihnen nicht im Weg zu stehen. Die Männer heben Rosi vom Bett und schwingen sie auf die Bahre. Rosi stöhnt auf. Die Sanitäter kümmern sich nicht darum. Rasch zurren sie die Gurte über ihr fest und machen die Liege abfahrbereit.

»Sie ist ziemlich krank, nicht?«, frage ich die Krankenschwester.

Sie bückt sich nach Rosis Schuhen, die unter ihrem Bett stehen, und drückt sie zwischen deren Füße.

»Lungenentzündung«, sagt sie, während sie den Sanitätern den Übergabezettel unterschreibt, der auf einem Klemmbrett steckt. »Das behandeln wir hier nicht. Sie wird ins St.-Elisabeth-Krankenhaus gleich gegenüber verlegt. Sind Sie eine Verwandte?« Sie mustert mich. Wir haben uns nachmittags nicht gesehen.

»Nein, nur eine Bekannte.« Ich hebe den Einkaufskorb in die Höhe. »Aber ich hab der Frau Reitmeier Kleidung mitgebracht und Waschzeug. Vielleicht braucht sie das im Krankenhaus?«

Ich entdecke das Tagebuch, das ich zwischen die Klamotten geschoben habe, und ziehe es schnell heraus. Das nehme ich lieber wieder mit. Wer weiß, wohin es sonst verschwindet?

»Gut.« Die Schwester sieht zweifelnd auf den Korb hinab. Wahrscheinlich kommt es selten vor, dass die Patienten ihre

Habseligkeiten in Einkaufskörben transportieren. Aber sie nimmt mir ihn ab und stellt ihn kurzerhand auf Rosis Unterschenkel.

»Okay, Jungs.« Die Sanitäter rollen Rosi hinaus, und die Schwester läuft ihnen hinterher. In ziemlicher Geschwindigkeit streben sie den Gang entlang zum Aufzug.

Ich sehe mich noch einmal im Zimmer um. Ein freundliches Zimmer mit einer schönen Aussicht. Jetzt ist es leer, Rosi ist fort, und ich komme mir überflüssig vor. Ein Gefühl, das ich nicht ausstehen kann.

Aber ich fühle auch noch etwas anderes. Ich mache mir große Sorgen um sie. Seltsam, aber wahr. Rosi ist mir ans Herz gewachsen. Trotz allem. Die g'schpinnerte, komplizierte, für normale zwischenmenschliche Beziehungen nicht kompatible Rosi.

Und sie hat es nicht verdient, im Krankenhaus zu liegen und alle Welt lacht über sie. Mein Magen krampft sich zusammen. Ich muss etwas tun. Ich werde jetzt den Ordner aus ihrem Haus holen und ihn der Polizei auf den Tisch knallen.

***

Gesagt, getan. Ich fahre nach Karpfham zurück und biege zu Rosis Haus ab. Ich will die Briefe holen. Sie sind Beweise dafür, dass sich Rosi einige Leute zu Feinden gemacht hat. Das und die Tatsache, dass Rosi nie ihre Katzen unversorgt gelassen hätte, muss die Polizei doch überzeugen. Außerdem will ich ihnen die leere Hollerflasche bringen, damit sie sie nach Spuren von Betäubungsmitteln untersuchen. Jedenfalls werde ich mich diesmal nicht abwimmeln lassen.

Ich düse den Weg in Rosis Hof hinunter und sehe rot. Rotorange. Die Corvette vom Hansi. Überrascht reiße ich mein Lenkrad herum. Mein Kangoo legt sich in die Kurve, beschreibt einen Kreis und touchiert mehrere Oleanderkübel, die wie Dominosteine umfallen. Die Katzen springen in Sicherheit. Haarscharf rase ich an dem Angeberauto und der Einfassung des Einfahrtstors vorbei, holpere den Weg zur Straße hinauf und bremse knapp vor den Fußgängern ab, die auf dem Gehweg unterwegs sind.

Mein Herz bumpert. Damit habe ich überhaupt nicht gerechnet, dass Hansi sich schon in Rosis Haus zu schaffen macht. Was will er dadrin? Soll ich nachschauen?

Mein Auto tuckert immer noch im Leerlauf vor sich hin. Spontan beuge ich mich vor, drehe den Zündschlüssel um und steige aus.

Auf dieser Seite hat das Haus keine Fenster, sondern nur eine Holzwand mit einem großen Spalier, an dem sich ein Birnbaum emporrankt. Ich muss mich entscheiden: nach vorne oder nach hinten?

Vorne können mich alle Fußgänger beim Spionieren beobachten, also hinten.

Ich schleiche über den Kies in den Innenhof. Alles ruhig. Kein Hansi. Der Geräuschpegel vom Volksfest ist wohl laut genug gewesen, um meine Runde durch den Hof zu übertönen. Die Katzen trauen sich wieder aus ihren Verstecken, ducken sich unter die umgefallenen Oleanderbüsche und glotzen mich zwischen den roten Blüten heraus an.

Vorsichtig gehe ich weiter und halte mich eng an der Hauswand. Es kommt ein kleines, nicht sehr sauberes Fenster. Ich luge hinein. Das muss die Waschküche sein. Eine Waschmaschine, Regale, Wäschekörbe. Weiter. Das nächste Fenster ist schmal, mit einem Häkelvorhang, und gibt einen sehr begrenzten Ausschnitt des Flures frei. Mit dem Ohr nah am Fenster lausche ich konzentriert. Ich höre es im Haus rumoren. Schranktüren werden aufgerissen und wieder zugeschmissen. Da. Hansi tritt aus der Küche, stellt eine Flasche in den Altglaskorb im Flur und geht ins Wohnzimmer.

Hat er Angst, dass die Ratten kommen, und räumt deshalb den Müll raus? Ich starre auf die gesammelten Flaschen. Bestimmt nicht. Aber was, wenn ich recht habe? Wenn im Hollerwein tatsächlich ein Betäubungsmittel gewesen ist und Hansi das weiß? Dann entsorgt er die Flasche, um Spuren zu beseitigen. Seine Spuren.

Mensch Meier! Der Hansi hat seine Tante betäubt. Ich sehe

es ganz klar vor mir. Hansi schleicht sich durch die Hintertür ins Haus, während die arglose Rosi am Zaun die Leute beschimpft. Er geht in die Küche, öffnet die Flasche und träufelt das Gift in die dunkle Flüssigkeit. Dann steckt er den Korken wieder auf und schüttelt, sodass sich die Tropfen im Wein verteilen. Die Flasche stellt er auf den Küchenschrank und verschwindet durch die Hintertür. Später kehrt er wieder zurück und fährt die Bewusstlose zum See. Dieser hinterfotzige Kerl!

Die Galle steigt mir hoch. Und keiner ahnt was. Jeder denkt, die verrückte Rosi wollte ins Wasser gehen. Selbst die Polizei glaubt an einen Selbstmordversuch, und der Hansi kommt davon. Das muss ich verhindern!

Aber aufpassen muss ich! Eine direkte Konfrontation mit ihm scheue ich seit heute Vormittag. Ich will nicht wieder an die Wand fliegen. Jetzt ist Hansi jedoch im Wohnzimmer beschäftigt. Da könnte ich doch schnell in das Haus flitzen und die Flasche holen.

So leise wie möglich nähere ich mich der Hintertür. Ich halte den Atem an und drücke die Klinke herunter. Zentimeter für Zentimeter schiebe ich die Tür weiter auf. Ich höre ihn fluchen. Mit einem Fuß stehe ich schon auf den Steinfliesen im Gang und fixiere den Korb. Die oberste Flasche müsste es sein. Dunkelgrün, ohne Etikett.

»Mi leckst am Arsch! Da liegt das Geld auf dem Konto rum, und ich könnt's so gut brauchen!« Hansi schimpft vor sich hin.

Beeil dich, Karin! Rasch husche ich zum Korb, nehme mit feuchten Händen die Weinflasche und sehe, dass daneben zwei weitere liegen. Grün, ohne Etikett.

So ein Mist! Welche ist es? Keine Ahnung! Ich muss einfach alle drei mitnehmen. Gerade will ich nach der zweiten Flasche greifen, da huscht eine bunt gefleckte Katze an mir vorbei. Vor Schreck mache ich einen Satz zur Seite. Beinahe hätte ich die Flasche fallen lassen. Ich presse sie an mich. Gleich darauf höre ich die schweren Schritte vom Hansi näher kommen.

Bloß weg!

Fluchtartig mache ich kehrt, wiesle aus der Tür und laufe am Haus entlang. Hansi poltert durch den Flur, stolpert über die Gummistiefel, stößt an den Korb. Die Flaschen klirren. Ich sause um die Ecke.

»Kreizkruzinäsn!«

Er ist bei der Tür. Die jetzt offen steht, verdächtigerweise. Ich sprinte zu meinem Auto, werfe die Flasche auf den Beifahrersitz, springe hinterher, lasse das Auto an, drängele mich durch die Fußgänger und bin auf der Straße.

Puh!

Ich wische mir über die Stirn. Das ist ja der Wahnsinn! Der Hansi hat Rosis Selbstmordversuch getürkt. Ich hab ja gleich gewusst, dass da was faul ist. Ha!

Jetzt nichts wie zur Polizei. Ich drehe beim Weinkontor um und fahre die Straße wieder zurück. Da ich nur zu meinem jungen Polizisten einen Hauch von Zutrauen gewonnen habe, will ich als Erstes mit ihm reden. Auf der Kirchmünsterer Station sitzt bestimmt der Grieshuber, und zu dem, nein, zu dem werde ich nie mehr gehen.

Als ich erneut an Rosis Haus vorbeifahre, sehe ich Hansi auf der Zufahrt stehen und mit geballten Fäusten nach rechts und links blicken. Ich hoffe inständig, dass er mich vorhin nicht entdeckt hat. Mit unbeweglichem Gesicht schaue ich zu ihm hinüber. Er erkennt mich, und sein Blick verfinstert sich noch mehr, seine Lippen bewegen sich. Wahrscheinlich ein Kraftausdruck.

Hat er gesehen, wie ich weggelaufen bin? Was wird er machen? Ich halte die Luft an. Mein Herz klopft.

Aber nichts passiert. Hansi dreht seinen Kopf in die andere Richtung und stiert wieder die Straße entlang.

Erleichtert atme ich aus.

***

Ich ergattere einen Parkplatz gleich neben dem Fest-Eingang. Die erbeutete Flasche schlage ich in meine Strickjacke ein, die für kühlere Spätsommerabende immer im Auto liegt, und haste zum Polizeigebäude. Ich stürze durch die Tür und suche meinen Polizisten. Ein ungefähr acht Jahre alter Junge heult laut, ein Beamter versucht ihn gleichzeitig zu beruhigen und auszufragen. Mein Polizist sitzt am Schreibtisch und tippt in den Computer. Ich steuere auf ihn zu.

»Hallo, Herr Polizeimeister Riedl. Ich muss Sie dringend sprechen.«

»Ja, bitte.« Höflichkeitshalber steht er auf. Gott sei Dank ist er nicht recht viel größer als ich. Da komme ich mir nicht gar so hilflos vor.

»Die Reitmeier Rosi wollte sich nicht umbringen. Das war ein Fake, und ich weiß, wer dahintersteckt.« Ich lege eine Hand auf mein Herz, weil es nicht zu hämmern aufhören will.

»Ein Fake?«, fragt er. Seine rechte Augenbraue wandert nach oben.

»Ja, der Selbstmordversuch war keiner, der war unecht«, versuche ich, meine Aussage zu präzisieren.

»Soso. Wie kommen Sie denn dadrauf?« Er scheint mir nicht zu glauben. Aber das habe ich nicht anders erwartet.

Jetzt spiele ich meinen Trumpf aus. Mit einer geschmeidigen Bewegung befreie ich die Flasche aus meiner Jacke und stelle sie auf den Schreibtisch.

»In der Flasche war Hollerwein. Gestern Abend hat die Rosi davon getrunken. Aber nur drei Stamperl. Von drei Stamperl Hollerwein bekommt man keinen Blackout. Deshalb: Betäubungsmittel. Warum sonst kann sich die Rosi an nichts erinnern?«

»Aha.« Für den Riedl ist es nicht so offensichtlich wie für mich.

»Und ich weiß auch, wer das gemacht hat«, ergänze ich leiser und rücke näher an ihn heran, da sich die Tür geöffnet hat und eine aufgelöste Frau hereinkommt und zu dem weinenden Buben stürzt.

»Ihr Neffe, der Gruber Hansi, war der eine. Und dann habe ich noch mehrere Verdächtige, die mitgeholfen haben könnten.« Denn dass der Typ sich das alleine ausgedacht hat, das glaube ich keine Minute. Da muss noch mindestens einer mit von der Partie gewesen sein.

Jetzt stoßen beide Augenbrauen an seinen Haaransatz. »Der Herr Gruber? Und mehrere Verdächtige?«

»Ja.« Ich funkele ihn an. Wird das hier wieder so eine Nullnummer, wie ich sie in der Vergangenheit oft genug mit dem Grieshuber, seinem geschätzten Kollegen, mitgemacht habe? »Könnte ich mal mit Ihrem Vorgesetzten sprechen?« Diesmal nicht. Ich werde mich durchsetzen.

Polizeimeister Riedl dreht sich um und meint zu seinem Kollegen: »Günther, kannst mal herschaun?«

Der ältere Beamte, mit dem ich auch schon beim letzten Mal gesprochen habe, kommt auf uns zu. »Polizeiobermeister Eckbauer« lese ich auf seinem Schild. Okay.

»Frau Schneider«, begrüßt er mich. »Was führt Sie zu uns?«

»Hallo.« Ich knipse ein Lächeln an, das sofort wieder verschwindet. »Ich will den Gruber Hansi anzeigen.« Eventuell habe ich mehr Erfolg, wenn ich meine Taktik ändere.

»Interessant. Und warum, wenn ich fragen darf?«, sagt Eckbauer.

Also erzähle ich ihm alles noch einmal.

Der Eckbauer schaut während meiner Argumentation auf die Flasche hinab. Als ich geendet habe, fragt er: »Sie meinen, dadrin waren Betäubungstropfen? Wo haben Sie die Flasche überhaupt her?«

»Aus dem Altglaskorb, der neben Rosis Küche im Flur stand. Und den der Gruber Hansi verschwinden lässt, wenn wir uns nicht beeilen.«

»Der Gruber Hansi«, wiederholt der Polizeiobermeister. »Was hat der Herr Gruber damit zu tun?«

Ich verdrehe die Augen. Betont langsam erkläre ich es noch mal. »Der Gruber Hansi hat den Selbstmord von seiner Tante getürkt. Wahrscheinlich hat er die Tropfen in die Flasche geschmuggelt.«

Ich blicke in ungläubige Gesichter.

»Außerdem hätte Rosi nie ihre Katzen alleingelassen. Denn ihre Katzen sind ihr das Wichtigste. Das wissen ja sogar Sie, oder?«

Mein Ton ist unter Umständen ein wenig aufmüpfig. Ich sehe die beiden herausfordernd an. Ihre Mienen bleiben allerdings neutral. Sie haben tagtäglich mit provokanteren Personen zu tun, als ich eine bin.

Da sie darauf nichts sagen, spreche ich weiter. »Frau Reitmeier hat auch nicht den Abschiedsbrief geschrieben, den ich Ihnen gebracht habe.«

»Nein?«, staunt Eckbauer.

»Nein. Weil im Brief kein einziger Tippfehler war und es ja nur so aussehen sollte, als ob sie sich umbringen wollte. Alle Welt sollte denken, dass sie verrückt geworden ist.«

»Aha. Und warum?« Der Polizeiobermeister lehnt sich an den Schreibtisch.

»Weil sich jemand an ihr rächen oder ihr einen Denkzettel verpassen wollte. Hansi. Und es hat ihm bestimmt noch jemand geholfen. Rosi hat nämlich einigen Personen bitterböse Briefe geschrieben.«

»Bitterböse Briefe?« Eckbauer unterdrückt ein Schmunzeln.

»Briefe, in denen sie den Leuten verschiedene Sachen vorgeworfen oder in denen sie ihnen ihre Verfehlungen angekreidet hat. So was. Ich hab einen ganzen Ordner voll damit gefunden.« Ich werde ungeduldig.

»Sie haben einen Ordner gefunden? Und wo?«

»In ihrem Haus, wo sonst?« Ich hebe beide Hände. Energisch fahre ich fort. »Ich war dort, weil mich Rosi gebeten hat, ihre Katzen zu füttern und ihr ein paar Klamotten zusammenzusuchen. Fürs Krankenhaus.« Hinter ihren glatten Stirnen sollte gar nicht erst der Gedanke entstehen, ich hätte aus Neugierde einfach herumgeschnüffelt.

»Und in diesem Ordner stand auch, dass ihr Neffe sie umbringen wollte?«, fragt Eckbauer.

Langsam kann ich ihn nicht mehr leiden. »Nein. Das stand da nicht.« Ich konnte den motzenden Ton nicht zurückhalten. Angefressen verschränke ich meine Arme vor der Brust. In diesem Leben bekomme ich kein gutes Verhältnis mehr zur Polizei.

»Aber wenn wir noch lange hier herumreden, sind die Beweise futsch«, fahre ich fort. »Denn der Gruber ist gerade jetzt bei der Rosi im Haus und wird alles verschwinden lassen, das ihn belasten könnte. Also wäre es gut, wenn Sie mit mir da rübergehen würden. Dann kann ich Ihnen auch den Ordner zeigen.« Ich mache eine Bewegung zur Tür und hoffe, sie folgen mir.

Beide rühren sich allerdings nicht von der Stelle.

Eckbauer kratzt sich an der Nase. Er dreht sich zum Schreibtisch um und öffnet eine Datei im Computer. Mit dem Rücken zu mir sagt er: »Die Blutuntersuchung im Bezirksklinikum war negativ.«

»Das bedeutet?«, frage ich.

Er hat so viel Anstand, sich mir wieder zuzuwenden. »Das heißt, es wurden keine betäubenden Substanzen in ihrem Blut gefunden.«

Blöd. Aber so schnell gebe ich nicht auf. »Vielleicht wurde nicht genau nach diesen Tropfen, die er ihr gegeben hat, gesucht? Das wäre doch möglich!«

Das Kind quietscht, unwillkürlich sehe ich zu ihm. Da kommt mir noch ein Gedanke. »Außerdem hatten Sie hier doch selber schon einen Fall mit K.-o.-Tropfen. Das stand in der Zeitung.«

»Und was hat das mit der Frau Reitmeier zu tun?«, fragt Polizeiobermeister Eckbauer.

Ich zucke mit den Schultern. Das weiß ich selber nicht so genau, aber ich greife nach jedem Strohhalm.

»Sie könnten ja nachfragen, ob das Labor auch nach K.-o.-Tropfen gesucht hat, und wenn das nicht der Fall war, müsste halt danach noch gesucht werden.« Das ist doch nicht so schwer. Man muss nur wollen.

Aber die beiden wollen wohl nicht.

»Wie wäre es, wenn Sie mir einfach glauben würden? Der Hansi Gruber hat es auch darauf angelegt, ihr Betreuer zu werden. Er war richtig sauer, als der Arzt gesagt hat, dass er es gegen den Willen von der Rosi nicht werden kann. Und die will nicht. Eindeutig. Das ist doch verdächtig!« Langsam gehen mir die Argumente aus. »Und wenn Sie jetzt endlich mitkommen würden, hätten Sie noch weitere Beweise.«

Eckbauer bearbeitet wieder sein Riechorgan. »Ich weiß nicht, was an einer Betreuung verdächtig sein soll. Im Gegenteil, da zeigt der Neffe Verantwortung für seine kranke Tante. Aber wir können sowieso nicht von hier weg, solange die Kollegen auf Streife sind.«

Das hörte sich nicht ganz schlecht an. Es war jedenfalls kein Nein. »Okay. Und wann kommen die Kollegen? Kann man die eventuell anfunken, dass sie schneller machen sollen?« Ich wippe auf meinen Fußballen auf und nieder. »Oder könnte erst mal einer von Ihnen mit mir mitgehen und der andere kommt nach? Das wäre doch eine Möglichkeit, oder?« Auffordernd sehe ich von einem zum anderen.

Der Eckbauer schnauft. »In Gottes Namen, damit die arme Seele eine Ruhe hat. Riedl, geh mit der Frau Schneider in das Haus und hol den Ordner. Sollten Schwierigkeiten auftreten, ruf mich.«

Der junge Beamte nickt und setzt seine Mütze auf. Ich bin schon bei der Tür und halte sie ihm auf. Jetzt aber schnell!

Mit großen Schritten laufe ich vor ihm her und drehe mich immer wieder halb zu ihm um. Kann der sich nicht etwas beeilen? Aber Polizeimeister Riedl achtet auf sein äußeres Erscheinungsbild. Gemessenen Schrittes folgt er mir. Mich kostet er den letzten Nerv damit.

»Hoffentlich ist der Hansi noch nicht weg«, versuche ich, ihm die Dringlichkeit einer Beschleunigung vor Augen zu führen. Ohne Erfolg.

Ich schlage den Weg über die Wiesen von der Rosi ein, das wäre eine Abkürzung. Aber der Polizeimeister bleibt zurück und ruft hinter mir her. »Wo wollen Sie denn hin, Frau Schneider? Da geht's lang.« Er zeigt in die andere Richtung, am Turnierplatz vorbei, die Straße hinauf, und marschiert los.

Hilflos schmeiße ich meine Arme nach oben und renne ihm dann doch hinterher.

»Andersrum wäre es schneller gegangen«, keuche ich, als ich ihn eingeholt habe. Wahrscheinlich sind wir eh schon zu spät.

Ich spurte zu Rosis Haus, umrunde das Gebäude und strebe dem Hintereingang zu. Der Platz davor ist leer. Die Corvette ist nicht mehr da.

»Er ist weg!«, schreie ich nach hinten. So ein Mist! Jetzt können wir den Hansi nicht mehr in flagranti dabei ertappen, wie er Beweismaterial zur Seite schafft. Wir haben einfach zu lange gebraucht. Hoffentlich hat er nicht alles gefunden und verschwinden lassen. Ein bisschen Glück hätte ich gern.

»Ja, was ist denn das?«, ruft der Polizist aus, als er in den Hof kommt. Er hat natürlich sofort die von mir gefällten Oleanderbüsche erblickt.

»Das war ich«, räume ich ein. Mit meiner Rechten ziehe ich einen Kreis durch die Luft. »Ich musste schnell wieder aus dem Hof raus, weil der Hansi da war. Die stell ich nachher wieder hin.«

Hastig stoße ich die Tür auf. »Jetzt kommen S' schon! Vorsicht, da liegen Schuhe im Weg. Das waren die Täter, als sie die Rosi hier herausgetragen haben.« Ich steige über die Gummistiefel. Aufgeräumt hat der Hansi also nicht. Aber ausgeräumt. Das sehe ich, als ich ins Wohnzimmer laufe. Der Ordner ist weg. Nicht das kleinste Fitzelchen Schmähbrief hat er dagelassen. Ich hätte sie mitnehmen sollen. Oder mit meinem Handy abfotografieren. Das macht man heutzutage doch so. Ärgerlich!

»Was wollten Sie mir zeigen?«, fragt der Polizeimeister und schaut sich im Zimmer um.

»Da.« Ich deute auf das Regal und gehe näher. »Da war ein Ordner drin. Akribisch hat die Rosi ihre Post abgeheftet. Von den Briefen, die sie den Leuten geschrieben hat, hat sie Durchschläge gemacht und auch aufgehoben.« Es ist entmutigend.

»Und das haben Sie alles gelesen?«, fragt der Riedl.

»Nein, nicht alles. Nur ein paar Sachen. Und den Rest hab ich überflogen. Also, ich weiß, gegen wen sie was hatte, wenn Sie das interessiert.«

»Später«, sagt Riedl. »Welche Beweise haben Sie sonst noch?« Wobei er das Wort »Beweise« merkwürdig ausspricht, so als ob er sich Gänsefüßchen dazu denken würde. Es ist ein Elend.

»Neben der Küche.« Vielleicht hat Hansi ja den Altglaskorb unberührt gelassen. Da waren ja noch die beiden anderen Flaschen dringelegen. Sehr unwahrscheinlich, ich weiß. Aber hoffen darf ich doch! Ich sause voraus. Allerdings hilft alle Schnelligkeit nichts, meine Hoffnung ist völlig unbegründet gewesen. Ohne Elan zeige ich auf den Weidenkorb. Er ist leer.

»Dort lagen noch zwei andere Flaschen drin. Die hätte man auch noch untersuchen können, falls meine die falsche war.« Ich bin immer leiser geworden. Es sieht nicht gut aus, das weiß ich selber. Einzig die Flasche ist mir als Beweis geblieben, und ich bin mir nicht sicher, ob ich die richtige erwischt habe.

»Frau Schneider«, holt er mich aus meinen Gedanken, »am besten, Sie kommen mit mir mit und wir nehmen ein Protokoll auf.«

Ich horche auf. »Einverstanden. Glauben Sie mir denn?« Eventuell war er doch nicht unrecht.

»Darauf kommt es überhaupt nicht an. Geh' ma!«

Es ist zumindest ein Anfang. Draußen hilft er mir noch schnell, die Oleanderkübel aufzustellen. Allein hätte ich mich schon sehr plagen müssen. Ein paar Katzen beäugen uns von der Ferne. Die wundern sich sicherlich, was hier seit Neuestem alles los ist.

***

Ich hatte es geschafft. Obwohl ich ihnen keine Beweise liefern konnte, war ihnen mein Wort genug. Sie protokollierten meine Aussage.

Er machte es nicht gern, aber er machte es. POM Eckbauer schickte nach der Kriminalpolizei. Ich jubilierte innerlich. Schade fand ich, dass die Kristina, besser gesagt Hauptkommissarin Langenscheidt, nicht mehr in Passau bei der Kriminalpolizei war. Im Altenheim-Fall hatten wir gut zusammengearbeitet. Aber sie hatte sich wieder nach München versetzen lassen. Warum wollen die alle in die Großstadt?

Der Riedl und ein Kollege sind zu Rosis Haus zurückgeschickt worden. Sie sollten die beiden Eingänge bewachen, bis die Spurensicherung vor Ort war.

Bis dahin war das Ganze von den Festbesuchern weitgehend unbemerkt geblieben. Das änderte sich mit einem Schlag, als die Wagen von der Spurensicherung in Rosis Hof einfuhren und jede Menge Beamte ausstiegen, die sich in die weißen Schutzanzüge hüllten. Riedl musste das Gelände mit dem rot-weißen

Absperrband gegen unbefugten Zutritt sichern. Eine Leuchtrakete hätte nicht mehr Aufsehen erregt. Ab diesem Zeitpunkt hatte das Karpfhamer eine weitere Attraktion. Eckbauer forderte zusätzliche Beamte an, die den Verkehr regeln und die Leute zum Weitergehen auffordern sollten. Mit mäßigem Erfolg. Die Schaulustigen traten sich gegenseitig auf die Füße.

Ich bekomme von alldem nur am Rande etwas mit, denn zuerst werden meine Fingerabdrücke genommen. Schließlich war auch ich in Rosis Haus und habe etliche Dinge angefasst. So können sie meine Fingerabdrücke von denen der Täter unterscheiden. Das sehe ich ein.

Danach werde ich erneut vernommen. Hauptkommissar Grünleitner und sein Kollege Volz befragen mich wieder von vorne. Man hätte meinen können, dass es das Protokoll vom Eckbauer gar nicht gegeben hätte.

Da die Herren von der Kriminalpolizei nicht zwischen den Bierleichen arbeiten können, trotzdem aber vor Ort und nicht in der Polizeistation Kirchmünster sein wollen, haben sie kurzerhand den Wohnwagen eines Schaustellers für ihre Zwecke konfisziert.

Dort sitzen wir nun. Ich bin noch nie in einem Schaustellerwohnwagen gewesen, aber es ist weniger spektakulär, als ich vermutet hätte. Kein Glitzer und Glamour, sondern Holzfurnier und Schaumstoffpolster. Für mich wäre es nichts. Ich bin auch kein Typ fürs Campen. Mir würde ein richtiges Badezimmer fehlen.

Hauptkommissar Grünleitner hat sich hinter dem heruntergeklappten Wohnzimmertisch platziert. Er ist ein stämmiger Mann mit einem kurz geschnittenen Schnurrbart. Seine ehemals blonden Haare sind inzwischen eher farblos zu nennen und wellen sich über seinem Gesicht.

Ich schätze ihn auf Mitte fünfzig, er ist damit im selben Alter wie Rosi. Der grüne Trachtenanzug passt zwar thematisch zum Karpfhamer, gibt dem Hauptkommissar aber einen Touch von Oberförster. Ob er das weiß? Außerdem ist der Stoff zu warm für diesen sonnigen Tag. Davon zeugen die Schweißperlen auf seiner Stirn.

Sein junger Kollege ist ebenfalls nicht groß, wenigstens was seine Körperlänge betrifft, denn Zinken hat er einen beachtlichen. Seine Augen stechen blau unter dunklen Stirnfransen hervor. Er lehnt an der Spüle und sieht auf mich herab. Ich rücke auf dem Sofa so lange herum, bis ich nur den Hauptkommissar im Blick habe und den Habicht neben mir ausblenden kann.

Ungemütlich stelle ich es mir vor, von ihnen in die Mangel genommen zu werden. Trotzdem versuche ich, meine aufflammende Antipathie zu zügeln. Ein Kriminalfall ist kein Wunschkonzert.

»Sie meinen demnach, dass die Frau Rosemarie Reitmeier von ihrem Neffen Herrn Johannes Gruber betäubt und mit ihrem eigenen Wagen an den Kirchmünsterer Weiher verbracht worden ist.« Der Hauptkommissar blickt mich streng an.

»Ja, so stelle ich es mir vor«, sage ich und bemühe mich, nicht eingeschüchtert zu wirken. »Und jemand half ihm dabei und fuhr ihn vom Weiher wieder nach Hause.«

»Aha. Diese Vermutungen stützen Sie worauf?« Grünleitner erinnert mich an meinen Deutschlehrer. Der hat auch dieses gestelzte Hochdeutsch gesprochen, mit dem er allerdings seine bayerische Herkunft nicht verleugnen konnte. Und einen Schnauzer, über den er andauernd strich, hatte er ebenfalls. Ich war beileibe nicht seine Lieblingsschülerin gewesen. Leider.

Besser, ich verdränge meine unangenehmen Erinnerungen und versuche, den Kommissar zu überzeugen. Ich nehme meine Finger zu Hilfe und zähle auf: »Erstens …«

Nachdem ich meine Litanei beendet habe, meint Grünleitner: »Hier im Bericht steht, dass die Frau Reitmeier gestern Morgen nicht ansprechbar war. Wann haben Sie sich dann mit ihr unterhalten?«

»So ungefähr um eins. Es kann schon sein, dass sie in der Früh neben sich stand. Sie war mittags auch noch sehr aufgebracht und durcheinander. Aber mit mir hat sie dann relativ vernünftig geredet«, sage ich nicht ohne Stolz.

»Womit erklären Sie sich das?« Seine Ausdrucksweise passt so gar nicht zu seinem Erscheinungsbild. Es fällt mir schwer, ihn ernst zu nehmen. Aber das solltest du tun, Karin, wirklich!, ermahne ich mich. Nur so können wir optimal zusammenarbeiten, und ich bin gewillt, die Chance zu nutzen, die Kriminalpolizei auf den Hansi zu hetzen.

Also erzähle ich ihm von der Therapeutin-Patientin-Geschichte, füge nahtlos die Story von dem Ordner und den potenziellen Komplizen von Hansi an, um schließlich mit meinen Schilderungen über sein Verhalten im Bezirksklinikum zu enden.

Der Grünleitner hat mich reden lassen, nur hin und wieder etwas auf seinen Block geschrieben.

»Und, was meinen Sie?«, frage ich hoffnungsfroh den Hauptkommissar. »Können Sie mit meiner Aussage etwas anfangen? Nehmen Sie jetzt dann den Gruber Hansi in die Mangel und verhören ihn so lange, bis er gesteht? Und alle anderen Verdächtigen?« Das wäre mein Wunschtraum.

Von Volz kommt ein Laut. Den Typen habe ich bisher ausgeblendet. Ich wende den Kopf und fixiere ihn. Lacht der etwa? Seine unteren Augenränder werden feucht, ansonsten bleibt sein Gesicht leer. Ausdruckslos erwidert er meinen Blick. Ich konzentriere mich wieder auf seinen Chef.

»Wir bedanken uns für Ihre Aussage«, schnöselt der aber nur und steht auf. »Über den weiteren Verlauf der Ermittlungen können wir Ihnen selbstverständlich keine Auskunft geben.« Ohne mich anzusehen, reicht er mir seine Hand, die ich nehme und kräftig schüttele.

Verärgert reiße ich die Tür des Schaustellerwagens auf und wäre beinahe die zwei Gittertreppenstufen hinuntergefallen, als ich sehe, wer draußen vor der Tür wartet. Hansi. Er ist auf dem kleinen Grasfleck vor dem Wohnwagen hin und her gelaufen. Nun bleibt er stehen und glotzt mich an. Mir kriecht es eiskalt den Rücken hinunter.

Mit dem Blick auf den Stufen steige ich langsam hinab. Hinter mir sagt der Volz: »Herr Gruber, nehme ich an. Kommen Sie doch bitte herein.« Zu dem kann er freundlich sein!

Hansi marschiert los und stürmt so knapp an mir vorbei, dass er mich beinahe umgerissen hätte. Die Tür hat sich hinter ihm noch nicht geschlossen, als ich schon höre, wie er sich mit seiner hohen Stimme beschwert.

»Ich weiß gar nicht, was die Kripo hier zu tun hat. Meine Tante hat sich ja nur umbringen wollen, die arme Seele«, klingt es gut verständlich aus dem Wagen.

»Moment, Herr Gruber«, sagt Volz und öffnet erneut die Tür. Sein Blick jagt mich davon.

***

Nach der Polizeigeschichte war ich fertig. Nervlich, körperlich, emotional. Ich habe nicht das Gefühl, dass mich der Kommissar ernst genommen hat, und – was noch viel schlimmer war – man hat draußen alles hören können, was in dem Wohnwagen gesprochen worden ist. Wenn Hansi also schon länger davor herumgelungert hat, weiß er, was ich von ihm denke. Das ist schlecht. Sehr schlecht. Man sollte sich von seinem Gegner nie in die Karten schauen lassen. Ich versuche mich zu erinnern, was ich wann über ihn gesagt habe. Denn gleich von Anfang an wird er ja nicht dagestanden haben. Möglicherweise habe ich auch leise genug gesprochen. Ach, es ist reine Spekulation, ob er was gehört hat oder nicht.

Eigentlich hätte ich mich jetzt gerne eine Stunde aufs Sofa gelegt, bevor ich heute Abend für meine nächste Ermittlungstour aufs Karpfhamer gehe. Die Couch war allerdings besetzt. Darauf hatten sich Vicky und Stefan breitgemacht und sahen fern. Eine dieser langlebigen Vorabendserien.

»Schon zurück?«, frage ich und bemühe mich um einen unbeschwerten Ton, auch wenn mir das enorm schwerfällt.

Vicky ist von dem Geschehen auf dem Bildschirm allerdings zu sehr gefesselt, um mir zu antworten. Dafür erbarmt sich Stefan.

»Ja.«

»Seid ihr was gefahren? Den Airport? Die Achterbahn?«

»Ja.«

»Mama, ruck rüber, du stehst im Bild«, meckert Vicky.

So nicht, junge Dame. Ich bleibe stehen. Nach diesem anstrengenden Tag werde ich nicht auch noch zu Hause herumkommandiert!

»Bitte, Mama.«

Na also.

»Wollt ihr was zu essen?«, frage ich im Hinausgehen. Meine Mutterfunktion ist automatisch angesprungen.

»Nee, die Susa hat uns vorhin Nudeln mitgekocht.« Und als Nachsatz: »Aber danke, Mama.« Ist sie nicht gut erzogen?

Ich mache mir gerade den Rest Spaghetti warm, als das Telefon klingelt. Seufzend nehme ich ab, um gleich noch mehr zu seufzen. Es ist Claudia.

»Karin«, beginnt sie und zieht meinen Namen ungehörig in die Länge, »gut, dass ich dich endlich erwische. Ich hab's heut schon ein paarmal versucht. Aber du warst nie zu Hause. Immer nur deine Tochter.«

Muss ich auf diesen versteckten Vorwurf eingehen? Nein, ich muss nicht, entscheide ich, klemme mir den Hörer zwischen Schulter und Hals fest und schütte die Nudeln in meinen Teller.

»Ich hab deinen Franzi gestern getroffen«, kürze ich die Befragung ab und löffele die Tomatensoße auf meinen Spaghettiberg.

»Ja?« Claudia niest vor Aufregung dreimal hintereinander. »Was hat er gemacht? Hat er jemanden … du weißt schon.«

»Ja, er hat jemanden kennengelernt. Das wolltest du doch wissen, oder?« Ich weiß, es ist fies, sie auf die Folter zu spannen. Aber mir ist gerade danach.

»Und? Wie sah sie aus? Was haben sie gemacht?« Ich höre direkt, wie Claudias Eifersucht zu kochen anfängt.

Mit dem eingeklemmten Hörer Parmesan zu reiben, ist eine Herausforderung. Aber ich meistere sie.

»Sie sah sehr gut aus«, treibe ich noch ein bisschen meinen Spaß mit ihr. »Sie waren im Zauner-Zelt beim Anstich und haben Bier getrunken und sich unterhalten.«

»Hab ich's doch geahnt«, stößt Claudia giftig hervor. »Der Saukerl, der aushäusige!«

»Okay, Claudia«, unterbreche ich sie. Jetzt reicht es mir. Mein

Abendessen steht appetitlich dampfend vor mir. Ich möchte essen, nicht telefonieren. »Die Frau war ich.« Seine erste Eroberung, die ihn abblitzen ließ, lasse ich der Einfachheit halber unter den Tisch fallen. Warum sollte ich sie mehr aufregen als nötig?

»Du?« Damit hat Claudia überhaupt nicht gerechnet. Da muss sie sich erst einmal schnäuzen.

Ich nutze die Pause und schiebe mir die erste Gabel Nudeln in den Mund.

»Mhm«, stimme ich kauend zu. Mann, hab ich einen Hunger. Ich habe, glaube ich, den ganzen Tag noch nichts gegessen. »Ich dachte mir, das ist am sichersten. Wenn er mit mir zusammen ist, kann er nichts anstellen. Das war doch in deinem Sinne, oder, Claudia?« Schon drehe ich mir die nächste Gabel auf.

Sie ist immer noch perplex. »Ja. Sicher. Das ist gut, Karin, echt.« Allmählich erwärmt sie sich für diese Vorstellung. »Das ist überhaupt *die* Idee!«

Mir schwant, was jetzt kommt!

»Triffst du ihn heute wieder? Er geht in die Sternsteinhof-Hüttn. Karin, bitte!«

Ich kaue. Muss ich ihr verraten, dass ich genau dort mit Isabell verabredet bin? Muss ich nicht.

»Du würdest mir damit einen wahnsinnig großen Gefallen tun.« Sie hustet. »Und du als Heilpraktikerin weißt ja am besten, dass Sorgen die Heilung verhindern.«

»Okay. Okay. Ich schau, ob ich ihn seh. Mehr kann ich dir nicht versprechen.«

»Danke, liebe Karin. Das werde ich dir nie vergessen.«

»Prima«, sage ich fast ohne Sarkasmus. »Ich muss jetzt auflegen, Claudia, sonst werd ich nicht fertig bis heute Abend. Servus.«

***

Da ich nicht vorhabe, zwei Stunden vor dem Spiegel zu verbringen, setze ich mich an den Computer. Ich will nur schnell noch ein bisschen über K.-o.-Tropfen recherchieren. Irgendwie geht mir nicht aus dem Kopf, dass diese Tropfen auf dem Karpfhamer aufgetaucht sind. Womöglich ist das nicht nur Zufall.

Im Internet kann man ja alles finden, und so gibt es etliche Seiten, die über K.-o.-Tropfen informieren. Interessant sind die aufgeführten Symptome nach der Einnahme der Tropfen. Zunächst ist Wohlbefinden und Entspannung möglich, dann aber auch Übelkeit, Erbrechen, Schwindel, Atemnot, Kopfschmerzen, Krampfanfälle und Verwirrtheit mit Erinnerungsverlust. Die Wirkung ist neben der verabreichten Dosis auch stark von der Konstitution der jeweiligen Person abhängig. Sie setzt nach ungefähr fünfzehn Minuten ein und kann bis zu vier Stunden anhalten.

Rosi hat über Kopfschmerzen geklagt, bevor sie eingeschlafen ist. Ich habe natürlich gedacht, das kommt von ihrer psychischen Situation und dem Rumschreien die ganze Zeit. Und am nächsten Tag war sie verwirrt und konnte sich an nichts erinnern. Gerade diese Gedächtnislücken sind bezeichnend für K.-o.-Tropfen. Da schau her!

Ich lese weiter und erfahre, dass K.-o.-Tropfen nur der Überbegriff für eine stattliche Anzahl an chemischen Substanzen ist, von denen manche schwer nachzuweisen sind. Auch wird bei einer Blutuntersuchung im Krankenhaus nicht standardmäßig nach K.-o.-Tropfen geforscht, sondern erst, wenn es Hinweise auf eine mögliche Einnahme gibt. Erschwerend kommt hinzu, dass sie im Blut überhaupt nur bis zu sechs Stunden nachweisbar sind. Dann hat der Körper sie verstoffwechselt.

Na prächtig. Hansi konnte der Rosi lustig K.-o.-Tropfen unterschieben, und es ist nicht mehr zu beweisen, weil Rosis Körper entweder alles schon wieder abgebaut hat oder die im Krankenhaus nicht danach gesucht haben.

So eine Schweinerei.

Es muss mir irgendetwas einfallen, womit man Hansi und seinen Komplizen trotzdem drankriegt. Irgendwas.

Darüber grübele ich im Entspannungsbad, das ich mir danach gönne, bis mir die Finger schrumpelig werden. Aber es kommt kein zündender Gedanke. Leider. Frustriert steige ich aus der Wanne und beginne mich aufzubrezeln – also, für meine Verhältnisse.

***

Kurz vor zwanzig Uhr betrete ich das Zauner-Zelt. Bierdunst und der Lärm von dreihundert Leuten, die versuchen, stimmlich gegen eine bayerische Blaskapelle anzukommen, schlagen mir entgegen. Ich halte nach der Frau vom Wirt Ausschau. Sie will ich zuerst mit dem Selbstmordversuch von Rosi konfrontieren. Das ist nämlich meine Strategie, die ich mir in der Badewanne mangels anderweitiger göttlicher Eingebung ausgedacht habe.

Da mir Rosi im Moment keine Auskunft geben kann, werde ich mich selber umhören. Auf die Polizei verlasse ich mich lieber nicht. Deshalb werde ich all diejenigen abklappern, über die ich etwas im Ordner gelesen habe. Also Zauners Frau, Venus Benedikt und seinen Sohn Tim, Frau Ilzdorfer mit der so bezaubernden Tanja. Der Zauner steht auch auf meiner Liste. Denn es muss ja irgendeinen Grund geben, warum Rosi so allergisch auf ihn reagiert. Auch wenn ich die Behauptungen, er würde ihre Katzen vergiften oder Handtaschen stehlen, nur als vorgeschoben betrachte. Obwohl, das mit meiner Handtasche – so ganz darf ich den Punkt nicht aus den Augen verlieren.

Ich habe vor, auch sonst mit allen Leuten über Rosi zu reden, deren ich habhaft werden kann. Max. Und dann natürlich auch George. Also Georg Ilzdorfer. Ich freue mich, einen Vorwand gefunden zu haben, Kontakt zu ihm aufzunehmen.

In den Gängen herrscht unglaubliches Gewusel. Die Kellnerinnen und Kellner laufen vollbeladen hin und her. Hungrige Gäste versuchen sie am Schürzenzipfel zu erwischen, damit sie ihre Bestellungen aufgeben können. Ich klemme mir meine Handtasche unter den Arm und stelle mich auf Zehenspitzen. Bei meiner Größe ist es nicht so leicht, über andere Menschen drüberzublicken.

Ich versuche mich daran zu erinnern, wie die Frau vom Wirt aussieht. Bevor das Karpfhamer begann, stellte die Passauer Neue Presse alle Wirtsleute vor. Mit großformatigem Foto. Ich habe angenommen, es würde ein Leichtes sein, sie zu entdecken. So ungefähr weiß ich noch, dass sie schlank und sehr blond ist, denn ich habe mir beim Betrachten des Fotos gedacht, dass die beiden ein lustiges Paar sind. Er relativ klein, schwarzhaarig mit Schnauzer und runder als rund, sie dagegen lang, dünn und platinblond. Sie sieht eher wie eine Turniertänzerin aus als wie eine Wirtin.

Jetzt muss ich allerdings feststellen, dass der Zauner nicht nur seine Frau nach der Haarfarbe ausgewählt hat, sondern auch seine Bedienungen. Überdurchschnittlich viele künstliche Blondinen laufen hier herum. Jeden Alters. Ich bin mir nicht sicher, welche von denen die Frau Zauner ist.

So was Doofes!

Also dann der Wirt selber. Ihn habe ich schon gleich am Anfang entdeckt. Er ist der Einzige, der nicht im Eilzugtempo durch die Gegend rennt. Der ruhende Pol in all diesem Gewimmel steht unter dem deckenhohen Wandgemälde, für das sein Zelt berühmt ist.

In einer Abwandlung vom »Münchner im Himmel« sind die wichtigsten bayerischen Persönlichkeiten abgebildet. Als Engerl auf Wolken. Wobei mir die Auswahl sehr subjektiv erscheint. König Ludwig II. thront als Gottvater über allem. Direkt darunter unser niederbayerischer Papst Benedikt XVI. Diese Unterordnung ist für manche die reinste Blasphemie. Ich erkenne Karl Valentin. Daneben prostet Franz Beckenbauer, Ehrenbürger von Bad Griesbach und Namensgeber eines hiesigen Golfplatzes, dem Gustl Bayrhammer mit dem Pumuckl auf der Schulter zu. Schräg dahinter streckt Franz Josef Strauß segnend seine Hände aus. Vor allem den Zauner Korbinian scheint er zu begünstigen, denn seine Rechte schwebt über dem schwarz gefärbten Schädel des Wirtes. Das kann kein Zufall sein. Aber mir ist das einerlei. Vetternwirtschaft ist nichts Neues für mich.

Resolut trete ich auf ihn zu. »Herr Zauner.« Ich tippe ihn auf den gut gepolsterten Arm.

»Sie schon wieder. Was haben S' heute für ein Problem?« Er scheint mir mein gestriges Verhalten übel genommen zu haben.

»Ich hab kein Problem. Aber die Reitmeier Rosi. Die wollte

sich nämlich das Leben nehmen.« Prüfend schaue ich ihn an. Wie wird er darauf reagieren?

»Was hab ich damit zu schaffen?« Er scheint nicht im Mindesten überrascht.

»Haben Sie das schon gehört?«

Mit verschränkten Armen versucht er, auf mich herabzusehen. Leider bin ich genauso groß wie er. »Frau Schneider, nicht wahr?«

Verdutzt schaue ich ihn an und nicke. Woher weiß er denn das?

»Woher ich das weiß, fragen Sie sich?« Er grinst hämisch, das macht ihn in meinen Augen nicht sympathischer. »Hier weiß jeder alles. Genauso wissen auch alle schon von der Rosi. Meinen S', das macht nicht die Runde, wenn die verrückte Reitmeierin nackt und nass im See steht und in ihr Auto einsteigen will, das sie ins Wasser gefahren hat?« Er lacht. Anscheinend hält er das für eine gute Geschichte.

»Sie war nicht nackt!«, stoße ich hervor. Diese männliche Überheblichkeit geht mir mächtig auf die Nerven. »Und es stellt sich die Frage, warum sie das gemacht hat. Oder …«, ich hole nochmals tief Luft, »wer sie dazu getrieben hat.« In diese Worte lege ich meinen ganzen unausgesprochenen Verdacht ihm gegenüber.

Beim Zauner zeigt das aber keine Wirkung. Er hört nicht auf zu lachen. »Aha, ermitteln S' schon wieder.«

Ich kneife meine Augen zusammen. Dieses impertinente Mannsbild! »Die Rosi hat einen Abschiedsbrief geschrieben, wissen Sie das auch schon?«, fahre ich ihn an. »Und sie hat geschrieben, dass sie nicht mehr kann, weil der Zauner sie immerzu traktiert. Der Zauner. Also Sie!« Ich steche ihm meinen Finger in den dicken Wamst. Dass ich die Wahrheit ein bisschen verbogen habe, damit kann ich leben. »Wie geht's Ihnen damit, dass Sie schuld sind daran, ha?«, belle ich.

Der Zauner wird rot. Das sieht nicht schön aus. Es kontrastiert arg mit seinen schwarzen Haaren.

»Ich hab mit der Rosi nichts zu schaffen. Was sich das Weib alles einbildet, das weiß ich nicht. Und Sie können auch denken, was Sie wollen. Am besten draußen.« Damit weist er zum Ausgang. Sein Gesichtsausdruck ist hart.

Ich straffe meinen Rücken und gehe hocherhobenen Hauptes. Jedes weitere Wort wäre Verschwendung.

Über dem Ausgang steht: »Danke für Ihren Besuch, beehren Sie uns bald wieder«. Lächerlich! Darunter ein riesiges Foto. Das Wirtsehepaar, auf seine Gäste hinablächelnd. Jetzt kann ich mich auch wieder erinnern. Klar! Die niederbayerische Wirtin mit der Solariumbräune und den aufgespritzten Lippen. Hat die nicht gestern mit dem Georg Ilzdorfer so rumgeflirtet? Na ja. Das nächste Mal werde ich sie wiedererkennen, und dann kommt sie mir nicht mehr aus.

***

Draußen atme ich durch. So ein Kotzbrocken! Macht sich auch noch über die arme Rosi lustig. Okay, sie ist eine durchgeknallte Person. Aber wenn mein Gedankengang richtig ist, dann war sie Opfer eines Komplotts. Jemand will sie noch verrückter dastehen lassen, als sie sowieso schon ist. Und er hat Erfolg damit.

Ich schaue auf meine Uhr. Gleich halb neun. Jetzt aber flott. Isabell wartet auf mich in der Sternsteinhof-Hüttn. Da ist heute Party angesagt. Mickie Krause soll kommen. Auf den kann ich zwar locker verzichten, aber Isabell hat mich überredet, dass wir uns mal unters Jungvolk mischen. Ist eine neue Erfahrung. Ob es eine gute ist, wird sich noch herausstellen. Und ich hoffe, den einen oder anderen von meiner Liste anzutreffen.

Meine Handtasche unter den Arm geklemmt – ich muss endlich zu den Münchhamers –, sause ich los und renne in den Huber Max. Schon wieder.

Er fängt mich mit seinen starken Armen auf. »Hey, Karin, in letzter Zeit fliegst du tief.« Den Max mag ich wirklich gerne. Nicht nur, weil er mir in der Vergangenheit geholfen hat. Nein, ich bewundere seine positive Lebenseinstellung. Er hat damals seine Arbeitsstelle verloren, woraufhin ihn auch noch seine Freundin verlassen hat. Aber anstatt in Selbstmitleid zu versinken, hat er den Job im Freibad angenommen. Ich bin überzeugt, dass er an jedem Finger zehn Mädels hat, die ihn anhimmeln.

Ich lächele zurück. »So ganz ohne Luftballons unterwegs?«, necke ich ihn.

Sein Grinsen wird breiter. »Tagsüber erfreue ich die kleinen Mädchen, abends die großen. Komm doch mit. Ich helf in der Moustache-Bar aus.«

Er sieht mir meine Unwissenheit an. Denn er schickt hinterher: »Die Bar von der Diskothek Moustache direkt neben dem Riesenrad. Gibt's seit heuer. Macht nur abends auf und gehört dem Hansi.«

»Dem Gruber Hansi?«

Max nickt. »Ja, das ist der Neffe von der Reitmeier Rosi. Die hat sich gestern im Weiher ertränken wollen. Hat es aber nicht geschafft.« Er amüsiert sich.

»Max!« Ich bin entsetzt. Nicht nur, dass er schon darüber Bescheid weiß, sondern auch, wie er darauf reagiert.

»Was?« Er feixt immer noch.

»Das ist schlimm!« Mir ist bewusst, dass ich mit ihm wie mit einem kleinen Jungen rede, aber andernfalls hätte ich ihn anschreien müssen. Ein netter Mann wie Max kann unmöglich auch Witze über den misslungenen Selbstmord von Rosi machen, so wie der Zauner-Depp. »Sie war in einer Ausnahmesituation.«

»Geh, Karin, die Rosi spinnt. Das weiß doch jeder. Die wollte sich gar nicht umbringen. Die wusste nicht, was sie da macht.« Er wird ernster. »Wahrscheinlich bräuchte sie Hilfe, also psychologische, meine ich.« Sein Blick klart auf. »Du.« Er zeigt auf mich. »Du bist doch Psychotherapeutin. Was sagst du dazu?«

Ich gehe nahe auf ihn zu und flüstere: »Ich glaube, es hat sie jemand betäubt und an den See gelegt, um genau das zu erreichen, was im Moment passiert. Dass sogar so nette Menschen wie du meinen, dass Rosi einen an der Waffel hat. Und ich werde herauskriegen, warum.« Entschlossen sehe ich ihm in die Augen.

Die weiten sich. »Wie kommst du denn dadrauf?«, fragt Max.

Ich gebe ihm einen kurzen Abriss meiner Entdeckungen, Verdachtsmomente und Schlussfolgerungen.

»Okay.« Er schaut mich unsicher an. »Du hattest ja schon ein paarmal recht, wo alle anderen dachten, du hast sie nicht mehr alle.« Er hebt seine Hände. »Sorry. Aber ist doch so.«

»Ja«, gebe ich zu. »Und bei der Geschichte mit der Rosi hab ich auch ein echt blödes Gefühl.«

»Verstehe.« Max fährt sich über seine kurzen braunen Haare. »Karin, wenn ich dir irgendwie helfen kann, dann sag mir Bescheid.«

»Danke.« Ich drücke seinen Arm als Zeichen dafür, dass ich wieder Frieden geschlossen habe mit ihm. »Du kennst Rosi doch schon ewig, oder? Wie ist denn ihr Verhältnis zum Hansi?« Ich denke an meine erste Begegnung am Gartenzaun mit ihm. Da hat es nicht wie die große Liebe ausgeschaut. Wenigstens nicht von ihrer Seite aus. Genauso wenig heute im Bezirksklinikum. Oder in dem Schriftverkehr zu seinen Ungunsten.

»Na ja. Die mögen sich nicht wirklich«, bestätigt mir auch Max. »Die Rosi hat was gegen die Diskothek.«

Ich nicke. »Das kann ich mir vorstellen.«

»Und was ist heute mit dir? Gehst mit zur Moustache-Bar?« Er zwinkert mir zu. Bei Augenzwinkern fällt mir der Franz ein. Ob er auch schon in der Sternsteinhof-Hüttn ist und sein Unwesen treibt?

»In die Bar?« Ich schüttele den Kopf. »Heute nicht. Ich bin mit Isabell in der Hüttn verabredet. Aber halt die Augen auf. Wenn dir beim Hansi was auffällt …« Ich lasse den Satz unbeendet.

»Klar. Kannst dich auf mich verlassen, Karin.«

***

In der Sternsteinhof-Hüttn ist eine Megastimmung. Die Vorgruppe von Mickie Krause heizt gerade den Leuten ein.

»Zicke-zacke«, schleudert der Sänger in die Menge und hält ein Pappschild mit der Aufschrift »Hey« hoch.

»Hey. Hey. Hey«, brüllt sein Publikum begeistert zurück.

Die meisten hier sind um die zwanzig. Ich schraube mit meinen Fünfundvierzig den Altersdurchschnitt also gewaltig in die Höhe. An manchen Tischen wird das beliebte Massdrehen praktiziert. Man muss möglichst mit einem Finger im Henkel die volle Mass Bier im Kreis herumschleudern. Eine nasse Angelegenheit. Um diese Gruppen mache ich einen großen Bogen. So stelle ich mir den Ballermann vor. Auf Niederbayerisch. Es fehlt nur noch, dass Jürgen Drews den König von Karpfham gibt.

Wo ist Isabell?

Da leuchtet es mir aus einer Gruppe von Leuten strahlendgelb entgegen. Isabells neues Dirndl zeigt mir den Weg. Wie der Stern von Bethlehem.

Meine Freundin lehnt an einem Stehtisch, von dem mehrere an der Zeltwand entlang aufgereiht sind. Gott sei Dank hat sie sich nicht mitten in die brandende Masse an vergnügungssuchenden jungen Leuten begeben. So kann ich mir das Ganze mit einem gewissen Sicherheitsabstand betrachten. Neben ihr entdecke ich den Venus Bene. Er hat seinen Arm um ihre Taille gelegt. Ho! Ho! Welch neue Entwicklung! Ich wusste noch gar nicht, dass Isabell ein Auge auf den attraktiven Pferdehofbesitzer geworfen hat. Aber auf dem Karpfhamer geht so was schnell.

Gleich daneben schaut ein drahtiger Mann gerade tief in den Masskrug, unter seinem karierten Hemd spielen die Muskeln seines Bizeps. Dieses angenehme Bild wird zerstört, als er den Krug herunternimmt, denn nun erkenne ich ihn. Eigentlich hätte ich es schon bei der Rasierwasserfahne wissen müssen, die zu mir herüberweht. Es ist Franz, der Zwinkerer. Und das tut er auch sofort, als er meiner ansichtig wird: zwinkern. Unauffällig ziehe ich meinen Ehering vom Finger und stecke ihn in die Tasche.

»Hallo«, begrüße ich die drei. »Habt ihr euch verabredet?« Ist ja schon ein ziemlicher Zufall, dass Franz ausgerechnet neben Isabell steht.

Franz zuckt mit den Schultern. »Mei, man trifft sich halt.« Zu weiteren Erklärungen kommt es nicht, denn Isabell fällt mir um den Hals, und ich erhalte meine drei obligatorischen Küsse auf die Wangen. Seit sie mit Christophe, einem jüngeren Franzosen, liiert gewesen ist, hat sie sich das angewöhnt. Christophe ist inzwischen Geschichte. Die Bussis nicht. Es gibt Schlimmeres.

Ich schüttele Venus die Hand und halte sie auch dem Franz hin. Der ignoriert sie aber, packt mich stattdessen wie gestern an den Schultern und tut es Isabell gleich. Schneller, als ich reagieren kann, küsst er mich links, rechts, links. Ich hätte es allerdings zu schätzen gewusst, wenn er vorher den Bierschaum vollständig von seinem Mund gewischt hätte. Unauffällig streiche ich mir über die Wange.

Isabell dreht sich hin und her, sodass ihr Rock zu schwingen beginnt. »Na, was sagst du?«

»Prächtig. Auf jeden Fall bist du nicht zu übersehen. Dank deines Dirndls hab ich dich schnell gefunden.« Ich grinse. Das ist sicherlich nicht das, was sie hören will.

»Nein.« Ich knuffe sie in den Arm. »Du schaust wunderschön aus. Das wird dir Herr Venus bestimmt schon bestätigt haben.«

»Freilich.« Venus legt erneut seinen Arm um sie und bedenkt sie mit einem verliebten Blick. Das ist wirklich schnell gegangen. Dann wendet er sich an mich.

»Es wird Zeit, dass wir Du zueinander sagen.« Er hebt sein Bierglas. »Ich bin der Benedikt. Bene kannst auch sagen.«

Ich imitiere seine Geste, nur ohne Glas. Bis jetzt bin ich noch nicht dazugekommen, mir etwas zu bestellen. Da nimmt er der nächsten Bedienung einfach einen Bierkrug ab und drückt ihn mir in die Hand. Ich proste Venus zu und sage: »Karin.«

Sogleich rückt Franz näher und hält mir ebenfalls seinen Masskrug hin. »Wir haben gestern noch gar nicht Brüderschaft getrunken.« Er zwinkert mir schelmisch zu. Sein Glas klackt an meines.

Ich seufze. Um des lieben Friedens willen nehme ich einen Schluck und denke, damit sei es getan. Aber nichts da. Kaum habe ich das Glas abgesetzt, langt Franz mit seinem Arm um meinen Hals, zerrt mich an sich und drückt mir einen Schmatzer auf den Mund. Isabell lacht auf.

Mir ist nicht zum Lachen. Je näher ich Franz kennenlerne, umso unangenehmer wird er mir. Und solche Übergriffe mag ich ja gar nicht! Aber ich halte mich mit einer Zurechtweisung zurück. Erst will ich meinen Plan durchziehen.

»Wisst ihr, was mit der Reitmeier Rosi passiert ist?«, falle ich gleich mit der Tür ins Haus. Ich muss ziemlich schreien, damit sie mich bei der lauten Musik überhaupt verstehen.

»Nein, was?«, fragt Isabell ohne allzu großes Interesse.

»Sie haben ihren Hof abgesperrt. Das hab ich schon gesehen. Vielleicht hat sie von ihrer Schimpferei Maul- und Klauenseuche gekriegt«, witzelt Franz, aber außer ihm findet das niemand lustig.

Bene schweigt. Ich sehe ihn an, kann aber keinerlei Information in seinen Gesichtszügen lesen. Nur seine Hand gleitet langsam von Isabells Taille. In diesem Moment macht die Band Pause. Die Leute johlen und klatschen. Dann ebbt der Lärm ab, und es kommt mir im Zelt richtig leise vor.

»Rosi hat Selbstmord begangen«, lüge ich und beobachte weiterhin den Benedikt. Hat er gerade für einen Moment seine Augen aufgerissen?

»So was«, murmelt er und nimmt einen Schluck von seinem Bier.

»Was?«, ruft Isabell aus. »Warum denn das?«

Franz sagt zur Abwechslung mal nichts.

Ich bin mit den Reaktionen nicht zufrieden. Jetzt habe ich schon übertrieben und muss das gleich klarstellen. Für tot sollen sie die Rosi wirklich nicht halten. Aber ein wenig mehr Entsetzen hätte ich schon erwartet.

»Jetzt erzähl endlich«, fordert mich meine Freundin auf.

»Besser gesagt, sie wollte«, führe ich aus, »hat es aber dann doch nicht getan. Sie wollte sich im Kirchmünsterer Weiher ertränken. In ihrem Auto. Ist aber gerade noch rechtzeitig rausgekommen. Jetzt ist sie in der Klinik.«

»Oh, die Arme.« Isabells gutes Herz springt gleich an. Sie kann sich in geschundene Seelen einfühlen, nur davon zu hören, reicht schon aus. Als Künstlerin ist man sicher sensibler als der Rest der Welt.

»Wenigstens ist sie jetzt in Behandlung«, meint Franz. »Die war ja jenseits von Gut und Böse. Wie die jeden Tag am Zaun gestanden ist und geschimpft hat.« Er wartet auf unsere Zustimmung.

»Weißt du, warum sie das gemacht hat?« Venus streicht sich über seinen Unterarm. Er hat den Blick gesenkt.

Ich beobachte ihn. »Sie hat mir einen Abschiedsbrief geschrieben.« Keine Reaktion bei ihm. Der Mann sollte Poker spielen.

»Nein«, ruft Isabell aus. »Dir?«

»Ja, mir«, antworte ich. Ihre Verwunderung darüber kränkt mich ein bisschen. Schließlich weiß sie doch, dass Rosi früher meine Patientin war.

»Und was stand drin?«, fragt Franz.

»Das Karpfhamer nimmt sie so mit, dass sie nicht mehr kann«, gebe ich den Sinn des Briefes wieder.

»So ein Schmarrn«, schimpft Franz. »Was ist denn am Karpfhamer so schlimm, dass man sich umbringen muss? Versteh einer die Weiber.« Er leert seinen Bierkrug. Deshalb entgeht ihm mein Blick. *Weiber.* Dem werd ich's zeigen.

»Kein Wunder, dass sie jetzt in der Psychiatrie ist«, brummt Venus. »Vielleicht ist dann endlich mal eine Ruh.«

»Hat sie dich denn gestört?«, hake ich gleich nach. »Du bist ja ihr nächster Nachbar.«

Benedikt zuckt mit den Schultern. »Nein, stören tut sie mich nicht. Wir haben nichts mit ihr zu schaffen. Aber damals …« Er wirft Isabell einen schnellen Blick zu, spricht aber dennoch weiter. »Die Mary, meine Frau, mochte sie nicht. Die Rosi hat immer unseren Sohn angeplärrt, als er noch klein war und der Fußball zu ihr rübergeflogen ist oder so. Wenn Frauen keine Kinder haben, werden sie oft seltsam.«

Ich sehe zu Isabell. Sie starrt ihren neuen Freund an und überlegt sich sicherlich gerade, ob das eine Zukunft hat mit ihnen. Das anhören zu müssen, ist bestimmt hart für sie. Kinderlos, wie sie ist.

Ihre Mundwinkel zucken, als sie spricht. »Nicht alle Frauen ohne Kinder hassen Kinder. Und nicht alle Frauen ohne Kinder wollten keine Kinder. Manchmal hat es das Schicksal eben nicht vorgesehen.«

»Dich hab ich auch nicht gemeint«, brummt er.

Boah. Klare Worte. So ein g'standner Pferdewirt redet nicht drum herum. Isabell und Venus rücken voneinander ab. Die Stimmung ist beim Teufel.

In gewissen Situationen ist es gut, wenn man einen Unsensiblen in der Runde dabeihat. Bei uns hat Franz diese Karte gezogen. Völlig unbeeindruckt von den negativen Schwingungen zwischen dem frischen Liebespaar, kommt er auf unser vorheriges Thema zurück. »Wann hat sie das denn gemacht, die Rosi?«

»Das weiß man nicht. Irgendwann zwischen halb elf Uhr gestern Nacht und heute früh um fünf. Da haben sie nämlich Angler im See gefunden«, gebe ich Auskunft. »Hast du sie wegfahren sehen?«, frage ich Benedikt.

Der hat die Arme verschränkt und starrt vor sich hin. Er ist mit seinen Gedanken weit weg. Wahrscheinlich weit in der Vergangenheit. Ich stupse ihn an.

»Hm?« Als wenn er aus einem Traum erwachen würde, sieht er um sich.

»Hast du die Rosi gestern Nacht wegfahren sehen?«, wiederhole ich meine Frage.

»Nein.« Er schüttelt den Kopf. »Ich bin um halb zwölf in den Stall. Aufgefallen ist mir nichts.«

»Hast du eigentlich mal Post von ihr bekommen?«, frage ich. Wenn wir schon beim Thema sind, kann ich ihm wegen Rosis Anschuldigung auf den Zahn fühlen.

»Post?«, wiederholt Venus mit zusammengezogenen Augenbrauen. »Wieso sollt ich Post von meiner Nachbarin kriegen, die direkt daneben wohnt?«

Gut gekontert, Kumpel. Aber nicht geantwortet. Ich will gerade nachfassen, da kommt mir Franz zuvor.

»Davon werden wir heute nicht mehr schlau.« Er hat schon wieder genug. Mir scheint, Franz hat überhaupt eine kurze Aufmerksamkeitsspanne. Dafür rückt er nahe an mich heran, legt den Arm um meine Schultern und zupft an den Rüschen meiner Dirndlbluse herum.

»Franzi!« Ich haue ihm auf die Finger und trete einen Schritt zur Seite.

Venus' Blick hat sich noch weiter verdüstert. »Wo ist eigentlich Ihr Mann? Muss er arbeiten?« Das Duzen ist ihm auch vergangen.

»Dein Mann?«, stößt Franz aus, nimmt meine rechte Hand und inspiziert die Finger. Kein Ring. »Bist du etwa verheiratet?«

Okay. Blöd gelaufen. Vor Isabell hätte ich meine Komödie gerade noch weiterspielen können, aber nicht vor Venus. Ich will meinen Ruf nicht ganz ruinieren.

»Ja, ich bin verheiratet«, gebe ich zu und entziehe Franz meine Hand. Er hätte sowieso die andere anschauen müssen, denn ich trage meinen Ehering links.

Der plustert sich auf. »Ja, so was Verlogenes! Macht mir hier schöne Augen und ist verheiratet. Wenn ich das gewusst hätt …«

»Jetzt mal langsam.« Alles lasse ich mir nicht gefallen. »Wer macht hier wem schöne Augen? Du hast doch eindeutig Anschluss gesucht. Außerdem brauchst du dich gar nicht so aufzuführen. Schließlich bist du selber verheiratet.« So eine scheinheilige Nuss! Ich bin richtig wütend und daher immer lauter geworden. Die Leute in unserer Nähe sind bereits auf unseren Streit aufmerksam geworden und gucken.

Franz hält aber noch an seiner angeblichen Unschuld fest. »Ich?«, schreit er entrüstet. »Wo bin ich verheiratet?«

»Da.« Ich zeige auf die helle Spur um seinen rechten Ringfinger, dort, wo die Sonne seine Haut nicht gebräunt hat. Bei ihm sehr schön zu erkennen.

Schnell legt er seine andere Hand auf den Beweis. »Das war nur ein alter Ring, der mir kaputt gegangen ist.«

»Mensch, Franz, jetzt hör halt mal zum Lügen auf. Ich kenn doch deine Frau«, rufe ich aufgebracht. So ein penetranter Lügner ist mir auch schon lange nicht mehr untergekommen.

»Meine Frau?«, quietscht er auf.

»Ja, deine Frau, die Claudia, Herr Schlagl. Die mich gebeten hat, auf dich aufzupassen auf dem Karpfhamer. Weil du da fremdgehen könntest. Nicht wahr? Und recht hat sie gehabt. Sieht man ja.« Ich reiße die Arme in die Höhe. »Du Regional-Casanova, du!«

Die Zuschauer johlen. Franz starrt mich an, dann stößt er die Schaulustigen beiseite und rennt fast aus dem Zelt. Hinter mir applaudiert jemand.

»Bravo, Frau Schneider.« Mir schießt das Blut ins Gesicht. Die Stimme habe ich sofort erkannt, obwohl ich sie noch nicht oft gehört habe. Aber dieses rauchige Timbre hat nur einer. George.

Ich drehe mich um. Da steht er inmitten seiner Entourage, bestehend aus seiner Holden, seiner Haushälterin und ein paar Chinesen. Beeindruckend gut aussehend wie eh und je.

»Na, Frau Privatdetektivin, da hatten Sie aber einen schweren Fall.« Seine braunen Augen glitzern vergnügt. Er tritt an unseren Tisch und beglückt unsere Runde mit seinem Glanz. So kommt es mir wenigstens vor. Kann sein, dass ich da etwas subjektiv bin.

Er begrüßt Venus wie einen alten Bekannten, der er wahrscheinlich auch ist. Dann weilt sein Blick beunruhigend lange auf Isabell. Er nimmt ihre Hand zwischen seine perfekten Finger und behält sie dort. Viel zu lange für meinen Geschmack. Isabell strahlt ihn an.

»Ilzdorfer, Georg Ilzdorfer«, stellt er sich vor, da ich meinen Mund nicht aufbekomme. »Und mit wem hab ich die Ehre?« Er neigt sich etwas zu Isabell hinunter, gerade so, als ob sie ein so zartes Geschöpf wäre, dass ihr Stimmchen nicht bis zu ihm dringen könnte. Neid züngelt in mir empor.

»Isabell Chiara. Ich habe ein Atelier im KUSS.« Meine Freundin antwortet ganz locker und unaufgeregt. Lässt sie seine Erscheinung völlig unbeeindruckt? Wie kann das sein?

»Eine Künstlerin! Wie wundervoll. Und welche Sparte der Kunst üben Sie aus, meine Liebe?« Seine Aufmerksamkeit ist immer noch ganz bei ihr. Ich gönne meiner Freundin ja vieles. Aber das nicht.

»Ich male. Meist ziemlich großformatig«, gibt sie zur Antwort.

»Ja, und sehr talentiert«, wirft Georges Gattin ein, die sich bislang mit Venus unterhalten hat. Jetzt tritt sie auf Isabell zu und schüttelt ihr ebenfalls die Hand. »Hallo, Frau Chiara.«

»Ich war letztens in ihrem Atelier«, erklärt sie ihrem Mann, »und von ihren Bildern beeindruckt. Sie verbreiten eine angenehme Atmosphäre im Raum.«

Isabell schlägt die Augen nieder und lächelt.

Wie nett die Ilzdorfer sein kann. Mich beachtet die Zupfnudel jedoch mit keinem Blick. Sie dreht sich wieder um und setzt ihr Gespräch mit Venus fort.

»Das trifft sich gut«, sagt George zu Isabell. »Ich suche nämlich für mein Besprechungszimmer noch ein Gemälde.« Er zaubert aus seiner Hosentasche eine Visitenkarte hervor und überreicht sie Isabell. »Rufen Sie mich nach dem Karpfhamer an. Dann vereinbaren wir einen Termin. Sie schauen sich die Räumlichkeiten an und beurteilen, ob Sie dafür etwas Passendes erschaffen können. Einverstanden?«

Isabell nickt. »Aber natürlich, Herr Ilzdorfer, das mache ich gerne.«

»Sagen Sie doch Georg zu mir.«

Ich schnappe nach Luft.

»Gern, Isabell.« Sie geben sich nochmals die Hände. Meine Eifersucht perforiert gerade meine Magenwand. Dann, endlich, wendet er sich wieder mir zu. »Wollen wir uns auch duzen? Ich heiße Georg. Manche nennen mich auch George.« Seine Augen blitzen.

Das kann er doch unmöglich wissen, oder? Mir wird heiß und kalt gleichzeitig. Macht er sich über mich lustig? Aber nein, er kennt mich doch gar nicht. Also, fast gar nicht. Nur unsere Kinder sind in einer Klasse. Und gestern natürlich.

»War ich zu forsch, Frau Schneider?«, holt er mich aus meinen Gedankenspiralen. »Haben Sie es lieber förmlich?«

»Nein, nein, absolut nicht.« Rasch strecke ich ihm meine Hand entgegen. »Natürlich duze ich mich gerne mit Ihnen, also mit dir.« Ich versuche schnell, wieder auf ein normales Level herunterzukommen. »Ich heiße Karin.«

Auch wir schütteln uns zur Bekräftigung die Hände. Sein Händedruck ist zwar warm und fest, aber ich hätte trotzdem nichts dagegen gehabt, wenn er sich ein Beispiel an Franz genommen hätte. So ein Kuss besiegelt eine Verbrüderung doch um einiges wirkungsvoller. Und nein, ich denke nicht an meinen Ehemann. Der treibt sich in Berlin herum.

Wir haben nicht bemerkt, dass die Musiker zurück auf die Bühne gekommen sind. Die Mikrofone übersteuern, und der hohe Ton treibt Grimassen aus Schmerz in unsere Gesichter. Gleich danach fällt der »Haberfeldtreiber« musikalisch über uns her.

George beugt sich zu mir herab. Ich sehe eine goldene Kette in seinem Hemdausschnitt und atme seinen Duft. Würzig männlich. Unverwechselbar wie seine Stimme. An meinem Schulterblatt spüre ich seine Hand.

»Willst du uns nicht begleiten, Karin? Wir gehen in das Kleeberger Zelt, dort ist es ruhiger.«

Ich nicke. Welch wunderbares Angebot! Pflichtbewusst schaue ich zu Isabell hinüber. Ich muss sie zumindest fragen, ob sie mitkommen will. Schließlich bin ich mit ihr verabredet.

Isabell hat allerdings keine Zeit für mich. Anscheinend haben sie und Venus ihren Streit ausgeredet. Dafür brauchen die Niederbayern nicht viele Worte. Denn die beiden knutschen. Anhaltend.

Auch gut. Ich klemme mir mal wieder meine Tasche unter den Arm und folge George.

***

Im Kleeberger Zelt ist es um einiges angenehmer. Die Musik ist eher auf den Geschmack der Generation Ü 50 abgestellt und in einer Lautstärke, bei der man sich noch unterhalten kann. Gehöre ich eben jetzt auch schon zu den älteren Herrschaften. Na ja.

Wir finden noch einen Tisch, an dem wir alle Platz haben. Unsere Nachbarn sind die Stockers, Wirtsleute aus Bad Griesbach, die ich kenne. In ihrem Wirtshaus haben wir schon öfter gegessen. Sie haben das Ilzdorf-Bier auf der Speisekarte. George begrüßt sie sehr herzlich.

Ich schaue, dass ich neben ihm zu sitzen komme, auch wenn ich dafür einen der Chinesen etwas unsanft abdrängen muss.

sieht mich empört an, verzieht sich dann ganz auf die andere Seite der Bank und berichtet sofort seinem chinesischen Kumpel davon. Denn nun mustern mich beide aus der Ferne. Ich lächele ihnen freundlich zu. Ich bin immer für den interkulturellen Austausch. Aber nicht zu jedem Preis.

Ohne es zu wollen, sitze ich dann aber zwischen George und seiner Frau. Das fühlt sich energetisch nicht gut an. Höflichkeitshalber biete ich ihr an, mit mir Platz zu tauschen. Aber sie winkt ab.

»Ich gönn es Ihnen«, sagt sie und verzieht ihre Lippen zu einem süffisanten Grinsen.

Was meint sie damit?

»Haben Sie auch schon gehört, dass sich die Reitmeier Rosi umbringen wollte?«, frage ich sie ohne Vorgeplänkel. »Erst gestern haben wir von ihr gesprochen, nicht wahr, bei den Münchhamers. Und jetzt das!« Ich sehe sie an. Ein Statement, bitte.

Frau Ilzdorfer hat begonnen, sich mit ihrem Gegenüber, der Frau Stocker, zu unterhalten. Erst dachte ich schon, sie übergeht mich komplett. Aber dann dreht sie doch ihren wohlfrisierten Kopf zu mir herüber.

»Das hat man ja kommen sehen«, meint sie emotionslos und wendet sich wieder Frau Stocker zu.

»Wieso haben Sie das kommen sehen?«, frage ich. Das würde mich jetzt schon interessieren.

Mit einem deutlich hörbaren Seufzer unterbricht sie erneut ihr Gespräch. Ihre Miene illustriert sehr schön, wie lästig sie mich findet. »Die Reitmeierin war komplett verrückt. Das weiß doch jeder.« Schon hat sie ihre Nase wieder bei der anderen und stellt ihren Arm so auf den Tisch, dass er eine Barriere für mich darstellen soll. Ich bin aber noch nicht fertig mit ihr. So leicht lasse ich mich nicht abwimmeln.

Kurzerhand zupfe ich sie am Blusenärmel. »Haben Sie die Rosi denn gestern Abend am Weiher gesehen?«

Ein knappes Luftanhalten, dann wedelt sie meine Hand fort, als würde sie ein Insekt verscheuchen. »Ich war nicht am Weiher«, meckert sie in meine Richtung, sieht mich dabei aber nicht an.

»Und jetzt würd ich mich gern mit der Frau Stocker unterhalten, wenn's recht ist.« Mit Erwachsenen, drückt ihr Tonfall aus.

Kein Problem. Ich hege auch kein gesteigertes Interesse mehr an einer Unterhaltung mit ihr. Ich habe alles erfahren, was ich wollte. Sie ist eine überhebliche Ziege ohne Herz, die lügt wie gedruckt.

Da wende ich mich doch lieber Angenehmerem zu. George hat seinen chinesischen Gästen einen Witz erzählt, in perfektem Englisch. Ich bekomme gerade noch den Schluss und die Reaktion mit. Alles lacht.

Nachdem man sich allgemein zugeprostet und getrunken hat, sieht George zu mir. Sofort durchströmt mich prickelnde Wärme. Ein schneller Rundblick: Frau Ilzdorfer kümmert sich um die Stockers, die Chinesen ratschen miteinander, und diese Tanja sitzt am anderen Ende der Bank und träumt vor sich hin. Perfekt. Ich kann unbeobachtet Georges Aufmerksamkeit genießen. Ein leichter Bartschatten verdunkelt seine Wangen. Wie es ist, mit der Hand sanft darüber zu streifen?

»Geht's dir gut, Karin?«, fragt er mich. Ein Schauer rinnt meine Wirbelsäule hinab. Ob er das bemerkt hat?

»Ja, Georg, jetzt schon.«

»Warum? War der Tag nicht so, wie du ihn dir gewünscht hast?« Er kommt mit seinem Gesicht eine Spur näher. Mein Gott, wie soll ich bei seiner atemberaubenden Gegenwart überhaupt noch einen klaren Gedanken fassen? Was wollte ich? Ach ja, Rosi.

»Hast du schon gehört, dass die Reitmeier Rosi sich umbringen wollte?«, sage ich.

Er sieht mir tief in die Augen, die goldenen Sprenkel in seiner Iris funkeln. »Ja. Das ist schlimm.«

Ach, George. Ich bin so froh, dass wenigstens er sich angemessen betroffen zeigt. Nicht immer dieses Gefasel, es wäre ja abzusehen gewesen, sie sei sowieso eine verrückte Alte gewesen, blablabla. Jetzt erst merke ich, wie mich das belastet hat.

»Allerdings war das über kurz oder lang zu erwarten gewesen«, holt er mich aus meiner Bewunderung. »Sie war immer schon verrückt.«

Auch du, George? Auf diese Enttäuschung trinke ich erst mal einen Schluck. Also gut, dann weiter im Text. Ich wollte doch Informationen sammeln. Ich setze mich gerade hin.

»Wolltest du nicht ihr Grundstück kaufen?«, frage ich.

George rückt ein Stück von mir ab. »Woher weißt du das?« Er zieht seine Augenbrauen minimal zusammen.

»Ach, das hat mir die Rosi erzählt«, antworte ich und lege diese Aussage unter Notlüge ab.

George wirft einen nachdenklichen Blick über mich hinweg. Dann entspannt er sich und lächelt. »Ja, das stimmt. Ich hab es mir mal überlegt.« Er macht eine wegwerfende Handbewegung. »Aber es ist nicht wichtig.«

»Was wolltest du denn damit anfangen?« Das habe ich mich schon beim Lesen seines Briefes aus Rosis Ordner gefragt.

»Es war so eine Idee.« Er strahlt mich an und ich kann nicht anders, ich muss zurückstrahlen. Mit diesem Charisma überzeugt er bestimmt alle Menschen und bekommt, was er will. Zumindest ich würde ihm nichts ausschlagen können. »Ich wollte das Grundstück kaufen und darauf ein eigenes Zelt stellen. Was der Haslinger kann, kann ich auch, dachte ich mir. Der Erfolg gibt ihm ja recht.«

»Ach so. Aber Rosi wollte nicht?«

»Nein, die Reitmeierin blieb stur. Aber ich kann sie auch verstehen, schließlich ist es ihr Zuhause. Das verkauft man nicht so leicht.« Er streicht sich eine Strähne aus der Stirn. »Meinen Plan verwirkliche ich schon noch, keine Angst. Demnächst hört ein Wirt auf, da bewerbe ich mich für das Zelt. Das wird schon.«

Mir gefallen seine Zuversicht und seine zupackende Art.

George tippt meine Hand an. »Aber sag, Karin, warum geht dir die Rosi so nah? Besser gesagt, ihr Selbstmordversuch.«

Ich seufze. Sollte ich ihm wirklich alles erzählen?

Ja, warum nicht?

»Die Rosi war mal meine Patientin«, beginne ich, »und wir hatten gerade gestern wieder mehr Kontakt. Ich finde es furchtbar, dass sie durch das Karpfhamer so aus ihrem Leben geworfen wird. Ich würde ihr gern helfen. Für nächstes Jahr hab ich schon den Vorsatz gefasst, sie frühzeitig von dort wegzulocken. Dann kann sie sich in ihren Hass gar nicht erst reinsteigern. Das wäre wirklich besser für sie. Und auch für die anderen.« Ich grinse schief, werde aber gleich wieder ernst. »Und ich mache mir Vorwürfe.« Bis jetzt habe ich das für mich behalten. Aber Georges Anteilnahme lockt das Geständnis aus mir heraus.

»Warum denn?«, fragt er und beugt sich näher zu mir.

Ich fasse in meine Haare, um meine Locken zu drehen. Eine Angewohnheit von mir, wenn ich intensiv mit einer Sache beschäftigt bin. Gerade rechtzeitig wird mir bewusst, dass ich sie heute hochgesteckt habe. Schnell ziehe ich die Finger wieder zurück.

»Weil«, meine Stimme hakt, ich räusperte mich, »weil ich sie gestern Abend noch mal gesehen habe und es ihr da schon sehr schlecht ging. Ich hab sie ins Bett gebracht und bin dann gegangen. Ich hätte bei ihr bleiben sollen.« George schüttelt den Kopf. »Oder sie da schon in eine Klinik bringen. Ich als Psychotherapeutin hätte erkennen müssen, dass sie sich in einer Ausnahmesituation befunden hat. Aber ich bin einfach nach Hause gefahren.« Ich blicke auf meine Hände hinunter, die sich in die Schürze verkrallt haben, und konzentriere mich darauf, nicht zu weinen. Das wäre oberpeinlich, hier im Kleeberger Zelt, inmitten all der feiernden Leuten. Aber ich bin todtraurig, dass ich Rosi nicht von ihrer Kurzschlusshandlung abgehalten habe.

Und ich lasse dabei meinen Verdacht außer Acht, dass jemand nachgeholfen hat. Allerdings sind das nur Mutmaßungen, mit denen ich allein dastehe.

George legt kurz seine Hand auf meinen Rücken. »Karin, du hast alles getan, was du tun konntest«, tröstet er mich. »Du bist überhaupt nicht dafür verantwortlich. Das hätte niemand an deiner Stelle vorhersagen können. Es ist alles in Ordnung.«

Es tut so gut, das zu hören. Auch wenn es meine Selbstvorwürfe nicht zum Schweigen bringt, so ist es doch Linderung für meine wunde Seele.

George nimmt einen großen Schluck Bier. Dann fährt er mit seiner Erbauungsrede fort. »Und ich bewundere dich für dein Engagement. Die wenigsten Menschen würden sich so viele Gedanken um ihre Mitmenschen machen. Karin, du bist ein sehr soziales Wesen, sehr sozial und sehr sensibel. Du kannst stolz auf dich sein. Ich bin stolz auf dich, auch wenn wir uns gerade erst kennengelernt haben. Und ich freue mich, dich kennengelernt zu haben.«

»Danke, Georg«, sage ich. »Deine Anerkennung tut mir sehr gut. Wirklich.« Ich wische mir über die Augen. Das Gespräch hat mich ziemlich aufgewühlt und mir George rasant nähergebracht. Wirklich unglaublich rasant.

Ich schaue in die Runde, aber alle am Tisch haben davon nichts bemerkt oder tun wenigstens so. Mein Blick gleitet über die angrenzenden Tische. Auch dort kümmert sich jeder um sein eigenes Vergnügen. Es wird geratscht und gelacht, geschunkelt und gesungen. Ich muss mir gar keine Gedanken machen.

Doch halt. Wer sitzt denn da? Quasi im falschen Zelt? Der Zauner Michael.

Na so was.

Und eine Bedienung steckt ihm gerade etwas zu, das er flink in seiner Jackentasche verschwinden lässt.

Na so was!

Sollte das etwa Diebesgut sein? Die Bedienung eilt weiter, und er sieht sich um, ganz so, als ob er sich vergewissern will, dass ihn keiner beobachtet hat. Unsere Blicke treffen sich. Ich ziehe demonstrativ meine Augenbrauen hoch und fixiere ihn. Er stürzt den Rest seiner Mass hinunter, hievt sich hoch und strebt dem Ausgang auf der entgegengesetzten Seite des Bierzeltes zu. Er hat ohne Zweifel ein schlechtes Gewissen.

Hinterher! Da muss ich hinterher.

»Georg, ich muss mal schnell austreten. Ich komme wieder«, sage ich zu ihm schon halb im Aufstehen. Dann nötige ich seine Frau, mich aus der Bank zu lassen, klemme meine Handtasche unter den Arm und laufe dem Zauner Michael hinterher.

Das ist nicht so einfach. Wie überall ist auch im Kleeberger Zelt Vollbetrieb. In den Gängen stehen die Leute, die keinen Sitzplatz bekommen haben, trinken ihr Bier, singen, balzen und treiben ihre Spaßettl mit den Nachbarn. Auch wenn es verboten ist, den Gang zu blockieren. Auch wenn die Security regelmäßig vorbeikommt und sie hinausschmeißt. Sie tauchen anderenorts wieder auf. Ich drängele mich durch die Massen. Trotzdem ist er weg, als ich den Ausgang erreiche. Ich sehe nach links, ich sehe nach rechts, nirgendwo ein Zauner Michael. So ein Mist! Ich gehe ein paar Schritte die Budengasse entlang. Aber es ist schon dunkel, die Lichter der Fahrgeschäfte blenden mich. Da kann ich niemanden ausfindig machen. Es hat keinen Sinn.

Gerade will ich wieder zu George zurückkehren, was ja nicht die schlechteste Alternative wäre, da beobachte ich, wie die niedliche Tanja-Maus, Georges Haushälterin, die Zeltplane des Nebenausgangs zur Seite drückt und nach draußen kommt. Sie schaut sich um, bemerkt mich allerdings nicht, geht ein paar Schritte bis zum nächsten Schießstand und wartet. Ich warte ebenfalls. Was hat sie denn vor? Da erscheint auch schon Georges Holde, seine ihm angetraute Gattin. Hocherhobenen Hauptes kommt sie aus dem Zelt, wendet sich ohne zu überlegen nach rechts zum Schießstand und stößt dort auf Tanja. Ich höre ein Kichern, dann eilen sie von dannen.

Da muss ich nicht groß nachdenken. Meine Füße laufen ihnen von alleine hinterher. Das ist ja eine großartige Gelegenheit, Rosis Verdacht zu überprüfen.

Wie aufregend. Eine echte Observation. Das habe ich noch nie gemacht. Ich erinnere mich an Spionagethriller aus dem Fernsehen und nutze jede Möglichkeit, mich zu verbergen. Herabhängende Schilder, Menschengruppen, in die Gasse hereinragende Auslagen, Spielzeug, Lebkuchenherzen, Los-Standl. Ich bin mir sicher, sie ahnen nicht, dass ich ihnen auf den Fersen bin.

Dann wird es schwieriger. Sie stehen in einer Menschenschlange. Ich stelle mich auch dazu und habe das große Glück, mich hinter einem sehr wohlbeleibten Mann verstecken zu können. Vorsichtig luge ich durch seine in die Hüften gestemmten Arme hindurch. Tanja und – wie heißt die Ilzdorfer eigentlich mit Vornamen? Katharina? Also, die Tanja und die Kathi amüsieren sich prächtig. Sie lachen und kichern und stoßen sich gegenseitig an. Wenn mir die Ilzdorfer nicht aus mehreren Gründen so grundunsympathisch wäre, würde ich mich mit ihnen vergnügen. Und mich darüber freuen, dass die zugeknöpfte Katharina auch Spaß haben kann. Aber so nicht.

Wir rücken stückchenweise weiter. Ich finde ihr Gegacker schön langsam ziemlich übertrieben, deshalb achte ich mehr auf meine Umgebung.

Wo stehe ich hier überhaupt an? An der XXL? Diese Riesenschaukel, in die sich zwanzig Leute einsperren lassen, um in die Höhe katapultiert und gleichzeitig um die eigene Achse gedreht zu werden. Eine Höllenmaschine!

Und ich stehe in der Schlange vor der Kasse. Hab ich sie noch alle? So wichtig sind die beiden nicht, dass ich mich freiwillig in diese Monsterschaukel setzen würde. Bloß weg hier!

Das Dumme ist nur, dass sich hinter mir auch schon eine Schlange gebildet hat und wir zwischen weißen Metallstangen eingepfercht sind, die verhindern sollen, dass man sich vordrängelt. Sie verhindern leider auch das Zurückdrängeln. Entschuldigungen wie Verwünschungen ausstoßend versuche ich, mich an den Leuten vorbeizuquetschen. Hinter mir ist jedoch ein schon arg lustiges Gespann aus vier jungen Männern, die sich zur Steigerung ihrer Lebensfreude in fünfzig Meter Höhe schaukeln lassen wollen. Mich verwechseln sie daher mit einem Punchingball, den man spaßeshalber wieder in seine Ausgangsposition zurückschubsen kann. Sie haben ihre Freude daran. Ich nicht.

Mein dicker Vorder-, jetzt Hintermann ist auch nicht davon angetan, dass ich ihm in kurzen Abständen in den gepolsterten unteren Rücken krache. Er dreht sich um und untermalt meine Verzweiflungsschreie mit wütendem Gebrumm.

Sollte ich geglaubt haben, dass das schon die Spitze der Demütigungen war, die der heutige Abend für mich bereithalten würde, so täusche ich mich gewaltig. Denn aufgrund des Lärms, den wir alle miteinander verursachen, werden Tanja und Frau Ilzdorfer auf mich aufmerksam. Sie langen an dem Brummbären vorbei, beteuern, ich sei eine verloren gegangene Freundin, und ziehen mich zu sich nach vorne. Da alle – außer ich – mithelfen, klappt das ganz gut.

Sie nehmen mich zwischen sich und haken sich unter.

»Hallo, Frau Schneider. Ausgeheult?« Frau Ilzdorfers Miene hat wieder den verkniffenen Ausdruck angenommen, den ich schon bei ihr kenne.

Also ist mein emotionales Gespräch eben im Zelt doch nicht unbemerkt geblieben. Jetzt habe ich allerdings andere Probleme. Nur noch vier Menschen sind vor uns an der Kasse. Ich muss hier weg. Schnellstens. Ich fange zu zappeln an, sie festigen ihren Griff.

»Ich will da nicht mitfahren!«

Tanja schaut an mir vorbei und meint zu ihrer Freundin: »Sie wollte uns hinterherspionieren.«

Frau Ilzdorfer taxiert mich. »Wollten Sie uns hinterherspionieren, Frau Schneider?« Ihre Augen glimmen lila. Wahrscheinlich spiegeln sich nur die bunten Lichter darin, es sieht jedoch furchteinflößend aus.

Nur noch drei Personen vor uns.

»Hören Sie«, beginne ich meine Verteidigungsrede, »mir ist egal, ob und wie Sie befreundet sind. Ich bin da ganz liberal. Aber Sie müssen mich jetzt wirklich loslassen. Ich werde da bestimmt nicht mitfahren.« Ich will meine Arme aus ihrer Umklammerung zerren, aber sie packen mich nur umso fester.

Ein gewaltiger Luftzug weht von links oben auf uns herab, gleich darauf sausen kreischende Menschen auf die Erde zurück, um nach rechts wieder in die Nacht geworfen zu werden. Ich zucke zusammen. Inzwischen bin ich diesem Monsterding gefährlich nahe.

Die Schaukel wird langsamer und hält an. Die Fuhre steigt aus. Die ersten neuen Opfer nehmen Platz und drücken die Sicherheitsbügel herunter.

Noch zwei Leute bis zur Kasse.

»Die hat der Georg angeheuert. Deshalb hat er vorher auch was von Privatdetektivin gesagt.« Tanja hat wieder an mir vorbeigeredet. Für sie bin ich scheinbar gar nicht anwesend.

Einer vor uns.

»Ich bin keine Privatdetektivin!«, schreie ich und lasse mich fallen. Aber die beiden Frauen sind kräftig, sie ziehen mich einfach wieder auf die Füße.

»Der Dreckskerl«, meint Frau Ilzdorfer. »Na, dann geben wir ihr was zu berichten.«

»Aber –«

Weiter komme ich nicht. Die niedliche Tanja stopft mir eine Handvoll gebrannter Mandeln in den Mund. Im ersten Moment fange ich zu kauen an, bemerke jedoch schnell, dass es zu viele sind, um sie rasch hinunterzubringen. Ausspucken? Das ist mir selbst in dieser Situation zu peinlich. Dann bekomme ich allerdings eine Mandel in den falschen Hals, huste und spucke. Frau Ilzdorfer kauft seelenruhig die Karten, Tanja schlägt mir auf den Rücken und grinst den Kassier entschuldigend an. Ich versuche, mich ihm durch Grimassen verständlich zu machen, und schüttele verzweifelt den Kopf. Aber er lacht nur, und die beiden Frauen schieben mich weiter.

Die verdammte Mandel steckt immer noch in meinem Hals, ich bekomme kaum Luft. Ich huste und röchele und habe keine Kraft zur Gegenwehr. Diese zwei Ausgeburten zwingen mich in einen Sitz zwischen ihnen beiden und arretieren die Bügel über meinem Oberkörper. Meine Füße baumeln herab.

Ich will den Rowdy, der die Karten einsammelt, zu mir herwinken. Aber die Ilzdorfer meint nur, dass ich mich verschluckt hätte, es ginge mir gleich wieder besser, und Tanja haut mir auf die Schulter, da sie an meinen Rücken nicht mehr heranreicht.

»Sicherheitsgurte anlegen, das Rauchen einstellen. Macht es euch gemütlich und überlasst alles andere miiiiiirrrrr«, dröhnt es aus den Lautsprechern und das Teufelsgefährt setzt sich in Bewegung. Meine Füße wippen in der Luft. Langsam schwenken wir nach links. Ich kralle mich an den Haltebügeln fest, Tränen laufen mir über die Wangen, jetzt ist es nicht mehr zu stoppen. Nebel wabert um uns herum. Ich kann meine Mitgefangenen nicht mehr erkennen. Aber von denen erwarte ich eh keine Hilfe. Die sind alle in der gleichen ausweglosen Situation wie ich.

»Es geeehhhht loooooossss! Abschussssss, Baby!« Der Rekommandeur hat seinen Spaß. Wenigstens einer. Die ersten fangen zu kreischen an, ich huste mit.

Schaukeln habe ich noch nie vertragen. Schon als Kind nicht. Und hier wird nicht nur geschaukelt, sondern auch noch gedreht. Wie soll mein armes Gleichgewichtsorgan damit zurechtkommen? Ich spüre die Dreh- und Schaukelbewegung in meinem Kopf, mein Gehirn will sich mitdrehen und -schaukeln, aber langsamer als die Realität. Deshalb drückt es gegen meine Schädeldecke. Ich greife an meinen Kopf und versuche, es festzuhalten. Aussichtslos.

»Jejcjetzzzzzzt hab ich euch! Jejejejzzzzt krieg ich euch! Ist das 'ne geile Maschine!«, macht der Mann am Mikro Stimmung. Dazu Hupen und Klingeln und Krach. Ja, ekelhafter Krach, furchtbare Musik, die auch noch in meinen Kopf will.

»Attenzizizizooooone!« Wir sausen durch das Weltall. Meine Haarspangen haben schon aufgegeben, und meine Locken fliegen im Wind, peitschen mir in das Gesicht. Ich bin ganz allein auf diesem Monsterflug. Die Welt um mich herum hat sich aufgelöst. Dafür ist mein Körper, sein Weh und Wollen omnipräsent. Ich merke, wie mein in die Ecke gequetschtes Gehirn mit meinem Magen Kontakt aufnimmt. Dort wirbeln das Bier und mein Abendessen wie in einem Hurrikan umeinander herum. Der Strudel steigt auf, überwindet den Magenpförtner, erklimmt die Speiseröhre. Gleich ist es zu spät.

Da. Es wird leichter. Die Schaukel schlägt nicht mehr bis zum äußersten Punkt aus, die Drehung wird langsamer. Ein Lichtblick! Sollte es womöglich zu Ende sein? Die Hoffnung drängt die Übelkeit zurück.

»Seid ihr noch fitititit? Wollt ihr noch maaaaaaal?«

»Nein!«, brülle ich. Auf keinen Fall! Ich will hier raus! Sofort! Auf der Stelle! Jetzt!

Aber was schreien diese Bekloppten?

Die schreien: »Ja!«

Also nimmt die XXL wieder Fahrt auf. »Shoooowtiiiime!«, verspricht uns der Typ und schickt einen Walzer hinterher.

Ich bin verzweifelt. Mein Mageninhalt begibt sich wieder auf seine Fahrt nach oben. Ich will hier raus.

»Raaaaaauuuuuussss!«, tobe ich. Immer wieder und wieder. »Raus! Raus! Raus!« Meine Lungen pumpen sich voll Sauerstoff. Von Husten keine Spur mehr. Meine Stimmbänder funktionieren einwandfrei. »Raus!«

Ich falle in eine Kreischorgie, bestehe nur noch aus Klang und bemerke – ganz am Rande –, dass das Schreien keinen Platz für die Übelkeit lässt. Wunderbar. Ich sperre den Mund weit auf und brülle.

Irgendwann fühle ich Boden unter meinen Füßen, die Sicherheitsbügel klicken und werden hochgeklappt, ich rutsche beinahe von meinem Sitz. Ich schlucke, mein Hals ist ausgetrocknet. Verwirrt sehe ich zur Seite. Meine beiden Wärterinnen haben zerzauste Haare, funkelnde Augen und rote Wangen. Schau ich auch so aus? Sie torkeln nach draußen und zerren mich mit. Mit unsicheren Schritten steigen wir die wenigen Treppenstufen nach unten.

In meinem Kopf dreht sich alles. Ich muss mich an einem Geländer festhalten.

Frau Ilzdorfer ordnet ihre Frisur. Tanja steckt sich eine Zigarette an. Sie sehen glücklich aus.

Meine Übelkeit kommt zurück. Anscheinend hat sich mein Gehirn an das Schaukeln, Drehen und Schreien gewöhnt und ist so ganz ohne ebenso konfus wie ich.

»Das war … das war Körperverletzung«, stammele ich.

Plötzlich habe ich das Gesicht von der Ilzdorfer ganz nahe vor mir. Sie hat kleine Fältchen unter den Augen. »Das war nur ein kleiner Vorgeschmack dessen, was passiert, wenn Sie uns nicht in Ruhe lassen«, sagt sie, und ihre Stimme klingt unerbittlich. »Komm, Tanja.« Sie lassen mich stehen.

Na so was, denke ich, wanke auf die Seite und übergebe mich.

»Karin!«, ruft jemand.

Ich habe in meiner Handtasche Taschentücher gefunden und putze mir den Mund ab. Gottlob habe ich mich ansonsten nicht schmutzig gemacht.

Bedächtig drehe ich mich um. In diesem Augenblick umfangen mich auch schon zwei weiche Arme. Isabell.

»Mein Gott, Karin, bist du krank?« Sie sieht mich besorgt an.

Ich fange an, meinen Kopf zu schütteln, lasse es aber schnell wieder. Das verträgt er noch nicht. »Nein«, antworte ich stattdessen. »Ich bin mit diesem Ding gefahren.« Mit einer Hand deute ich in Richtung XXL.

»Du?« Isabell weiß von meiner abgrundtiefen Abneigung gegen Gefährte dieser Art, die sich nach diesem Vorfall nur noch abgrundtiefer vertieft hat.

»Nicht ganz freiwillig«, gebe ich zu und schwanke. Da greift mir jemand unter die Arme und stabilisiert mich. Venus.

»Na, na, dich hat's aber erwischt«, meint er. »Am besten, du trinkst einen Kaffee, der bringt deinen Kreislauf wieder in Schwung.«

Ich hebe meinen Zeigefinger. »In ein Zelt gehe ich nicht, das sage ich dir.« Ich komme mir wie betrunken vor, obwohl ich ja inzwischen jeden Schluck Alkohol wieder von mir gegeben habe.

»Kein Problem. Du kommst zu mir. Ich mach dir einen Kaffee.« Er hakt mich auf der einen Seite unter, Isabell auf der anderen. Bei diesen beiden fühlt es sich viel besser an als vorhin bei den Frauen.

***

Der Spaziergang tut mir gut. Ich habe wirklich Glück gehabt, dass meine Freunde mich gefunden haben. Venus zähle ich jetzt der Einfachheit halber zu meinen Freunden. Wer mir mitten in der Nacht einen Kaffee für meinen darniederliegenden Kreislauf machen will, hat erst mal meine Sympathie.

Ich wandere – von links und rechts gehalten und beschützt – durch die Gassen des Karpfhamer Festes. Sehe in die bunten Lichter. Lasse die feiernden Menschen an mir vorüberziehen. Werfe einen Blick in die verschiedenen Buden. Atme die Gerüche ein. Gebackener Fisch. Schokofrüchte. Zuckerwatte. Gebrannte Mandeln – uh, nein, damit verbinde ich seit Neuestem nichts Positives mehr.

Trotzdem ist es schön, durch die Nacht zu spazieren, und ich fühle mich von Schritt zu Schritt besser. Wir kommen an Rosis

Haus vorbei. Arme Rosi, denke ich, wie mag es dir gehen? Und nach ein paar Metern sind wir bei Benes Reiterhof angelangt.

Venus führt uns in die Küche. Die ist sehr geräumig und ein wenig unordentlich. Auf der Eckbank stapeln sich Zeitungen neben Werbezetteln und Briefen. Venus schichtet den Haufen zusammen, und wir setzen uns.

Der Kaffee tut mir tatsächlich gut. Er bringt wieder Ordnung in mein Verdauungssystem und schiebt mein Hirn an seinen angestammten Platz zurück.

Nachdem ich die ersten Schlucke zu mir genommen habe, kann sich Isabell nicht mehr zurückhalten: »Was war denn nun bei der XXL? Warum bist du mitgefahren?«

»Das ist eine abgedrehte Geschichte.« Ich erzähle den beiden von meiner verunglückten Verfolgungsjagd. Den Verdacht und die Briefdurchschläge von der Rosi lasse ich weg.

»Und du meinst, die beiden haben was miteinander?«, fragt Isabell.

»Ja, warum sonst wäre es so schlimm, wenn ich oder der Ilzdorfer Georg wissen würden, dass die beiden zusammen auf dem Karpfhamer Spaß haben? Ich könnt ja auch mit dir XXL fahren, und es wäre nichts dabei. Was sagst du, Bene, eine verheiratete Frau, die eine Frau liebt – wär das ein Skandal in Kirchmünster?«

»Ach komm, so rückständig sind die Niederbayern nicht«, wirft Isabell ein.

Venus zuckt mit den Schultern. »Das kommt überall vor«, meint er. »Ist doch nichts Besonderes.«

Klasse Einstellung, denke ich. Wenn bloß alle so entspannt damit umgehen würden, wäre die Welt ein toleranterer Ort.

»Also, ich kenn kein lesbisches Paar«, sagt Isabell.

Ich denke auch nach. Wen kenne ich, die hier wohnt und lesbisch ist? In München hätte ich kein Problem. Meine ehemalige Zahnärztin. Die Buchhändlerin. Meine Nachbarinnen von gegenüber. Freundinnen von mir. Das ist leicht. Aber hier in Niederbayern?

»Ich kenn zwei sehr nette Männer«, sagt Isabell. »Die betreiben das Café im Kulturzentrum, in dem ich mal eine Ausstellung hatte.«

»Ja, aber das sind Männer, die zählen nicht.« Ich grinse. Den Satz sage ich wirklich gerne.

Wir überlegen lange und gründlich, aber uns fällt keine einzige Frau ein. Das gibt's doch nicht. Wo sind die? Leben die alle im Untergrund?

Anzunehmen.

Die Küchentür öffnet sich und Tim, Venus' Sohn, tritt ein.

»Hey, Tim«, sage ich. »Komm, setz dich her zu uns.« Ich rücke auf der Bank ein Stück, um ihm Platz zu machen. Dabei fängt der Papierstapel zu rutschen an.

»Nein, der Junge hat keine Zeit«, widerspricht Benedikt. »Was gibt's, Tim?«

Der junge Mann sieht irritiert von einem zum anderen. Dann wendet er sich an seinen Vater. »Wegen morgen«, sagt er, »was sollen wir beim Rodeo ...?«

Ich höre nicht mehr zu, denn mir ist ein Kuvert entgegengeglitten. Sozusagen. Ich habe in den Papierstapel gegriffen, um ihn vorm Hinunterfallen zu bewahren. Dadurch verschoben sich die Papiere, und unter einer Werbung für einen Getränkemarkt schaute ein kleines vergilbtes Kuvert heraus.

Ist das tatsächlich ...? Ich werfe einen Blick auf die Männer. Die sind in ein Fachgespräch über Zaumzeug vertieft. Isabell hat nur Augen für ihren neuen Freund und achtet nicht auf mich.

Ich ziehe das Kuvert hervor, halte es unter der Tischkante verborgen und inspiziere es. Benedikts Adresse in der bekannten Schreibmaschinenschrift. Aus dem aufgerissenen oberen Rand lugt ein Blatt Papier hervor. Ich nehme es mit spitzen Fingern heraus und beginne, es so unauffällig wie möglich auseinanderzufalten. Das übliche Schriftbild mit den durchge-x-ten Buchstaben.

Bene, du tätst bess~~ß~~er dran, auf deine~~m~~n Sohn aufzupass~~s~~en.

»Karin. Schläfst du?« Ertappt sehe ich auf. Alle drei schauen mich an. Niemand redet mehr.

Mist. In meinem Forscherdrang habe ich gar nicht bemerkt, dass sie ihr Gespräch beendet haben. Wie bekomme ich nun den Brief wieder in das Kuvert und das Kuvert in den Stapel, ohne dass mir die anderen dabei zusehen? Fremde Post zu lesen, ist eine unschöne Sache.

»Nein, noch nicht. Aber beinahe.« Bestimmt ist mein Gesicht hochrot. »Wollen wir nicht heimgehen, Isabell? Die beiden haben morgen viel vor, und wir wollen ja nicht, dass der Bulle sie überrennt.«

»Oh, das wäre schrecklich.« Isabell drängt sich aus der Bank und fällt ihrem Benedikt um den Hals. Dem ist die Zurschaustellung ihrer Zuneigung vor seinem Sohn sichtlich peinlich. Tim sieht auch sehr verwundert seinen Vater an.

Diese Verwirrung nutze ich aus, um den Brief zusammenzufalten und notdürftig ins Kuvert zu stecken. Ich stehe ebenfalls auf, nehme meine Handtasche und krusche das Kuvert in den Stapel zurück. Das muss reichen.

***

Ich fahre Isabell nach Hause und höre mir zwanzig Minuten lang an, wie toll der Venus Benedikt ist, so geradeheraus und ehrlich. Endlich ein Mann, auf den sie sich verlassen kann. Christophe war schon ein arger Playboy gewesen. Aber Bene …

Zwar freue ich mich für meine Freundin, dass sie wieder verliebt ist. Aber ob der Venus tatsächlich so ein Ehrenmann ist, wie sie meint? Sicher, er hat sich nett um mich XXL-Opfer gekümmert. Andererseits hat er auch einen Brief von der Rosi bekommen und es nicht eingestanden. Würde ich vielleicht auch nicht. Obwohl … Wenn er nichts zu verbergen hat, hätte so ein lapidarer Satz wie »Ja, die alte Schrunden hat ihr Gift über mich ausgeschüttet« jeden Verdacht ausgeräumt. Ich kann ihn nicht von meiner Liste der Verdächtigen streichen.

***

Zu Hause ist alles ruhig. Die Kinder im Bett, Linus bei Anna. Lilli ist heute mit Runa zu einer Freundin in den Bayerischen Wald gefahren. Sie ist nicht der große Karpfham-Fan, sondern wandert lieber in den Bergen.

Gerade will ich mich auf den Weg ins Bad machen, als das Telefon klingelt. Verwundert blicke ich auf meine Uhr. Halb zwölf. Wer traut sich, zu dieser Stunde noch anzurufen?

Schnell nehme ich ab, bevor das Klingeln die Mädels aus dem Schlaf reißt.

»Schneider?«

»Dito.« Ah, mein Ehemann.

»Sag mal, weißt du, wie spät es ist?«, motze ich ihn gleich mal an.

»Natürlich, Zuckerschnute.« Seine Stimme hört sich etwas kloßig an. Hat er getrunken? »Aber ich hab mir gedacht, dass du eh nicht früher vom Karpfhamer nach Hause kommst. Stimmt's?«

»Stimmt.« Ich muss lächeln. Er kennt mich eben. »Wie geht es dir?«

»Gut, gut. Die Tagung ist nicht so langweilig wie befürchtet. Außerdem hab ich ein paar interessante Leute kennengelernt.«

Ich setze mich auf die Couch im Wohnzimmer, stelle mich auf eine längere Geschichte ein und gähne.

Martin stoppt seine Erzählung. »Du bist wohl schon müde?«

»Ach …« Ich reibe mir über die Augen. »Ich hatte heute einen anstrengenden Tag.«

»Wieso? Zu viel gefeiert?«

»Nein. Die Reitmeier Rosi, du erinnerst dich vielleicht …«, beginne ich meinen Bericht und ende mit meinem Verdacht gegen Venus, Zauner, Gruber Hansi, Frau Ilzdorfer und Tanja.

»Karin.«

Seine Stimme klingt vorwurfsvoll. Sehr vorwurfsvoll. Ich rüste mich gegen die üblichen Einwände. Und er enttäuscht mich nicht.

»Was machst du denn schon wieder? Hast du aus der Geschichte mit dem Hecker nichts gelernt? Da hättest du draufgehen können«, formuliert er es drastisch. Dieses Thema behagt weder ihm noch mir.

»Ja, ich weiß.«

»Lass deine Finger davon! Was geht dich diese Frau Reitmeier an?«

Ich bin müde. Nicht nur, weil ich heute schon echt was mitgemacht hab. Oder weil es für meine Begriffe spät ist. Nein, ich bin auch müde, die ewigen Kritteleien von Martin zu ertragen, wenn ich mich sozial engagiere. Wie anders hat da George reagiert. So einfühlsam. Anerkennend. Ich lechze nach Anerkennung, das steht mir jetzt ganz klar vor Augen.

Aber hier bekomme ich sie nicht.

»… suchst du dir nicht eine andere Beschäftigung?«, höre ich von Martin, als ich meine Ohren wieder auf Empfang schalte. »Du hast doch eine solide Ausbildung.«

»Martin, ich muss ins Bett. Morgen hab ich wieder einen anstrengenden Tag.« Und um ihn zu ärgern, füge ich hinzu: »Du weißt, meine Ermittlungen.«

Mir selbst ist allzu bewusst, dass ich lediglich ohne Plan in einem Ameisenhaufen herumstochere.

»Sei mir nicht böse, ich leg jetzt auf. Gute Nacht«, sage ich noch, um das Gespräch mit einem friedlichen Ton zu beenden.

3

Samstag

Am nächsten Morgen werde ich unsanft geweckt. Jemand packt meine Schulter, rüttelt daran und schreit. Viel zu laut für meinen armen Kopf.

»Mama, du hast verschlafen.« Vicky.

»Was?« Gerade habe ich noch so schön geträumt, von George und mir, wir beide an einem Sandstrand im Schatten einer Palme liegend. Ich drehe mich auf die andere Seite. Es ist doch Samstag, oder? Da kann ich noch ein wenig schlafen. Und träumen.

»Mama«, quengelt meine Tochter, »wir müssen los.« Sie marschiert zum Fenster und zieht die Jalousien hoch. »Steh auf«, befiehlt sie.

Ich blinzele ins helle Licht. »Was ist denn?«, frage ich.

Vicky deutet mit beiden Händen auf sich. Muss ich in aller Früh rätselraten? Sie hat Stallklamotten an. Und? Sie geht zum Reiten. Nein. Das kann nicht sein. Heute ist Samstag. Am Samstag ist das Rodeo. Da haben Tim und Benedikt keine Zeit. Ach ja, jetzt fällt es mir wieder ein. Die Vorbereitungen.

»Entschuldige, Vicky.« Ich gähne kräftig und rubbele über mein Gesicht, um endlich wach zu werden. »Das hab ich ganz vergessen. Ich komme gleich.«

»Das hab ich gemerkt, dass du mich vergessen hast«, grummelt Vicky und geht hinaus. »Ich mach dir einen Kaffee«, schreit sie, während sie die Stufen nach unten hüpft. »Und beeil dich.«

Eine Viertelstunde später schieße ich mit meinem Kangoo aus der Garage. Wenn das Martin gesehen hätte, würde er mich schon wieder tadeln. An meinen Ehemann denke ich nicht gerne. Das Telefonat gestern Abend ist blöd gelaufen. Ich hätte wirklich etwas freundlicher zu ihm sein können. Mein schlechtes Gewissen meldet sich. Allerdings ist er wieder der große Miesmacher gewesen. Wie so oft in letzter Zeit. Frustriert schiebe ich den Gedanken an Martin beiseite. Ich muss mich auf das Hier und Jetzt konzentrieren.

Vicky mampft ihr Nutellabrot und hat glänzende Augen. Gott sei Dank ist sie nicht nachtragend.

»Freust du dich auf heute?«, frage ich.

»Sicher!«

Ja, das weiß ich natürlich. Schließlich spricht sie seit Wochen von nichts anderem mehr als vom Rodeo und davon, dass sie bei den Vorbereitungen helfen darf. Aber ich brauche eine Einleitung für das Folgende.

»Magst du eigentlich den Tim?« Diskret ist was anderes, das weiß ich.

Sofort trifft mich ein scheeler Blick von rechts.

»Klar. Warum?« Vicky beißt in ihr Brot.

Ich hebe die Schultern. »Ich mein bloß. Hat er euch vielleicht mal was verkauft? Dir oder einem anderen Mädchen?«

»Verkauft?« Sie hört zu kauen auf. »Was denn verkauft?«

Verlegen rutsche ich auf meinem Sitz herum. »Na ja. Möglicherweise Drogen. Hasch oder so.« Eigentlich habe ich nicht den blassesten Schimmer, ob sie überhaupt schon weiß, wovon ich rede.

»Hasch? Aber Mama!« Sie sieht mich mitleidig an. »›Hasch‹ sagt heute kein Mensch mehr. Das heißt ›Gras‹.«

Sie weiß demnach, von was ich rede. Ist das jetzt gut oder schlecht? »Also dann nicht?«

»Natürlich nicht! Der Tim ist sauber.« Sie hört sich an wie ein altgedienter Drogenfahnder. Seelenruhig schiebt sie sich das letzte Stück Nutellabrot in den Mund. »Wie kommst du nur auf so was?«

Ich winke ab. »Vergiss es. Ich hab nur mal was gehört.«

»Von wem?«, fragt sie. »Wer erzählt so einen Shit?«

»Egal. Vergiss es, hab ich gesagt. Bitte – danke. Schau, da sind wir schon.« An der nächstgelegenen Hausmauer hängt ein großes Schild mit der Aufschrift »Rodeo Club Karpfham«. Ich fahre über die Schottereinfahrt in den Hof vom Venus. Es ist ein großes Viereck, auf drei Seiten von Ställen umrahmt, auf der vierten Seite steht das geräumige Wohnhaus. Ein Vierseithof. Aber anders als bei Rosi sind die Ställe voller Leben. Pferde, wohin man schaut. Eigene Zuchtstuten mit ihren

Fohlen, Reitpferde und Pflegepferde, die hier untergestellt sind.

Heute ist natürlich besonders viel los. Obwohl das Rodeo erst am Nachmittag präsentiert wird, finden jetzt schon die ersten Vorbereitungen statt. Außerdem muss die ganz normale Stallarbeit erledigt werden, und das ist bei dem großen Hof keine Kleinigkeit. Jede Menge Leute laufen hin und her, holen Eimer, Striegelzeug und anderes Gerät. Vicky wartet nicht ab, bis mein Auto angehalten hat, sondern springt vorher schon heraus, winkt mir zum Abschied zu und verschwindet in einem Stall.

Lieber Gott, beschütze sie, denke ich. Wie jedes Mal. Ganz wohl ist mir nicht, wenn ich sie zwischen den Pferden sehe. Mir sind die Viecher zu groß, sie können vorne beißen, hinten ausschlagen und werfen mit Vorliebe ihre Reiter ab. Vicky reitet jedoch leidenschaftlich gerne. Und so muss die Angst der Mutter zurückstehen.

Ich werfe noch einen letzten Blick auf das Treiben, dann wende ich.

***

Auf dem Weg nach Hause mache ich einen Abstecher zu den Münchhamer-Damen. Ich will mir endlich eine geeignetere Handtasche fürs Karpfhamer zulegen.

Der Laden gleicht einem Bienenkorb. Die Tür steht weit offen, kein Problem bei dem sonnigen Wetter. Es lohnt sich auch nicht, sie zu schließen, denn im Fünf-Minuten-Takt kommen und gehen die Leute.

Die beiden Ladenbesitzerinnen strahlen über das ganze Gesicht, ziehen hier ein Dirndl aus den Verkaufsständern, halten dort eine Bluse hoch und schwirren von einer Kundin zur anderen.

Ich grüße, bekomme ein freudiges »Grüß Sie, Frau Schneider« zurückgezwitschert und wende mich den Handtaschen im Trachtenlook zu. Das Angebot ist ausgedünnt, es gibt nur noch drei Exemplare. Zwei davon scheiden sofort aus, sie sind mir mit ihren Herzerln zu verspielt und jugendlich. Aber die dritte Tasche ist gar nicht schlecht. Grauer Filz mit einem dezenten Edelweiß als Verschluss. Die könnte zu meinen Dirndln passen. Ich hänge sie mir an die Schulter und versuche, eine Lücke vor dem Spiegel zu entdecken, um einen Blick auf mich zu erhaschen. Es ist unmöglich.

Eine füllige Frau kämpft gegen eine andere mit Bavaria-Statur um den Löwenanteil der Spiegelfläche. Sie fahren ihre Ellbogen aus und rempeln sich immer weniger unauffällig zur Seite. Die zwei Münchhamer-Schwestern stehen rechts und links davon und lobpreisen das Aussehen der beiden Kundinnen, können sie aber dadurch nicht wirklich besänftigen. Da benutzt Vroni Münchhamer einen Trick, den jede geplagte Mutter kennt: Ablenkung.

»Haben Sie schon das von der Reitmeier Rosi gehört?«, fragt sie mit betont munterer Stimme. Ich horche auf.

Frau Münchhamer hat sich nicht verrechnet. Die beiden Damen beenden ihre Schubserei.

»Freilich, die Reitmeierin ist ja aufgegriffen worden, als sie komplett nackert im Weiher um ihr Auto herumgetanzt ist«, meint die Füllige.

Schon wieder diese Verleumdung! Ich schnappe nach Luft.

Die Bavaria plustert sich auf. »Es sollen ja die Chinesen vom Ilzdorfer dabei gewesen sein. Einer hat sogar gefilmt.« Sie bückt sich und imitiert einen knipsenden Asiaten. »Sodom und Gomorrha, sag ich da, Sodom und Gomorrha. Die stellen den Film jetzt ins Internet, und die ganze Welt lacht über uns. Die meinen ja, bei uns geht's immer so zu.«

Jetzt reicht es! »Das stimmt doch gar nicht«, beginne ich wütend.

Die Füllige zeigt mit dem Finger auf mich. Ihre Stimme übertönt meine mit Leichtigkeit. »Genau, Frau, die Chinesen haben die Reitmeierin verschleppt. Deshalb steht sie jetzt auch nicht mehr an ihrem Zaun, die Bissgurk'n.« Sie flüstert laut. »Die sind von der Mafia. So ein G'schwerl läuft seit Neuestem bei uns rum.« Angewidert schüttelt sie den Kopf.

»Jetzt hören Sie endlich mit dem Schmarrn auf«, rufe ich.

»Die Rosi war weder nackt, noch waren Chinesen dabei. Die wollte sich umbringen, weil sie das Karpfhamer und besonders der Zauner so aufgeregt haben. Das ist traurig. Da lacht man nicht drüber!« Ich funkele die beiden an. Wie gut, dass ich mich noch so weit im Griff habe und in meiner Wut nicht meine Theorie vom getürkten Selbstmord herausbrülle.

»Ah geh, der Zauner!« Die Füllige winkt ab. »Das ist doch ein alter Hut. Gegen den hat die Reitmeierin was, seit er sie damals sitzen gelassen hat, um seine Bianca zu heiraten.« Sie lacht.

»Was?« Da hab ich mich wohl verhört! Ich lasse mich auf den Besucherstuhl fallen. »Die Rosi war mal mit dem Zauner zusammen? Also, wir reden jetzt schon von dem Wirt, oder?«

»Ja, freilich.« Meine Informantin wackelt mit dem Kopf. »Die Reitmeierin war gar nicht so unrecht, früher. Oder was sagst du, Malla?«

Die Bavaria verschränkt die Arme vor ihrer Brust und nickt. »Man würd es heute zwar nicht für möglich halten, aber damals war die fesch.«

Ganz in Gedanken verknote ich den Schulterriemen der Filztasche auf meinem Schoß, bis Hilde Münchhamer vortritt und sie mir behutsam aus den Händen nimmt.

»'tschuldigung«, murmele ich. »Wann war das ungefähr?«

»Mei, das wird so zwanzig, fünfundzwanzig Jahre her sein«, überlegt die Füllige.

»Na, Anita, das ist länger her. Bestimmt schon an die dreißig.«

»Red keinen Unsinn. Ich bin mit der Rosi in die Schul gegangen, ich werd doch wissen, wie alt die ist.«

»Dann überleg. Du bist nämlich auch schon dreiundfünfzig. Auch wenn man das ja gar nicht kennen tät.« Aber ihr Blick, den sie abschätzig von oben nach unten gleiten lässt, soll das Gegenteil ausdrücken.

Das versteht die andere auch so. Erbost stemmt sie ihre Hände in die Hüften. »Ja, die schau an! Wer hat sich denn schon mal liften lassen? Ich oder du?«

»Liften«, schreit Malla und boxt ihre Bekannte herzhaft gegen die Schulter. »Dir geb ich gleich ein Liften. Wenn ich mit dir fertig bin, dann musst du dich liften lassen!«

Die Münchhamer-Damen beeilen sich, die beiden Streithennen zu besänftigen. Ich winke ihnen zu und fliehe aus dem Geschäft. Das muss ich erst einmal setzen lassen.

»Wir legen Ihnen die Tasche zurück«, ruft mir Vroni Münchhamer hinterher.

»Ist gut«, antworte ich und eile über den Kirchplatz.

***

Das ist ja die Sensation! Die Rosi liiert mit dem Zauner. Das Ende tragisch, zumindest für die Rosi. Sonst würde sie ihn nicht bis heute mit ihren Anfeindungen verfolgen. Das muss ich mit ihr besprechen. Wie sie dazu kommt, dem Zauner eine dreißig Jahre alte Geschichte immer noch nachzutragen?

Aber so wirklich entsetzlich ist, was die Leute über Rosis Selbstmordversuch verbreiten. Da ist der Plan vom Hansi genau aufgegangen. Denn ich bin felsenfest davon überzeugt, dass der Hansi bei dem gefakten Selbstmord seine Hände im Spiel hat.

Nackt! Tanzend! Als ob sie eine verrückte Hippie-Mondanbeterin wäre. Und von der Chinesen-Mafia verschleppt. Und erst noch gefilmt. Ja, geht's noch?

Das wird für die Rosi furchtbar werden, wenn sie wieder aus dem Krankenhaus entlassen wird. Die Leute werden noch mehr über sie herziehen als vorher schon.

Und wie es momentan ausschaut, kommt der Hansi davon. Einfach so. Weil keiner der Rosi glaubt und mir auch nicht. So eine Schweinerei!

In meinem Magen sticht es. Ich lege eine Hand auf die Stelle. Diese Geschichte bringt mir noch ein Magengeschwür ein. Das kann es nicht sein. Es muss endlich weitergehen.

Ich eile den Zugang zur Tiefgarage hinunter, in Gedanken bei den nächsten Schritten meiner Nachforschungen. Da kommt mir eine zierliche Gestalt entgegen. Im Halbdunkel der Tiefgarage erkenne ich sie nicht sofort. Aber dann sehe ich die kurzen roten Haare – Tanja. Ich zucke. Mein malträtierter Körper kann sich noch zu gut erinnern.

Auch sie ist von unserem Zusammentreffen nicht begeistert. Ihren Blick auf den Boden gesenkt, will sie an mir vorbeihasten. Aber so leicht kommt sie mir nicht davon!

»Frau Tanja.« Eine andere Anrede fällt mir nicht ein, ich kenne ja ihren Nachnamen nicht. Da sie an mir vorüberzieht, drehe ich mich nach ihr um. »Hallo!«

Mit kleinen Augen schaut sie mich an. Stumm.

»Nach gestern könnten Sie ja schon die Freundlichkeit besitzen, wenigstens stehen zu bleiben, wenn ich Sie anspreche«, ätze ich.

»Was wollen Sie?« Sie schiebt ihren Unterkiefer nach vorne. Das gibt ihr das Aussehen eines bockigen kleinen Mädchens. Ob sie mit fünfzig auch immer noch so niedlich sein wird?

»Na, was glauben Sie, was ich will? Wie wär's für den Anfang mit einer Entschuldigung?« Düster schauen kann ich auch.

Wir stehen uns brütend gegenüber. Außer uns ist niemand in der Garage. Es riecht nach Feuchtigkeit und Abgasen. Kondenswasser tropft von der Decke. Die Beleuchtung flackert.

»Sie haben uns nachspioniert«, entgegnet sie schließlich. Sie ist auf dem Rückzug.

»Was haben Sie denn so Schreckliches zu verbergen?«

Ihr Gesicht verschließt sich noch mehr. »Gar nichts«, stößt sie hervor.

Jetzt könnte ich erwidern »Doch« und sie »Nein« und so weiter. Aber um das Ganze abzukürzen, sage ich: »Es ist doch nicht schlimm, wenn Sie und Frau Ilzdorfer sich lieben.« Wumm!

Tanja bekommt keine Luft mehr. Sie klappt ihren Mund auf und zu. Die Augen weit aufgerissen.

»Wie …«, stammelt sie. »Wie …?« Mehr bekommt sie nicht heraus. Im Neonlicht sieht ihr Gesicht kalkweiß aus.

»Wie ich das herausgefunden hab? Nun …« Von Rosi werde ich ihr nichts erzählen. Der Brief war an Frau Ilzdorfer adressiert. Wer weiß, ob sie ihrer Tanja etwas davon gesagt hat. »Das ist unwichtig.«

Sie will protestieren. Aber ich trete näher auf sie zu und lasse sie nicht zu Wort kommen.

»Tanja, stehen Sie doch dazu. Es wird Ihnen hier niemand den Kopf abreißen.« Das hoffe ich zumindest.

»Sie haben ja keine Ahnung!«, ruft sie. »Wir sind in Niederbayern, und Kathy ist verheiratet.« Als ob das alles erklären würde.

Kathy? Wenn sie meint. Aber jetzt ist nicht der Zeitpunkt, um sich lustig zu machen.

»Ja, wir sind in Niederbayern und nicht in Russland. Gott sei Dank! Halten Sie die Leute hier wirklich für so rückständig, dass sie lesbische Frauen steinigen würden? Haben Sie doch Vertrauen«, bitte ich sie. »Die Zeiten haben sich geändert.«

»Quatsch.« Mit einem Mal sieht sie böse aus. »Sogar in der Großstadt ist es nicht einfach. Das liberale Gerede ist nur Augenwischerei. Die Leute jubeln den Sportlerinnen in Russland zu, wenn sie sich provokant küssen. Aber im Alltag rümpfen sie die Nase. Scheinheilig, scheinheilig, scheinheilig!«

»Aber –«

»Nix aber. Stecken Sie etwa in meiner Haut? Haben Sie meine Erfahrungen gemacht? Hm? Als einzige Lesbe in einer katholischen Schule?«

»Wo?«, frage ich eingeschüchtert. Sie wirkt plötzlich zehn Zentimeter größer und gar nicht mehr niedlich.

»Das geht Sie gar nichts an!«, faucht sie. Unübersehbar ärgert sie sich, überhaupt so viel von sich preisgegeben zu haben. »Aber ich werde den Teufel tun und mich hier outen. Darauf können Sie sich verlassen.«

»Und Frau –«, probiere ich es erneut.

»Kathy?«, platzt sie dazwischen. »Na, da ist es noch schwieriger. Oder können Sie sich das nicht vorstellen? Verheiratet. Mit Kind. Soll der Stefan in der Schule verprügelt werden, weil seine Mutter eine andere Frau liebt?«

»Wir leben doch nicht mehr im 19. Jahrhundert!«, rufe ich. Mir geht es nicht in den Kopf, warum es heutzutage so eine Schande sein sollte, homosexuell zu sein.

»Schwule mögen es inzwischen leichter haben«, sagt Tanja.

»Ich behaupte nicht, dass jeder sie akzeptiert, aber sie sind inzwischen salonfähig. Die Leute kennen schwule Politiker oder Sportler oder Künstler. Westerwelle. Oder den Hitzlsperger letztens. Lesbische Frauen leben weiterhin im Verborgenen. Und das ist auch gut so.«

»Aber dann ändert sich doch nie etwas!«

Tanja zuckt mit den Schultern. »Ich spiel nicht die Märtyrerin. Und Kathy auch nicht.« Plötzlich schnellt sie vor. »Und Sie, Sie halten sich gefälligst raus. Es ist nicht Ihr Leben. Verstanden?«

Ich hebe verteidigend meine Hände. »Okay. Okay.« Sie hat ihren Standpunkt ja deutlich genug dargelegt. »Trotzdem können Sie nicht hergehen und alle, die es rauskriegen, umnieten.«

»Was?« Tanja sieht mich verständnislos an.

»Na, gestern mich. Oder haben Sie das schon wieder vergessen? Das war echt der Horror für mich. Der Trip mit der XXL. Und dann lasst ihr mich einfach stehen. Mir war kotzübel. Im wahrsten Sinne des Wortes.«

Sie starrt mich an. Ich starre zurück. Sicher ein paar Minuten lang. Na gut, einige Sekunden. Dann blickt Tanja zur Seite.

»Tut mir leid«, sagt sie leise. »Das war nicht in Ordnung von uns. Seh ich ein.« Sie streckt mir die Hand entgegen. »Frieden?«

Ich sehe auf die Hand, und mir fällt Rosi ein. Was, wenn Tanja dem Hansi geholfen hat, Rosi ins Auto zu tragen? Kräftig genug wäre sie dafür.

Allerdings will ich Tanja jetzt nicht mit der ausgestreckten Hand stehen lassen. Wenn sie nicht auf Konfrontationskurs ist, finde ich mit ziemlicher Sicherheit mehr heraus. Ich schlage ein.

»Frieden.«

Tanja lächelt mich scheu an und ist schon wieder niedlich. Aber sie kann ja nichts dafür. Ich lächele zurück.

»Ich muss jetzt weiter.« Tanja deutete aus der Tiefgarage hinaus.

»Ja, ich muss auch.« Ich zeige Richtung Auto. »Ach, was ich Sie noch fragen wollte: Das Cabrio, das am Donnerstagabend am Weiher stand, das waren Sie beide, oder?«

Ein leichtes Stirnrunzeln zeugt davon, dass Tanja nachdenkt.

»Donnerstag? Ach ja, nach dem Anstich. Da brauchten wir ein bisschen Abstand und frische Luft.«

»Es hat doch geschüttet«, werfe ich ein.

»Ja, schon. Aber danach.«

»Ist Ihnen da etwas Ungewöhnliches aufgefallen?«, frage ich.

»Etwas Ungewöhnliches?«

»Na ja, weil am nächsten Morgen dort die Reitmeier Rosi gefunden worden ist. Sie haben bestimmt davon gehört.« Ich bemühe mich, meinem Gesicht einen harmlosen Ausdruck zu geben.

»Das ist die, die sich umbringen wollte, oder?« Tanja kann auch perfekt harmlos gucken. »Nein, uns ist nichts aufgefallen. Wir sind auch nicht so lange geblieben. Vielleicht bis kurz vor zwölf oder so.«

»Und dann?« Das nennt man wohl Alibi überprüfen.

»Was und dann? Dann waren wir zu Hause. Was sonst?« Tanja sieht mich konsterniert an.

»Sie sind nicht noch einmal los und zum Weiher gefahren?«

»Warum hätte ich das machen sollen?« Tanja zieht die Augenbrauen zusammen.

Ich antworte mit einer unbestimmten Geste. »Nur so. Vergessen Sie es.«

»Sie stellen ganz schön seltsame Fragen, Frau Schneider.«

»Von Zeit zu Zeit.«

***

Hat Tanja etwas mit Rosis Fake-Selbstmord zu tun? Ich weiß es nicht. Entweder muss ich mir eine andere Fragestrategie ausdenken oder mir ganz was anderes einfallen lassen. Bei jedem meiner Verdächtigen habe ich manchmal das Gefühl, er ist es, manchmal eben nicht. Es ist zum Aus-der-Haut-Fahren.

Ich setze mich hinters Steuer und rausche aus der Tiefgarage. Aber jetzt erst mal zum Zauner. Dem werde ich was erzählen, von wegen »die Rosi geht mich nichts an«. Ha! Dabei waren sie einmal ein Paar. Auch wenn es schon Jahrzehnte her ist, muss er trotzdem nicht so tun, als ob er sie gar nicht kennen würde.

Wie spät ist es? Erst zehn. Mist. Ich drossele mein Tempo. Da ist das Karpfhamer noch nicht offen. Es hat keinen Sinn, um diese Zeit schon hinzugehen. Also?

Ich fahre auf den nächsten Parkplatz, halte an und nehme mein Handy. Dann kann ich die Zeit nutzen und nachfragen, wie es Rosi heute geht. Gestern hat sie mir ja gar nicht gefallen, so fiebrig und apathisch, wie sie war. Hoffentlich hat sie keine Superinfektion bekommen oder ist ins Koma gefallen. Man liest ja immer die haarsträubendsten Dinge in der Zeitung.

Aber im Krankenhaus halten sie sich streng an die Regeln. Sie würden nur den Angehörigen Auskunft über den Gesundheitszustand ihrer Patienten geben. All mein Reden nützt nichts. Ich spüre, das hat nichts Gutes zu bedeuten. Wenn alles in Ordnung wäre, hätten sie es mir bestimmt gesagt. Ich mache mir wirklich Sorgen um sie. Natürlich könnte ich persönlich bei denen auf der Matte stehen und nach Rosi sehen. Aber wenn etwas Schlimmes passiert ist, würden sie mich auch dort abwimmeln. Was mache ich nur?

Ich muss einen Angehörigen von Rosi auftreiben. Und wer ist mit ihr verwandt? Da fällt mir nur der Gruber Hansi ein. So ein Mist! Sonst kenne ich niemand anderen. Mir wird nichts anderes übrig bleiben, ich muss zu ihm. Auch wenn er mir zuwider ist und nicht wirklich geheuer. Es ist jedoch meine einzige Chance, schnell zu erfahren, wie es Rosi geht.

Kurz muss ich überlegen, wo er überhaupt wohnt. Aber dann erinnere ich mich, was Linus mal erzählt hat. Hansi hat ein Haus gleich neben seiner Diskothek. Sehr praktisch, wenn er jemanden abschleppen will, so hat sich Linus ausgedrückt. Das kommt öfter vor und ist unter den Diskothekenbesuchern bekannt. Rosi hat sich daran auch gestört. Das war ja gleich das Erste, das sie ihm hingerotzt hat, bei unserer Begegnung am Gartenzaun.

Die Diskothek Moustache liegt nicht weit vom Karpfhamer Fest entfernt an der B 388. Das ist strategisch günstig. So können auch die Auswärtigen gut hinfinden. Während des Festes bleibt die Diskothek geschlossen. Schließlich ist schon mehr als genug Remmidemmi gleich nebenan.

Es ist ein Riesenladen. Von außen sieht er wie eine Mehrzweckhalle ohne Fenster aus. Über dem rot gerahmten Eingang prangt ein enorm großer, enorm schwarzer Schnurrbart. In ebenfalls schwarzen Buchstaben steht »Moustache« darüber.

Auf dem Parkplatz davor können mindestens hundert Autos abgestellt werden. Ich fahre bis zu dem Wohnhaus, das auf der anderen Seite des Platzes steht. Ein schmuckloser Bau, weiß getüncht mit dunklen Holzfenstern. Keine Pflanzen. Zwei Autos parken davor. Ein Mini. Das andere ist Hansis C4. Ich stelle meinen Kangoo daneben.

Ich klingele. Einmal. Zweimal. Dreimal. Ein kurzer Blick auf meine Armbanduhr. Halb elf. Wer weiß, wann Hansi heute Nacht heimgekommen ist. Der schläft bestimmt noch, vermute ich.

Bevor mich der Mut verlässt, drücke ich auf den Klingelknopf und lasse meinen Finger dort liegen. Das zeigt Wirkung. Die Haustür wird aufgerissen, und ein vor Wut zitternder Hansi ragt vor mir auf.

»Was!«

Ich bemühe mich, mich nicht verschrecken zu lassen, und mustere ihn. Die spärlichen Haare sind zerzaust. Seine ausladende Brust ziert ein ausgewaschenes T-Shirt mit Led-Zeppelin-Aufdruck, darunter lugt eine Unterhose hervor, die den Blick auf beeindruckende behaarte Sauerkrautstampfer freigibt. Zum Abschluss Füße, die Shrek gehören könnten. In diesem Outfit wirkt er nicht sehr bedrohlich. Sehr gut.

Erkennen blitzt in seinen Augen auf. Bevor er dazu kommt, mir die Tür vor der Nase zuzuschlagen, dränge ich mich an ihm vorbei.

»Guten Morgen, wir haben ein Problem«, sage ich möglichst forsch und stehe in seinem Hausflur.

»Wer ist die, Schatzi?« Eine blonde Dorfschönheit schaut hinter einer Tür hervor. Sie hat sich in eine Bettdecke aus rotem Satin gewickelt, um ihre Blöße zu verbergen. Hinter ihr sehe ich ein wahrhaft durchwühltes Bett. Sie zieht eine Schnute. Anscheinend hat sie sich das Aufwachen neben *Schatzi* romantischer vorgestellt. Ich beachte sie nicht.

Eigentlich hätte zu der Corvette vor der Tür ein amerikanisches Loft gepasst. Hansi wohnt jedoch ganz bodenständig in einem niederbayerischen Haus mit der Ausstattung aus den frühen Achtzigern. Im Flur, der mit schlammgrünen Fliesen ausgelegt ist und eine Holzdecke hat, steht neben einer gedrechselten Garderobe ein Holzkastl mit einem Telefon darauf. Der Anrufbeantworter blinkt und zeigt acht Anrufe.

»Die geht gleich wieder«, quäkt Hansi und hält immer noch die Haustür in der Hand.

»Ja, aber zuerst rufen Sie im Krankenhaus an und erkundigen sich, wie es der Rosi geht«, bestimme ich. Im Laufe meiner elterlichen Erziehungstätigkeit habe ich gelernt, dass ein unwilliges Gegenüber knappen, prägnanten Ansagen am ehesten Folge leistet. Leider funktioniert das bei Hansi nicht.

»Warum?«, fragt er, um sich dann zu verbessern. »Was hat dich meine Tant zu interessiern? Raus hier!« Er wedelt mit seiner Pranke zur Tür hinaus.

Das Geduze lasse ich ihm kommentarlos durchgehen. Doch anstatt zu verschwinden, drehe ich mich zum Schränkchen und klopfe mit dem Fingernagel auf den Anrufbeantworter. »Die vom Krankenhaus haben Sie schon acht Mal angerufen. Da ist was passiert. Los, rufen Sie endlich zurück.« Schwungvoll strecke ich ihm das Telefon entgegen.

»Joe, wer ist die?«, quietscht das Blondchen wieder. Tonhöhentechnisch sind die beiden ein Traumpaar.

»Eine, die ihre Nas'n überall reinstecken muss«, winselt Hansi. »Auf geht's, geh' ma!« Er nimmt mich am Arm.

Nicht schon wieder! Ich habe genug davon, herumgeschubst zu werden. Die letzten Tage haben vollauf gelangt. Erst er auf dem Krankenhausgang, dann die beiden Tussis bei der XXL. Ab jetzt werde ich mich wehren. Ich entreiße ihm meinen Arm, gehe in Kampfposition und brülle ihn nieder.

»Sie rufen jetzt auf der Stelle da an! Die Rosi war gestern total krank. Das würden Sie wissen, wenn Sie selber dort gewesen wären. Sie sauberer Neffe, Sie! Los!« Ich schlage ihm das Telefon vor die Brust und hole keuchend Luft.

Offenbar habe ich eine gute Vorstellung geliefert, denn er

greift nach dem Mobilteil und hält es fest. »Was?« Perplex schaut er auf mich herab.

Ich glotze zurück. Was muss ich noch alles machen, bevor der mal in die Gänge kommt? Kurz entschlossen drücke ich auf die Wiedergabetaste seines Anrufbeantworters.

»Eine neue Nachricht. Samstag, den 30. August. Sieben Uhr dreizehn«, erklingt es. Und weiter: »Hier spricht Dr. Kraus vom St.-Elisabeth-Krankenhaus. Ich bitte Herrn Gruber um Rückruf unter der Telefonnummer 09931 555 555. Es geht um Frau Rosemarie Reitmeier.«

Piep.

»Eine neue Nachricht. Samstag, den 30. August. Sieben Uhr fünfundfünfzig.

Hier noch mal Dr. Kraus. Herr Gruber, rufen Sie mich bitte zurück. Die Nummer ist 09931 555 555.«

Piep.

»Eine neue Nachricht. Samstag, den 30. August. Acht Uhr sechsundzwanzig.

Hier ist Schwester Sabine vom St. Elisabeth. Ich rufe Sie im Auftrag von Dr. Kraus an. Bitte rufen Sie uns zurück, Herr Gruber. Es geht um Ihre Tante. Die Telefonnummer ist 09931 555 555.«

Piep.

»Eine neue –«

Entnervt stoppe ich den Kasten.

»Haben Sie es jetzt endlich kapiert?«, pflaume ich Hansi an. Ich nehme ihm das Telefon weg, tippe die Nummer ein – inzwischen kann ich sie auswendig – und halte ihm das Teil wieder vor die Nase.

Wir alle hören das Freizeichen, dann meldet sich die Stationsschwester. Unerwarteterweise bringt es Hansi fertig, seinen Namen zu sagen. Leider verdeckt im Folgenden sein großes Ohr die Ohrmuschel des Telefons, kein Ton dringt mehr bis zu mir. Ich bin auf seine Reaktion angewiesen, um zu erfahren, wie es denn nun mit Rosi ausschaut. Gespannt beobachte ich sein Gesicht.

»Was ist überhaupt los?«, will seine Freundin wissen. Niemand antwortet ihr.

»Nein«, ist das Erste, was Hansi sagt. Ziemlich leise und ungläubig.

»Was ist?«, frage ich. Ich gehe einen Schritt auf ihn zu und horche angestrengt. Aber ich kann nicht verstehen, was am anderen Ende der Leitung gesprochen wird.

»Nein«, wiederholt Hansi. Diesmal bestimmter. Ein Hauch von Verärgerung legt sich über das Wort.

»Was ist denn?« Ich zupfe ihn am T-Shirt. Kann er nicht mal in ganzen Sätzen reden, damit man hier auch was erfährt?

»Nein!«, schreit er, und seine Stimmlage wird höher. »Nein, nein, nein!« Er knallt den Hörer in die Basisstation.

Erschrocken weiche ich zurück. »Jetzt sagen Sie endlich: Was ist?«

Er blickt gehetzt um sich.

»Schatzi«, beginnt die Blonde, das i in die Länge ziehend. Das lenkt seine Aufmerksamkeit auf sie. Er stößt sie ins Schlafzimmer zurück und schreit: »Zieh dich an, aber fix.« Mit Wucht schließt er die Tür, dann dreht er sich um seine eigene Achse, auf der Suche nach irgendetwas. Irgendjemandem.

»Herr Gruber?«, flüstere ich. Er macht mir Angst. Diesen ungestümen Wechsel vom tumben Bären zum wütenden Wolf finde ich gefährlich. »Was ist mit der Rosi?« Ich gehe noch einen Schritt zurück.

Er hört auf, sich im Kreis zu drehen, fixiert mich mit gebeugtem Kopf und kreischt: »Sie ist tot. Die Rosi ist tot.« Dann stürzt er sich auf mich. Ich reiße meine Arme zur Deckung nach oben, aber er greift an mir vorbei, öffnet die Tür, packt mich und wirft mich aus dem Haus. Krachend schlägt die Tür hinter mir zu.

Ich taumele einige Schritte rückwärts über den Kies, finde mein Balance wieder und bleibe stehen.

Mein Gott. Rosi tot? Ich halte mir die Hand vor den Mund. Die Rosi ist tatsächlich gestorben? Gestern? Heute? Tot. Mein Gott. Warum? Haben sie die Lungenentzündung nicht in den Griff gekriegt? War es etwas Schlimmeres?

Auch ich beginne, mich im Kreis zu drehen. Orientierungslos. Mit einem Mal kann ich Hansi gut verstehen. Die Nachricht schmeißt einen von den Füßen. Warum ist sie plötzlich tot? Das darf nicht sein. Vor zwei Tagen strotzte sie noch vor Kraft. Vor Widerspruchsgeist. Vor Verrücktheit. Ja, auch vor Verrücktheit. Die verrückte Rosi ist tot. Tränen schießen mir in die Augen.

Ich habe versagt.

Verzweifelt fahre ich mir in meine Haare. Ich hätte ihr helfen sollen. Mehr helfen als das klägliche bisschen, das ich fertiggebracht habe. Ich hätte sie am Donnerstag in die Klinik bringen sollen. Dann hätte sie nicht diese bodenlose Dummheit begehen können und wäre nicht stundenlang im kalten Weiher herumgewatet. Da hat sie sich den Tod geholt.

Im wahrsten Sinne des Wortes. Ich schluchze auf.

Die Haustür wird erneut aufgerissen, und die Blondine rennt heraus. Sie hat ihre Klamotten nur schnell übergeworfen, die Bluse hängt ihr halb aus dem Minirock, der Seidenschal weht mit einem langen und einem kurzen Ende hinter ihr her. Sie eilt zu dem Mini, lässt den Autoschlüssel fallen, bückt sich, sperrt auf und schmeißt sich hinters Lenkrad. Mit Karacho rast sie vom Parkplatz.

Die Tränen laufen mir über das Gesicht, aber ich achte nicht darauf, sondern auf den Lärm, der nun aus dem Haus zu mir herüberdringt. Holz kracht, Türen schlagen zu, dazwischen schrille Schreie. Gänsehaut überzieht meinen Körper. Jetzt flippt der Neffe aus.

Zaghaft mache ich ein paar Schritte auf das Haus zu. Wenn ich schon nicht die Tante retten konnte, vielleicht sollte ich es beim Neffen versuchen?

Es scheppert. Klirrend zerbricht Glas. Er brüllt.

Ich zwinge mich, näher zum Haus zu gehen. Ich werde läuten und ihn fragen, ob ich ihm helfen kann. Er wird mir nichts tun. Nein, bestimmt nicht. Schon bin ich bei dem Podest vor der Tür. Ein lauter Knall lässt mich zusammenzucken, dann wieder ein Schrei. Er lebt also noch. Laute Schritte direkt hinter der Tür.

Zögernd strecke ich meinen Finger nach dem Klingelknopf aus. Mit einem Mal ist es still. Was macht er? Ich lausche.

»Ich bin's«, höre ich Hansis Stimme dumpf durch die Tür.

»Sie ist tot! Tot! Hast mich? Tot«, schreit er. Er telefoniert. Ich nähere mein Ohr dem Türblatt.

»Was weiß ich? Die haben was von Lungenentzündung … – Weil sie so lang im Wasser war. Keine Ahnung. Ich hab ja gleich gesagt, das ist eine brunzblöde Idee. Die Tropfen hätten gelangt. – Was? – Was weiß ich, wer noch was weiß? – Ha? Ja, die Schneider war eben da. – Was? – Woher soll ich das wissen? – Ja, die hat gehört, wie ich mit dem Krankenhaus telefoniert hab. Aber die ist wieder weg. – Was sagst? – Mei, die wird mit ihrem alten Schejsn hergefahren sein. – Ich soll nachschaun? Spinnst?«

Fluchtartig springe ich von der Tür weg und haste zu meinem Auto. Er darf mich nicht erwischen! Im Laufen entriegele ich meine Tür. Kaum sitze ich, lasse ich mein Auto an. Mit zitternden Händen lege ich den Rückwärtsgang hinein und drücke aufs Gas. Kies spritzt auf, und ich schieße rückwärts aus dem Hof. Schaue gebannt zur Haustür. Sie wird aufgerissen. Hansi sieht mir hinterher. Seine Augenbrauen stehen steil nach oben. Mit weit geöffnetem Mund schreit er in das Telefon und wirft die Tür wieder zu. Hoffentlich stürmt er nicht sofort aus dem Haus und setzt mir mit seiner Corvette nach! Da hätte ich keine Chance.

Bitte!

Die Tür bleibt zu.

Ich reiße das Lenkrad herum, lege den Vorwärtsgang ein und brause auf der B 388 davon.

***

Der Hansi hat die Rosi umgebracht. Der Hansi hat die Rosi umgebracht. Diese Worte tackern ohne Unterlass in mein Hirn. Und irgendjemand hat ihm geholfen. Und die wissen jetzt, dass ich es weiß. Scheiße! Scheiße! Scheiße!

Meine Phantasie springt an. Hansi läuft mit einer Machete hinter mir her und sticht blind vor Wut auf mich ein, untermalt von grauenhaften Schreien. Das nächste Bild blitzt auf. Eine dunkle Gestalt im Nebel, die meinen Kindern auflauert.

Fette Schlagzeilen in der PNP: »Familie ausgelöscht!« Martin gramgebeugt an unserem Grab.

Aufgeschreckt rase ich mit hundertzwanzig Sachen dahin und hätte beinahe die Wagenkolonne übersehen, die vor mir auftaucht und sich gen Karpfham schiebt. Scharf bremse ich ab. Heißa! Fast hätte ich mich selbst ausgelöscht. Ich muss besser aufpassen! Tot bin ich früh genug.

Die Kolonne kriecht stockend weiter.

Was soll ich bloß tun?

Verstecken.

Ich muss mich verstecken. Mich und meine Kinder. Die Vicky ist gerade beim Venus auf dem Hof. Unter all den Leuten ist sie in Sicherheit. Außer – und bei diesem Gedanken wird mir siedend heiß – der Hansi hat gerade mit dem Venus telefoniert. Dann ist nichts mit Sicherheit, dann ist Vicky in akuter Gefahr. Ich muss sie sofort da herausholen!

Aber ich komme hier nicht voran. Dieser dämliche Stau löst sich nicht auf, und dauernd fahren mir Autos entgegen. Ich zappele auf meinem Sitz herum. Mit Mühe halte ich mich davon ab, kopflos an den anderen Autos vorbeizudrängeln. Wie im Kino. Dazu reichen jedoch meine fahrerischen Fähigkeiten nicht. Das weiß ich trotz des Adrenalinschleiers, der mein Gehirn umwogt.

Mit enervierender Langsamkeit erreiche ich die Linksabbiegerspur, die nach Karpfham führt. Gegenverkehr, ich muss anhalten. Nervös trommele ich auf das Lenkrad. Macht schon! Los!

Ich vertrödele meine Zeit im Stau, dabei kann sich Hansis Hintermann schon Vicky geschnappt haben.

Anrufen!

Ich muss sie anrufen und warnen. Hektisch krame ich mein Handy aus der Tasche und drücke die Kurzwahltaste. Vickys Nummer klackert durch, es läutet.

Meine Gedanken rasen weiter. Wenn ich die Vicky habe, muss ich nach Hause, da liegt die Susa bestimmt noch im Bett. Der Linus? Linus war bei der Anna. Den rufe ich an, der soll mit ihr wegfahren. Vielleicht in die Wohnung nach München.

Martin wird ausflippen, weil er nur zwei Zimmer hat. Aber darauf kann ich jetzt keine Rücksicht nehmen. Und Lilli? Lilli soll im Bayerischen Wald bleiben. Mit Runa. Und was mache ich mit den beiden anderen? Wo sollen wir hin? Auch nach München? Ja, das wäre eine Möglichkeit. Müssen wir halt ein Matratzenlager herrichten. Das geht schon für ein paar Tage. Erleichtert atme ich durch. Ich habe für uns alle einen Zufluchtsort gefunden.

Hinter mir hupt es. Ich zucke zusammen und blicke in den Rückspiegel. Nein, keine Corvette. Ein Mercedes. Vickys Mailbox springt an. Ich kappe die Verbindung und werfe das Handy auf den Beifahrersitz. Der Mercedes hupt wieder. Ja, ja, ich fahr ja schon. Ich biege nach Karpfham ab und komme wieder nur im Schneckentempo voran. Obwohl es erst kurz nach elf ist, füllen sich die Parkplätze bereits, und die ersten Besucher wandern zum Volksfest, gerne auch mitten auf der Fahrbahn.

Automatisch kehre ich wieder zu meinem Problem zurück. Verstecken – ja, schon, aber für wie lange? Wir können nicht ewig in München bleiben oder im Bayerischen Wald. Die Kinder müssen in zwei Wochen wieder in die Schule.

Im Vorbeifahren registriere ich zwei Polizisten, die zu Fuß Richtung Festwiese unterwegs sind. Einer davon war meiner mit den Batzelaugen.

Die Polizei! Warum fällt mir die nie als Erstes ein? Die haben seit gestern Hansi eh schon auf dem Schirm. Soll ich ihnen von dem Anruf erzählen und fordern, dass sie uns in ein Zeugenschutzprogramm stecken? Möglich. Nein, bestimmt! Dann wird sich Hansi nicht mehr trauen, etwas gegen mich und meine Familie zu unternehmen. Weil er sonst sofort auffliegen würde. Genau. Das mache ich. Aber zuerst muss ich zu Vicky. Ich muss checken, wie Venus auf mich reagiert, und Vicky da herausholen.

Mit zwanzig Stundenkilometern schleiche ich die Rottalstraße entlang. Das erzwungene Schritttempo lässt meine Gedanken zu dem eben Erlebten zurückfliegen. Vor meinem inneren Auge sehe ich Hansi in der Haustür stehen, das Telefon in der Hand, und mir aus einer Mischung von Überraschung und – was war es noch? – Wut? Entsetzen? hinterherglotzen. Warum ist er nicht sofort in seine Corvette gesprungen, hat mich verfolgt und dann zum Schweigen gebracht? Das hätte zu seinem aufbrausenden Temperament gepasst. Aber er ist stehen geblieben, hat in sein Telefon gebrüllt und die Tür zugeknallt.

Zur Sicherheit überprüfe ich im Spiegel die Autos, die hinter mir fahren. Weit und breit keine Corvette in Sicht.

Denkt Hansi, ich hätte nichts gehört? Das kann er doch nicht wirklich glauben. Ich bin ja davongebraust, als wäre der Teufel hinter mir her. Im Nachhinein ärgere ich mich darüber. Das war ein Fehler. Ein Fehler, der mich und meine ganze Familie in Gefahr bringt. Mannomann! Stattdessen hätte ich mich still in mein Auto setzen sollen, vorgeben, dass ich vor lauter Tränen nicht fahren kann. Dann hätte er annehmen können, ich wäre die ganze Zeit schon dort gesessen.

Oder hat der Mensch am anderen Ende der Leitung ihn davon abgehalten, mich zu verfolgen? Und wenn ja, warum?

Ich schlage mit meiner Hand aufs Lenkrad. Himmelherrgottnochmal! Was macht Hansi als Nächstes? Oder sein Kumpan? Womit muss ich rechnen?

Dort vorn steht der Hof vom Venus. Ich kann bereits von der Straße aus sehen, wie geschäftig es zugeht. Irgendwo in diesem Gewurl steckt Venus. Ich muss ihn finden und herausbekommen, ob er der Komplize vom Hansi ist. Der weiß, dass ich Hansi belauscht habe. Ab jetzt heißt es achtgeben.

Ich parke mein Auto gleich hinter der Einfahrt, werfe einen Blick in den Rückspiegel, wische die getrockneten Tränen von meinen Wangen und zupfe meine Locken zurecht. Dann steige ich aus und suche mit den Augen nach Vicky. Auf dem Hof sind so viele Pferde, da will ich mit meiner Phobie nicht aufs Geradewohl hindurchspazieren. Beim ersten Stall entdecke ich meine Tochter. Wohlbehalten und unversehrt. Mensch, mir fällt ein Stein vom Herzen!

Sie schleppt sich an einem Wassereimer ab. Rasch gehe ich auf sie zu.

»Vicky«, rufe ich und presse ein Lächeln in mein Gesicht.

Sie darf nicht merken, wie nervös ich bin. Ich umarme sie von hinten und drücke ihr einen Kuss auf die Haare. Ich bin ja so froh!

Überrascht dreht sie sich um. Von oben bis unten mit Stroh und Dreck bedeckt, aber strahlend. »Was machst du denn hier?«

»Ich wollte dich abholen«, versuche ich mein Glück.

»Jetzt?« Meine Tochter sieht mich entgeistert an. Der Eimer plumpst wasserspritzend zu Boden. Ich springe einen Schritt zur Seite.

»Jetzt«, bestätige ich.

»Aber«, sie breitet ihre Arme aus, »wir sind noch lange nicht fertig. Das geht nicht, Mama.«

Ich habe mit keiner anderen Reaktion gerechnet. »Wir werden sehen.« Bevor ich mich mit ihr anlege, will ich Venus überprüfen. Ich bin mir sicher, ich werde merken, wenn er mir etwas vorspielt. »Wo ist denn der Benedikt?«

Vicky dreht sich langsam um. »Dort hinten.« Sie zeigt auf eine Pferdebox im hinteren Bereich des Hofes. »Aber Mama!«, beginnt sie wieder. Ich höre nicht auf sie und mache mich auf den Weg.

Venus steht mit dem Rücken zu mir in der Box, hat den Fuß eines gewaltigen dunklen Rosses in der Hand und begutachtet den Huf. Eine junge Frau daneben schaut zu.

Ich überwinde mich und gehe näher. »Hallo Benedikt«, sage ich. Wie würde er auf mein überraschendes Auftauchen reagieren? Oder hat er mich schon erwartet?

Er reagiert gar nicht, sondern kratzt am Huf des Pferdes herum.

»Bring mir mal die Hufsalbe«, sagt er, und die Frau eilt davon. Jetzt sind wir allein. Jetzt gilt es.

»Grüß dich, Benedikt«, versuche ich es lauter. Hat er gerade gezuckt? Ich könnte es nicht beschwören. Ohne Eile dreht er seinen Kopf und blickt über die Schulter zurück.

»Servus, Karin«, sagt er, und seine Stimme klingt vollkommen ruhig. Ein bisschen überrascht und vielleicht sogar mit einem Tropfen Freude. Venus lässt den Pferdefuß los, richtet sich auf und legt seine Hand auf den riesigen Hintern des Tieres. »Was gibt's?« Fragend sieht er mich an. Ich spüre keinen Widerwillen gegen mich.

»Die Rosi ist tot.« Warum lange drum herum reden? Ich verschränke meine Arme und beobachte ihn genau.

Venus zieht die Augenbrauen zusammen. »Diesmal echt?« Er sieht mich an und wartet.

»Ja«, ich schlucke. Er hat recht. Gestern erst hab ich behauptet, dass Rosi Selbstmord begangen hat. Schöne Scheiße!

Bedächtig klopft er dem Pferd auf die Hinterhand und kommt aus der Box heraus. Nun stehen wir uns im Gang gegenüber. »Was ist passiert?«, fragt er.

»Lungenentzündung«, werfe ich ihm hin.

Umständlich holt er ein kariertes Taschentuch aus seiner Hosentasche und fährt sich damit über den Nacken. Im Stall ist es stickig. Ich vermeide es, kräftig durchzuatmen. »Sie war doch im Krankenhaus«, meint er.

»Schon, aber die haben die Entzündung nicht in den Griff gekriegt. Was weiß ich? Jetzt ist sie tot.« Ich muss schlucken. Mir steigen schon wieder Tränen in die Augen, aber weinen darf ich auf keinen Fall. Ich konzentriere mich auf Venus. Er scheint betroffen, aber nicht übermäßig.

»Das ist unguad«, sagt er und zieht die Mundwinkel nach unten. Er blickt über mich hinweg aus den Stall. Anscheinend wartet er darauf, dass die junge Frau zurückkehrt. War's das? Tod abgehakt? Wie kann man nur so kalt darüber hinweggehen?

»Ich weiß übrigens, dass es der Hansi war, zusammen mit noch einem«, füge ich rasch hinzu. Ich will das erledigen, solange wir noch alleine sind.

Venus tritt auf mich zu. Ich weiche instinktiv zurück. Er kommt hinterher. »Der Hansi? Was war der Hansi?«, fragt er und blickt mir fest in die Augen.

»Der Hansi ...«, beginne ich und schaue zur Seite. Rasch schätze ich die Entfernung zur Stalltür ab. Kann ich schnell genug nach draußen laufen, wenn sich Venus auf mich stürzt? Würde mir jemand zu Hilfe kommen, wenn ich schreie? Aus den Augenwinkeln sehe ich eine Mistgabel. Damit könnte ich mich verteidigen. Ich mache einen Schritt in ihre Richtung.

»Der Hansi hat die Rosi betäubt und an den Weiher gelegt, damit es wie ein Selbstmord ausschaut. Und einer hat geholfen.« Ich wische meine schweißnassen Finger an meiner Jeans ab und rutsche noch etwas näher an die Mistgabel. »Das weiß auch die Polizei«, setze ich nach. Noch nicht, aber gleich. Wenn ich hier rauskomme. Die Lüge ist meine Lebensversicherung.

»Spinnst?« Er glotzt mich an. Ich taste nach dem Stiel der Gabel. »Nein«, sage ich und deute ein Kopfschütteln an.

Schnellen Schritts kehrt die junge Frau in den Stall zurück. Weder beachtet sie mich, noch scheint sie die angespannte Stimmung zwischen uns zu spüren. Sie öffnet geschäftig den Deckel des kleinen grün-schwarzen Eimers, den sie mitgebracht hat, und hält ihn Benedikt hin.

»Da, das Parisol«, sagt sie, weil er sich nicht rührt.

Benedikt blinzelt. »Danke, Lisa«, sagt er, schaut dabei allerdings mich weiter an. Dann dreht er sich ruckartig um und geht zur Box.

»Du, Karin, sei nicht bös. Ich muss weiterarbeiten. Mir drängt die Zeit«, sagt er und bückt sich, um nach dem Lauf des Pferdes zu greifen. Er langt in den Eimer und schmiert einen Batzen Salbe auf den Huf.

Ich lasse den Griff der Mistgabel los. Das war's. Nichts ist passiert.

»Servus, Benedikt«, murmele ich und gehe hinaus. Nachdenklich überquere ich den Hof. Ist er nur überrascht gewesen, oder hat er sich ertappt gefühlt? Entwarnung? Oder nicht?

Auf jeden Fall denkt er, dass die Polizei genauso viel weiß wie ich. Das ist schon mal sehr gut.

Von Weitem sehe ich, wie Vicky um eine Ecke huscht und in einem Stall verschwindet. Sie will mir offensichtlich nicht noch einmal begegnen. Soll ich ihr hinterher und sie an den Haaren von hier wegschleifen?

Zur Polizei will ich sie nicht mitnehmen. Wenn Venus nichts mit der Sache zu tun hat, ist Vicky hier einstweilen sicherer als zu Hause. Wenn nicht, ist er gewarnt und wird sich bestimmt nicht an meiner Tochter vergreifen. Also riskiere ich es und lasse sie auf dem Hof. Hoffentlich ist das kein Fehler.

Zögernd gehe ich zu meinem Auto zurück. Da schiebt ein junger Bursch einen Schubkarren an mir vorbei. Ein Freund vom Tim, geht mir durch den Kopf. Richtig. Tim! Vielleicht hat Tim etwas damit zu tun. Schließlich ist der Brief offen in der Küche herumgelegen. Tim hätte ihn jederzeit lesen können. Ich spreche den Jungen an.

»Sag mal, wo ist denn der Tim?«

Ohne stehen zu bleiben, antwortet er: »Der hat telefoniert, und dann musste er schnell weg.«

Angst packt mein Herz.

Natürlich! Es könnte auch Tim selber sein, der sich für die Verleumdung rächen wollte. Er hat mit Hansi telefoniert und ist dann zu ihm gefahren. Deswegen ist der Hansi auch nicht hinter mir her. Weil sie sich jetzt besprechen, was sie gegen mich unternehmen sollen.

Meine Panik kehrt zurück. Was soll ich tun? Bebend schlinge ich die Arme um mich, lehne mich ans Auto und sehe über den Hof.

Ruhig, Karin, ruhig, beschwöre ich mich und atme gepresst aus. Denk nach.

Das Schild »Rodeo Club Karpfham« leuchtet in der Spätsommersonne. Heute findet das Rodeo zum ersten Mal statt. Darauf haben die beiden jahrelang hingearbeitet. Das ist so eine große Sache für den Venus-Hof, die wird er nicht gefährden. Zumindest bis zur Vorstellung wird er nichts unternehmen.

Mir wäre aber sehr viel wohler, wenn jemand auf Vicky aufpassen würde. Soll ich Linus anrufen? Damit er kommt und ein Auge auf seine kleine Schwester hat? Das ist auffällig. Ich will vermeiden, dass Tim weiß, dass ich ihn in Verdacht habe und ihn das zu einer Kurzschlusshandlung treibt.

Nein, es muss jemand Unauffälliges sein. Ich kaue an meinem Daumennagel. Jemand, der eh immer mit Vicky unterwegs ist. Jemand wie Stefan. Ja! Ich nicke. Den aktiviere ich. Und dann überlege ich mir meine nächsten Schritte.

***

Mit Stefan zu reden, ist leichter, als ich angenommen habe. Als ich bei Ilzdorfers klingele, öffnet er mir selbst die Tür.

»Grüß dich, Stefan, ich bräuchte deine Hilfe.« Langsam, langsam, befehle ich mir. Du darfst dir auf keinen Fall anmerken lassen, wie wichtig es ist. Bleib locker!

»Hallo«, grüßt er zurück, seine Stirn in bekannter Manier gerunzelt, und mustert mich mit seinen grauen Augen. Die hat er auch von seiner Mutter, fährt es mir in den Sinn.

»Die Vicky ist gerade auf dem Venus-Hof und hilft bei den Pferden. Da ist ja heute das Rodeo dran«, erkläre ich. »Und ich hätte gerne, dass jemand auf sie aufpasst, und da bist mir du eingefallen.« Ich lächele ihn an und habe das Gefühl, dass es mir ganz gut gelingt.

»Warum?«, fragt er und legt noch ein paar Stirnfalten zu.

»Na, weil ihr doch auch sonst viel miteinander unternehmt.« Weiterlächeln!

Er schüttelt den Kopf. »Nein, das ist schon klar. Warum soll jemand auf sie aufpassen?«

»Ach so, ja, weil …«, stottere ich. Da habe ich mir nichts überlegt. Welcher unverfängliche Grund fällt mir denn bloß auf die Schnelle ein?

Doch ich habe Stefan unterschätzt.

»Ermitteln Sie wieder?« Sein Jungengesicht leuchtet auf. »Die Vicky hat mir schon erzählt, dass Sie wieder hinter jemandem her sind. Und jetzt ist die Vicky vielleicht in Gefahr?« Er sieht hoffnungsvoll zu mir.

Der Junge hat ja keine Ahnung! Soll ich mir eine Lüge aus den Fingern saugen? Nein. Stefan scheint das ganz gut zu verkraften. »Ja, du hast recht«, gebe ich zu. »Kann ich auf dich zählen?«

»Klar.« Er strahlt mich an.

Aus dem Flur höre ich Schritte auf uns zukommen.

Ich beuge mich schnell zu ihm und flüstere: »Kein Wort zu niemandem, okay?« Das fehlt mir gerade noch, dass er seiner Mutter oder Tanja etwas davon erzählt. Die stehen immerhin noch auf meiner Liste, und ich darf nicht so blauäugig sein, sie außer Acht zu lassen. Vielleicht irre ich mich ja auch bezüglich Tim, und es ist doch eine von ihnen.

»Soll ich dich mitnehmen?«, frage ich Stefan. Da taucht George hinter seinem Sohn auf. Sein Anblick löst meine Anspannung um einige Grade. Mein Körper schaltet ganz von selbst von Nervosität zu kribbeliger Erwartung.

»Hallo«, sage ich errötend.

»Servus, Karin.« Lächelnd streckt er mir seine Hand entgegen und meine gleitet hinein, wird für einen viel zu kurzen Moment wohlig warm umschlossen. Der Knoten in meinem Magen macht sich daran, aufzugehen.

»Wohin willst du meinen Sohn mitnehmen?«, fragt er.

»Ach, nur zu Vicky«, stopsele ich verlegen. »Die beiden haben sich in letzter Zeit angefreundet.«

»Wenn die Tochter nur halb so entzückend ist wie die Mutter, kann ich ihn gut verstehen«, antwortet er.

Wie charmant! Ich schmelze dahin. Besser gesagt: Ich wäre dahingeschmolzen, wenn ich nicht gerade das Leben meiner Familie retten müsste. Reiß dich zusammen, Karin.

Ich sehe mich nach Stefan um, er steht nämlich nicht mehr neben seinem Vater. Dafür saust er mit seinem Fahrrad um die Ecke. Er winkt uns zu und rast die Straße hinunter. Der Junge gefällt mir. Macht nicht viele Worte, sondern handelt.

»Also dann«, sage ich. Meine Hand streckt sich alleine nach George aus. Und sie wird nicht enttäuscht. Beschützend umfängt er sie.

»Ich schau mir nachher den Zehnerzug und das Rodeo an. Kommst du auch?« Seine braunen Augen funkeln einladend.

Wie gerne hätte ich wieder Normalität. Ein bisschen flirten, selbstverständlich völlig unverfänglich. »Wenn ich es schaffe.«

»Ja, dann sehen wir uns.« Ich spüre, wie er meine Hand drückt.

Ohne dass ich Schritte gehört hätte, taucht seine Frau hinter ihm auf. Schnell lasse ich Georges Hand los. Hat sie sich herangeschlichen, um unser Gespräch zu belauschen?

»Frau Schneider.« Ein unmerkliches Kopfnicken, den großen Mund wie eh und je verkniffen. Ewig schade um die vollen Lippen.

»Ich wollte gerade gehen«, sage ich und sehe George noch

mal in die Augen. Kann ich auch bei ihm ein Bedauern über diese Störung erkennen?

»Ich bin unterwegs, Georg«, unterrichtet sie ihren Mann. »Wir sehen uns dann beim Zehnerzug.« Sie wirft mir einen abschätzigen Blick zu. »Und Sie auch, oder?«

»Kann schon sein. Mit mir muss man immer rechnen«, kontere ich. Diese Schnepfe! Die werde ich im Auge behalten. Eventuell war es ja auch sie, die mit Hansi telefoniert hat und jetzt zu ihm fährt. Das kommt mir plausibler vor. Tim ist viel zu nett, um zu so etwas Schrecklichem fähig zu sein. Das passt eher zu dieser eiskalten Person. Wenn ich nur daran denke, was sie sich gestern mit mir geleistet hat. Da geht mir das Messer in der Hosentasche auf. Ich blicke ihr hinterher, wie sie zu ihrem Cabrio stolziert.

»Du siehst plötzlich so angespannt aus«, meint George und betrachtet mich.

»Ach«, entfährt es mir, »es ist nichts. Beziehungsweise, es hat nichts mit dir zu tun.« Ich mühe mir ein Lächeln auf die Lippen. Doch umsonst. Von tief unten steigt Traurigkeit empor. Wie gerne würde ich mich ihm anvertrauen, aber ich darf es nicht riskieren. Was, wenn er noch einen Funken Loyalität seiner Frau gegenüber besitzt und sie warnt? Nein, das darf nicht passieren.

»Weißt du, dass Rosi gestorben ist?« Meine Stimme zittert, und ich beiße mir auf die Unterlippe, um nicht wieder loszuheulen.

»Nein«, ruft er aus. »Wie das?«

»Ich weiß auch nicht genau. Sie hatte eine Lungenentzündung, die die Ärzte nicht bekämpfen konnten.« Ich schniefe und wische mir über die Nase.

»Oh, die Arme«, sagt er. »*Du* Arme«, fügt er voller Mitgefühl hinzu. Er nimmt meine Hand in seine beiden Hände, Wärme wandert meinen Arm hinauf bis zu meinem Herzen. »Du machst dir hoffentlich nicht wieder Vorwürfe. Es ist nicht deine Schuld, Karin.«

»Das ist mir jetzt auch klar«, sage ich. Nach dem erlauschten Telefonat weiß ich mit Gewissheit, dass Hansi und die oder der große Unbekannte Rosi auf dem Gewissen haben.

Ich bemerke, dass mich George verblüfft ansieht. Wahrscheinlich habe ich unerwartet hart geklungen. Ihn will ich nicht beunruhigen. Darum sage ich betont sanft: »Ich weiß es, weil du mir gestern meine Schuldgefühle ausgeredet hast. Und ich danke dir dafür.«

Seine Gesichtszüge entspannen sich. »Dann ist es gut.«

Ein weiteres Lächeln zum Abschied, und ich löse mich von ihm. Ich habe noch viel vor.

***

Ich muss zur Polizei. Klar. Aber ich werde auch selbst meine Augen offen halten. Ich muss einen Weg finden, mich und meine Familie zu schützen und gleichzeitig den Tätern die Maske des Schweigens herunterzureißen. Jawohl! Gerade reift in mir der Entschluss. Meine Freunde werden mir helfen. Isabell! Sie ist hundertprozentig auf meiner Seite. Auch wenn ich eigentlich nicht mehr glaube, dass Venus etwas damit zu tun hat, könnte sie ihm auf den Zahn fühlen. Und Tim im Auge behalten.

Na ja.

Oder auch nicht.

Nach den jüngsten Entwicklungen. Ich erinnere mich an ihr verliebtes G'schau und das Rumgeknutsche mit Benedikt im Kleeberger Zelt. Womöglich endet bei ihm ihre Loyalität mir gegenüber. Oder sie verplappert sich. Das kann ich nicht riskieren. Dann vergessen wir mal Isabell schnell wieder.

Wen dann? Herr Biedersteiner? Keine Frage. Max Huber? Auf alle Fälle. Praktischerweise arbeitet er in der Bar vom Hansi. Mit ihm muss ich als Nächstes reden. Dann? Ein Retter in der Not? Sofort spukt mir George im Kopf herum. Ist er einer von den Guten? Natürlich!, schreien meine Hormone. Aber wenn ich mal meine Schwärmerei außer Betracht lasse, ganz sachlich und knochentrocken darüber nachdenke? Welche Verbindung hat er zu Rosi?

Zum einen wollte er ihr das Grundstück abkaufen. Der Preis war in Ordnung, für meine Begriffe sogar sehr entgegenkommend. Er kann ja nichts dafür, dass daraus nichts geworden ist. Dass Rosi nicht will. Oder nicht gewollt hat.

Zum anderen ist er mit Katharina verheiratet, die in die Schusslinie von Rosi geraten ist. Würde er sie rächen? Wenn er überhaupt davon weiß. Oder würde er sich einfach scheiden lassen und das war's? Wenn ich an die Begegnungen zurückdenke, bei denen ich die beiden zusammen erlebt habe, dann würde ich sagen, da lodert kein Feuer mehr. Die sind sich egal. Deshalb würde George sicherlich nie so etwas Abscheuliches machen, um seiner Frau zu helfen. Ausgeschlossen!

Außerdem habe ich ihn noch nie mit Hansi zusammen gesehen. Wer weiß, vielleicht kennen die sich gar nicht?

Das sind dann aber auch schon alle, die ich für mein Vorhaben einspannen kann. Meinen Mann kann ich vergessen. Der sitzt in seinem Berlin, ab morgen wieder in seinem München. Der hat keine Zeit. So wie ich ihn kenne, würde er eh sagen, ich reagiere über und sehe wieder Gespenster, wo keine sind.

Aber das tue ich ganz sicherlich nicht.

***

Wenige hundert Meter vom Ilzdorfer'schen Grundstück entfernt steht das anthrazitfarbene Cabrio von Katharina Ilzdorfer am Straßenrand. Die Sonne spiegelt sich in dem glänzenden Lack. Sie hat eine Sonnenbrille aufgesetzt, lehnt am Heck und scheint auf jemanden zu warten. Als ich näher komme, drückt sie sich von ihrem Wagen ab und bedeutet mir zu halten.

Sie zitiert mich zu einem Gespräch? Ganz schön selbstbewusst. Mir soll es recht sein. Ich fahre an die Seite und halte hinter ihrem Flitzer.

Also dann! Mit Schwung steige ich aus meinem alten Kangoo. Wollen wir mal sehen, wer hier mit wem spricht.

»Hallo, Frau Ilzdorfer«, beginne ich sofort, »es freut mich, dass Sie auf mich gewartet haben. Dann kann ich Sie gleich fragen, ob Sie der Gruber Hansi schon erreicht hat.« Ich versuche, durch die dunklen Gläser ihre Augen zu erkennen, aber es ist unmöglich. Trotzdem merke ich, dass meine Frage sie verwirrt hat.

»Was?« Sie runzelt die Stirn. Noch eine Gemeinsamkeit mit ihrem Sohn.

Ich habe sie aus dem Konzept gebracht. Gut so. »Er wollte Ihnen sagen, dass die Reitmeier Rosi gestorben ist. Sie ist tot«, setze ich nach, und bei diesen Worten wallt der ganze Wust an Verzweiflung, Schuldgefühlen und Hass hoch. Ich drücke die Gefühle mit Gewalt weg und will weitersprechen, aber Frau Ilzdorfer fällt mir ins Wort.

»Jetzt halten S' die Luft an«, faucht sie. »Die Reitmeier Rosi interessiert mich einen feuchten Kehricht. Die ist gut weiter. Die hat sich in das Leben von anderen Leuten eingemischt. Genauso wie Sie.« Dabei fuchtelt sie vor meinem Gesicht herum. Wie ihre Freundin Tanja vor ein paar Stunden.

Ich trete einen Schritt zurück. »Beruhigen Sie sich«, sage ich.

Sofort kommt sie hinterher und steht näher bei mir als vorher. »Ich beruhige mich gar nicht«, giftet sie mich an. »Sie sollen sich endlich aus meinem Leben heraushalten. Hab ich mich gestern nicht deutlich genug ausgedrückt?« Dabei schlägt sie mir mit einer Hand gegen die Schulter.

»Geht's noch!«, rufe ich aufgebracht. »Vielleicht hab *ich* mich nicht deutlich genug ausgedrückt. Die Rosi ist tot, und ich frage mich, ob Sie was damit zu tun haben.«

So, die Katze ist aus dem Sack.

»Ich?« Die Ilzdorfer weicht zurück. »Sie spinnen ja komplett! Warum soll ich was damit zu tun haben?«

»Weil die Rosi Ihnen draufgekommen ist, dass Sie ein Verhältnis mit Ihrer Haushälterin haben. Was mir persönlich völlig wurscht ist, damit wir uns recht verstehen.« Ich hebe die Hände und beuge mich nach hinten. Darüber würde ich mir kein Urteil erlauben. »Aber Ihnen anscheinend nicht. Sie führen sich auf wie ein Schachterldeifi. Gestern haben Sie mich genötigt, in diese XXL einzusteigen. Da ist der Schluss nicht mehr weit, dass Sie auch was mit dem angeblichen Selbstmordversuch zu tun haben. Sie wollten der Rosi einen Denkzettel verpassen, genau wie mir gestern.« Ich funkele sie böse an. Jetzt habe ich mich in Rage geredet. Dieses verdruckte Weib braucht mir keine Vorhaltungen zu machen!

Die Ilzdorfer lehnt sich an ihr Auto. Mit einer langsamen Bewegung nimmt sie die Sonnenbrille ab.

»Ich hab noch nie irgendwas mit der Reitmeier Rosi zu tun gehabt«, sagt sie leise.

»Wer's glaubt, wird selig!« Lügen jetzt also auch noch! »Und was ist mit dem Brief, den Ihnen die Rosi geschrieben hat? Ha? Den werden Sie doch bestimmt noch nicht vergessen haben, oder?«

»Der Brief?« Sie sieht blinzelnd zu mir her. »Ja, einen Brief hab ich bekommen und gleich weggeschmissen.« Sie streicht sich über ihre Stirn, als ob sie auch die Erinnerung daran vertreiben will. Gelingt ihr aber nicht, nach ihrem Gesichtsausdruck zu urteilen.

Ich enthalte mich jeglicher Äußerung. Mein Blick ruht auf ihr, und ich kann beobachten, wie sie sich immer unwohler fühlt. Ein kleines bisschen genieße ich es, dass die hochnäsige Ilzdorfer im Moment so klein mit Hut ist.

Nach einer Weile strafft sie ihren Rücken und setzt sich die Sonnenbrille wieder auf. »Ich versichere Ihnen, dass ich absolut nichts mit dieser Geschichte zu tun hab. Ich hab um die Frau immer einen großen Bogen gemacht. Und was uns zwei angeht: Kann ich mich darauf verlassen, dass Sie kein Wort darüber verlieren? Auch nicht gegenüber meinem Mann?«

»Frau Ilzdorfer, ich würde es besser finden, wenn Sie einfach dazu stehen –«, beginne ich wieder meine Rede über Mut und Toleranz, aber die Ilzdorfer wirft die Arme hoch und ruft: »Ja, ja, ich weiß schon, was jetzt kommt. Die Tanja hat es mir erzählt. Dass ich nicht lache«, und schon quält sie ein hohes Lachen hervor, »Sie sind ja naiv. Was meinen Sie, wie die im Ort sich das Maul zerreißen würden? Haben Sie eine Ahnung, was das für ein Leben wär für den Stefan und mich? Nein, haben Sie nicht. Also halten Sie Ihren Mund und hören Sie auf, so einen Schmarrn zu verzapfen.« Mit Verve wendet sie sich um und geht zu ihrem Cabrio.

»Frau Ilzdorfer«, rufe ich ihr hinterher. Ich will sie noch etwas fragen, etwas sehr Persönliches, und da sie sowieso schon aufgebracht ist, kann ich es auch gleich wagen. »Sie haben doch einen Sohn. Wie kommt es, dass Sie lesbisch geworden sind?«

Sie schnauft. »Noch blöder geht's nicht, oder?«

»Tut mir leid, wenn das so rübergekommen ist, aber ich meine es nicht provozierend. Es interessiert mich wirklich.«

Sie öffnet die Tür ihres Autos, und ich denke schon, sie fährt ohne ein weiteres Wort. Aber dann atmet sie sichtbar tief durch und dreht sich doch noch einmal zu mir um.

»Sie wollen wissen, warum ich lesbisch geworden bin?« Frau Ilzdorfer schüttelt leicht den Kopf, und die Spur eines Lächelns erscheint auf ihren Lippen. »Ich hab mich verliebt. So einfach ist das.«

Einen Moment zögert sie und setzt dann noch hinzu: »Das mit dem Verlieben müssten doch gerade Sie verstehen. Aber wenn ich Ihnen einen guten Rat geben darf: Nehmen Sie sich vor meinem Mann in Acht. Der ist nicht so weichgespült, wie Sie glauben.« Dann steigt sie ein und braust davon.

Weichgespült? Was war denn das für eine Beschreibung? Die scheint ihren Mann gar nicht mehr zu mögen.

Sie war sehr überzeugend, die Frau Ilzdorfer. Und zum Ende hin direkt sympathisch, räume ich mir selbst gegenüber ein. Aber vielleicht bin ich nur heillos romantisch. Sobald ich bei jemandem echte Gefühle spüre, hat derjenige schon gewonnen. Dann kann ich es mir sogar vorstellen, dass man sich als Mutter in eine Frau verliebt.

Aber Schluss damit. Ich seufze. So komme ich nicht weiter. Vielleicht sollte ich die Polizeiarbeit der Polizei überlassen, denke ich entmutigt. Allerdings müsste sie erst mal davon überzeugt sein, dass sie arbeiten soll. Deshalb: auf, auf. Wer weiß, ob sie von Rosis Ableben überhaupt schon erfahren haben. Ich sollte keine Zeit mehr damit vertrödeln, irgendwelche Leute befragen zu wollen. Das führt eh zu nichts.

***

So finde ich mich kurze Zeit später wieder bei der improvisierten Polizeiwache auf der Festwiese ein. Davor bin ich extra langsam beim Venus-Hof vorbeigerollt. Stefans Rad hat am vordersten Stall gelehnt, und ich sah ihn zusammen mit Vicky irgendeine Stange schleppen. Das beruhigte mich.

In der Polizeistation ist nicht viel Betrieb. Es ist ja auch erst Mittag. Den Riedl sehe ich nicht, dafür blickt Polizeiobermeister Eckbauer auf, als ich eintrete.

»Wissen Sie, dass die Reitmeier Rosi heute gestorben ist?«, komme ich gleich zur Sache.

»Das ist uns bekannt«, antwortet Eckbauer. »Das Krankenhaus hat uns heute Morgen davon verständigt.«

»Okay.« Ich nicke. »Das verschärft den Fall, oder?«

»Was meinen S'?«, fragt Eckbauer.

»Na, damit steckt der Gruber Hansi noch mehr in der Klemme.« Wieso ist er so schwer von Begriff?

»Bis jetzt haben wir noch keine Hinweise darauf, dass es stimmt, was Sie behaupten«, entgegnet Eckbauer ruhig. »Die Ergebnisse der Blutuntersuchung waren negativ.«

»Keine K.-o.-Tropfen?«, unterbreche ich ihn.

Er schaut in den Computer. »Dazu haben wir noch kein Ergebnis«, räumt er ein.

»Dann besteht ja noch Hoffnung.« Das sind doch gute Nachrichten. Ich bin sicher, dass sie etwas finden werden. Anders kann es gar nicht sein.

»Allerdings war in der Flasche, die Sie uns gebracht haben, keine Fremdsubstanz nachweisbar.« Herausfordernd blickt er mich an.

»Dann hab ich halt die falsche Flasche erwischt. Mein Gott! Aber es war bestimmt im Hollerwein. Weil danach ging es der Rosi noch schlechter. Sie torkelte und hatte Kopfschmerzen.«

Eckbauer klickt auf die Tastatur seines PCs. »Haben Sie das auch schon gestern ausgesagt? In Ihrem Vernehmungsprotokoll finde ich nichts.« Misstrauisch sieht er mich an.

Unglücklicherweise werde ich rot, das fühle ich. Jetzt denkt er bestimmt, dass ich lüge. Dabei ist es mir nur entfallen. In gewisser Weise.

»Kann schon sein. Ich erinnere mich jetzt aber ganz deutlich daran, dass Rosi bald nach dem Hollerwein anders war als vorher. So, als ob sie zu viel getrunken hätte. Aber von drei Stamperl kann man nicht so blau werden.«

Zwischen seinen Augenbrauen erscheint eine steile Falte. »Aha, Sie erinnern sich. Jetzt erst. Interessant.«

»Ja, vielleicht sollten Sie das in Ihr Protokoll aufnehmen«, meine ich und zeige auf seinen Bildschirm. »Das will der Herr Hauptkommissar bestimmt auch wissen. Vor allem weil ich noch etwas Wichtiges aussagen möchte.« Ich ziehe mir einen Stuhl heran und setze mich.

»Und das wäre?« Eckbauer klingt skeptisch.

»Ich hab heute gehört, wie der Gruber Hansi gesagt hat, dass er der Reitmeier Rosi Tropfen gegeben hat. Ich will ihm nicht unterstellen, dass er sie umbringen wollte. Er war dagegen, sie ans Wasser zu legen. Und über ihren Tod war er ganz entsetzt. Aber betäuben, das wollte er sie auf alle Fälle.«

»Das hat er vor Ihnen zugegeben?« Eckbauer schaut mich erstaunt an.

»Nein. Er sagte das zu jemandem am Telefon.«

»Und Sie standen daneben?«

»Ja, mehr oder weniger. Aber der Gruber hat mich nicht gesehen. Es war eine geschlossene Tür zwischen uns.« Ist das nun exakt genug?

»Sie haben also an einer Tür gelauscht?«, wiederholt Eckbauer das, was er verstanden hat.

»Mein Gott!«, rufe ich aus. »Es ist doch egal, ob ich gelauscht hab oder nicht. Auf jeden Fall hat er es gesagt. Das ist das Wichtige daran! Ich weiß aber nicht, mit wem er gesprochen hat.«

Dann fällt mir noch etwas ein.

»Über den Personenschutz müssen wir auch noch reden«, sage ich. »Meine Familie und ich müssen bewacht werden.«

»Personenschutz?« Eckbauer sieht mich verständnislos an.

»Genau. Hansi weiß nämlich, dass ich ihn belauscht, also gehört habe. Bis jetzt hat er noch nichts gemacht. Aber man kann ja nie wissen. Wenn er sich in die Enge getrieben fühlt, wird er gefährlich.« Ich reibe mir meinen Rücken in Erinnerung an meinen Flug gegen die Klinikwand. Bei dem Kerl muss man auf alles gefasst sein.

»Frau Schneider«, Eckbauer legt seine Hände auf den Tisch und sieht mich ernst an. »Personenschutz gibt es nur in begründeten Fällen einer erheblichen Bedrohung. Und hier ist noch nicht einmal sicher, ob überhaupt ein Verbrechen stattgefunden hat.«

Ich will widersprechen, aber er klopft auf die Tischplatte und redet weiter. »Wir warten noch die Ergebnisse der Spurensicherung ab sowie den Abgleich der Fingerabdrücke. Dann sehen wir weiter.« Er erhebt sich. Für ihn ist das Gespräch beendet.

Aber nicht für mich. Ich rege mich auf. »Muss erst was passieren, bevor Sie uns schützen?«

»Frau Schneider, beruhigen Sie sich. Wir haben keinen Anhaltspunkt dafür, dass Sie in Gefahr sind.« Er schiebt mich sanft, aber energisch Richtung Tür. »Und ich gebe Ihnen den guten Rat: Hören Sie auf, auf eigene Faust herumzuschnüffeln.«

Das ist jetzt aber nicht nett! Schon wieder ein gut gemeinter Ratschlag. Wie schön, dass es alle Leute so gut mit mir meinen in der letzten Zeit! Ich kann es nicht mehr hören. Was bleibt mir denn anderes übrig, wenn sonst keiner was tut? Sollte ich das dem Eckbauer ins Gesicht schleudern? Ich starre ihn böse an, er schaut unbeteiligt zurück. Na toll! Das kann ich mir genauso gut sparen. Deshalb schlucke ich eine Erwiderung hinunter und schicke mich an zu gehen, aber dann fällt mir noch etwas ein.

»Halt!«, rufe ich. »Die Katzen! Was wird jetzt aus denen, wenn die Rosi sich nicht mehr um sie kümmern kann?«

»Der Erbe wird das entscheiden«, meint Eckbauer.

Ja, genau, die Erbschaft. Bestimmt hat der Hansi das Haus mit dem Grund geerbt und das viele Geld. Wenn Rosi ihn nicht enterbt hat. Ob sie ein Testament gemacht hat?

»Haben Sie schon ein Testament gefunden?«, gebe ich dem Polizisten meinen Einfall weiter. »Wenn der Hansi jetzt alles erbt, hatte er doch ein perfektes Motiv.«

Eckbauer greift an mir vorbei und öffnet die Tür. »Lassen Sie das unsere Sorge sein«, meint er. »Auf Wiedersehen, Frau Schneider.«

»Wir sehen uns bestimmt wieder«, antworte ich trotzig und trotte hinaus.

Eigentlich sollte ich es inzwischen besser wissen – die Polizei und ich, wir passen einfach nicht zusammen. Wütend stürme ich zu meinem Auto zurück. Dann muss ich selbst für uns sorgen und wenigstens meine Kinder in Sicherheit bringen. Ich werde hier ausharren und weiterhin meine Nase in Sachen stecken, die mich nichts angehen. Jetzt erst recht!

***

Die nächste halbe Stunde sitze ich in meinem Wagen und verbringe sie mit Telefonaten. Mit teilweise sehr unerquicklichen Telefonaten.

Als Erstes rufe ich Martin an. Seine Mailbox geht dran. Dann muss ich ihn eben auf diesem Weg darüber informieren, dass demnächst mehrere seiner Kinder bei ihm in der Wohnung auftauchen werden. Ich habe mir allen Ernstes überlegt, ihn gar nicht vorzuwarnen. Morgen, wenn er aus Berlin zurückkehrt, bekommt er schon früh genug mit, dass seine zwei Zimmer belegt sind. Aber dann dachte ich mir, ich kann es meinen Kindern nicht antun, seine Reaktion über ihre Anwesenheit mitzuerleben.

Susa ist auch nicht davon angetan, ihr gemütliches Bett zu verlassen und einen Koffer zu packen. Als ich ihr aber dann vor Augen führe, dass man in München bekanntermaßen prima shoppen könne und ich bereit sei, sie mit einer Reisekasse auszustatten, hört sie sich schon begeisterter an.

Die Nächste ist Lilli. Sie zu überreden, noch ein wenig länger im Bayerischen Wald zu bleiben, ist relativ einfach. Sie meint nur, ich solle es mit den Ermittlungen nicht übertreiben und auf mich aufpassen. Meine liebe Große!

Linus erreiche ich nicht. Auf seiner Mailbox hinterlasse ich die Aufforderung, doch dem Karpfhamer fernzubleiben und mit Anna nach München zu fahren. Wahrscheinlich habe ich ihn dadurch nur neugierig gemacht. Hm. Ungeschickt, aber jetzt nicht mehr zu ändern.

Als Letztes muss ich mich um Vicky kümmern. Ich habe vor, sie gleich nach der Vorführung des Rodeos einzukassieren und nach Hause zu bringen. Wenn sie sich mit Duschen und Packen beeilt, könnten wir noch locker den Zug um siebzehn Uhr fünfunddreißig erreichen. Ich setze sie hinein und fahre wieder aufs Karpfhamer.

Ich sehe auf die Uhr. Zehn nach eins. Also habe ich noch fast eine Stunde Zeit, bis die Vorstellung des Zehnerzuges anfängt. Ich blicke zum Turnierplatz hinüber, der zwischen Rosis Grundstück und dem Eingang zum Volksfest liegt. Dort findet seit acht Uhr morgens die Verbandsstutenschau statt. Pferdezüchter und -liebhaber begutachten Stuten und verleihen einen Preis nach dem anderen. Das dauert seine Zeit. Ich kenne mich mit Pferden ja gar nicht aus, aber ich musste mir das in den letzten Jahren Vicky zuliebe immer anschauen. Nur heuer komme ich aus, denn sie hat wegen der Vorbereitung des Rodeos keine Zeit dafür.

Eben holpert ein weißer Kastenwagen über den Schotterweg am gegenüberliegenden Feldrand und drängt sich durch die Zuschauer. Der Übertragungswagen von TRP1, dem lokalen Fernsehsender. Die kommen wegen des Rodeos. Da es heuer zum ersten Mal gezeigt wird, ist es eine Meldung in der Regionalsendung wert.

Eine Wolke aus Luftballons schwebt vorbei. Max? Flink schlängele ich mich durch die Leute. Tatsächlich, er ist es. Mit ihm muss ich dringend reden.

»Hey, Max«, rufe ich und laufe auf ihn zu. »Hast du mal kurz Zeit?«

Er dreht sich um. »Ah, Karin, was gibt's?«

Max macht bestimmt ein Heidengeschäft, geht mir durch den Kopf. So sympathisch, wie er ausschaut.

Wir einigen uns darauf, eine schnelle Mittagspause einzulegen. Die Fischbraterei in der nächsten Budenstraße kämpft mit dem mittäglichen Ansturm, und der Geruch von frittiertem Dorsch weht zu uns herüber. Da fällt die Entscheidung nicht schwer. Bei einer Fischsemmel erzähle ich ihm das Wichtigste, und da kommt einiges zusammen. Meine Gespräche mit der Ilzdorfer und Tanja, Rosi tot, Hansi mit seinem Komplizen telefonierend, meine Flucht und meine Befürchtungen, der

Besuch bei der Polizei. Max vergisst zwischendrin zu kauen, so intensiv hört er mir zu.

»Karin, das ist ja wirklich übel«, meint er, und seine hellbraunen Augen sehen mich besorgt an. »Willst du nicht lieber auch nach München, wenigstens für ein paar Tage?«

Ich schüttele den Kopf. »Nein, Max, auf keinen Fall. Ich hab so das Gefühl, dass der Hansi davonkommt, wenn ich aufgebe. Das kann ich der Rosi nicht antun.«

»Rosi ist tot«, sagt Max vorsichtig.

»Ja, ja, klar.« Ich wische seinen Einwand fort. »Ich meine, das bin ich ihr schuldig.«

»Du bist ihr doch nichts schuldig.« Max wechselt seine Ballons in die andere Hand. Die Delphine hüpfen durch den weißblauen Himmel und stoßen mit den *Hello Kittys* zusammen. »Nur weil sie einmal deine Patientin war, vor Jahren.«

Ich zucke mit den Schultern. »Na ja.« Wir müssen jetzt nicht näher darauf eingehen. Ich will nicht darüber nachdenken. Denn immer, wenn ich mir bewusst mache, dass Rosi tot ist, drückt es mir das Herz zusammen.

Max merkt, dass es mir nicht so gut geht. Er lässt sein sonniges Lächeln erstrahlen. »Ich werde meine Augen offen halten, das verspreche ich dir. Und wenn ich helfen kann, dann sag's.«

»Ja, mach das. Du arbeitest heute auch wieder beim Hansi?«, frage ich.

»Jeden Abend«, bestätigt er.

»Dann …« Ich nicke bedeutsam mit dem Kopf.

Max tut es mir gleich. »Dann«, sagt er und grinst.

»Let's go.« Ich halte ihm meine Hand entgegen. Das habe ich mir von meinen Kids abgeschaut. Ich finde es passend. Optimistisch und voller Tatendrang. Das brauche ich jetzt.

»Let's go.« Max klatscht ab, und unsere Wege trennen sich.

***

Mit neuer Energie gehe ich Richtung Turnierplatz zurück. Ich überhole einige Besucher, die mir gar zu gemütlich schlendern, und umrunde einen Mann, dessen gedrungene Gestalt mir irgendwie bekannt vorkommt. Ich werfe einen Seitenblick in sein Gesicht, und ein Stich fährt in meinen Magen. Der Zauner Michael.

Es dauert nur den Bruchteil einer Sekunde, dann habe ich meinen Entschluss gefasst.

»Guten Morgen, Herr Zauner«, spreche ich ihn an. »Wie gut, dass wir uns hier treffen.«

Er sieht zu mir, grunzt, fährt seinen Ellbogen aus und trifft mich in die Seite. Schneller als vorher strebt er dem Bierzelt seines Bruders zu.

So nicht, denke ich und hole ihn mit zwei Schritten wieder ein. Ich fasse ihn am Arm, der sich so fest wie ein Baumstamm anfühlt. »Herr Zauner, kann es sein, dass Sie vorgestern was im Garten von der Reitmeier Rosi verloren haben? Meine Handtasche zum Beispiel?«

Er ist stehen geblieben und stiert mich an. »Woas wuist?«

»Meine Handtasche ist beim Anstich aus dem Zelt von Ihrem Herrn Bruder verschwunden und neben der Haustür von der Rosi wieder aufgetaucht. Sie sind hinter mir gesessen«, erkläre ich.

»Ha?«

Tut er jetzt nur so begriffsstutzig, oder hat er tatsächlich nichts damit zu tun?

»Wer hat Sie dazu angestiftet?«, frage ich ihn. Sein Gesicht bleibt ausdruckslos. »War es Ihr Bruder? Oder der Gruber Hansi?«

»Du redst vielleicht an Schmarrn«, sagt er, schüttelt den Kopf und meine Hand von seinem Arm. Dann lässt er mich einfach stehen und verschwindet im Zauner-Zelt.

***

Kein bisschen schlauer als vorher gehe ich weiter. So sicher bin ich mir jetzt nicht mehr, dass der Zauner Michael meine Handtasche geklaut hat. Aber wer war es dann? Und warum hab ich sie bei der Rosi wiedergefunden?

Als ich den Turnierplatz erreiche, bemerke ich gleich, dass

sich etwas verändert hat. Die Luft vibriert vor Erwartung. Die Menschenmenge, die sich rund um die Holzeinzäunung postiert hat, ist bestimmt auf das Doppelte angewachsen. Feuerwehrleute sperren den Weg von der Rottalstraße zum Turnierplatz ab, und ich kann sehen, dass auch auf der Straße kein Verkehr mehr ist. Verständlich, denn gleich galoppieren zehn Pferdestärken durch den Ort. Die Leute sind aufgeregt.

Ich suche mir einen Platz, von dem aus ich eine Chance habe, wenigstens kurz einen Blick auf den Zehnerzug zu werfen. Aufmerksam suche ich die Reihen der Zuschauer ab. Von Vicky keine Spur. Mensch, Mensch, Mensch, wo bleibt sie nur! Bin ich doch zu naiv gewesen?

Über das Stimmengewirr legt sich ein unbekanntes Geräusch. Ein ratterndes Rauschen. Kurze Schreie, eher wie ein Stöhnen. Es wird lauter. Die Zuschauer strecken ihre Hälse, stoßen sich gegenseitig an und zeigen zur Straße. Plötzlich stiebt eine Wolke aus Staub, Energie und Pferdeleibern auf den Turnierplatz zu.

»Schaun S', der Zehnerzug«, ruft eine alte Frau neben mir.

Wir stehen günstig. Durch eine Lücke in der Menschenmenge sehen wir das Gespann auf uns zurasen. Die zehn dunklen Rösser strotzen vor Kraft. Sie beeindrucken sogar mich. Der Fahrer blickt konzentriert über die Rücken der Pferde hinweg und hält die Zügel, einen ganzen Packen Zügel für diese vielen Tiere. Sein Bruder sitzt neben ihm und hat die Peitsche in der Hand. Beide sind mit grauen, altmodisch anmutenden Anzügen und steifen Hüten bekleidet. Der Fahrtwind weht die Rockschöße zur Seite. Die beiden Männer sehen sehr vornehm aus. In den Sitzreihen hinter ihnen winken und lachen die Fahrgäste. In einem enormen Tempo preschen die Pferde an uns vorbei. Die Räder der Kutsche rattern und knirschen über den Weg. Sie fahren auf den Turnierplatz. Die Vorstellung beginnt.

Eine Weile sehe ich diesem gewaltigen Schauspiel zu. Es ist wirklich beeindruckend, wie der Kutscher die zehn Pferde beherrscht. Er umrundet den Platz, halb stehend, halb sitzend auf seinem Kutschbock, und lenkt die Rösser in einen Achter hinein.

Der Fahrer liefert eine perfekte Vorstellung. Trotzdem lasse ich meinen Blick immer wieder über die Gesichter der Zuschauer schweifen. Irgendwo zwischen all diesen Menschen muss meine Tochter stecken.

Aber ich kann sie nicht finden. Dafür sehe ich jemand anderen. Nicht weit von mir entfernt schiebt sich ein gegelter Schopf durch die Menge. Hansi. Ich erstarre. Hoffentlich entdeckt er mich nicht. Er scheint jemanden zu suchen. Er dreht seinen Kopf hin und her und macht sich noch größer, als er eh schon ist, um über die Leute blicken zu können. Ich dagegen ducke mich hinter den Rücken meines Vordermannes und linse an dessen breiter Schulter vorbei. Bloß nicht, bete ich, lass ihn mich bloß nicht sehen!

Hansi quetscht sich weiter durch die Reihen. Endlich hat er gefunden, wen er gesucht hat. Ich spähe nach vorne. In der Nachmittagssonne leuchtet eine wohlgeordnete blonde Hochsteckfrisur auf. Die Ilzdorfer.

Warum habe ich die vorher noch nicht gesehen? Ich beuge mich noch weiter nach rechts und ignoriere das ärgerliche Zischen meiner Nachbarn, deren Sicht ich verstelle. Mein Gott! Mein Herz macht einen Satz. Neben der Ilzdorfer steht George!

Er würdigt Hansi keines Blickes, der redet auf die Ilzdorfer ein. Sie zieht an seinem Hemd und deutet in die Mitte seiner Heldenbrust. Er wischt unwillig ihre Hand weg.

Applaus brandet um mich herum auf. Wahrscheinlich hat der Kutscher eine besonders schwierige Übung absolviert.

Ich zwicke meine Augen zusammen, um besser sehen zu können. Hansi hat wieder sein giftgrün kariertes Hemd an, die Knöpfe leuchten daraus hervor. Jetzt erkenne ich auch, warum die Ilzdorfer darauf gedeutet hat. Es fehlt einer.

Und ich weiß, wo er ist! In Rosis Schlafzimmer. Auf dem Nachtkastl. Ha! Wenn das kein Beweis dafür ist, dass Hansi Rosi aus dem Bett gezerrt hat! Das muss ich dringend dem Eckbauer erzählen, damit er Hansis Hemd sicherstellen kann.

Hansi redet immer noch auf die Ilzdorfer ein. Sie beginnt, nach jemandem Ausschau zu halten. Sucht sie mich? Eilig ziehe ich meinen Kopf zurück.

Die Ilzdorfer und der Hansi? Waren es doch diese beiden?

Möglich. Die Ilzdorfer verteidigt entschlossen ihr Privatleben. Das habe ich ja auch schon zu spüren bekommen.

Vorsichtig schaue ich wieder zu Hansi. Der redet immer noch. Jetzt schüttelt George den Kopf und zeigt in Richtung Zehnergespann. Seine Miene ist finster. Er sagt nur ein paar Worte, die genügen aber, dass Hansi abschiebt.

George hat sich durch die Unterhaltung der beiden gestört gefühlt. Ob er weiß, was seine Frau und Hansi gemacht haben? Reden die ganz offen darüber? Nein, das kann ich mir nicht vorstellen. Schließlich konnten alle Leute, die um sie herumstanden, mithören. So dumm ist nicht einmal Hansi.

Um uns setzt erneut tosender Applaus ein. Die Vorführung ist zu Ende. Der Zehnerzug rollt vom Turnierplatz auf das Stück Schotterweg zur Straße und wirbelt grauweiße Staubwolken auf. Die Pferde sind vom Auftritt immer noch voller Adrenalin, der Kutscher kann sie kaum abbremsen, um sie langsam auf die Straße zu lenken. Mit Schwung fliegt die Postkutsche um die Kurve, die Pferde streben dem heimischen Stall zu.

Die Leute bestätigen sich gegenseitig, dass es eine wunderbare Darbietung gewesen sei.

Normalerweise hätten sich nun alle Zuschauer zerstreut, aber als Nächstes kommt das Rodeo. Ich sehe, dass einige das Veranstaltungsprogramm in Händen halten und nachsehen. TRP1 hat seinen Kameramann postiert, und der Reporter mit seinem puscheligen Mikro schiebt sich durch die Menge und interviewt. Da ertönt auch schon die Ansage aus den Lautsprechern.

»Verehrte Festbesucher. Nach dieser atemberaubenden Vorstellung des traditionellen Zehnerzuges kommen wir zu einer brandneuen Attraktion auf dem Karpfhamer: dem Rottaler Rodeo. Nach der perfekten Beherrschung der Pferdestärken zeigt jetzt Benedikt Venus, dass man auch Herr über einen ausgewachsenen Bullen sein kann. Nach den internationalen Regeln eines Rodeos muss sich der Reiter mindestens acht Sekunden auf dem Rücken des mächtigen Tieres halten. Der Bursche, den Venus gleich reiten wird, bringt eine Tonne Lebendgewicht auf die Waage. Er ist stark, er ist wendig, er ist gefährlich, und er mag es nicht, wenn auf ihm geritten wird.«

Die umstehenden Leute lachen. Während der Ansage des Moderators richtet die Mannschaft vom Venus den Turnierplatz her. Ich stelle mich auf Zehenspitzen, damit ich alle sehen kann, und halte nach Vicky Ausschau. Aber ich kann sie nicht entdecken. Wo ist sie nur? War ich zu leichtsinnig, ihr zu erlauben, beim Venus zu bleiben? Langsam mache ich mir wirklich Sorgen!

An den Seiten werden zusätzliche Banden aufgebaut. Sie erinnern mich an die Holzwände beim spanischen Stierkampf, hinter die sich der Torero flüchten kann, wenn es brenzlig wird.

»Achtung, Achtung!«, schreit der Moderator. »Jetzt kommt Bruno. Ein Bild von einem Macho. Manna, haltet eure Weiberleit' zruck.«

Während der Moderator weiter launige Sprüche von sich gibt, fährt ein Viehanhänger an die obere Stirnseite des Platzes. Selbst als er schon lange stehen geblieben ist, wackelt er noch beträchtlich hin und her. Der Bulle drängt nach draußen. Da man die Pferde des Zehnerzuges nicht durch die Anwesenheit und den Geruch des Stieres ablenken wollte, wird er erst jetzt hierhergebracht. In Windeseile wird für ihn ein dreiseitiges Gatter aufgestellt, dessen vierte Seite der Lastwagen abschließt.

Tim springt aus dem Viehtransporter und rüttelt an den Metallwänden des Gatters. Dann lässt er die Laderampe des Lastwagens herunter. Der gewaltige weiß-braune Kopf des Bullen erscheint. Um seine gebogenen Hörner sind Seile gebunden. Das eine fasst Tim, das andere ein Helfer aus ihrem Stall. So wollen sie den Stier die Rampe hinunter ins Startgatter hineinführen. Der gehorcht jedoch nicht, sondern ruckt an den Seilen, und die Burschen müssen mit aller Kraft dagegenhalten. Das Tier stößt ein tiefes Muhen aus. Die Männer haben damit zu kämpfen, ihn in die Absperrung zu bekommen. Sogar bis über den Platz hinweg höre ich das angestrengte Stöhnen der beiden.

Von Vicky weiß ich, dass Venus befürchtet hat, nicht genügend Zuschauer für sein Rodeo zu finden. Er dachte, die Pause zwischen Zehnerzug und Beginn des Rodeos wäre zu lang, die Leute würden inzwischen weggehen. Aber seine Sorgen waren unbegründet. Nur Einzelne entfernen sich vom Platz, und die müssen sich durch den Strom der Neuhinzukommenden drängen. Die allererste Vorführung eines Rodeos erregt die Neugierde, und auch der Aufbau ist so spannend, dass er die Menschen in den Bann zieht. Ich schaue in die Runde und sehe nur interessierte Gesichter.

Meine Tochter entdecke ich allerdings immer noch nicht. Ich schaue auf meine Armbanduhr. Es ist kurz vor fünfzehn Uhr, und das Rodeo wird gleich beginnen. Spätestens jetzt wollte ich sie einsammeln. Unruhig blicke ich mich um. Da sehe ich den Zauner Michael. Zum zweiten Mal an diesem Tag und schon wieder außerhalb eines Bierzeltes. Bis dahin habe ich angenommen, dass das sein einziger Anspruch an das Karpfhamer wäre: eine volle Mass vor sich auf dem Tisch. Aber vielleicht hat ihn jetzt ebenfalls die neue Attraktion des Rodeos angelockt.

Mit grantigem Gesicht schaut er über die Menge. Dann setzt er sich in Bewegung. Hin und wieder hält er sich bei jemandem an der Schulter fest. Wo will er denn hin?

Ich verfolge seinen Gang durch die Massen. Er kommt näher. Will er zu mir? Oder sucht er jemand anders? Doch seinen Auftraggeber?

»Meine Damen und Herren, nun ist es so weit!«, begeistert sich der Moderator. »Begrüßen Sie bitte mit einem herzlichen Applaus den Organisator des ersten Rottaler Rodeos auf dem Karpfhamer und gleichzeitig den unerschrockenen Rodeoreiter Benedikt Venus!« Die letzten Worte hat er richtiggehend hinausgeschrien. Die Leute lassen sich das nicht zweimal sagen. Sie klatschen und rufen Venus beim Namen. Viele Einheimische stehen hier herum und wollen dabei zusehen, wie einer von ihnen so verrückt ist, auf einem Stier zu reiten.

Venus steigt auf eine Verstrebung des Gatters, in dem der Bulle inzwischen verstaut ist, und reißt die Arme nach oben. Er ist mit einem Cowboyhut, einer Lederweste und den typischen ledernen Überhosen der Cowboys bekleidet. Der Applaus wird stärker.

Der Turnierplatz hat sich inzwischen in eine Rodeo-Arena verwandelt. Amerikanische Fahnen hängen neben bayerischen an der Umzäunung, und eine riesige digitale Uhr wurde für alle sichtbar auf dem Dach des Viehtransporters befestigt. Bis jetzt zeigt sie nur sechsmal die Null an. Venus' Leute hocken auf den Holzlatten des Zaunes, ebenfalls mit Cowboyhüten auf dem Kopf. In den Händen halten sie bunte Tücher und Gegenstände, die ich nicht richtig erkennen kann.

Da ist Vicky! Auch sie hat einen Hut auf, ihr blonder Pferdeschwanz fällt ihr auf die rechte Schulter. Neben ihr hockt Stefan auf dem Zaun. Ohne Hut. Seine rotblonden Haare leuchten in der Sonne. Beide strahlen übers ganze Gesicht. Ich bin erleichtert, sie zu sehen. Es ist nichts passiert. Ich hab mir ganz umsonst Sorgen gemacht.

»Der Benedikt Venus wird sich jetzt auf den Bullen setzen und mit einer Hand das Seil nehmen, das um den Bauch des Bullen gespannt ist. Auf sein Zeichen öffnet sich das Tor, und Bruno ist frei. Die Zeit läuft«, erklärt der Moderator.

Ich werfe wieder einen Blick auf den Zauner. Wenn ich es richtig sehe, steuert er ebenfalls direkt auf Katharina Ilzdorfer zu. Hat sie etwa auch was mit dem Handtaschendiebstahl zu tun?

»Die Rodeoregeln verlangen es, dass der Reiter die Beine am Anfang waagrecht ausstreckt. Er darf sich nur mit einer Hand festhalten. Die andere streckt er nach oben.«

Sehr aufmerksam höre ich nicht zu, denn der Zauner bulldozert weiter durch die Menge. Jetzt ist er bei der Ilzdorfer angelangt. Er steht breitbeinig vor ihr. Man kann nicht sagen, dass er ihr die Sicht versperrt, denn so groß ist er nicht. Trotzdem rückt Katharina nahe an ihren Mann und hinter seinem Rücken vorbei. Sie schiebt ihn quasi als Puffer zwischen sich und den Zauner.

Ein lauter Glockenschlag erklingt, und ganz von allein wird mein Blick auf das Geschehen in der Arena gezogen. Das Gattertor fährt zur Seite. Der Bulle zwängt sich hindurch und stürzt nach draußen. Venus sitzt auf seinem Rücken, die Beine vorschriftsmäßig gestreckt, und klammert sich einhändig am Seil fest. Die Menge tobt.

Der Bulle buckelt über den Platz. Mit seinem lang gestreckten

Körper vollführt er immer energischere Sprünge und Wendungen. Wie ein Pferd schlägt er mit den Hinterbeinen aus, dreht sich gleichzeitig im Kreis. Venus hält sich wacker. Obwohl er gewaltig durchgebeutelt wird, bleibt er oben.

Die Sekunden rasen über die digitale Anzeige. Sechs, sieben, acht. Der Glockenschlag. Frenetischer Beifall.

Venus hat die Acht-Sekunden-Marke erreicht. Aber er ist hartnäckig. Wie angeklebt haftet er auf dem Rücken des Bullen. Die Sekunden klackern durch. Die Zuschauer zählen mit und klatschen bei jeder Zahl in die Hände.

Neun.

Der Bulle wird immer wütender. Er versucht, seine unliebsame Last mit noch höheren Sprüngen loszuwerden.

Zehn.

Nun ändert er seine Taktik. Er beginnt zu rennen.

Elf.

Er läuft nah am Zaun entlang und streift eine der nachträglich aufgestellten Holzwände. Venus zuckt sichtbar zusammen. Es sah so aus, als ob er das Holz mit seinem rechten Bein hart touchiert hätte. Das muss wehgetan haben!

Zwölf.

Die nächste Barrikade taucht vor dem Stier auf. Er rast darauf zu, haut drei Meter davor die Vorderbeine in die Wiese, schlägt mit seinen Hinterbeinen aus und katapultiert seinen Reiter von seinem Rücken. Venus fällt in hohem Bogen auf den Boden und bleibt vor der Holzwand liegen. Der Stier senkt die Hörner und bläht seine Nüstern. Er scharrt so heftig mit den Hufen, dass die Erde in Brocken zur Seite fliegt. Das sieht nicht gut für Venus aus! Er will sich seitwärts in Sicherheit wälzen, doch dort ist die Wand. Der Stier setzt zum Angriff an. Da springen Menschen schreiend hinter der Barrikade hervor, wedeln mit bunten Tüchern, blasen in ihre überlauten Tröten und laufen in alle Richtungen auseinander.

Der Bulle reißt seinen Kopf herum, starrt auf den Trubel. Venus nutzt die Gelegenheit. Auf allen vieren krabbelt er hinter die Holzwand. Für den Stier ist er verschwunden. Das Tier läuft einige Meter in die eine Richtung, dann wird es auf die

Menschen aufmerksam, die am anderen Eck einen Tumult veranstalten, und macht dorthin ein paar Schritte.

Mir stockt der Atem. Unter dieser Gruppe habe ich Vicky erkannt. Das darf doch nicht wahr sein! Ist sie von allen guten Geistern verlassen?

Der Bulle stößt ein unwilliges Muhen aus und senkt seinen Kopf. Gleich wird er auf meine Tochter zurasen. Sie hüpft auf und nieder, Stefan natürlich neben sich, und schwenkt zwei kleine rote Tücher, als ob sie ein Cheerleader bei einem Baseballspiel wäre und das hier ein großer Spaß.

»Vicky«, schreie ich und drücke mich zwischen meinen Vordermännern hindurch. »Raus da!«

Ich muss in die Arena, mein Kind retten. Die erstaunten Blicke der Umstehenden sind mir egal. Ich habe nur Augen für meine verrückte Tochter, die wie ein junges Fohlen vor einem wild gewordenen Stier herumspringt.

Ich schiebe mich durch die Menge. Mein Körper ist voller Adrenalin.

Der Bulle läuft in ihre Richtung.

»Vicky!«, brülle ich und boxe den Mann vor mir in die Seite, damit er Platz macht. Der dreht sich brummend um. Aber ich kümmere mich nicht darum, sondern dränge weiter.

Das Publikum johlt und klatscht. Hektisch werfe ich einen Blick auf den Turnierplatz. Mehrere Männer haben den Bullen eingefangen. Sie ziehen ihn an den Seilen, die sie wieder um seine Hörner gelegt haben, zum Startgatter. Die Gefahr ist vorüber.

Trotzdem beeile ich mich, auf die Seite des Platzes zu kommen, auf der Vicky nun über die Umzäunung steigt. Das ist nicht einfach, aber schließlich habe ich es geschafft. Sie steht mit Stefan und einigen anderen aus Venus' Stall beisammen und gestikuliert mit dem Hut in der Hand. Sie sprüht vor Aufregung.

»Sag mal, spinnst du?«, fahre ich sie an und packe sie. Mein Adrenalinspiegel ist immer noch rasend hoch.

Vicky schaut sich erschrocken um. Als sie mich erkennt, wirft sie sich an meinen Hals und schreit: »Das war so krass! Hast du den Bullen gesehen? Der ist voll auf uns zu!«

Ich ziehe ihre Arme von meinem Hals. »Ja, das hab ich gesehen. Und fast einen Herzinfarkt bekommen! Bist du wahnsinnig, in die Arena zu springen? Der hätte dich aufspießen können!«

»Nein.« Sie schüttelt so entschieden den Kopf, dass ihr Pferdeschwanz fliegt. »Dann wäre ich hinter die Wand gesprungen. Das war gar nicht gefährlich.«

»Ich glaub's nicht!«, rufe ich aus und schlage meine Hand an mein Hirn. So leichtsinnig kann man nur in der Jugend sein! Der pubertäre Glaube an die eigene Unverwundbarkeit. Mir ist jetzt noch schlecht, wenn ich daran denke, was alles hätte passieren können.

Ganz nah beuge ich mich zu ihr und schaue ihr in die Augen. »Merk's dir für die Zukunft: Das darfst du nicht! Nie mehr! Auf keinen Fall! Never ever! Ist das klar?«

»Mensch, Mama«, versucht Vicky dagegen aufzubegehren, und auch Stefan meint, sich einschalten zu müssen. »Ich hab doch auf sie aufgepasst, Frau Schneider.«

»Gegen tausend Kilo Stier kommst selbst du nicht mehr an, Stefan«, entgegne ich unfreundlich. Was mir gleich wieder leidtut, als ich seinen verletzten Gesichtsausdruck sehe. »Aber danke, dass du dich um sie gekümmert hast«, meine ich friedfertiger. Er ist ja tatsächlich gleich gesprungen, als ich ihn darum gebeten habe, beim Venus ein Auge auf meine Tochter zu haben.

»Nichtsdestotrotz«, wende ich mich an Vicky, »gehen wir jetzt.«

»Was?« Vicky ist entsetzt. »Ich muss noch zum Bene und ihm gratulieren!«

»Das kannst du ein andermal machen«, entgegne ich streng. »Ich möchte, dass du mit deiner Schwester für einige Tage nach München fährst. Der Zug geht in einer Stunde.«

»Nach München? Warum?« Vicky ist alles andere als einverstanden. »Jetzt ist doch das Karpfhamer. Und ich wollte mit dem Stefan –«

»Die Reitmeier Rosi ist tot«, falle ich ihr brüsk ins Wort, »und irgendwas stimmt da nicht. Ich hab so meinen Verdacht und möchte, dass ihr in Sicherheit seid. Keine weitere Diskussion.«

»Deine Mutter ermittelt wieder«, springt Stefan mir überraschenderweise bei, und der beeindruckte Ton, mit dem er das sagt, macht ihn mir auf der Stelle noch sympathischer.

»Das weiß ich«, grummelt Vicky und blickt mich finster an.

Ich ignoriere das und nehme sie beim Arm. »So, komm, wir müssen uns schicken. Sollen wir dich mitnehmen, Stefan?«

»Nein, ich hab mein Fahrrad noch beim Venus stehen«, meint er.

»Wir gehen noch ein Stück mit dir mit«, sage ich und schiebe Vicky den Weg zur Rottalstraße hinauf. So schnell es bei den Besuchermassen möglich ist, hasten wir voran. Kurz vor Rosis Haus treffen wir Herrn Biedersteiner. Er hat Hasso, seinen Jack-Russell-Terrier, dabei, der sofort an Vicky und Stefan hochspringt. Er liebt Kinder und wird mit Streicheleinheiten belohnt.

Ich möchte nicht unhöflich sein und bleibe für ein paar Worte bei ihm stehen. »Sie sind aber mutig«, sage ich, »mit dem Hund aufs Karpfhamer. Mir wäre das mit Runa viel zu stressig.«

»Wir werden auch nicht richtig reingehen«, erwiderte Herr Biedersteiner, »nur einmal dran vorbei und dann weiter über die Felder zur Rott. Das ist unsere Nachmittagstour.«

So viel Zeit hätte ich auch gerne, denke ich. »Da wünsche ich Ihnen viel Vergnügen«, sage ich und will weiter, als ich Vicky schreien höre.

»Hasso, nein!« Sie rennt bis zu Rosis Gartenzaun und stoppt. Nicht so der Hund. Er schlüpft unter der untersten Latte hindurch und jagt auf den Hollerbusch zu. Das frisch aufgeschüttete Grab von der armen Mimi hat es ihm angetan. Ohne zu zögern wirft er sich darauf und fängt wie wild zu buddeln an.

»Wie konnte er sich denn losreißen?«, rufe ich. Wir eilen ebenfalls zum Zaun. Das hat mir gerade noch gefehlt. Eigentlich müssen wir weiter. Aber ich kann schlecht den Biedersteiner mit dem Problem alleinlassen, wenn Vicky nicht richtig auf seinen Hund aufgepasst hat.

»Keine Ahnung.« Vicky hält die Leine hoch. Auf den ersten Blick scheint sie in Ordnung zu sein. »Plötzlich war er von der Leine. Vielleicht ist der Karabiner aufgegangen.«

»Ja, das passiert manchmal«, gibt Herr Biedersteiner zu. »Ich wollte schon lange einen neuen kaufen.« Er beugt sich über den Zaun und winkt nach seinem Hund. »Hasso, hierher!« Der lässt sich aber nicht stören.

»Dürfen wir denn in den Garten?«, fragt Vicky. »Die Polizei hat das Gelände doch abgesperrt.«

»Na, es wird uns nichts anderes übrig bleiben«, sagt Herr Biedersteiner. Die ersten Leute sind stehen geblieben und mokieren sich über den unfolgsamen Hund. Das mag Herr Biedersteiner gar nicht. Aber das Folgende mag er noch viel weniger. Hasso ist nämlich erfolgreich. Er hat den Kadaver ausgegraben und schleift nun das, was von Mimi übrig ist, aus dem Erdloch.

»Hasso!«, schreit dessen Besitzer auf und hastet mit großen Schritten zum Gartentor.

»Ich mach das schon«, ruft Stefan. Ohne Anstrengung setzt er über den Zaun und läuft dem Hund hinterher, der seine Beute in Sicherheit bringen will. Die beiden versuchen, den flinken Terrier einzufangen. Das ist alles andere als leicht, immer wenn ihn einer fassen will, schlägt er einen Haken und wischt unter der Hand hindurch.

»Wartet, ich helf euch«, ruft Vicky, und bevor ich sie aufhalten kann, ist sie ebenfalls über den Zaun geklettert.

Inzwischen hat sich eine Traube von Zuschauern gebildet, die das Geschehen kommentieren. Herr Biedersteiner hat vor Ärger und Aufregung einen roten Kopf.

»Des hamma glei«, behaupten zwei junge Burschen, die vorher ihre Witze darüber gemacht haben, und springen auch über den Zaun. Drei Jungs in Stefans Alter nehmen das als Aufforderung und steigen ebenfalls in den Garten.

Hasso hält das für ein grandioses Spiel. Vergnügt hat er seine Ohren aufgestellt und hüpft wie ein Hase um die Menschen herum, die Katze hinter sich herziehend.

Das wird ihm dann aber auch zum Verhängnis. Da er zu stur ist, seine Beute aufzugeben, ist er nicht so wendig wie sonst, und irgendwann kann ihn einer der jungen Männer fassen. Die Zuschauer auf der Straße klatschen.

Herr Biedersteiner besticht Hasso mit Leckerli, und so gibt der Hund seine Beute frei.

Einer von den Jungs hat eine Schaufel gefunden, die neben dem Hollerbusch an der Hauswand gelehnt hat. Er nimmt die Katze auf und trägt sie wieder zu ihrem Grab. Er hebt die Grube etwas tiefer aus. So etwas sollte nicht wieder passieren. Da sehe ich, wie er stutzt.

»Das ist aber komisch«, meint er und winkt seinen Freund herbei. Die beiden gehen in die Hocke und entfernen vorsichtig die Erde.

Neugierig trete ich durch das Gartentor und gehe zu ihnen. Gerade als ich mich über den Rücken des einen hinüberbeugen will, um mir ihren Fund genauer anzusehen, schmeißt der den Stecken, mit dem er die letzten Erdkrümel weggewischt hat, mit einem Schrei von sich und springt auf.

»A Leich!«, ruft er und läuft einige Schritte zur Seite. Sein Kumpel stößt einen kehligen Laut aus, rappelt sich auf und stürzt weg. Ich höre, wie er sich hinter der Hausecke erbricht.

Mich kann das nicht abhalten. Ich gehe näher und knie mich hin. Ein knöcherner Schädel ragt aus der Erde. Der Junge hat recht. Das ist kein Katzenschädel. Zwar ist er nicht wesentlich größer, die Proportionen sind jedoch völlig anders. Die Stirn gewölbter, die Augenhöhlen größer, der Hinterkopf ausgeprägter als bei einer Katze. Mein Gott, das muss mal ein ganz kleines Baby gewesen sein! Vielleicht ein Frühchen. Furchtbar, es hier liegen zu sehen. Das arme Ding! Was war damit nur passiert? Wer versteckt eine Babyleiche zwischen all den Katzengräbern? Und vor allem: Wusste Rosi davon?

Inzwischen sind die anderen darauf aufmerksam geworden. »Was ist denn?«, fragt Vicky.

Mein Kind darf das nicht sehen! Schnell stehe ich auf und drehe mich um.

»Vicky, das ist nichts für dich«, meine ich und breite meine Arme als Barrikade aus. »Und für euch auch nicht!« Gerade eben kann ich die anderen Kinder daran hindern, näher zu kommen. Die Erwachsenen, die einen Blick auf den Schädel geworfen haben, helfen mir dabei, die jüngeren abzudrängen.

Herr Biedersteiner hat Hasso wieder angeleint und ihn an einen Zaunposten gebunden. Nachdem auch er den Kinderschädel gesehen hat, holt er sein Handy aus der Tasche.

»Dann werden wir mal die Polizei rufen«, meint er und fängt zu tippen an.

***

Das ist eine Aufregung! Die Polizei in Gestalt von Riedl und einem seiner Kollegen erscheint. Energisch scheuchen sie alle aus Rosis Garten. Wir bekommen einen Rüffel, weil wir hier herumlaufen, obwohl das Gelände abgesperrt ist. Wir erklären, weisen auf Hasso und die Katze, zeigen den Fund. Da rufen sie die Kriminalpolizei.

Wir müssen alle auf der Polizeiwache warten. Zwischendrin gehe ich kurz an die frische Luft und sage Susa Bescheid, dass wir uns verspäten werden. Es läuft aber auch nichts nach Plan. Gar nichts!

Riedl und Kollegen nehmen unsere Aussagen zu Protokoll. Völlig unnötig, finde ich, da ich aus Erfahrung weiß, dass der Herr Hauptkommissar wieder alles von vorne erfragen wird. Was er dann natürlich auch tut. Wir werden einzeln in den erneut umgewidmeten Schaustellerwagen gebeten. Dankenswerterweise komme ich als Erste an die Reihe. Ich schildere knapp, was geschehen ist. Dann kann ich endlich den Fall Rosi ansprechen.

»Der Hansi hat heute übrigens wieder das Hemd vom Donnerstag an, und es fehlt ihm inzwischen ein Knopf«, teile ich meine neuerliche Beobachtung mit. »Und genau so einen Knopf hab ich unter dem Bett von der Rosi gefunden. Am Freitag. Das legt doch den Schluss nahe, dass er vom Donnerstag auf Freitag in Rosis Schlafzimmer war und irgendetwas gemacht hat, bei dem ihm ein Knopf abgerissen wurde.« Für mich sticht es ins Auge, dass das beim Hochheben der Rosi passiert sein muss.

»Frau Schneider, Ihr Engagement in allen Ehren, aber wir haben hier eine Leiche. Das hat Vorrang vor Ihrer Entführungsgeschichte.«

»Aber die Rosi ist doch inzwischen gestorben. Da haben Sie jetzt auch eine Leiche, wenn Sie so wollen.« Bei diesen Worten steigen mir schon wieder die Tränen hoch. Ich kämpfe sie zurück. Ich werde vor diesem Sturschädel nicht zu weinen anfangen.

Der Grünleitner mustert mich. Natürlich erfasst er mit einem Blick meinen emotional aufgewühlten Zustand.

»Wenn wir Anhaltspunkte dafür haben, dass es sich beim Fall Reitmeier Rosemarie tatsächlich um einen Fall handelt und nicht nur um einen unglücklich verlaufenen Selbstmordversuch, dann werden wir weiter ermitteln. Bis dahin kümmern wir uns um den neuesten Fall, das Auffinden der Babyleiche.«

Ich öffne den Mund, aber er lässt mich nicht zu Wort kommen. »Danke für Ihre Aussage. Schicken Sie doch bitte den Herrn«, er blickt auf seinen Zettel, »Biedersteiner zu mir herein.«

So ein …! Aufgebracht stapfe ich hinaus. Es ist zum Wände-Hochlaufen! Wie kann man nur so eingleisig denken? Vielleicht haben die beiden Fälle etwas miteinander zu tun? Ich eile zum Polizeigebäude, in dem Vicky auf mich wartet. Rosis Garten und Rosis Selbstmordversuch. Das liegt doch auf der Hand!

Bevor ich die Kinder hole, rufe ich Isabell an. Mir ist niemand anders eingefallen, dem ich meine Kinder anvertrauen würde. Vicky ist ziemlich aufgelöst. Das ist auch nachvollziehbar. Ich weiß nicht mehr, wo mir der Kopf steht vor lauter Verdächtigten, und jetzt auch noch dieser Fund. Das ist nichts für Kinder. Ich möchte meine Freundin bitten, mit Susa und Vicky nach München zu fahren.

Ich erreiche Isabell auf ihrem Handy. Und wo ist sie? Bei den Münchhamerinnen, ein zweites Dirndl kaufen. Wenn ich in einer gelösteren Stimmung gewesen wäre, hätte ich mich darüber amüsiert. Da ich mich aber nicht locker fühle, erzähle ich ihr so knapp wie möglich, was passiert ist und dass ich ihre Hilfe bräuchte.

Sie schweigt.

»Isabell? Hast du mich gehört?«, frage ich irritiert. Ich habe selbstverständlich angenommen, dass sie gleich zusagen würde. So hätte ich es jedenfalls getan.

»Hab ich dich richtig verstanden, dass ich heute, also jetzt gleich, mit Susa und Vicky mit dem Zug nach München fahren, mit ihnen in Martins Wohnung übernachten und morgen so lange bei ihnen bleiben soll, bis Martin mich ablöst?«

»Äh, ja«, meine ich zögernd und warte. Das hört sich nicht gut an.

»Aber Karin.« Sie seufzt. »Ich bin heute mit Bene verabredet. Wir feiern das Rodeo. Er war großartig. Hast du ihn gesehen? Wie souverän er diesen Bullen beherrscht hat? Ich hatte solch eine Angst um ihn, und ich –«

»Ja, ich hab ihn gesehen«, unterbreche ich ihre Schwärmerei und schweige dann verärgert. Meine Freundin will mir jetzt nicht allen Ernstes beibringen, dass ihr Rendezvous mit dem Venus wichtiger ist als meine Kinder, oder?

Mein abweisender Ton hat ihrer Euphorie einen Dämpfer versetzt. Etwas weniger enthusiastisch fährt sie fort. »Und deswegen hab ich mir ja auch gerade das Dirndl gekauft. Du wärst begeistert. Es ist rot und hat kleine grüne Herzchen und eine grüne Schürze. Die Frau Münchhamer –«

»Isabell, mir ist es im Moment scheißegal, was die Frau Münchhamer gesagt hat oder wie dein neues Dirndl aussieht. Kannst du mir eine einfache Frage beantworten? Machst du's oder machst du's nicht?« Wenn ich mich grollend angehört habe, kann ich daran auch nichts ändern.

Einen Moment sagt sie nichts. »Weißt du, Karin, ich war doch so am Boden zerstört, als Christophe … Erinnerst du dich? Und da ist mir der Benedikt jetzt so immens wichtig. Da –«

»Okay, Isabell, ich habe verstanden. Amüsier dich schön. Tschüss.« Wie gerne hätte ich in dem Moment den Hörer auf die Gabel geknallt. Geht aber leider nicht mit einem Handy.

Mann, bin ich wütend! Die ist die längste Zeit meine Freundin gewesen. So eine unzuverlässige, vergnügungssüchtige, egoistische, blöde Kuh! Ich stampfe mit dem Fuß auf.

Da klingelt mein Handy. Hat sie es sich doch anders überlegt? Na, vielleicht kann ich ihr dann noch mal verzeihen.

Ich gehe ran. »Ja?«

»Sag mal, was ist bei dir schon wieder los? Warum schickst du die Kinder zu mir?« Martin. Ein wütender Martin. Und dieser wütende Martin trifft auf eine vor Wut kochende Karin. Keine gute Ausgangslage für ein potenziell kontroverses Telefongespräch.

»Hallo, Martin«, beginne ich noch normal, um dann in sich steigerndem Stakkato die Geschehnisse der letzten Tage loszufeuern.

Nachdem ich geendet habe, schweigt auch er. Anscheinend fühlen sich meine Gesprächspartner heute von mir überfordert.

»Okay, ich hol die Kinder«, kommt dann die lapidare Erwiderung.

»Was? Aber du bist doch in Berlin. Das dauert ewig, und wie willst du so schnell einen Flug bekommen?«

»Ich bin schon in München am Flughafen. Ich steig jetzt ins Auto und bin in eineinhalb Stunden bei euch. Also ungefähr um achtzehn Uhr. Dann pack ich die Mädels ein und fahre heim. Einverstanden?«

»Ja. Ja, natürlich.« Einerseits bin ich froh, dass er mir diese Sorge abnimmt. Andererseits hat er von Kirchmünster als *bei euch* gesprochen und von München als *daheim*. Das versetzt mir einen Stich. Haben wir uns bereits so sehr voneinander entfremdet? Ist München inzwischen mehr als eine provisorische Wohnung unter der Woche? Anscheinend.

»Danke, Martin«, schiebe ich noch nach.

»Klar. Ich fahr jetzt los«, meint er nüchtern.

»Pass auf dich auf«, will ich ihm noch sagen, aber da hat er schon aufgelegt.

***

Martin ist mit müden Augen in Kirchmünster angekommen und hat wenig Verständnis dafür, dass Vicky weint. Sie will partout nicht von mir weg.

Mit Engelszungen kann ich sie überreden, doch mit dem Papa mitzufahren. Ich gebe ihr noch ein paar Globuli gegen den Schock und einen dicken Kuss. Martin schärfe ich ein, ihr jede Stunde von dem homöopathischen Mittel fünf Kügelchen zu geben und ansonsten recht geduldig zu sein. Er brummt nur. Ich bin ihm dankbar, dass er vor den Kindern nicht mit mir über Sinn oder Unsinn meiner Aktion diskutiert.

Susa winkt fröhlich, sie freut sich aufs Shoppen. Dann sind sie um die Ecke verschwunden.

Mit schweren Schritten gehe ich ins Haus zurück, schließe die Tür und lehne mich dagegen. Ich bin erschöpft. Und traurig.

Ich hole mir ein Glas gut gekühlten Weißwein und eine Packung Taschentücher. Dann verziehe ich mich auf mein Sofa und verordne mir eine Runde Heulen. Endlich ist keiner da, wegen dem ich stark sein muss oder vor dem es mir zu peinlich ist, mich schwach zu zeigen. Ich heule, putze mir die Nase, nehme einen Schluck Wein und heule wieder. Ich denke an die arme Rosi, die ein Leben im Streit mit ihren Mitmenschen geführt hat und jetzt tot ist. Einfach so gestorben. Ich denke an meinen erfolglosen Kampf, die Wahrheit aufzudecken, und dass es so nicht weitergeht.

Nein, es muss etwas geschehen. Ich darf nicht aufgeben. Energisch wische ich mir die Tränen aus dem Gesicht und setze mich auf.

Als Erstes werde ich herausbekommen, was es mit dem toten Baby auf sich hat. Es muss etwas mit Rosi zu tun haben, warum sonst sollte es auf ihrem Grund vergraben worden sein?

Das Tagebuch! Irgendwo hier muss ich ihr Tagebuch hingelegt haben, als ich es gestern vom Klinikum mitgebracht habe. Ich stehe auf und suche. Schließlich finde ich es auf der Kommode neben der Tür zur Garage, auf die ich immer meine Schlüssel lege. Ich nehm es und ziehe mich abermals auf mein Sofa zurück.

Das Buch klappt automatisch wieder an derselben Stelle auf wie beim ersten Mal. Das Gedicht liegt immer noch dort. Ich falte das Blatt auseinander und lese es.

Schneeglöckchen ahnen nun, was sie bedeuten. Wenn du die Augen schließt, hörst du sie läuten.

So schön. Aber von wem hat Rosi das bekommen? Es steht

kein Name dabei oder sonst eine Notiz. Ich wende das Blatt, finde aber nichts. Schade. Ich kenne niemanden in ihrem Dunstkreis, der so romantisch ist. Zumindest kann ich es mir bei keinem vorstellen. Ich besehe mir die anderen Zettel, die an dieser Stelle eingelegt sind. Es sind aus Zeitschriften herausgerissene Artikel. Auf den ersten Blick ist nichts Interessantes dabei.

Vielleicht gibt das Tagebuch Aufschluss darüber, wer ihr Verehrer gewesen ist. Am besten, ich fange am Anfang an. Ich lehne mich in die Kissen und schlage vorne auf. Der erste Eintrag ist vom 2. September 1982.

Die Liesi hat mir zum Geburtstag das Buch da geschenkt. Sie hat gesagt, ich soll da jeden Tag reinschreiben, was Interessantes passiert ist. Mir passiert aber nichts Interessantes. Das ist eine saudumme Idee. Halt von meiner Schwester.

Okay, das hört sich nach Rosi an. Und wenn sie am 2. September Geburtstag hat, war sie vom Sternzeichen Jungfrau. Ordnungsliebend und kritisch. Das passt. Auch ihre Handschrift ist ordentlich. In der Schule wird sie in Heftführung bestimmt eine Eins gehabt haben. Ich blättere um.

3. September 1982

Heut is nix passiert.

4. September 1982

Heut is nix passiert.

So geht das einige Seiten weiter. Womöglich wollte sie sich und ihrer Schwester beweisen, dass das Tagebuch wirklich ein blödes Geschenk gewesen war.

Der nächste ausführlichere Eintrag ist erst vom 23. Februar 1983.

Hab jetzt Bronchitis gehabt. Fünf Wochen. Der Doktor hat gesagt, ich darf nicht länger in der Reinigung arbeiten. Das tut mir nicht gut. Der hat gut reden. Wo soll ich sonst arbeiten? Hier gibt's nix.

Langsam findet sie Gefallen am Tagebuch, denn ab diesem Zeitpunkt schreibt sie fast täglich. Ich bummele durch die Seiten und treffe alte Bekannte wieder. Sie beschwert sich über eine Malla, die sich als was Besseres vorkommt, weil sie heiratet. Das war sicher die Bavaria, die ich bei den Münchhamers getroffen habe.

Überhaupt lag der Rosi das Thema Hochzeit im Magen. Im Laufe des Jahres 1983 heiratete ihr Bruder Josef. Liesi, die ältere Schwester, war schon verheiratet und hatte den kleinen Hansi. Nur bei der Rosi selber tauchte kein Mann auf.

Bis endlich im Januar 1984 von einem Faschingsball im Metropol in Griesbach die Rede war, bei dem sie der Zauner Korbi aufgefordert hat. Sie war ganz hin und weg von ihm. Vermutlich hat der Wirt vor dreißig Jahren um einiges flotter ausgesehen.

Auf der nächsten Seite ist ein Foto eingeklebt. Die Farben haben sich im Laufe der Jahre einen Gelbstich zugelegt. Ich knipse meine Leselampe an und besehe es mir genauer. Eindeutig ein Faschingsball. Masken, Lampions und Girlanden an den Wänden. Luftschlangen und Papierhüte auf den Tischen, dazwischen halb volle Gläser. Tanzende Paare, ein paar Knutschereien in der hinteren Ecke. Ich suche nach Rosi. Fast nehme ich an, sie sei gar nicht abgebildet, aber dann entdecke ich sie doch.

Sie hat eine platinblonde Perücke auf und knallrote Lippen. Ein weißes Seidenkleid wirbelt um ihre Knie. Rosi Reitmeier als Marilyn Monroe. Mir kommt ein Lacher aus. Aber so schlecht sieht es gar nicht aus. Nur die Kurven muss man sich dazudenken. Rosi war schon immer sehr schlank gewesen.

Sie tanzt mit einem schwarzhaarigen Mann mit Schnauzer. Eindeutig der Zauner-Wirt, nur mit fünfzig Kilo weniger. Er hat jedoch damals schon seine übertrieben stolze Haltung und streckt seine spitzige Nase in die Höh. Ihr scheint das zu gefallen, sie schmachtet ihn an.

Rosi und der Zauner Korbinian. Wie die beiden Damen bei den Münchhamerinnen schon erzählt haben.

Es folgen seitenweise Schwärmereien. Sie traf ihn am nächsten Faschingssamstag gleich wieder und machte sich vorher viele Gedanken darüber, was sie anziehen sollte. Rosi war schwer verliebt.

Nach diesem Faschingsball sind sie zu ihr. Sie lebte schon allein in dem Haus, weil ihre Geschwister ausgezogen waren. Das war praktisch. Ich weiß nicht, inwieweit im Jahre 1984 eine alleinstehende Frau hier um ihren Ruf besorgt sein musste. Aber der Rosi schien es egal zu sein. Danach war sie noch begeisterter von ihm. Anscheinend hatte er alles richtig gemacht.

Sie gingen jeden Samstag auf einen Faschingsball und danach zu ihr. Dann kam das Faschingswochenende Anfang März, und sie waren auch auf den Faschingszügen in der Umgebung. Im Tagebuch wurde immer nur kurz die Festivität vermerkt und welches Kostüm Rosi anhatte. Zu mehr hatte sie wohl keine Zeit. Oder keine Kraft, denn am 6. März 1984 schrieb sie:

Es ist gut, wenn der Fasching morgen gar ist. Es langt. Husten hab ich auch wieder. Aber der Korbi ist lieb. Er hat gesagt, ihm macht das nichts. Er steckt sich nicht an, er hat eine Rossnatur. Da hab ich gegrinst und gemeint, dass ich das schon gemerkt hab, das mit der Rossnatur. Da hat er mich im Spaß gepackt und gesagt, das wird er mir schon zeigen. Und das hat er dann gemacht.

Ich nippe an meinem Wein, der inzwischen warm geworden ist. Diese Rosi. Wer hätte das gedacht? Mit Anfang zwanzig war sie eine lebenslustige junge Frau.

An den folgenden Tagen schrieb sie wenig. Sie war krank, schon wieder die Bronchitis. Sie musste Antibiotika nehmen. Ihr war übel und schlecht. Sie klang ziemlich weinerlich. Am schlimmsten war für sie, dass sie ihren Korbi nicht sehen konnte.

Sie hat ihn sogar einmal angerufen, aber da hat er gesagt, er hätte keine Zeit zu kommen.

Er muss ja auch viel arbeiten. Jetzt, wo er die Gastwirtschaft übernehmen soll. Aber schad ist es trotzdem. Ich hab gesagt, der Michi könnt ja auch mehr tun. Aber er hat nur gesagt, dass der Vater dem nichts zutraut. Alles bleibt an ihm hängen.

Dann gab es erst wieder Anfang April einen Eintrag. Die Schrift war fahrig. Sie hatte die Worte nur so hingeschmiert.

War im Krankenhaus. Lungenentzündung. Und da haben sie festgestellt, dass ich ein Kind krieg. Ein Kind vom Korbi. Ich weiß nicht, was ich machen soll. Hab ihn seit Faschingsdienstag nicht mehr gesehen. Die Liesi hat gesagt, er hat eine andere.

Oje, oje. Ich lege das Tagebuch auf meine Knie und starre in die Dämmerung hinaus. Das war bestimmt eine Katastrophe für Rosi. Alleinstehend und schwanger, und der Freund hatte sich inzwischen eine Neue gesucht. Dieser Idiot!

Nun ja, er wusste auch von nichts. Oder? Trotzdem war es keine Art, die Rosi einfach fallen zu lassen. Noch nicht mal offiziell Schluss gemacht hatte er. Ich bleibe bei meiner Einschätzung: Manchmal kann man an der Männerwelt verzweifeln.

Grummelnd nehme ich das Buch auf und lese weiter. Auf den nächsten Seiten beschrieb sie, wie miserabel sie sich fühlte. Emotional und körperlich. Sie konnte sich nicht entschließen, den Frauenarzt aufzusuchen. Sie hatte auch mit niemanden darüber geredet. Sie konnte nichts essen. Einzig ihre Katzen trösteten sie.

Dann kam der 20. April 1984, Karfreitag. Sie ging zum ersten Mal seit Langem wieder in die Kirche. Eigentlich fühlte sie sich mies, aber in der Sterbestunde Christi wollte sie beten. Auch für sich. Der Zauner Korbinian war ebenfalls da. Er saß auf der anderen Seite der Bankreihen und würdigte sie keines Blickes. Nur sein Bruder, der Michael, schaute manchmal zu ihr herüber.

Nach der Kirch hab ich auf ihn gewartet. Draußen. Es war kalt für Ende April. Endlich kam er raus. Er wollt schnell an mir vorbei, aber ich hab ihn aufgehalten. Ich müsst was reden mit ihm, hab ich gesagt. Sein Bruder ist danebengestanden und auch die Bimesmeier Bianca. Allein, hab ich gesagt. Da hat der Korbi den anderen zugenickt, und sie sind ohne ihn weiter.

Wir sind dann ein Stück in den Friedhof hineingegangen, damit uns keiner hört. Der Korbi hat sich vor mich aufgebaut.

Was is?, hat er gefragt. Du wirst das im Fasching doch nicht ernst genommen haben.

Da sind mir die Tränen in die Augen geschossen. Natürlich hab ich das ernst genommen, was denn sonst? Aber das hab ich nicht gesagt. Ich krieg ein Kind, hab ich geflüstert. Und er hat gleich Was! geschrien.

Von dir ein Kind, hab ich gesagt, und die Tränen sind mir das Gesicht hinuntergelaufen.

Geh weiter, hat er geschrien, das stimmt nicht!

Doch, hab ich gesagt und genickt. Doch.

Ich glaub das nicht, hat er gesagt und ganz bös auf mich heruntergeschaut. Ich lass mir von dir nicht mein Leben kaputt machen, hat er gesagt. Und wollt weggehen. Da hab ich ihn am Ärmel festgehalten.

Er ist ganz wild geworden und hat seinen Arm hochgerissen. Ich bin nach hinten umgefallen. Wahrscheinlich weil mir schon den ganzen Tag so schwindlig war. Hab auch nichts gegessen gehabt.

Ich bin mit der Seite auf eine Grabumrandung gefallen. Vom Grab von der Lorenz Bertl. Es hat höllisch wehgetan. Aber noch mehr wehgetan hat, dass der Korbi einfach davongegangen ist. Raus aus dem Friedhof und die Straße entlang. Da haben die zwei auf ihn gewartet gehabt, der Michi und die Bianca. Der Korbi hat sich bei der Bianca eingehängt und ist weitermarschiert. Der Michi hat sich umgeschaut. Aber ich hab mich hinter dem Grabstein versteckt. Ich wollt nicht, dass er mich sieht. Irgendwann ist er auch weiter.

Ich weiß nicht, wie ich heimgekommen bin. Ist ja nicht weit von der Kirch bis zu mir. Jetzt hab ich mich ins Bett gelegt. Mir tut mein Bauch so narrisch weh.

Oh, mein Gott, die Arme! Dieser Zauner ist doch ein Mistkerl. Dem werde ich was erzählen, das nächste Mal!

Ich trinke mein Glas aus und blättere um.

In den folgenden Wochen kämpfte sich die Rosi durch ihren Liebeskummer. Die Enttäuschung über den Zauner Korbinian war groß.

Dafür versuchte der Zauner Michael eine Annäherung. Aber er hatte keine Chancen bei der Rosi. Sie wollte von den Männern nichts mehr wissen. Von den Zauner-Brüdern schon gleich gar nichts.

Trotzdem schickte ihr der Michael Anfang Juni das Schneeglöckchen-Gedicht. Sie schrieb dazu:

Der Michi ist heut Nacht vorbeigekommen und hat mir ein Kuvert unter der Tür durchgeschoben. Ich hab's gesehen, weil ich eh nimmer schlafen kann und die ganze Nacht wach lieg. Da hab ich aus dem Fenster geschaut, weil ich Schritte vor dem Haus gehört hab, und da hab ich ihn weggehen gesehen. Als ich dann unten nachgeschaut hab, lag das Kuvert im Flur. Drin war ein Zettel mit dem Gedicht. Mir hat noch nie jemand ein Gedicht geschrieben. Es ist wunderschön und ich musst trenzen. Im Moment muss ich immer gleich trenzen, egal bei was. So kenn ich mich gar nicht.

Am nächsten Tag ist sie in die Wirtschaft vom Zauner gegangen. Sie wollte mit dem Michael reden, dass er sich keine

Hoffnungen zu machen braucht. Aber sie kam gar nicht dazu. Denn sie platzte in einen Streit der beiden Brüder hinein.

Ich hab den Michi gesucht, weil er nicht in der Gaststub'n war. Der Korbinian auch nicht. Nur die Bianca ist hinter dem Ausschank gestanden und hat recht hochnäsig getan. Da bin ich raus und um die Ecke, in den Hof. Dort waren die zwei und haben sich wegen irgendwas gestritten. Der Michi hat mich als Erster gesehen und gleich ein ganz anderes Gesicht gekriegt. Das hat der Korbi gemerkt, und der hat sich auch umgedreht. Blöd hat er zu mir hergestarrt. Dann hat er den Michi angeschaut und dann wieder mich, und dann hat er zum Lachen angefangen. Ganz laut und dreckig hat er gelacht.

Mei, krallst dir jetzt den nächsten Zauner, hat er gesagt und sich auf die Schenkel gehauen.

Zauner, du Volldepp, hab ich geschrien. Halt deinen Rand, mit dir red keiner.

Dann bin ich zum Michi gegangen und hab ihn gefragt, ob er kurz Zeit hätt. Ja, hat er gesagt und ganz froh geschaut. Mir hat er leidgetan, weil ich gewusst hab, dass er hinterher nicht mehr froh schauen wird.

Wir sind dann in den Stall gegangen, und da hab ich ihm erklärt, dass ich mich über seinen Brief arg gefreut hab. Aber ich kann ihn nicht lieben, hab ich gesagt. Schon gar nicht, weil er der Bruder vom Korbi ist und ich den nicht mehr sehen kann.

Der Michi hat nichts gesagt, sondern nur ganz traurig geschaut und genickt. Mir ist das Herz schwer geworden. Aber ich könnt echt nicht mit ihm. Ich müsst dauernd an seinen Bruder denken.

Ich wollt dann einen Witz machen und hab gesagt, er soll doch die Theres heiraten, mit der er schon so lang geht. Dann hat er halt eine Resi und keine Rosi, wär ja fast das Gleiche. Aber der Michi konnt da drüber nicht lachen. Und ich eigentlich auch nicht. Ich bin dann wieder nach Haus. Jetzt lieg ich im Bett, weil mir mein Bauch schon wieder so wehtut. Ganz hart ist er.

Dann kam eine lange, lange Pause. Rosi schrieb erst wieder am 6. Dezember 1984 in ihr Tagebuch.

Jetzt hab ich fast ein halbes Jahr nicht mehr geschrieben. Aber ich hab einfach nicht können. Es war eine schwere Zeit. Ich hab mein Kind verloren. Da im Juni. Mein Bauch hat so wahnsinnig wehgetan, immer mehr und mehr. Erst wollt ich nicht zum Arzt, weil ich gedacht hab, das vergeht schon wieder. Ist ja immer vergangen. Und dann war's plötzlich so schlimm, da konnt ich gar nicht mehr laufen. Nicht mal zum Telefon bin ich noch gekommen.

Ich wollt aufstehen und aufs Klo, weil ich was Nasses gespürt hab an den Beinen. Aber dann ist mir so schlecht geworden, da hat's mich direkt von den Füßen geschmissen. Ich lag im Flur, zusammengekrümmt, und hab mir meinen Bauch gehalten. Gebetet hab ich, dass es vorbeigeht. Oder dass ich sterb. Das war mir egal, nur aufhören sollt's.

Jetzt war ich kurz draußen. Ich hab eine Pause gebraucht, weil das Erinnern, das macht mir immer noch viel zu schaffen.

Aber ich will alles aufschreiben.

Ich bin dagelegen und hab gejammert und geschrien, es hat so höllisch wehgetan. Auf einmal ist ein Schmerz von unten durch meinen ganzen Körper gefahren, wie von einem glühenden Messer, und dann ist das Kind unten rausgerutscht, und dann war's gleich leichter. Ich hab mich hochgedrückt, damit ich's sehen kann. Es lag einfach so da, auf dem Boden, und war voller Blut und was weiß ich. Ganz blau hat es ausgeschaut. Gar nicht rosig wie ein richtiges Baby.

Ich hab so zum Zittern angefangen, dass es mich grad so geworfen hat, und bin von dem Kind weggerutscht. Hab mich an die Mauer gelehnt und es angeschaut. Es hat sich überhaupt nicht gerührt. Ganz still war's. Keinen Mucks hat's gemacht.

Bei mir unten ist es immer weiter rausgelaufen. Der Boden war ganz rot. Mein Nachthemd sowieso. Und mir ist wieder ganz anders geworden. Ich bin zur Seite gekippt und war weg.

Es war schon dunkel, als ich wieder aufgekommen bin. Erst hab ich nicht gewusst, was passiert ist. Aber dann ist es mir schnell wieder eingefallen. Ich hab geschaut, und das Kind ist immer noch so dagelegen wie vorher. Auf allen vieren bin ich daran vorbei ins Bad. Irgendwie hab ich es geschafft, mir das schmutzige Zeug auszuziehen und mich ein bisserl zu waschen. Als ich in den Spiegel geschaut hab, bin ich erschrocken. Ich hab ausgeschaut wie der Tod, ganz weiß mit schwarzen Augenringen, die Lippen aufgeplatzt.

Ich hab mir überlegt, was ich machen soll. Ich muss ja das Kind wegräumen und den Flur aufputzen, aber mir war immer noch so schwindlig. Deshalb bin ich ins Schlafzimmer gegangen und wollt mich ins Bett legen. Aber dadrin war alles nass und dreckig. Ich hab aber keine Kraft gehabt, das neu zu beziehen. Deshalb hab ich aus dem Schrank einfach Bettzeug rausgezogen und über den Fleck geschmissen. Dann war es wenigstens trocken, da wo ich gelegen bin. Bin dann gleich eingeschlafen.

Plötzlich hat jemand an mir gerüttelt und geschrien. Ich bin erschrocken. Es war hell, und die Liesi stand bei mir am Bett. Erst hab ich nur ihren dicken Bauch gesehen, weil sie war ja wieder schwanger, schon im achten Monat.

Was ist passiert?, hat sie geschrien. Sag doch, was passiert ist! Hast ein Kind gekriegt?

Und da hab ich zum Weinen angefangen. Weil da ist es mir erst bewusst geworden, dass ich ein Kind gehabt hätt und das ist jetzt tot. Und ich bin schuld.

Es war so schlimm. So schlimm. Die Liesi hat auch zum Weinen angefangen und hat sich auf mein Bett gesetzt und mich in den Arm genommen, und dann haben wir beide getrenzt. Ewig.

Sie hat dann irgendwann aufgehört, hat mir die Haare aus dem Gesicht gestrichen und hat gemeint: Ich helf dir. Du musst zum Arzt, das anschauen lassen.

Aber ich hab gesagt, nein, ich will nicht zum Arzt. Hol die Schobesbergerin, die versteht ja auch was davon. Und dann hat die Liesi die alte Hebamme geholt. Die hat mich untersucht und gemeint, es wär so weit alles in Ordnung. Ich hätt nicht mal einen Dammriss, weil das Kind ja noch so klein gewesen war. Aber ich hätt viel Blut verloren, und sie hat mir einen Tee aufgeschrieben, den mir die Liesi aus der Apotheke holen soll, und gemeint, ich soll zwei Teelöffel Melasse am Tag essen. Die gibt's auch in der Apotheke.

Die Schobesbergerin hat versprochen, nichts weiterzuerzählen. Sie hat auch nicht groß Fragen gestellt.

Die Liesi hat dann den Saustall im Flur weggeputzt. Das Kind hat sie in ein altes Handtuch gewickelt, zusammen mit der Nabelschnur und allem. Wir haben überlegt, was wir damit machen sollen. Ich hab gesagt, ich will's bei mir lassen. Es soll unterm Hollerbusch eingegraben werden. Das haben wir dann gemacht. In der Nacht, damit uns keiner sieht. Da liegt es jetzt, mein Engerl.

Sobald ich wieder kräftiger war, hab ich ihm ein Kreuz für sein Grab gemacht. Das wird nicht auffallen, weil 's Peterl liegt auch schon da und der Brummer. Da könnt das Kreuz vom Engerl auch von einer Katz sein.

Dieses Jahr hab ich im Herbst schon meine Bronchitis bekommen und schlimmer als wie davor. Ich konnt sie fast nicht derschnaufen. Der Dr. Seiffert hat dann gesagt, dass ich eine Rente beantragen könnt, weil ich lungenkrank bin. Vielleicht mach ich das im nächsten Jahr, wenn es nicht besser wird. Er hat auch gesagt, dass ich ans Meer fahren soll auf Kur, wegen dem Reizklima. Aber was soll ich am Meer? Am schnellsten wird man daheim wieder gesund.

Typisch Rosi, denke ich beim Lesen des letzten Satzes und schließe das Buch. Ich merke, dass ich die ganze Zeit verkrampft dagesessen bin und meinen Atem angehalten habe. Die Geschichte hat mich erschüttert. Unehelich schwanger und eine Hausgeburt mit einem toten Kind. Meine Herren! Schrecklich!

Was fange ich nun mit diesen Informationen an? Sollte ich das Buch der Polizei übergeben? Ich sehe auf den dunkelbraunen Einband hinab und schüttele den Kopf. Die untersuchen eh die Knochen und werden selbst darauf kommen, dass es von der Rosi stammt. Das Buch brauchen die nicht. Was soll's auch, die Rosi hat es ja nicht umgebracht.

Es kann schon sein, dass ein wenig Trotz aus meiner Entscheidung spricht. Trotz, weil ich mich mal wieder von der Polizei alleingelassen fühle.

Aber dem Zauner werd ich die Leviten lesen. So ein herzloser Mensch! Von wegen er hat mit der Rosi nichts zu tun. Hat ihr ja nur ein Kind gemacht! Das werde ich ihm um die Ohren hauen. Jawohl!

Ich rappele mich von meiner gemütlichen Lagerstatt auf und gehe hinauf ins Badezimmer. Erst eine Dusche und dann aufs Karpfhamer.

***

Dreißig Minuten später bin ich vor dem Zauner-Zelt. Es ist Samstagabend und bumsvoll. Kaum, dass ich noch hineinkomme.

Eine Band spielt »Zehn nackte Friseusen«, die Leute stehen auf den Tischen, schwingen ihre Bierkrüge und singen mit. So gut wie alle in Tracht. Ich falle mit meiner Jeans direkt aus dem Rahmen.

Im üblichen Karree entdecke ich den Zauner Michael, wie immer stumpf über seiner Mass brütend. Vielleicht hat er die Rosi geliebt und ist seit ihrem Korb damals mit dem Leben im Unreinen? Hat die Frau geheiratet, die er nicht liebt, und ist darüber so unglücklich geworden, dass er dem Suff verfallen ist? Meine romantische Seele mochte diese Vorstellung, und deshalb habe ich unter der Dusche den Entschluss gefasst, die Sache mit meinem eventuellen Handtaschendiebstahl zu vergessen. Stattdessen werde ich ihm das Gedicht wiedergeben.

Also strebe ich schnurstracks auf ihn zu. Er kümmert sich nicht um das übermütige Treiben um ihn herum. Der Platz ihm gegenüber ist frei, und ich setze mich.

»Hallo, Herr Zauner«, sage ich.

Er stiert vor sich hin. Sein Bierglas ist fast leer, er hält sich trotzdem am Henkel fest.

Ich ziehe das Papier aus meiner Tasche und lege es vor mich auf den Tisch. Dabei achte ich darauf, dass es nicht mit einer Bierlache in Berührung kommt.

»Mein Beileid«, sage ich. Das ist mir gerade in den Sinn gekommen. Wenn ich mit meiner Vermutung richtigliege, ist der Michael Zauner der Einzige – außer mir –, der den Tod von Rosi bedauert.

Womöglich liege ich falsch. Aber immerhin bringen diese Worte ihn dazu, aufzuschauen.

»Woas?«, brummt er.

»Sie haben doch die Rosi gut gekannt. Deshalb denke ich, dass Sie über ihren Tod traurig sind. Mein Beileid.« Ich sehe ihn wohlwollend an.

Er starrt aus roten Augen zurück. »Und wer bist nachha du?«, fragt er.

»Ich heiße Karin Schneider und bin eine Bekannte von der Rosi. War«, füge ich leiser hinzu.

Michael nickt, führt sein Glas zum Mund und trinkt es aus. Mit dem Handrücken wischt er über seinen Schnauzer.

Die Band lässt die Friseusen in Ruhe und ist beim nächsten Lied angelangt.

Weine nicht, wenn der Regen fällt. Dam dam, dam dam.

Es gibt einen, der zu dir hält. Dam dam, dam dam.

»Ich hab übrigens was für Sie dabei«, sage ich in einem Tonfall, der ihn neugierig machen soll. Tut es aber nicht, wenn ich nach seiner Reaktion gehe. Er schaut wieder tief ins leere Glas.

Davon lasse ich mich nicht beirren. Ich falte das Blatt auseinander und schiebe es ihm hinüber.

»Kennen Sie das vielleicht?«, frage ich und freue mich schon auf das Aufblitzen in seinen Augen. Es wäre doch gelacht, wenn ich diesen armen Mann nicht ein bisschen aufrichten könnte.

Nimm den goldenen Ring von mir. Dam dam, dam dam.

Bist du traurig, dann sagt er dir. Dam dam, dam dam.

Desinteressiert dreht er den Kopf und sieht es sich an. Dann geht ein Ruck durch ihn hindurch. Er setzt sich auf und nimmt es in beide Hände.

»Wo hast des her?«, fragt er, ohne mich anzusehen.

»Von der Rosi.« So ganz gelogen ist es ja nicht. Aber dann geht der Gaul mit mir durch. »Sie wollte, dass Sie es wieder zurückbekommen. Sie hat es all die Jahre aufgehoben, es war ihr sehr wichtig.« So eine kleine Flunkerei kann nichts schaden. Im Gegenteil, vielleicht heilt es seine wunde Seele.

Und es berührt ihn auch wirklich. Seine Augen werden feucht.

»Sie hat des aufg'hoam?«, murmelt er. »Die ganzen Joahr.«

Alles, alles geht vorbei,

Doch wir sind uns treu.

Leider wird dann ein Schatten auf unser sentimentales Zusammensein geworfen. Der Bruder, der Zauner-Wirt, schiebt seinen kolossalen Bauch zwischen uns und stellt mit Wucht eine frische Mass auf den Tisch.

»Was ham Sie schon wieder hier verloren?«, schnauzt er mich an. »Gibt's keine anderen Zelte, wo Sie Ärger machen können?«

»Sie!« Ich schnelle nach oben und trete aus der Bank heraus. Feindselig blicken wir uns Aug in Aug. Er ist ja nicht viel größer als ich. »Sie brauchen sich gar nicht so aufführen. So ein verdorbener Mensch, wie Sie einer sind, ist mir auch schon lang nicht mehr begegnet. Macht einer Frau ein Kind, lasst sie dann sitzen und behauptet hinterher, er wüsst überhaupt nicht, warum sie was gegen ihn hat. Sie verlogener Mistkerl!«

»Woas is?«, fragt Michael von unten.

Der Zauner-Wirt packt mich am Arm und sieht sich nach seinen Security-Leuten um. Er entdeckt drei davon weiter hinten und winkt sie heran. »Sie verschwinden jetzt. Sie haben Hausverbot!« Er wird immer lauter. »Haben S' das verstanden oder brauchen S' des schriftlich?«

»Woas is los?«, insistiert Michael.

Ich versuche, die feiste Hand vom Zauner abzuschütteln, was mir aber nicht gelingt, und informiere den Michael. »Ihr sauberer Herr Bruder hat der Rosi ein Kind gemacht und wollte dann nichts mehr von ihr wissen. Sie hat eine Fehlgeburt gehabt, an der sie beinahe gestorben wär.« So ein bisschen Übertreibung schadet bestimmt auch nichts. Ich bin in Rage. »Und dann tut er so, als ob er sie nicht mehr kennen würde.« Ich schüttele energisch an meinem Arm. »Lassen Sie mich gefälligst los!«

Seine Patschfinger graben sich allerdings nur noch fester in meinen Oberarm. Gebieterisch winkt er nach seinen Leuten, die im Gedränge aufgehalten worden sind.

Michael drückt sich mit beiden Händen von der Bank hoch und steht auf. Er haut seinen Bruder gegen den Brustkorb.

»Stimmt des?« Mit gesenktem Kopf starrt er ihn an. Jetzt erinnert er mich wieder an einen Stier, kurz bevor er losstürmt und den Torero auf die Hörner nimmt.

Der Zauner-Wirt beachtet ihn nicht groß. Er hält immer noch Ausschau nach seiner Security. Über meinen Kopf hinweg motzt er: »Was geht dich des an? Ha? Und wenn's so wär, das ist ewig her und interessiert kein Schwein mehr.«

»Mich interessiert's«, stößt der Michael aus. Er hat das gleiche

Gesicht wie der Bruder. Nur was beim Korbinian in früheren Jahren gefällig gewesen ist, ist bei ihm klobig. Alle seine Muskeln sind angespannt.

Ich fühle mich unwohl. Nicht nur, weil der Zauner mich gefangen hält und seiner Wache ausliefern will, um mich hinauszuschmeißen. Nein, die Energie, die vom Michael ausgeht, ist mehr als ungut. Richtiggehend gefährlich finde ich sie. Was kann ich zur Deeskalation beitragen? Ich durchforste mein Hirn.

»Immerhin hat die Rosi im Nachhinein erkannt, dass sie sich mit dem falschen Bruder eingelassen hat«, werfe ich in den Ring.

Der Zauner schaut zur Abwechslung mal wieder mich an. »Was?«

Michael knurrt. Aber ich lasse mich nicht beirren. Dieser Blödmann von Korbinian Zauner sollte ein für alle Mal begreifen, dass er nicht der Nabel von Rosis Welt war.

»Ja«, biete ich ihm kämpferisch die Stirn, »die Rosi hat all die Jahre ein Gedicht vom Michael aufgehoben, weil es ihr so eminent wichtig war.« So, ersticke daran, du Wicht!

Aber der Zauner lehnt sich nur zurück und fängt zum Lachen an. Schallend. Der Bauch wippt auf und ab. Mich beutelt es hin und her, weil er mich natürlich nicht loslässt. Er wischt sich die Tränen weg, die ihm zwischen seinen Schweinsbacken hinabkullern. Lacht und lacht.

Bis ein Schwall über uns hinwegschwappt. Ich ringe nach Luft. Gleichzeitig gibt es einen dumpfen Knall. Der Kopf vom Zauner wird nach rechts hinten gepfeffert, er dreht sich seinem Kopf hinterher, die Backen fliegen, Tränen und Bier spritzen. Er reißt mich mit sich zu Boden und bleibt dort zuckend liegend. Ich schreie. Sehe ich doch aus nächster Nähe, wie Blut aus seinem Ohr fließt.

Verzweifelt befreie ich mich aus seinem Klammergriff und rappele mich auf. Triefnass. Um uns herum sind die Leute aufgesprungen, schreien durch die Gegend und drängeln, damit sie besser sehen können, was passiert ist. Die vorderen rufen den hinteren ihre Einschätzung der Lage zu.

Inzwischen hat auch die Security den Ort des Geschehens

erreicht. Drei Kolosse schieben die Zuschauer grob beiseite und stürzen sich auf uns. Schon wieder werde ich gepackt und festgehalten. Ich brülle die Männer an, sie sollen schleunigst einen Sanker holen, der Zauner hätte bestimmt einen Schädelbasisbruch und müsse ins Krankenhaus. Darauf spricht einer in sein Funkgerät.

In diesem ganzen Tumult steht der Michael nur ruhig daneben. Sein Masskrug ist unversehrt geblieben. Er stellt ihn auf den Tisch zurück.

Obwohl ihn zwei von den Security-Brackeln festhalten, beugt er sich zum Tisch, nimmt seelenruhig das Blatt mit seinem Gedicht, faltet es zusammen und steckt es in seine Jackentasche.

Die Band reagiert auf ihre Weise auf das Chaos, sie stimmt ein neues Lied an.

Heit ist so a schöner Tag. La lalala la.

4

Sonntag

Ich quäle mich aus dem Bett. Am liebsten wäre ich liegen geblieben. Den ganzen Tag. Und den nächsten auch noch.

Aber es hat keinen Sinn. Auch wenn ich Scheiße, Scheiße, Scheiße gebaut habe, ich muss raus und mich dem Leben stellen. Und den Leuten.

Gestern hat es natürlich noch ewig gedauert. Der eine Zauner kam ins Krankenhaus, der andere in die Zelle. Und an beidem war ich irgendwie schuld.

Wenn ich dem Michael nicht das Gedicht wiedergegeben hätte, wäre seine Liebe zu Rosi nicht so akut aufgeflammt. Wenn ich dem Zauner-Wirt nicht seine Unmenschlichkeit vorgeworfen hätte, hätte Michael nie von dem Kind erfahren. Wenn ich dem Korbinian nicht von dem Gedicht erzählt hätte, hätte er sich nicht darüber lustig gemacht, und Michael wäre nicht ausgerastet.

So geht es schon seit gestern rund in meinem Kopf.

Gott sei Dank ist der Krankenwagen bald gekommen und der Zauner-Wirt in professionelle Hände. Die Security-Burschen zerrten uns durch die Menge in den Raum fürs Personal. Dort übernahm uns wenig später die Polizei. Die Beamten waren mir fremd, weder der Riedl noch der Eckbauer waren dabei. Der Grieshuber gottlob auch nicht. Es folgten Verhöre. Protokolle. Das ganze Brimborium.

Endlich wurde ich entlassen und kehrte ins Zelt zurück. Ich konnte mich vor Müdigkeit kaum aufrecht halten. Alles an mir klebte, meine Jeans war noch nass und scheuerte an den Oberschenkeln, in meinen Schuhen quietschte das Bier. Ich kam mir entsetzlich dreckig vor, äußerlich, aber – was noch viel schlimmer war – innerlich auch.

Ich hatte versucht, bei der Polizei alle Schuld auf mich zu nehmen und ihnen zu erklären, dass der Michael quasi gar nicht anders gekonnt hatte, als zuzuhauen. Es war Notwehr gegen die seelische Grausamkeit seines Bruders. Sicherlich musste er schon sein ganzes Leben darunter leiden. Ich bin mir nicht sicher, ob's was geholfen hat. Ich hoffe es. Denn das Letzte, was ich will, ist, dass der Michael ins Gefängnis muss und sein Leben endgültig versaut ist.

Das einzig Positive an diesem schrecklichen Abend war, dass George auf mich gewartet hat. Als ich ins Zelt zurückkam, saß er an einem der nahe gelegenen Tische und stand sofort auf, um zu mir zu eilen.

»Karin, was ist passiert? Der Michi hat den Zauner erschlagen?«

Mir wurde schwindelig.

»Komm«, forderte er mich auf und nahm mich beim Arm. Er führte mich an seinen Platz, und wir setzten uns. Ohne weitere Umstände schob er mir seinen Spezi rüber, und ich war froh, dass es kein Bier war. Das konnte ich nicht mehr riechen. Der Zucker und das Koffein brachten mich wieder etwas in Schwung, und so erzählte ich in Stichpunkten, was sich zugetragen hatte.

Als ich gerade zu schildern begann, wie ekelhaft sich der Zauner-Wirt über den Michael und seine Liebe zur Rosi lustig gemacht hatte, merkte ich, dass neben uns jemand stand. Ich sah auf.

Die Zauner-Wirtin.

Die Hände in die mageren Hüften gestemmt und das Kinn vorgeschoben, glotzte sie auf mich herab. Ihre platinblonde Frisur lag wie ein Helm um ihren Kopf und unterstrich die Bräune ihres Gesichts.

»Du, Drekschleidan, drekige!«, keifte sie. »Sofort hörst jetzt auf, über meinen Mann herzuziehen, sonst setzt's was. Dass du di überhaupt noch traust, in meinem Zelt zu sitzen. Schau, dass d' weiterkommst!« Sie zeigte mit ihrem durchtrainierten Kellnerinnen-Arm zum Ausgang.

Ich wollte aufstehen, um ihr die Ehre als Ehefrau des Verletzten zu erweisen. Aber meine Beine versagten mir den Dienst. Also musste ich sitzen bleiben. Ich war mir der Unhöflichkeit schmerzlich bewusst. »Es tut mir wirklich sehr leid, was passiert ist«, sagte ich reuevoll. »Ich hoffe, Ihr Mann wird schnell wieder gesund.«

»So ein verlogenes Luder!«, zeterte sie weiter. »Erst hetzt's die Mannsbilder aufeinander, und dann tut's so g'schamig. Aussi jetzt, bevor ich mi vergiss!«

»Bianca«, tönte die sonore Stimme von George. »Die Frau Schneider kann doch nichts dafür, dass der Michael deinen Mann angegriffen hat.«

Ich war zwar ganz anderer Meinung und zog meinen Kopf ein. Aber auf der anderen Seite tat es gut, dass er mich verteidigte.

»Du hältst deinen Rand, Schorsch!«, giftete sie ihn an. »Mit dir bin ich fertig.« Ihre Augen spien Hassfunken in seine Richtung. »Du hast mich eh nur zum Ausspionieren vom Korbi gebraucht. Und für das andere. Und jetzt hockst immer mit dera Trutschen umeinander.« Ihr Blick traf mich. »Keinen Schimmer, was du an dera findst.«

Ich war viel zu geknickt, um mich über diese Beleidigung aufzuregen. Wie ein begossener Pudel saß ich daneben und hielt meinen Mund.

»Bianca, du übertreibst.« George ließ sich allerdings nicht aus der Ruhe bringen. »Wir haben uns doch immer gut verstanden.« Sein Blick hätte einen Eisblock zum Schmelzen gebracht und ließ mein Misstrauen anspringen.

War das Verhältnis von der Zauner Bianca, von dem Rosi in ihrem Brief geschrieben hatte, der George? Wenn ich mir die beiden so ansah …

Der Eifersuchtsstachel rührte sich wieder. Und ich blöde Kuh war beruhigt gewesen, dass er nichts mit der Tanja hatte. Malte mir schon Wunder was aus, wenn seine Frau endlich Farbe bekannte.

Aus der Traum. Mit so einem Frauenhelden mochte ich nichts zu tun haben. Die Enttäuschung brachte mich wieder in die Gänge.

»Ich muss jetzt los«, sagte ich, rutschte resolut aus der Bank und wandte mich Richtung Ausgang.

»Wird auch Zeit, dass d' weiterkimmst, und lass di hier nimmer blicken!«, schrie mir die Zaunerin hinterher.

Jetzt langt's, war mein Reflex auf ihr fortgesetzt unverschämtes Benehmen. Was bildete sich diese künstliche Tante ein? Ärger brannte in meinem Hals. Ohne Hast drehte ich mich noch einmal um.

»Sind Sie überhaupt schon von der Polizei verhört worden?«, fragte ich sie. »Nein? Dann muss ich denen mal einen Tipp geben. Was haben Sie denn am Donnerstag in der Nacht gemacht?«

»Was willst?«, schnauzte sie mich an, und ihr Blick hätte Stahltüren durchlöchern können.

Langsam kam ich in Fahrt. Da konnte mich so ein G'schau nicht mehr einschüchtern. Ich schickte einen ähnlichen Blick zurück. »Sie hätten ein prima Motiv gehabt, der Rosi so übel mitzuspielen. Nicht wahr?«

Sie japste.

Schnell setzte ich nach: »Schließlich hat die Rosi davon gewusst, dass Sie Ihren Mann betrügen. Und ich weiß jetzt auch, mit wem!«

»Was sagst!«, schrie die Zaunerin, nahm das Spezi-Glas vom Georg und schüttete mir die ganze Ladung ins Gesicht.

***

So war das gestern.

Deshalb ziehe ich mir bestimmt ein Dutzend Mal die Decke über den Kopf, bevor ich es über mich bringe, tatsächlich aufzustehen.

Missmutig sitze ich in der Küche und hoffe, dass mein geliebter Milchkaffee es schafft, meine Laune zu steigern.

Auf den Georg bin ich auch nicht mehr gut zu sprechen. Okay, er ist nach der Spezi-Attacke aufgesprungen und hat die Zaunerin angebrüllt. Außerdem hat er mir sein Taschentuch zum Abputzen gereicht und wollte es sich partout nicht nehmen lassen, mich zu meinem Auto zu begleiten. Er hat auch wortreich erklärt, warum die Zauner Bianca das gesagt hat, was sie gesagt hat, und dass ich keine falschen Schlüsse daraus ziehen soll. Aber trotzdem.

Ich bin beleidigt. Blöd, ich weiß. Zwischen uns war nichts, rein gar nichts. Nur in meiner Phantasie. Aber ich bin halt sehr phantasiebegabt!

Seufzend stehe ich auf und suche meine Sachen zusammen. Ich werde jetzt auf den Karpfhamer Festgottesdienst gehen und den Max suchen. Heute Nacht ist mir eine Idee gekommen. Ich habe es satt, dass mich alle für dumm verkaufen und der Fall Rosi vor sich hin dümpelt. Das muss sich ändern!

***

Die Trompeten des Griesbacher Jugendblasorchesters schmettern ein »Lobet den Herrn« in den weiß-blauen Himmel, als ich den Platz erreiche. Seit diesem Jahr findet der sonntägliche Gottesdienst, wenn es das Wetter zulässt, im Freien statt, und heute scheint die Sonne warm auf uns herab.

Ich dachte, ich sei pünktlich, aber dem war nicht so. Irgendwie habe ich die Anfangszeit falsch im Kopf gehabt, und so komme ich erst ziemlich zum Schluss. Das hat allerdings den Vorteil, dass ich von hinten alles gut überblicken kann.

Die Familie Ilzdorfer fällt mir sofort ins Auge. Sie ist vollständig versammelt und steht im vorderen Drittel der Gläubigen. Tanja, deren rote Haare im Sonnenlicht leuchten, hat ihre Hände auf Stefans Schultern gelegt. Eine unübliche Geste in einem Gottesdienst, vielleicht ist sie evangelisch.

Die zwei Venus-Männer entdecke ich auch. Meine Exfreundin Isabell lässt sich immer wieder gegen den Benedikt sinken, der sie daraufhin jedes Mal sanft, aber bestimmt in die korrekte Position schubst. Ich will lieber nicht darauf wetten, wie lange es mit den beiden noch gut geht.

Unauffällig halte ich nach Hansi Ausschau. Himmel! Da ist er! Keine zehn Meter von mir entfernt. Ich mache mich noch kleiner, als ich eh schon bin, und nehme meinen Nachbarn, einen g'standnen Trachtler, als Sichtschutz. Vorsichtig luge ich an dessen Hirschhornknöpfen vorbei. Hansi sieht verknittert aus, sein Hemd, das immer noch dasselbe ist wie gestern, ebenso wie sein Gesicht. Die plumpe Gestalt ist zusammengesunken, die Haare kleben ihm am Kopf. Ich hätte Mitleid mit ihm haben können, wenn ich nicht gewusst hätte, was er Rosi angetan hat.

Weder betet er mit, noch verfolgt er das Treiben der beiden Pfarrer auf dem Podest. Er hat seinen Kopf nach rechts gedreht und starrt in jemandes Nacken. Wenn ich es richtig abschätze, könnten es wieder die Ilzdorfers sein. Doch die unheilige Katharina? Hansi will sie offensichtlich durch Telepathie dazu bringen, seine Anwesenheit zu bemerken.

Und es funktioniert. Ungelogen. Nach einer Weile fährt sie sich mit der Hand über ihren Nacken, als ob sie den brennenden Blick vom Gruber gespürt hätte. Dann wendet sie ihren Kopf und pflückt einen Fussel von der Schulter ihres Mannes. Damit kann sie mich nicht täuschen, und ich habe recht. Während dieser fürsorglichen Geste, die Georg mit einem kurzen, irritierten Blick quittiert, dreht sie ihren Kopf weiter nach hinten und mustert die umstehenden Gläubigen. Sie erspäht Hansi und hebt ihren Kopf in der Andeutung eines Nickens. Mein Blick fliegt zu Hansi. Er nickt heftiger zurück, als ob er etwas von ihr will. Sie zuckt leicht mit einer Schulter, beugt sich zu Georg und sagt ihm etwas ins Ohr. Er antwortet ihr. Hm? Was habe ich davon zu halten?

Bevor ich mir darüber nähere Gedanken machen kann, schwillt ein heißer Sambarhythmus aus meiner Tasche. Der Trachtler neben mir sieht mich finster an. Von rechts und links wird gezischt. Ja, ich hätte mein Handy ausmachen sollen. Sorry.

Hektisch krame ich danach und nehme den Anruf an.

»Moment«, rufe ich hinter vorgehaltener Hand in den Hörer. In gebückter Haltung drängele ich mich durch die anderen Nachzügler. Ich höre, dass die Stimme in meinem Handy weiterspricht. Aber es hat keinen Sinn, jetzt zu antworten. Erst muss ich mir ein ruhigeres Plätzchen suchen. Also drücke ich das Telefon an meinen Busen und gebe mir Mühe, nicht zu vielen Leuten auf die Füße zu steigen.

Kurz darauf habe ich eine der Budenstraßen erreicht und stelle mich neben einen Losstand, der noch nicht geöffnet hat.

»So, jetzt«, spreche ich ins Telefon. »Wer ist denn dran?«

»Ich bin's, der Max, hab ich doch schon gesagt«, sagt Max.

»Wieso rufst du auch mitten unter dem Gottesdienst an, anstatt selber mitzubeten?«, frotzele ich.

»Oh, das wollte ich nicht, tut mir leid. Soll ich später wieder anrufen?« Ein höflicher Mensch.

»Nein, nein, jetzt bin ich schon draußen. Ich steh hier neben dem Losstand und dem Autoscooter. Was gibt's?« Er hat mich neugierig gemacht. Wenn er mich für seine Begriffe so früh anruft, muss es etwas Wichtiges sein.

»Ich sollte doch den Hansi im Auge behalten«, meint er dann auch. »Und ich wollte dir sagen, er steht dermaßen neben sich, es ist eine Katastrophe, also für den Laden. Was der gestern Getränke falsch gemixt hat, das geht auf keine Kuhhaut. Die Leute haben sich reihenweise beschwert.« Max macht eine kurze Pause. »Der Hansi ist mit den Nerven am Ende.«

Ja, so sieht er auch aus. Das freut mich. Wenn er unter Druck steht, dann macht er vielleicht einen Fehler, und wenn er einen Fehler macht, habe ich eine Chance, ihn zu überführen. Deswegen will ich den Druck auf ihn noch erhöhen. Mit der Hilfe von Max.

»Gut, dass du anrufst. Ich wollte nämlich was mit dir besprechen. Ich hab da einen Plan.«

Ich lehne mich gegen die Losbude und erkläre Max, was ich vorhabe.

Als ich damit fertig bin, ist auch der Gottesdienst zu Ende, und die Menge strömt zu ihrem wohlverdienten Mittagessen in die verschiedenen Zelte. Ich sehe, dass das Zauner-Zelt ganz normal geöffnet hat, aber ich habe nicht den leisesten Impuls, mich dort hineinzuwagen.

Eigentlich habe ich gehofft, beim Gottesdienst meinen Sohn Linus zu treffen. Seit Tagen versuche ich nun schon, ihn zu erreichen, aber vergebens. Zwar ist er siebzehn und ziemlich vernünftig, aber trotzdem mache ich mir langsam Sorgen. Und heute hätte seine Freundin Anna eigentlich im Jugendblasorchester mitspielen sollen. Ich habe sie aber nicht entdeckt. Nun werde ich es noch einmal auf seinem Handy probieren, und wenn er dann immer noch nicht rangeht, werde ich bei Annas

Eltern anrufen. Das tue ich nicht gern, ich will sie nicht auch beunruhigen.

Ich wähle seine Nummer, und – wer hätte das gedacht? – er nimmt sofort ab.

»Hey, Linus, wo steckst du denn! Ich ruf dich dauernd an und quatsch dir eine Nachricht nach der anderen auf die Mailbox. Was ist los?«, mache ich dem mütterlichen Gemisch aus Sorge und Unmut Luft.

»Nichts, Mum, beruhige dich. Wir sind nur ein bisschen weggefahren.« Linus klingt sehr entspannt.

»Weggefahren? Und warum weiß ich nichts davon? Du bist schließlich noch minderjährig.« Die letzten Monate vor der Volljährigkeit dauern ewig. Für beide Seiten.

»Relax, Mum, wir sind nur in Kroatien.« Die Leitung knackst. Das liegt sicherlich nicht an Kroatien.

»Kroatien?«

Bevor ich mich noch mehr aufregen kann, sagt Linus: »Ja, mit dem Kreisjugendring, ganz seriös, Mum. Die Anna hat sich angemeldet, also ihre Eltern haben das gemacht, und ich bin mitgefahren, als Betreuer quasi. Der Sebastian hat mich angerufen und gefragt. Ihnen ist einer abgesprungen. Ging alles ganz schnell.«

»Hast du keine Bestätigung für die Grenze gebraucht?«, frage ich.

»Nee, die sind doch jetzt auch in der EU.«

»Okay.« Anscheinend hat er alles im Griff. Was Martin dazu sagen würde, interessiert im Moment nicht. Der sitzt in München. Außerdem hat diese Reise den netten Nebeneffekt, dass Linus weit vom Karpfhamer und den derzeitigen Geschehnissen entfernt ist. Das habe ich ja gewollt.

»Du, ich muss wieder. Jetzt ist gleich Beachvolleyball. Ciao, Mum, und halt dich zurück.«

»Immer, mein Sohn, immer.«

Kaum habe ich aufgelegt, sehe ich Isabell mit Benedikt und Tim auf mich zukommen. Mir bleibt aber auch nichts erspart. Um Isabells Hals baumelt ein Lebkuchenherz mit der Aufschrift »Spatzl«, und sie hat sich mit einem verstärkt glücklichen Ausdruck bei ihrem neuen Freund eingehängt. Tim ist das erkennbar unangenehm, denn er verabschiedet sich gerade von den beiden. Als er bei mir vorbeigeht, grüßt er mich völlig unaufgeregt und lächelt sein schiefes Jungenlächeln, das ihm auch mit über zwanzig noch geblieben ist.

Isabell strauchelt mit ihren hohen Schuhen, als sie mich erblickt. Ja, das schlechte Gewissen. Ich werde es ihr bestimmt nicht leicht machen.

Diesen Entschluss muss sie schon auf meinem Gesicht abgelesen haben, denn sie wirft sich unsicher ihre langen Haare über die Schulter.

»Hallo, Karin«, beginnt sie übertrieben erfreut. Venus nickt mir zu. Die Venus-Männer machen nicht viele Worte.

»Grüß dich.« Ich hoffe, mein Ton ist eisig genug.

»Hast du deine Kinder gut untergebracht?«, traut sie sich tatsächlich zu fragen.

»Ja, ja. Alles in Ordnung«, blaffe ich sie an. Ich muss hier weg, bevor ich richtig unfreundlich werde! Und der Himmel erhört mich. Gerade als ich mir meine Abschiedsfloskel überlege, höre ich von der Seite die bekannt tiefe Stimme vom Ilzdorfer.

»Karin, ich muss mit dir reden, hast du kurz Zeit?«, fragt er, und er klingt ebenfalls nicht sehr selbstsicher. Schön, wenn alle ein schlechtes Gewissen wegen mir haben. Nein, natürlich nicht, aber im Moment ist es brauchbar.

Mit einem begeisterten Gesichtsausdruck wende ich mich zu ihm um. »Da bist du ja«, rufe ich aus und hänge mich bei ihm ein. »Wir müssen«, sage ich zu Isabell. »Bis dann.«

Daraufhin ziehe ich den Ilzdorfer in die entgegengesetzte Richtung weg. Er weiß nicht, wie ihm geschieht. Zu Isabell drehe ich mich nicht mehr um.

Als wir außer Sichtweite sind, entziehe ich ihm meinen Arm.

»Danke für die Kooperation«, sage ich spitz. »Hier trennen sich unsere Wege. Auf Wiedersehen.« Ich drehe mich um, komme aber nicht weit. Georg hält mich zurück.

»Karin, sei doch nicht so kindisch. Ich hab dir gestern bereits erklärt, dass du das mit der Bianca völlig falsch aufgefasst hast.« Er lässt mich immer noch nicht los.

»Glaub ich ja nicht«, entgegne ich schnippisch und zerre meinen Arm aus seinem Griff. »Aber es ist nicht mein Problem. Eher das von deiner Frau.« Ich fasse mir an den Arm, um zu demonstrieren, dass er zu fest gedrückt hat.

»Meine Frau.« Georg verdreht die Augen. Dann setzt er ein leidendes Gesicht auf und spricht die Worte, die jeder untreue Ehemann in seinem Repertoire hat. »Meine Frau versteht mich nicht. Wir haben uns in den letzten Jahren auseinandergelebt.«

»Soso«, mache ich und sehe ihn fragend an.

»Ja, sie hat nur ihr Golfspiel im Sinn, lungert den ganzen Tag im Hartl-Resort herum und treibt es da mit jedem zweiten Golflehrer.« Sein Blick sagt: ich armer geschundener Ehemann.

»Aha«, ist mein Kommentar dazu. Interessant ist die Darstellung allemal. Denn sie zeigt, dass Georg nichts von der neuen sexuellen Ausrichtung seiner Frau weiß. Na, das wird mal eine große Überraschung werden. »Warum trennst du dich dann nicht?«

»Ja, mei, der Stefan soll nicht darunter leiden. Und wegen dem Geschäft.« Er klingt ganz armselig. »Aber nun zu dir. Wie geht es dir?«

»Wie's mir geht?«, frage ich zurück. Wir haben uns doch vor ein paar Stunden noch gesehen.

»Nach gestern und wegen der Rosi und deinen Nachforschungen«, führt er aus. »Ich mache mir Sorgen um dich.« Mit diesen gold gesprenkelten braunen Augen kann er kolossal fürsorglich blicken. Mein Widerwille beginnt zu schmelzen.

»Echt?«

Er nimmt meine Hand – das hat er auch drauf, dieses Händenehmen und prickelnde Energie durch den Körper schicken. Wie soll man ihm da noch böse sein?

»Karin, ich habe den größten Respekt vor dir und deinen kriminalistischen Künsten. Bist du schon weitergekommen? Welche Pläne hast du?«

Wann hat mein Mann das letzte Mal solche Worte für mich parat gehabt? Ich kann mich nicht daran erinnern. Deshalb lasse ich mich nicht länger bitten, sondern erzähle ihm meine

Erkenntnisse bezüglich Rosis Baby und dem Zauner, die ihm Ausrufe des Erstaunens entlocken. Eigentlich hat er recht. Ich hab in kurzer Zeit immens viel zusammengetragen. Und die Polizei rätselt noch herum.

Dann komme ich auf Hansi zu sprechen, und weil unsere Versöhnung so ein gutes Gefühl bei mir hinterlassen hat, wage ich zu fragen, ob seine Frau vielleicht eine Verbindung zum Hansi hat.

»Katharina?«, fragt er verblüfft. »Nun. Sie war manchmal mit ihm im selben Flight, wenn ich mich recht erinnere.«

»Flight? Ach so, beim Golfen, meinst du.« Auf dem Gebiet bin ich gänzlich unbeleckt, obwohl ich neben Europas größtem Golfzentrum wohne.

»Ja, ja, Golf«, bestätigt er. »Ich weiß allerdings nicht, inwieweit sie sich angefreundet haben. Bei uns zu Hause war er noch nie, soweit ich weiß.« Er sieht mich ernst an. »Hast du den Verdacht, dass die beiden …« Er lässt den Satz unvollendet.

Ich hebe meine Schultern. »Eigentlich denke ich es nicht. Aber in letzter Zeit sehe ich, dass er immer wieder Kontakt zu ihr aufnimmt. Vorhin beim Gottesdienst zum Beispiel.«

»Tatsächlich?«

Ich nicke. »Hast du eine Idee, warum deine Frau etwas gegen Rosi gehabt haben könnte? Hat sie ein Geheimnis, auf das Rosi gekommen ist?« Vielleicht gibt es ja noch andere Dinge, die die Frau Ilzdorfer nicht an die große Glocke hängen will.

»Katharina?«, fragt George wieder, macht große Augen und lässt meine Hand los. »Das kann ich mir nicht vorstellen. Meine Frau ist der langweiligste Mensch, den man sich denken kann.«

»Okay.« Wenn du dich da mal nicht irrst, Mann. Diese Einschätzung wirft jetzt kein so gutes Licht auf ihn, deshalb schiebe ich sie schnell beiseite. Ich will mich noch ein wenig länger in unserer frisch intensivierten Nähe baden. »Aber ich verrate dir jetzt was, das unbedingt unter uns bleiben muss.«

»Ja?« Er beugt sich weiter zu mir, und ich spüre, dass ich seine ungeteilte Aufmerksamkeit habe. Das sind seltene Momente in den zwischenmenschlichen Beziehungen, und ich weiß sie zu schätzen.

»Ich werde ihm heute eine Falle stellen«, raune ich.

»Dem Hansi?«

»Genau. Ich bin mir nämlich hundertprozentig sicher, dass er die Rosi mit K.-o.-Tropfen im Hollerwein betäubt hat. So konnte er sie problemlos an den Weiher schaffen. Und heute Abend werden Max und ich ihm im Barwagen eine Flasche Hollerwein vor die Nase stellen und ihn damit konfrontieren. Hansi ist jetzt schon so mit den Nerven runter, und ich rechne fest damit, dass er dann einen Fehler macht. Ich muss ihn einfach drankriegen.« Ich schlage die Faust in meine Hand.

»Willst du nicht lieber die Polizei einschalten?«, fragt George besorgt.

Ich schüttele energisch den Kopf. »Auf gar keinen Fall. Die würden das nur ausbremsen.«

George fasst meine Schultern. »Karin, pass bitte auf dich auf. Habt ihr für heute Abend schon einen Zeitpunkt vereinbart?«

»Um acht. Kurz nachdem der Hansi geöffnet hat. Da ist noch nicht so viel los in der Bar.« Das hat Max vorgeschlagen. Er muss es wissen, er arbeitet schließlich dort.

»Nun gut. Ich muss jetzt leider einiges erledigen«, meint George mit Bedauern in der Stimme und schaut dabei auf seine Uhr. »Aber um sechs hätte ich wieder Zeit. Bitte triff dich da mit mir. Ich möchte gerne mit dir noch ein paar unbeschwerte Stunden verbringen, ehe du diesen großen Coup landest. Einverstanden?« Er blickt mir eindringlich in die Augen.

»Nun gut.« Ich bin etwas enttäuscht, dass er mich jetzt schon verlassen will. Aber da stecke ich nicht drin. Keine Ahnung, welche Verpflichtungen er hat, und ich will mich da auch wirklich nicht einmischen. »Das wäre schön«, meine ich deshalb nur. Ich kann kurz vorher in der Tat Ablenkung gebrauchen.

»Lass uns etwas essen gehen und dann über das Fest bummeln«, schlägt er vor.

»Aber nicht im Zauner-Zelt«, mache ich einen zugegebenermaßen schlechten Witz.

Er grinst. »Bestimmt nicht.«

Wir sind uns einig und geben uns zum Abschied die Hand. Diese Geste ist zwischen uns fast so intim, als wenn wir uns geküsst hätten.

***

Die nächste Stunde verbringe ich mit Vorbereitungen. Ich tauche eine Weinflasche aus unserem Keller ins Wasser, um das Etikett abzulösen. Der Inhalt kommt in einen Krug – die Weine, die Martin vom Enghofer kauft, sind zu schade zum Wegschütten –, und ich gieße Traubensaft hinein. Mit Hollerwein kann ich nicht dienen, und sonntags sind alle Geschäfte geschlossen. Hansi soll den Wein ja auch nicht trinken, sondern nur anhand der Flasche daran erinnert werden, was er gemacht hat.

Aber wenn Max aus einer Laune heraus davon etwas einschenkt und Hansi probiert? Würde uns das unglaubwürdig machen?

Wo bekomme ich dann heute Hollerwein her?

Da fällt mir Claudia ein. Als langjähriges Mitglied des Gartenbauvereins weiß sie bestimmt, wer solch einen Wein selber macht. Und wenn nicht, kann sie ja ein bisschen herumfragen. Schließlich schuldet sie mir was. Finde ich zumindest. Auch wenn meine Inkognito-Aktion schlussendlich aufgeflogen ist, habe ich ihren Mann immerhin zwei Tage lang aus dem Flirt-Verkehr gezogen.

Ich rufe sie an.

Sie ist zu Hause.

Ich erkundige mich, wie ihr Mann denn meine Observation aufgenommen hätte. Hoffentlich hat es keinen handfesten Ehekrach gegeben.

»Karin, ich wollte dich eh schon anrufen«, sagt sie und klingt nicht im Mindesten so, als ob sie sich beschweren möchte. »Ich wollte dir danken!«

»Tatsächlich?« Damit habe ich nicht gerechnet. Wie schön, dass sie sich nicht gestritten haben.

»Zuerst war der Franzi natürlich entrüstet«, räumt sie ein. »Du hättest es vielleicht auch ein wenig delikater anstellen können.«

»Delikater? Was hätt ich delikater anstellen können?« Will sie mir jetzt doch noch Vorhaltungen machen? Darauf kann ich verzichten. Oder ich schicke ihr eine Rechnung für meine Dienste. Ha. Da würde sie Augen machen.

»Na, die Auflösung. Der Franzi war schon schockiert. Im ersten Moment. Und er kam an dem Abend ziemlich betrunken nach Hause. Ich sag gar nicht, dass das deine Schuld ist, Karin, wirklich nicht«, beeilt sie sich anzumerken. »Aber … ach, lassen wir das. Im Endeffekt hat der Franzi eingesehen, dass es nur meine übergroße Liebe zu ihm war, die mich dazu getrieben hat, dich zu beauftragen. Und das hat uns wieder nähergebracht.«

»Das freut mich«, antworte ich und meine es auch so. Das macht es mir leichter, meine Bitte vorzutragen. »Bist du denn inzwischen wieder gesund?« Ein bisschen Small Talk vorher kann allerdings nichts schaden.

Claudia führt daraufhin im Detail auf, welche verschiedenen Erscheinungsformen ihre Erkältung gehabt hat und mit welchen Mitteln sie dagegen vorgegangen ist. Um es abzukürzen: Die Krankheit ist besiegt. Sehr schön.

»Claudia, eine ganz andere Frage: Du bist doch im Gartenbauverein aktiv – kennst du jemanden, der Hollerwein herstellt?«

»Na, ich natürlich«, ruft sie aus. »Seit wann interessierst du dich für Hollerwein?«

»Ach, ich wollte einem Freund eine Flasche schenken, der letztens danach gefragt hat.« Das ist im Ansatz gelogen, aber die Basis stimmt. »Könntest du mir denn eine verkaufen?«

»Nein, auf keinen Fall, Karin. Ich schenke sie dir. Nach allem, was du für mich getan hast.«

Wir vereinbaren, dass ich gleich bei ihr vorbeikomme. Das hat ja perfekt geklappt.

Kaum zehn Minuten später parke ich vor ihrem Haus. Claudia öffnet, noch während ich durch ihren Vorgarten gehe. Sie hat ihren alten Schwung wiedererlangt.

Sie führt mich in ihre Küche, die picobello aufgeräumt ist. Keine Kunst, ohne Kinder, denke ich, um mein eigenes Chaos vor mir zu entschuldigen.

Auf dem Küchentisch steht schon die Flasche bereit.

Am Küchentisch sitzt ihr Mann.

Unser aller Franzi.

Schon in Volksfestkluft mit kariertem Hemd und Lederhose. Er rührt konzentriert in einer Kaffeetasse, der Löffel klackert gegen den Porzellanrand. Unsere Begrüßung fällt zurückhaltend aus. Ganz ohne Augenzwinkern. Im Gegenteil, er sieht demonstrativ zur Seite.

»Da bin ich aber froh, dass du mir nichts nachträgst«, sage ich munter. Am besten, man spricht sich aus, dann muss man nicht so verlegen herumdrucksen.

Franz rührt weiter seinen Kaffee um.

»Aber Franzi«, ermuntert ihn Claudia mit einem Lachen. »Gestern Nacht hast du doch selber gesagt, dass wir der Karin eigentlich dankbar sein müssen. Weil du durch sie erkannt hast, was für eine Klassefrau du daheim hast.«

Oh, oh. Die Szene will ich mir gar nicht in allen Einzelheiten ausmalen! Jedenfalls scheint Franz seinen Charme mal wieder bei seiner Ehefrau ausgepackt zu haben. Umso besser. Ich enthalte mich jeglichen Kommentars und schaue von einem zum anderen. Claudia glüht in Erinnerung an diese unvergesslichen Stunden. Franz kämpft sich zu einem freundlichen Gesicht durch und streckt mir seine Hand entgegen.

»Das war nicht die feine englische Art, Karin«, meint er, während er meine Finger fast zerquetscht. »Aber ich hab mir gleich so was gedacht.«

»Ach ja?« Mehr sage ich dazu nicht. Wenn seine gekränkte Männlichkeit diese Version der Geschichte braucht, bitte schön! Ich entziehe ihm meine Hand und lockere vorsichtig meine Gelenke.

Franz widmet sich wieder seinem Kaffee. Er nimmt die Tasse hoch und lässt dabei seinen Bizeps vorspringen. Anscheinend macht er das bei jeder Gelegenheit und bei jedem Trinkgefäß.

»Natürlich.« Er trinkt einen Schluck. »Meinst du, ich hätte dich nicht erkannt?« Er sieht mich mit dem Blick eines gütigen Onkels an und schüttelt den Kopf, während ein wissendes, nein, ein besserwisserisches Lächeln seine Lippen umspielt. »Ich wollte nur mal testen, wie weit du gehen würdest.«

»Ach ja.«

»Mir war eh klar, dass mein Weib dich geschickt hat.« Er steht auf, umrundet den Tisch und legt seinen Arm um Claudias Schultern, die verliebt zu ihm aufblickt. »Schauspielerei ist nicht deins, Karin, nix für unguad.«

»Ach ja!« Habe ich schon mal erwähnt, dass ich den Kerl nicht ausstehen kann? Dieses aufgeblasene –

»Aber jetzt müssen wir los. Bist fertig, Claudia?«, unterbricht er meine unfreundlichen Gedanken.

»Freilich, Franz, wir können.« Claudia sieht mich an. »Wir gehen nämlich auf das Treffen vom Golfresort. Fünf Boxen sind für uns reserviert. Vielleicht kommt auch der Sascha Hehn.« Ihr Blick wird noch eine Spur verträumter.

»Spielt ihr beide Golf?« Das trifft sich ja gut! Möglicherweise können sie mir bei der Verbindung zwischen Hansi und Katharina Ilzdorfer weiterhelfen.

Franz stellt die Tasse in die Spüle, ganz guter Hausmann. »Nur ich, die Claudia hat kein Ballgefühl, gell, Schatzi?«

Sehr schmeichelhaft. Ich sehe zu ihr hinüber. Sie wehrt sich nicht. Im Gegenteil. »Aber der Franz ist ein Naturtalent«, meint sie. »Er hat ganz schnell die Platzreife gekriegt, richtig sportlich ist er geworden und hat schon ein prima Handicap.« Stolz lächelt sie ihn an.

Er wirft sich in die Brust und verkündet: »Dreiundzwanzig, wenn dir das was sagt.«

»Allerhand«, bewundere ich ihn, obwohl ich keinen blassen Dunst von Handicaps und dergleichen habe. »Dann hast du bestimmt schon mal mit Prominenten zusammengespielt, oder? Die tummeln sich ja immer im Golfresort. Wir Normalsterblichen bekommen höchstens aus der Zeitung mit, wenn sie unser Rottal beehrt haben.«

»Selbstverfreilich!« Plötzlich hat er es nicht mehr so arg eilig, wegzukommen.

Gib ihm die Möglichkeit, anzugeben, und er frisst dir aus der Hand. So einfach ist das. Franz zählt inzwischen schon seine berühmten Mitspieler auf. »Der schwarze Tennisspieler, du weißt schon, wie heißt er noch gleich? Fällt mir schon wieder ein. Dann der aus dem Verkehrsministerium, mei, der, der, wurscht, dann –«

»Hast mit dem Beckenbauer auch schon gespielt?«, frage ich und mache große Augen. Von wegen mein schauspielerisches Talent wäre minderbemittelt!

»Nein, mit dem noch nicht«, muss Franz zugeben, »aber mit dem einen Schauspieler, der vom Tatort, den kennst bestimmt, und die Moderatorin von Kabelfernsehen und –«

»Warst mit deinem Chef auch schon mal in einem Flight?«, versuche ich das Gespräch in die richtige Richtung zu lenken.

»Nein, der Ilzdorfer spielt kein Golf«, meint Franz. »Nur seine Frau. Aber mit der hab ich noch nie zusammen gespielt.« Er rümpft die Nase. »Es ist nicht gut, wenn man den Beruf mit dem Privatleben vermischt.«

»Echt?«, frage ich erstaunt. »Ich dachte immer, dafür wär das Golfspielen da. Damit man Kontakte knüpft, die einem beruflich weiterhelfen.«

Franz sieht mich entrüstet an. »Golf ist ein Sport, ein ernsthafter, Karin. Da geht's darum, seine Schlagtechnik zu verbessern und sich draußen in der freien Natur zu bewegen. Kontakte sind totale Nebensache.«

»Ja, dann … dann hab ich das bisher immer falsch verstanden. Gut, dass du mir das jetzt erklärt hast.« Ich halte meinen Sarkasmus, der mir bei diesen Worten aus den Mundwinkeln tropfen will, mit Mühe zurück. »Aber die Frau Ilzdorfer hat öfters mit dem Hansi Gruber zusammen gespielt, oder?«

»Kann schon sein«, antwortet Franz ziemlich lustlos. »Der Gruber hat ihr immer recht schöngetan. Weil er ja vom Chef das Geld geliehen hat.« Franz drückt mir die Hollerflasche in die Hand und schiebt mich zur Tür. Er hat genug über andere Leute geredet.

Erstaunt drehe ich mich zu ihm um. »Der Georg hat dem Gruber Hansi Geld verliehen? Echt? Warum denn das?«

»Weil der Gruber pleite ist«, entgegnet Franz trocken.

»Geht seine Diskothek nicht gut?« Das Haus hat nicht sehr ansehnlich ausgesehen. Aber das tun doch solche Gebäude selten.

Franz zuckt mit den Schultern. »Was man so hört, bringt sie nicht so viel Geld ein, wie er ausgeben kann. Man sagt, dass er spielt.« Er deutet zur Haustür. Claudia steht mit der Handtasche am Arm wartend daneben.

»Spielt? Golf?«, frage ich nach. Ich stehe grad auf der Leitung.

Franz öffnet die Haustür, und Sonnenstrahlen fallen auf den spiegelblanken Fliesenboden. »Schmarrn«, sagt er, »davon geht man nicht bankrott. In die Spielbank fährt er halt, nach Füssing.«

***

Zu Hause schreibe ich alles auf, was ich über Hansi in Erfahrung gebracht habe. Ich will überprüfen, ob die Polizei nicht endlich von der überwältigenden Masse an Motiven und Möglichkeiten überzeugt werden kann: seine Spielsucht, seine marode finanzielle Situation, die kompromittierenden Briefe von Rosi, sein Status als Erbe, der Knopf unter Rosis Bett. Aber im Grunde sind es nur Kleinigkeiten beziehungsweise habe ich mein Wissen nur durch Erzählungen Dritter erworben. Nein, es muss etwas Einschneidendes passieren. Da beißt die Maus keinen Faden ab.

Deshalb bin ich wild entschlossen, meinen Plan durchzuziehen. Um kurz vor sechs mache ich mich auf den Weg und habe die Hollerwein-Flasche dabei. Ich muss sie Max übergeben, da er sie in einem günstigen Moment unter der Theke hervorholen will. Wir haben vereinbart, dass ich mich im Hintergrund halten soll. Für Hansi bin ich ja inzwischen ein rotes Tuch, und ich soll erst in die Bar kommen, wenn die Konfrontation beginnt. Sozusagen als Brandbeschleuniger.

Vor dem Kleeberger Zelt treffe ich verabredungsgemäß George. Er sieht wie immer umwerfend aus, mit seiner Lederhose und dem blütenweißen Trachtenhemd. Als sei er einer Reklame für bayerische Volksfeste entsprungen. Allerdings kann ich mich nicht so recht freuen, dazu bin ich zu aufgeregt. Mir liegt so viel daran, dass der Fall Rosi endlich aufgeklärt und Hansi seiner gerechten Strafe zugeführt wird, da bleibt kein Platz für romantische Gedanken.

Wir suchen uns eine freie Bank im Biergarten vor dem Zelt,

und George bestellt sich ein Hendl und eine Mass, ich begnüge mich mit einem Glas Mineralwasser. Die Sonne scheint noch warm von einem perfekt wolkengeschmückten Himmel, und die Leute um uns herum sind gut gelaunt.

George versucht, mich mit seiner positiven Ausstrahlung anzustecken, aber ohne Erfolg. Ich bin unvermittelt in eine schwere Stimmung gerutscht. Als ich von zu Hause aufgebrochen bin, war ich noch guter Dinge und voller Elan. Aber seit ich das Festgelände betreten habe, drückt mich etwas nieder. Vielleicht ist unser Projekt doch nicht so gut durchdacht? Irgendetwas habe ich übersehen, und das rumort im hintersten Kammerl meines Gehirns, will sich partout nicht zeigen.

Bald darauf kommt Max vorbei, um sich die Flasche abzuholen. Er ist im Gegensatz zu mir voll auf der Spur. Seine Augen blitzen vor Tatkraft.

»Ich schick dir eine SMS, wenn es so weit ist.« Er sieht zu George hinüber.

Ich winke ab. »Du kannst vor dem Georg ruhig reden. Er weiß Bescheid.«

»Ja, dann«, meint Max, aber ich merke, dass es ihm nicht recht ist. George sagt nichts dazu.

»Um acht werde ich vor der Bar stehen und auf deine Nachricht warten«, sage ich zu Max. »Aber meinst du, wir sollen das wirklich durchziehen?«

»Wie jetzt?« Max beugt sich vor und stützt seine Unterarme auf den Tisch. »Das war doch deine Idee. Willst du jetzt alles abblasen?«

»Ich weiß nicht«, entgegne ich lahm und sitze mit herabhängenden Schultern hinter meinem schal gewordenen Mineralwasser.

»Vielleicht solltest du doch zur Polizei gehen«, schaltet sich George in das Gespräch ein. Aber wenn er beabsichtigt hat, mich in meiner schwachen Minute zur Einsicht zu bringen, dann hat er sich getäuscht. Diesen Satz »Vielleicht solltest du doch zur Polizei gehen« habe ich in den letzten Jahren oft gehört, und die Befolgung hat nie zum Erfolg geführt. Inzwischen stellen sich mir dabei selbsttätig die Nackenhaare auf.

»Okay, du hast mich überzeugt.« Ich richte mich wieder auf und grinse George an. »Wir bleiben bei unserem Plan.«

Mein Grinsen dehnt sich auf Max aus, der erleichtert nickt. »Jetzt hab ich für einen Moment geglaubt, du kneifst. Also dann!« Er hebt die Plastiktüte mit der Hollerflasche in die Höhe und verschwindet.

»Gehen wir auch noch ein bisserl rum«, fordert mich George auf. »Damit du nicht wieder in den Trübsinn verfällst.« Er trägt es mir nicht nach, dass ich seinen Ratschlag einfach ignoriert habe.

»Ja, aber nicht zu lang. Ich muss pünktlich um acht vorm Barwagen stehen.« Ich schaue auf mein Handgelenk, um die Uhrzeit zu überprüfen. Aber ich habe wieder mal meine Armbanduhr vergessen. Mensch! Häufig laufe ich ohne Uhr herum, im Alltag funktioniert das auch. Aber gerade heute hätte ich wirklich daran denken können. Mist!

»Hast du eine Uhr dabei?«, frage ich George. Auch bei ihm entdecke ich keine.

»Freilich.« Mit einer eleganten Bewegung zieht er an einer altsilbernen Kette, die an seiner Lederhose hängt, und eine Taschenuhr kommt zum Vorschein. Er lässt den Deckel aufspringen, ein schönes, fein ziseliertes Ding, und meint: »Es ist kurz nach sieben. Wir haben noch eine Menge Zeit.« Dann klackt der Deckel wieder auf das Glas, und George steckt die Uhr an ihren Platz.

»Gut. Gehen wir.«

Wir schlendern durch die Budenstraßen, und ich versuche intensiv, nicht an Hansi und die bevorstehende Aktion zu denken. George hilft mir dabei. Er zerrt mich von einem Stand zum nächsten. Hier muss ich mit Spicker auf Luftballons werfen, dort Ringe über Spielzeuge. Wir kaufen beim Roten Kreuz zehn Lose, und ich gewinne eine Schachtel Nägel, die ich gleich an ihn weiterreiche. Bei jeder Gelegenheit will er mich überreden, in eins dieser Mörderdinger einzusteigen, von Kettenkarussell bis Eclipse. Aber davon habe ich definitiv für den Rest meines Lebens genug.

Bei einem Schießstand ist gerade nichts los. George steuert

zielstrebig darauf zu und greift sich ein Gewehr. Er zahlt der gelangweilten Frau hinter der Theke den gewünschten Obolus für zehn Schüsse und legt los. Ein metallisches Schnalzen und nichts passiert.

»Muss mich erst an den schiefen Lauf gewöhnen«, murmelt George.

Ja, ja, das kenne ich schon. Das sagen doch alle Männer, um zu entschuldigen, dass sie nichts treffen. Die Bundeswehrzeit ist halt schon lange vorbei.

Aber hier liegt der Fall anders. In schneller Folge pfeifen die Schüsse neben mir und lassen die Papierröllchen unter den ausgestellten Preisen explodieren.

Okay. Er kann schießen.

George lässt sich die gewonnenen Rosen aushändigen – knallpink und leuchtend orange – und überreicht sie mir mit einer angedeuteten Verbeugung und einem gewinnenden Lächeln.

Für einen kurzen Moment fühle ich mich wie siebzehn, und dieses Gefühl ist nicht das schlechteste. Er nimmt mich bei der Hand und zieht mich weiter.

»Aber da gehst mit mir rein, ja?« Er dirigiert mich auch schon zur Kasse des Lach-und-Freu-Hauses. »Das ist witzig.«

»Das ist jetzt nicht dein Ernst«, protestiere ich. »Wir haben doch auch gar nicht mehr so viel Zeit. Wie spät ist es denn?«

»Freilich. Das reicht noch lang«, beruhigt er mich. »Komm schon.«

Bevor ich schauen kann, hat er die Karten gekauft und schiebt mich auf den Eingang zu. Da ich zu all seinen Vorschlägen bis jetzt Nein gesagt habe, füge ich mich. Wenn auch widerwillig. Aber es kann ja nicht ewig dauern, einmal durch diese Hütte zu hüpfen.

Zur Einstimmung muss man durch einen Spaßgarten mit Wasserfontänen.

»Mensch, Georg«, motze ich und balanciere über die Steine. Hinter uns drängen schon die nächsten Leute in dieses Vergnügen.

Das Besondere am Lach-und-Freu-Haus ist, dass das gesamte

Haus wackelt. Von außen lustig anzusehen. Innen braucht man jedoch einen robusten Magen und einen Gleichgewichtssinn, den nichts aus der Ruhe bringt. Und mit beidem kann ich nicht dienen. Schaukeln in allen Variationen ist nichts für mich.

Ich weiß schon nach den ersten Metern, dass es ein Fehler war, mich darauf einzulassen.

Aber noch habe ich die Hoffnung, den Parcours schnell zu absolvieren und wieder ins Freie zu gelangen. Ich beeile mich einfach zackig!

Die erste Station ist ein Irrgarten. George klopft an meinen Oberarm und reicht mir eine Pappbrille, wie man sie für 3D-Filme im Kino bekommt. Folgsam setze ich sie auf, um sie gleich wieder herunterzuziehen. Mir ist eh schon schwindlig, und mit dem Ding auf der Nase wird es nur schlimmer.

»Ich muss hier raus«, rufe ich nach hinten. Ich habe meine Arme ausgestreckt, um nicht gegen die Spiegelwände zu laufen.

George lacht. »Das wollen alle«, sagt er gut gelaunt.

»Wie spät ist es?«, frage ich. Hoffentlich komme ich noch rechtzeitig, um die wirklich wichtige Aktion heute Abend nicht zu verpassen.

Aber George antwortet nicht. Ich drehe mich um. Da ist keiner mehr. Wo ist er abgeblieben? Neben mir pocht es an die Scheibe. Ich blicke zur Seite, sehe aber nur mein gestresstes Gesicht. Offenbar ist George abgebogen. Ich werde immer grummeliger. Hier hereinzugehen war ein saudummer Einfall! Wie konnte ich mich nur darauf einlassen? Wütend stapfe ich weiter, versuche das Schwanken zu ignorieren und knalle prompt an die nächste Wand. Ich könnte schreien!

Ruhig, Karin, ruhig, versuche ich wieder einmal, mein Temperament herunterzufahren. Denk nach! Wie findet man am schnellsten aus einem Labyrinth heraus? Man muss sich immer an einer Seite des Ganges an der Wand entlangtasten, dann kommt man irgendwann zum Ausgang. Das habe ich mal gelesen.

Also fahre ich mit meiner linken Hand an der Spiegelwand entlang. Sie fühlt sich schmierig an, wahrscheinlich sind schon andere vor mir auf diese Idee gekommen.

Vor mir tauchen Leute auf. Sie torkeln absichtlich noch heftiger als nötig und kichern ausgelassen. An denen muss ich schnellstens vorbei. Ich habe weder die Zeit noch die Nerven, hinter ihnen herzutrödeln.

»Darf ich mal«, rufe ich und drängele.

»Jessas!«, beschwert sich der Mann, als ich ihm auf die Pelle rücke. »Do hoat's einer pressant.« Er schaut auf mich herunter und sieht, dass ich im Moment keinen Spaß verstehe. »Matt, lass die Gretl moi vorbei, de kimmt spat zum Rondewu«, fordert er seine Frau auf und lacht, dass sein Bauch vibriert. Das kann ich leider deutlich spüren. Ich zwänge mich durch, missmutig ein »Danke« murmelnd.

»Aber wenn'st schaugst wie drei Tog Reg'nwetta, dann wird's dennast nix wer'n mit dem Rondewu«, schmettert er mir hinterher.

Ja, ja, sehr witzig. Ich bleibe stehen und drehe mich um. »Wissen Sie, wie spät es ist?«, frage ich ihn.

Verdutzt schaut er erst mich an, dann auf seine Armbanduhr. »Glei achte.«

»Verdammt!«, fluche ich und eile davon. Meine Hand gleitet an den Wänden entlang, und ich flitze um die Ecken. Da piepst mein Handy. Eine SMS. Max!

Im Laufen krame ich es aus meiner Hosentasche und öffne die Mitteilung.

Es geht los!!! :-)

Mensch! Und ich stehe nicht vor der Tür.

In Windeseile tippe ich: *Max, warte!!! Ich bin noch nicht da!* Ich drücke auf Senden und stopfe das Handy zurück. Mann, Mann, Mann, hoffentlich geht das gut!

Da kommt die nächste SMS von ihm.

Mist! Doch nicht. Dem Hansi seine Schwester ist gekommen. Hab sie erst gar nicht erkannt. Und die wohnt da schon seit Monaten! Warte, bis sie weg ist.

Gott sei Dank! Das gibt mir ein bisschen Aufschub und die Chance, doch noch rechtzeitig zu kommen. Los!

Endlich bin ich draußen aus dem Irrgarten. Mein Magen hat sich zu einem pochenden Balg verzogen. Mir ist schlecht.

George steht zum Übergang in die nächste Station und lächelt mir zu.

»Wo bleibst du denn? Hast du dich verlaufen?«, zieht er mich auf.

»Weißt du, wie spät es ist?«, zische ich und renne an ihm vorbei. Vor mir baut sich eine Treppe auf, die aus zwei Teilen besteht. Der rechte schiebt sich in einem anderen Rhythmus nach oben und unten als der linke. Auch das noch! Ich stehe zu Treppenstufen eh in keinem guten Verhältnis.

»Es ist schon zehn nach acht«, höre ich George hinter mir. »Oh, Karin, das tut mir leid.« Mit wenigen Schritten ist er neben mir. »Aber der Max hat sich noch nicht gerührt, oder?«, fragt er.

»Doch!«, platze ich heraus, lasse meine Rosen fallen, halte mich mit beiden Händen am Geländer fest und nehme die Treppe in Angriff. Meine Wut katapultiert mich regelrecht nach oben. Aber der Spaß ist immer noch nicht zu Ende. Wir müssen noch einige Herausforderungen bestehen, und ich werde immer wütender. Ich boxe auf herumwirbelnde Strohballen ein und reiße von der Decke hängende Besen zur Seite, rutsche Rutschen nach unten und absolviere noch die mannshohen Rollen, durch die man gehen muss, wobei man unweigerlich zur Belustigung der Zuschauer draußen beiträgt, wenn man sich auf den Hosenboden setzt.

Endlich bin ich im Freien! Ich taste nach meinem Handy. Es ist noch an Ort und Stelle. Hat Max inzwischen geschrieben? Nein, immer noch nicht. Hoffentlich hat er meine Nachricht bekommen und startet keinen Alleingang.

Ich orientiere mich kurz. Es dämmert bereits, und die Lichter der Fahrgeschäfte blinken am Abendhimmel. Dort hinten ist das Riesenrad, und der Barwagen müsste gleich daneben stehen. Ich sause los.

»Warte«, ruft George mir nach, aber ich reagiere nicht. Ich will keine Sekunde mehr verlieren. Nach ein paar Metern hat er mich sowieso eingeholt mit seinen langen Beinen.

Ohne ein Wort zu sprechen, hasten wir gemeinsam Richtung Hansis Stand. Es sind viele Leute unterwegs. Wie ein Wiesel umrunde ich grölende Männergruppen und verliebte Pärchen.

Plötzlich torkeln aus einem Bierzelt fünf Mann und fallen mir fast vor die Füße. Sie sehen alle ziemlich ramponiert aus, und einem läuft Blut aus der Nase. Ich weiche erschrocken aus. Durch die geöffnete Tür dringt Lärm auf die Straße. Aber nicht der übliche Radau von Volksfesthits und Stimmengewirr, sondern von Kampf. Ein weiterer Mann stolpert rückwärts aus dem Zelt und landet unsanft auf dem Boden. Zwei Frauen laufen kreischend hinterdrein.

»Die daschloagn se!«, schreien sie.

Mehrere Frauen flüchten hinter ihnen aus dem Zelt, einige haben weinende Kinder auf dem Arm. Selbst hier draußen hört man noch, wie drinnen Tische und Bänke umgestoßen werden und Männer sich anbrüllen. Dazwischen die Schreie von Frauen. Von einem Augenblick auf den anderen ist aus der Volksfestgaudi eine Massenschlägerei geworden.

Passanten sind stehen geblieben und gucken sich das kostenlose Spektakel an. Die ersten Handys werden gezückt, um Fotos zu machen.

»Rufen Sie die Polizei«, fordere ich den Mann, der neben mir steht, auf. Ich kann mich nicht darum kümmern. Mir fehlt gerade noch, hier als Zeugin auf die Polizei warten zu müssen. Ich muss weiter. Zu Max.

Im Davoneilen sehe ich, dass der Mann tatsächlich zu telefonieren beginnt. Ich hoffe, dass er die 110 gewählt hat und nicht die Nummer eines Spezls.

Diese Unterbrechung hat mich wieder einige Minuten gekostet. So schnell ich kann, renne ich Richtung Riesenrad. George dicht hinter mir.

Dann sind wir in der richtigen Straße. Weiter vorne erscheint ein gigantischer Schnurrbart. Bunte Lampen werfen Strahlen auf sein glänzendes Schwarz. »Bar Moustache« leuchtet über der Eingangstür, die sich in dem Moment öffnet, als ich meine Hand nach der Klinke ausstrecke. Ich mache einen Schritt zurück und bin geschockt.

Max steht vor mir und wankt. Er sieht nicht normal aus. Sein Blick irrt über mein Gesicht. Der Gruber Hansi hält ihn fest.

Ich stürze zu Max, greife an seine Arme und schüttele sie.

»Max«, rufe ich und spähe in seine Augen. Die Pupillen sind riesengroß.

»Hallo, Karin«, nuschelt er, pendelt nach vorn, um mich besser sehen zu können, und grinst mich an. Ich drücke meine Hände gegen seinen Brustkorb, um ihn zu stützen.

»Was haben Sie mit ihm gemacht?«, schreie ich und blitze den Gruber an.

Der sieht auch nicht gut aus. Rote Flecken leuchten aus seinem blassen Gesicht.

»Gar nichts hab ich gemacht«, fährt er mich an. »Zu viel gesoffen hat er. Der muss an die frische Luft.«

»Wieso zu viel gesoffen? Blödsinn! Sie haben ihm was eingegeben.« Mein Blick fliegt von ihm zu Max. Der macht Anstalten, im Stehen einzuschlafen. »K.-o.-Tropfen! Sie haben ihm K.-o.-Tropfen gegeben.« Hilfesuchend drehe ich mich zu George um. »Wie bei der Rosi. Jetzt haben wir ihn. Ich ruf die Polizei!«

»So ein Schmarrn«, brüllt Hansi so laut, dass Max erschrocken die Augen aufreißt.

»Kein Schmarrn«, brülle ich zurück.

»Die Polizei«, unterbricht uns George mit lauter Stimme, um dann leiser fortzufahren, als er unsere Aufmerksamkeit hat, »die Polizei ist im Moment anderweitig beschäftigt, und die Rettungswagen sind bestimmt auch alle im Einsatz.«

Stimmt, die Bierzeltschlägerei.

»Am besten, wir bringen Max selbst in eine Klinik«, schlägt er vor. »Damit man ihm den Magen auspumpt oder ein Gegenmittel gibt oder was immer man machen muss.«

»Okay.« Von dort kann ich immer noch die Polizei alarmieren und dafür sorgen, dass das Krankenhaus die Beweise sicherstellt. »Ich krieg Sie schon noch«, gifte ich den Gruber an.

»Hoit's Maul, sonst kriagst du oane«, ätzt Hansi zurück. Er schubst Max in meine Richtung, sodass ich ihn auffangen muss. Was mir nur mit Mühe gelingt, denn der Mann ist schwer. Dann stürmt Hansi in seine Bar zurück und schlägt die Tür hinter sich zu.

Max beugt sich zu mir herunter, was sein Gewicht verdoppelt. »Denk dir nix. Dem sei Schwester war da. Deswegen is der so grantig«, lallt er.

»Aha«, ächze ich. An Hansis Familienproblemen hab ich gerade gar kein Interesse. Wenn George nicht bald mit anfasst, breche ich zusammen.

»Hilf mir mal«, stöhne ich, und George nimmt ihn mir ab. Endlich!

»Wie machen wir das jetzt?«, frage ich und lockere meine Schultern. »Der Max kann nicht wirklich laufen.«

»Du holst dein Auto, und ich gehe mit ihm an die 388. Dort warten wir auf dich. Wir laden ihn ins Auto, und dann ab nach Passau. Rotthalmünster ist jetzt sicher wegen der Schlägerei überfüllt.«

»Na gut«, stimme ich zu. Ich schiele zur Eingangstür der Bar, hinter der noch meine Flasche Hollerwein stehen muss. »Vielleicht sollte ich doch ganz kurz –«

»Nein. Das kann warten. Erst müssen wir uns um den Max kümmern.«

»Mir is schlecht«, murmelt Max passenderweise und sackt zur Seite. George kann ihn eben noch auffangen.

»Karin, beeil dich.« George nimmt Max fester unter den Armen. »Und wir laufen mal ein Stück, dann geht's dir wieder besser.« Er dreht Max mühsam in Richtung B 388, und sie torkeln wie zwei besoffene Saufbrüder davon.

Gut. Ich werfe noch einen letzten Blick auf die beiden. Ich kann wirklich froh sein, dass ich George habe. Aber jetzt muss ich mich beeilen.

Ich haste die Budenstraße wieder zurück und komme unwillkürlich an dem Zelt mit der Schlägerei vorbei. Dort herrscht immer noch viel Betrieb. Ein Bereitschaftswagen der Polizei parkt an der Seite, mehrere Rettungswagen vor dem Zelteingang. Die Einsatzkräfte kümmern sich um die Verletzten oder führen randalierende Raufbolde ab. Eine Traube von Neugierigen hat sich gebildet. Die Leute amüsieren sich und geben ihre wenig schmeichelhaften Kommentare ab.

In dem Durcheinander erspähe ich meinen Riedl, den jungen Polizisten, der mir immer noch am sympathischsten von allen ist. Er schiebt gerade einen der renitenten Burschen in den Polizeiwagen.

Ich mache einen Schlenker um die Zuschauer und laufe zu ihm hin.

»Herr Riedl«, rufe ich.

Er dreht sich überrascht um. »Ja?«

»Karin Schneider, Sie erinnern sich?« Irgendwie sieht er nicht so aus, als ob er mich einordnen könnte.

»Ja, Frau Schneider, ich weiß. Aber ich hab jetzt im Moment –«

»Das ist mir schon klar«, falle ich ihm ins Wort. »Aber ich muss Ihnen unbedingt eine Meldung machen. Der Gruber Hansi hat dem Huber Max auch K.-o.-Tropfen eingeflößt, genauso wie der Rosi. Ich weiß nicht, wie er das geschafft hat, aber der Max ist ziemlich hinüber. Wir fahren ihn jetzt ins Krankenhaus, und ich werde dafür sorgen, dass dort nach den K.-o.-Tropfen geforscht wird. Es wäre wichtig, den Gruber jetzt gleich zu verhaften, bevor der flüchtet. Vor ein paar Minuten war er noch in seiner Bar. Moustache, Sie wissen schon, beim Riesenrad.« Ich zeige in die Richtung.

»Riedl, kimm amoi«, verlangt jemand. Die Männer im Mannschaftswagen, die sie schon inhaftiert haben, fangen eine Streiterei an, und die erste Watschn fällt. Mein Polizist dreht den Kopf zwischen Polizeiwagen, mir und dem Geschehen hinter ihm hin und her. Er ist gestresst. Eindeutig.

»Jetzt ned«, sagt er ärgerlich und wendet sich den Streithanseln im Wagen zu.

Ich stelle mich auf Zehenspitzen und rufe ihm über den allgemeinen Krach ins Ohr: »Aber bei mir geht es um Mord. Das ist doch wichtiger!«

Er wedelt mit der Hand nach mir wie nach einer lästigen Fliege und steigt mit einem »Auseinander, sag i« in den Bus.

Himmelarschundzwirn! Dann eben nicht. Ich schimpfe vor mich hin, quetsche mich durch die Menge und renne zu meinem Auto. Hurtig fahre ich vom Parkplatz und steuere die B 388 an.

Als ich auf die Schnellstraße eingebogen bin, erblicke ich weit vorn zwei Personen am linksseitigen Straßenrand. George mit Max. Sie schwanken unruhig hin und her, das kann ich selbst aus der Entfernung erkennen. Es sind relativ wenige Autos unterwegs, und ich komme schnell voran. Fast bin ich auf gleicher Höhe mit den beiden und winke ihnen zu, was natürlich keinen Sinn hat, da sie das im dunklen Auto nicht sehen können. Ich will bis zur nächsten Parkplatzeinfahrt fahren und dann umdrehen, damit ich sie einsammeln kann.

Ich sehe George die Hand heben. Er hat meinen Kangoo erkannt. Die Gesichter der beiden Männer leuchten im Scheinwerferlicht eines herankommenden Lastwagens auf.

Ein schrilles Quietschen durchschneidet die Nacht. Der Lkw schlingert auf seiner Spur. Wie in Zeitlupe fliegt der blau-gelbe Anhänger auf mich zu. Im nächsten Augenblick verschwindet er wieder aus meinem Gesichtsfeld. Vor Schreck lenke ich nach rechts, holpere über den Seitenstreifen, korrigiere in die andere Richtung, komme auf die gegenüberliegende Fahrbahn und rassele beinahe in einen Kleinwagen. Ich reiße das Lenkrad herum. Im letzten Moment.

Zitternd bremse ich ab und halte am Straßenrand. Was ist da gerade passiert? Ich schaue zurück. Alle Autos hinter mir haben auch gestoppt. Die ersten Fahrer springen aus ihren Wagen und laufen zu der Unfallstelle.

Der Lastwagen ist einige Meter weiter zum Stehen gekommen. Die Räder rauchen.

Mit wackeligen Beinen steige ich aus. Aufgeregte Stimmen mischen sich mit der Geräuschkulisse des Volksfestes und wehen zu mir herüber. Mein Zittern wird stärker. Ich kann kaum einen Schritt vor den anderen setzen. Aber es treibt mich zum Lastwagen. Ich muss wissen, wie es George geht und Max.

Wie ein Roboter stakse ich auf den Wagen zu und umrunde sein Heck. Leute stehen bei der Koppelung von Zugwagen und Anhänger. Ihre Gesichter sind vor Entsetzen verzerrt. Eine Frau schluchzt und hält sich eine Faust vor den Mund.

»Wir brauchen einen Krankenwagen«, höre ich jemanden.

Die Beifahrertür des Lkws klappt auf, und der Fahrer gleitet auf den Boden. Es ist ein älterer bärtiger Mann in einem fleckigen Overall.

»Er ist mir plötzlich vor den Wagen gefallen«, ruft er mit bebender Stimme und läuft auf die Menschenmenge zu.

Wer?, will ich schreien, aber ich bringe keinen Laut heraus. Angst schnürt mir die Kehle zu.

»Mein Gott«, stößt der Fahrer aus und drängt sich zwischen den Leuten hindurch.

Mein Gott. Mein Gott, wiederhole ich in Gedanken. Hoffentlich ist George nichts passiert. Oder Max. Bitte. Ich taumele auf den Kreis zu, nehme einen Menschen vor mir an der Schulter und drücke ihn zur Seite. In diesem Moment sehe ich ihn.

George kniet auf der Straße, sein weißes Hemd ist blutbespritzt. Vor ihm liegt Max.

Max, den ich fast nicht erkenne. Sein Körper steckt irrsinnig verdreht unter der Karosserie. Seine Kleidung ist zerrissen, und die Fetzen vermischen sich mit seinem Fleisch und Blut. Blut. Überall Blut. Sein Kopf ist überstreckt, er hat die Augen geschlossen.

»Nein!«, entfährt es mir.

Nur ein heiserer Schrei in all dem Hupen und Klingeln des nahen Volksfestes. Trotzdem muss mich George gehört haben, denn er dreht sich um. Seine braunen Augen sind in ihren Höhlen zurückgesunken. Mühsam kommt er auf die Beine und geht zu mir.

In einer hilflosen Geste hebt er seine Hände. »Ich … ich weiß nicht, wie es passiert ist.« Er atmet zitternd ein. »Er ist einfach auf die Straße gefallen.«

Mit einem Schritt bin ich bei ihm und umarme ihn. Das Martinshorn eines schnell herannahenden Rettungswagens schwillt an und schwingt wie eine Kirchenglocke über unseren Köpfen.

Man drängt uns zur Seite. Der Notarzt kniet sich dorthin, wo George vor wenigen Augenblicken aufgestanden ist. Angstvoll verfolge ich seine Untersuchung. Nur am Rande bekomme ich mit, dass inzwischen auch ein Polizeiwagen bei uns eingetroffen ist. Die Beamten schieben sich energisch durch die Menschenmenge und verschaffen dem Arzt mehr Platz. Eckbauer ist auch darunter. Die im Wechsel rotierenden Lichter der Einsatzwagen lassen die Bewegungen der Menschen abgehakt erscheinen. Wie Geister in einer Horrorshow.

Die Sanitäter rollen die Trage heran. Und dann das Überraschende. Der Arzt legt einen Zugang. Max lebt!

Ich sehe George an. Er kann es auch nicht fassen. Abrupt lässt er mich los und schnellt nach vorn, um eine bessere Sicht zu haben. Ich trete zu ihm und blicke an ihm vorbei. Vorsichtig heben die Sanitäter den reglosen Max auf die Bahre. Durch die Braunüle an seinem Handrücken läuft bereits eine Infusion.

Glücklich drücke ich Georges Arm. »Wir können hoffen«, flüstere ich ihm zu. Erleichterung durchströmt mich. George hat es aber noch nicht verstanden. Stocksteif steht er da und beobachtet, wie Max in den Krankenwagen gehievt wird.

Erst als Eckbauer erscheint und ihn fragt, ob er den Unfall beobachtet hat, reagiert er.

»Ja«, sagt er und nickt zögernd. »Ich war dabei.«

»Dann kommen Sie mal mit«, fordert ihn der Polizist auf. Als sich George nicht rührt, nimmt er ihn beim Arm und führt ihn zum Polizeiwagen.

Ich laufe hinterdrein. »Er hat einen Schock«, mische ich mich ein. »Ist ja kein Wunder.«

Der Polizeiobermeister dreht sich zu mir um. »Ach, Frau Schneider. Ja, der Beamte für die Krisenbewältigung ist schon angefordert.« Er wirft mir einen scharfen Blick zu. »Geht es Ihnen gut?«

Ich wische über mein nasses Gesicht und zucke mit den Schultern. »Ja, wahrscheinlich.«

»Es kümmert sich gleich jemand um Sie«, meint er. Dann geht er mit George weiter.

»Sie müssen den Gruber verhaften!«, rufe ich hinter ihm her. Er bleibt erneut stehen.

»Was?«

»Na, den Gruber. Der ist schuld, dass das hier passiert ist. Der hat dem Max K.-o.-Tropfen eingegeben. Genauso wie der Rosi.«

Eckbauer schaut konsterniert. »Der Gruber?«, fragt er nach, als ob er noch nie von ihm gehört hätte.

Da muss bei mir innerlich irgendetwas geplatzt sein. Denn urplötzlich wallt eine gewaltige Welle von Wut und Frustration aus meinen Eingeweiden nach oben und entlädt sich.

»Wie oft muss ich es noch vorbeten?«, schreie ich, und meine Stimmbänder kratzen. »Der Gruber hat die Rosi betäubt. Halleluja! Und heute den Max.« Ich hole Luft. »Gehen Sie gefälligst in seine Bar und verhaften Sie den Kerl. Sonst türmt er. Dort sind auch die Tropfen.« Mit unveränderter Lautstärke brülle ich weiter. »Und der Max muss nach K.-o.-Tropfen untersucht werden. Das werden Sie ja wohl grad noch fertigbringen. Verdammt noch mal!« Ich fasse an meinen Hals. Er brennt höllisch.

5

Montag

Es wurde eine furchtbare Nacht. Nach meinem Ausbruch führte mich jemand zur Seite und legte mir eine Decke über die Schultern. Das war gut so, denn mit einem Mal schlotterte ich erbärmlich. Durch einen Schleier bekam ich mit, dass ein Arzt mir eine Spritze gab und eine Polizistin mit Tränensäcken unter den Augen mit mir redete. Ich weiß nicht mehr, was sie gesagt hat. Ich dachte immer nur, sie sollte sich ihre Nieren untersuchen lassen, bei den Tränensäcken. Irgendwann fuhr mich jemand nach Hause.

Stundenlang tigerte ich durchs Haus und konnte keine Ruhe finden. Zwar hatten sie mir einen Blister mit zwei Beruhigungstabletten in die Hand gedrückt und eine Visitenkarte mit der Telefonnummer der Krisenintervention, aber mir war weder nach künstlicher Ruhigstellung noch nach Telefonieren. Ich musste nachdenken.

Und natürlich kam ich sehr bald darauf, dass ich schuld daran war, dass Max lebensgefährlich verletzt im Krankenhaus lag. Ich hatte ihn dazu angestiftet, den Hansi mit der Hollerflasche zu konfrontieren, und dann war ich noch nicht mal rechtzeitig zur Stelle gewesen. Ich schnappte nach Luft, weil ich an meinen Schuldgefühlen zu ersticken drohte. Warum hatte ich meine Uhr zu Hause vergessen? Warum hatte ich mich von George überreden lassen, noch in dieses Wackel-Haus zu gehen? Ich konnte es mir nicht erklären. Wenn ich nur schneller durch das Labyrinth gekommen wäre! Wenn mich wenigstens nicht diese Schlägerei aufgehalten hätte! Ich riss an meinen Haaren und startete eine neue Runde durchs Haus.

Da klingelt es an der Haustür. Automatisch sehe ich auf die Uhr. Halb drei Uhr morgens. Ohne mir weiter Gedanken zu machen, wer um diese Zeit zu mir will, öffne ich die Tür.

George steht davor. Er hat sich umgezogen. Auch geduscht, seine Haare schimmern feucht.

»Wie geht es dir?«, fragt er statt einer Begrüßung und tritt ein. Ich falle ihm in die Arme und beginne zu schluchzen. Bin ich froh, dass er da ist! Wir stehen eine ganze Weile im Gang, bis ich mich wieder etwas beruhigt habe.

»Vielleicht solltest du ein Glas Wasser trinken, das hilft«, rät er mir.

Dieser Satz hätte von mir sein können. Ich nicke, und wir gehen in die Küche.

»Willst du auch was?«, frage ich ihn, während ich Gläser aus dem Schrank nehme. »Setz dich doch.«

George antwortet nicht. Er lässt sich schwer auf einen Küchenstuhl fallen und stützt den Kopf in seine Hände.

»Was hab ich nur gemacht?«, murmelt er, und seine Stimme klingt rau. »Ich hätte ihn besser festhalten sollen. Ich hätte ihn packen müssen, als er auf die Straße fiel. Ich hätte es verhindern müssen.« Er fährt sich mit den Händen über sein Gesicht.

»Nein, dich trifft keine Schuld«, sage ich und greife über den Tisch nach seiner Hand. Ich schlucke. Er soll sich wirklich keine Vorwürfe machen. »Ich bin schuld. Ich hatte diesen saublöden Plan und bin dann auch noch zu spät gekommen.« Mir steigt schon wieder die Verzweiflung die Kehle hinauf.

George sieht mich an, und seinen Augen sind gerötet. »Nein, Karin, Max hat das aus freien Stücken getan. Aber bei mir war er hilflos. Ich hätte ihn nicht so nah an die Straße lassen dürfen. Ich dachte, ich hätte alles im Griff. Ha!« Er lacht auf, und es ist ein Schmerzensschrei. »Und dann lass ich ihn auch noch los, um dir zu winken«, sagt er verzweifelt. »Aber ich war so froh, dich zu sehen. Ich hab mir so große Sorgen gemacht, dass wir es nicht mehr rechtzeitig ins Krankenhaus schaffen. Irgendwie ist er da plötzlich auf die Straße gestolpert und direkt vor den Lastwagen.« George starrt auf die Tischplatte, und ich kann sehen, dass sich der Unfall vor seinem geistigen Auge erneut abspielt.

»Georg«, fange ich an. Aber er presst meine Hand so fest, dass ich innehalte.

Angespannt beugt er sich näher zu mir. »Du musst mir glauben, Karin, dass ich das nicht wollte.«

»Natürlich!«

»Wenn ich könnte, würde ich es sofort ungeschehen machen.« Er blickt mich gequält an.

»Natürlich!«, wiederhole ich. »Du kannst absolut gar nichts dafür. Davon bin ich überzeugt.«

Er atmet auf. »Gut«, sagt er und lässt meine Hand los. Ich schenke uns zwei Gläser Mineralwasser ein, und wir trinken schweigend.

Bevor ich wieder darüber brüten kann, wie ich nur so unglaublich hirnverbrannt gewesen sein konnte, beginnt George zu sprechen.

»Hansi ist weg.«

Ich nicke resigniert. »Das war klar. Er wäre ja auch schön blöd gewesen, auf die Polizei zu warten. Der ist bestimmt schon über alle Berge.«

George zieht die Mundwinkel nach unten. »Nicht unbedingt«, sagt er.

Ich horche auf. »Wie meinst du das?«

»Na ja, er hat mich angerufen.« Seine Miene ist undurchdringlich.

»Nicht dein Ernst!«, rufe ich aus und rücke auf meinem Stuhl nach vorne. »Was wollte er?«

»Geld.«

»Geld?« Na klar, wenn er untertauchen will. »Aber warum ruft er *dich* deswegen an?«

»Er kennt nicht so viele Leute, die schnell mal hunderttausend lockermachen können«, meint er trocken.

»Und du kannst das?«, frage ich beeindruckt.

»Ja«, antwortet er ohne eine Spur von Angabe. »Selbstverständlich liegt das Geld nicht bei mir zu Hause herum. Das hab ich Hansi auch gesagt. Aber ich könnte es heute Vormittag von der Bank abholen.«

»Und es ihm dann übergeben.« Meine Gedanken rasen. Das wäre eine Möglichkeit, ihn zu schnappen!

George hat meine Gedanken erraten. »Genau«, meint er, »deswegen hab ich mich überhaupt darauf eingelassen.«

»Wieso hat er nicht deine Frau gefragt? Ich dachte, die beiden sind eher bekannt miteinander als ihr zwei.«

»Er hat meine Frau nicht erwischt, hat er gesagt. Sie war auch nicht zu Hause, als ich heimgekommen bin.« Er zuckt die Schultern. »Das ist nicht ungewöhnlich. Ich hab dir doch gesagt, dass sie Liebhaber hat.« Er trinkt einen Schluck. »Außerdem hab ich das Geld, nicht sie.«

»Okay.« Das überzeugt mich. »Aber …« Etwas stört mich trotzdem daran.

»Du fragst dich, warum ich ihm so viel Geld leihe?«

»Genau.«

»Tu ich ja auch gar nicht.« Er lächelt grimmig. »Es ist eine Falle. Die einzige Möglichkeit, ihn zu schnappen.«

»Sehr gut.« Ich richte mich auf. Endlich wieder ein Hoffnungsstrahl am Horizont. Da fällt mir noch etwas ein. »Du hast ihm schon mal Geld geliehen, oder?«

George sieht mich erstaunt an. »Nein. Wie kommst du denn auf diesen Unsinn?«

»Ach, vergiss es«, sage ich. Da hatte mich Franz ja schön angelogen. »Und wo soll die Übergabe stattfinden?«

»Im Moustache.«

»In seiner Bar? Auf dem Karpfhamer wimmelt es doch vor lauter Menschen, die ihn erkennen.« Das würde selbst Hansi nie riskieren.

»Nein, in der Diskothek. Da ist im Moment nichts los.« George sieht sehr zufrieden aus. Das kann er auch sein, finde ich. Durch ihn haben wir jetzt die Chance, den Gruber dingfest zu machen.

»Und die Polizei? Sollen wir dem Eckbauer Bescheid geben?« Allerdings habe ich keine Kraft, wieder mit dem zu diskutieren, ob er jetzt seinen Hintern bewegen soll oder nicht. Das habe ich schon zu oft getan.

»Die verständige ich zur rechten Zeit«, sagt George dann auch zu meiner Erleichterung. »Hansi meinte natürlich: keine Polizei!« Er grinst schief. »Wie in einem Krimi.«

»Das sagen immer die Erpresser«, steuere ich meine Krimierfahrung bei. »Aber«, ich stutze, »er erpresst dich nicht wirklich, oder?«

George wischt mit seiner Hand über den Tisch, als ob er

diesen Einfall verscheuchen wolle. »Aus welchem Grund denn?«, fragt er ungehalten.

»Natürlich. Du hast recht.« Es tut mir leid, dass ich ihn verärgert habe. »Ich hab das nur so dahergesagt.«

Wir vereinbaren, dass er mich um kurz vor zehn abholt. Denn ich will mitfahren. Auf alle Fälle. Ich werde es mir nicht nehmen lassen, Hansi einzukassieren. Bis dahin soll ich mich ausruhen, hat mir George geraten und mir eingeschärft, zu Hause zu bleiben und mich auf mein Sofa zu legen.

Er hat es sicherlich gut mit mir gemeint. An Schlaf ist jedoch nicht zu denken. Immer wenn ich die Augen schließe, sehe ich Max vor mir. Am Arm von George zur B 388 torkelnd. Höre das Quietschen des Lastwagens. Max unter den Rädern. Das ist nicht auszuhalten! Nein, ich stehe auf.

Als ich wieder ziellos durch mein Haus irre und die ewig gleichen Selbstvorwürfe mein Gehirn gar kochen, entschließe ich mich zu einer Dusche. Ich muss einen klaren Kopf bekommen.

Aber auch unter dem kühlen Wasserstrahl hören die Gedankenspiralen nicht auf. Was ist nur schiefgegangen in der Bar? Hat Hansi von unserem Plan Wind bekommen? Und wieso hat er plötzlich eine Schwester?

Genau. Die Schwester! Warum hab ich nicht gleich geschaltet? Was hat es mit dieser Schwester auf sich?

Ich stürze aus der Dusche, mache mich fertig und eile aus dem Haus. Die Münchhamerinnen müssten mir darüber Bescheid geben können.

***

Vroni Münchhamer sperrt eben die Ladentür auf, als ich angehastet komme.

»Ja, Frau Schneider«, ruft sie aus, »wollen S' Ihre Tasche abholen? Keine Angst, die ist noch da. Wir haben sie Ihnen doch zurückgelegt.« Mit einem gütigen Lächeln hält sie mir die Tür auf.

»Danke.« Ich schnaufe erst einmal durch. An die Tasche hab

ich überhaupt nicht mehr gedacht. Ist ja auch nicht verwunderlich, nach dem, was alles passiert ist.

Frau Hilde kommt mir auch schon mit der Filztasche in der Hand entgegen. »Sie sind aber kasig heute«, meint sie. »Haben S' gestern zu viel gefeiert?«

»Nein.« Ich räuspere mich. »Nein, ganz und gar nicht. Es ist nur ein bisschen anstrengend die letzte Zeit.«

»Ja, ja, das Karpfhamer.« Hilde Münchhamer schaut mich an. »Das kann einem schon zusetzen. Da brauchen so manche hinterher Urlaub.«

Ihre Schwester hat sich hinter die Theke gestellt und schaltet die Kasse ein. »Haben Sie auch schon von dem schrecklichen Unfall gestern gehört?«, fragt sie mich. »Der Huber Max ist von einem Lastwagen überfahren worden.«

Ich bekomme keine Luft mehr. »Ja«, bringe ich heraus. Auf einen Schlag höre ich mich heiser an. »Ganz entsetzlich.«

»Es ist schon schlimm, was dieses Jahr alles passiert beim Karpfhamer. Wollen wir hoffen, dass es das jetzt war. Schließlich sollen sich die Leute vergnügen.« Frau Vroni hält mir die Tasche hin.

Automatisch greife ich danach und nach der Möglichkeit, das Thema zu wechseln. »Ja, sehr schön«, entgegne ich, und meine Stimme kommt langsam wieder. »Ich nehm sie. Sagen Sie«, frage ich ohne Überleitung, denn dafür fehlen mir Zeit und Nerven, »hat der Gruber Hansi eine Schwester?«

Die beiden schauen überrascht.

»Der Gruber Hansi eine Schwester?«, wiederholt Frau Vroni und blickt ihre Schwester hilfesuchend an.

»Freilich«, antwortet Hilde Münchhamer. »Das Nannerl. Aber die wohnt hier schon lange nicht mehr. Warum?«

Nannerl! Etwa die aus dem Bettelbrief an die Rosi?

»Die soll jetzt wieder hier sein«, meine ich. »Sie wurde gestern gesehen.«

»Wirklich?« Die Damen sind erstaunt.

»Die würd ich wahrscheinlich gar nicht mehr kennen«, meint Frau Vroni. Und ihre Schwester fügt hinzu: »Sie war damals ja auch erst sechzehn, als es passiert ist. Das arme Kind.«

»Was ist passiert?«, frage ich.

»Beide Eltern haben s' bei einem Autounfall verloren, die Gruber-Kinder. Der Hansi war fast achtzehn. Der konnt auf sich allein aufpassen. Aber das Nannerl, das kam zu Pflegeeltern. Nach Passau, glaub ich.«

»Die soll aber später gleich weggegangen sein, hab ich gehört, sobald sie volljährig war«, ergänzt Vroni Münchhamer.

Ihrer Schwester ist auch noch etwas eingefallen. »Und sie ist aus dem Leopoldinum hinausgeflogen«, flüstert sie. »Aus dem katholischen Gymnasium.«

»Warum ist sie geflogen?«

»Ach, man hat sich so dies und das erzählt.« Frau Hilde tippt den Preis meiner neuen Tasche in ihre Kasse und packt sie in eine Münchhamer-Tüte. Ihre Schwester wischt unsichtbare Staubflusen vom Verkaufstresen.

»Warum hat die Rosi Reitmeier sie nicht aufgenommen?«, frage ich und halte ihr vierzig Euro hin. »Sie war doch ihre Tante.« Wenn sie nicht mit der Sprache herausrücken wollen, muss ich sie eben etwas anderes fragen.

»Ach, die Reitmeierin, die hat's nicht so gehabt mit Kindern. Die wollt lieber für sich bleiben. Außerdem hat die Kleine eine Katzenhaarallergie gehabt. Das weiß ich noch, weil ich auch eine hab und das damals noch selten war«, sagt Hilde Münchhamer und reibt sich ihre Nase. Sie nimmt mein Geld entgegen und gibt mir einen Euro retour.

»Und wie schaut sie aus, die Nichte?«, frage ich.

»Wie sie jetzt aussieht, wissen wir natürlich nicht«, meint Frau Vroni, und ihre Schwester schüttelt den Kopf. »Aber als junges Mädchen war sie ein bisschen fester beieinand. So wie der Hansi halt auch. Und ganz hellblonde Haare hat sie gehabt.«

»Genau«, stimmt Hilde Münchhamer zu. »Und so ein Himmischmeckerl.« Sie biegt mit dem Zeigefinger ihre Nasenspitze gen Himmel.

***

Pummelig und hellblond. Bei »blond« fällt mir sofort die Blondine ein, die beim Hansi war, als ich ihn zu dem Anruf beim Krankenhaus genötigt habe. Und »etwas fester« war die auch. Aber er wird doch hoffentlich nichts mit seiner eigenen Schwester haben, oder? Ob sie deswegen damals aus dem Gymnasium geschmissen worden ist? Die Münchhamer-Damen haben ja ziemlich verdruckst reagiert. Hm.

Blond, blond, blond. Ich überlege weiter und gehe, ohne auf meine Umgebung zu achten, über den Kirchplatz zu meinem Auto. Natürlich! Alle Bedienungen vom Zauner-Zelt samt der Zauner-Wirtin selber. Aber die ist zu alt, um Hansis Schwester sein zu können. Außerdem wohnt sie auch nicht erst seit Kurzem hier. Aber eine der vielen anderen?

Ich bin in Gedanken mit dem Abgleich von Blondinen beschäftigt, als die nächste vor mir steht. Frau Ilzdorfer.

»Gut, dass ich Sie treffe«, beginnt sie. Ihr Blick springt unstet um mich herum und bleibt für einen Augenblick an meiner Münchhamer-Tüte hängen. »Haben Sie meinen Mann gesehen?«

»Ihren Mann?«, wiederhole ich, um Zeit zu gewinnen. »Nein.« Diese Antwort klang für meine Ohren nicht ehrlich, aber besser bekomme ich es nicht hin. Ich werde ihr bestimmt nichts über unser Vorhaben erzählen.

Frau Ilzdorfer knetet ihre Hände. Aus ihrer sonst so perfekt hochdrapierten Frisur hängen einzelne Strähnen heraus. Was ist nur los mit ihr?

»Warum suchen Sie ihn denn?«, frage ich und lasse sie nicht aus den Augen. Ich traue ihr jede Hinterlistigkeit zu.

»Ich habe vorher erst erfahren, was gestern passiert ist.« Sie spricht hastig. »Der Gruber Hansi hat angerufen und wirres Zeug geredet. Von einem Unfall, und er brauche Geld, und seine Schwester sei an allem schuld. Und er muss sich jetzt verstecken. Weil ihn die Polizei verhaften will. Wissen Sie etwas darüber?« Sie sieht mir ins Gesicht, um gleich darauf wieder ihren suchenden Rundumblick zu starten. Dabei dreht sie ihre Armbanduhr am Handgelenk hin und her.

Ich schüttle langsam den Kopf. Sie tut ja gerade so, als ob sie keine Ahnung hätte. Eine gute Schauspielerin. Ich könnte es ihr glatt abnehmen. Aber so naiv bin ich nicht.

Die Kirchturmuhr schlägt dreimal.

»Drei viertel zehn! Höchste Zeit«, denke ich laut, und Katharina Ilzdorfer schaut automatisch auf ihre Uhr.

»Ich muss los«, sage ich zu ihr. »Ich kann Ihnen nicht weiterhelfen. Vielleicht versuchen Sie es in der Brauerei.«

Sie schaut mich mit großen Augen an. »Ja, das ist eine Idee. Warum ist mir das nicht gleich eingefallen?«

Wir eilen in entgegengesetzten Richtungen davon.

***

George wartet bereits vor meiner Haustür, als ich zurückkomme. Statt eines seiner weißen Hemden hat er eine graue Jacke, ein dunkles Poloshirt und Jeans an. Das steht ihm auch, allerdings sieht er mal nicht wie aus dem Ei gepellt aus. Denn unter seinen Achseln zeigen sich Schwitzflecken, und seine Haare kleben an seiner Stirn. Das ist aber nach dieser Nacht auch nur menschlich, finde ich.

»Wo warst du denn?«, fährt er mich an, bevor er mich überhaupt begrüßt hat. »Ich hab doch gesagt, du sollst zu Hause bleiben.«

»Ich … also, nirgendwo Bestimmtes«, stammle ich. So böse hab ich ihn noch nie erlebt. »Ich konnte nicht schlafen. Bin nur so durch die Gegend gefahren.«

»Okay.« Er hört sich versöhnlicher an. »Wenn du eine Taschenlampe hast, nimm sie mit.« Er bemerkt meinen Blick zum Himmel. Heute scheint zwar nicht die Sonne, sondern es ist trüb und bedeckt, aber man braucht trotzdem keine zusätzliche Beleuchtung. »Man weiß nie. Wir sollten vorbereitet sein«, erklärt er.

»Ja, du hast recht.« Ich gehe ins Haus und suche im Kammerl. Irgendwo hier muss die Taschenlampe herumliegen. Genau. Da ist sie, neben den Kerzen. Ein schweres Ding. Ich probiere sie aus. Sie funktioniert.

»Ich bin startklar«, meine ich aufgeräumt, auch wenn ich

mich nicht so fühle. Auf der Rückfahrt von den Münchhamerinnen drückte die Erinnerung an den Unfall wieder machtvoll herein, und ich musste mich sehr zusammenreißen, um nicht einfach am Straßenrand anzuhalten und aufzugeben. Aber ich habe die Hoffnung, dass es bald vorbei ist und wir Hansi der Polizei übergeben können.

Als ich in Georges Auto steige, bemerke ich auf der Rückbank eine Sporttasche. »Transportierst du damit das Geld?«, frage ich ihn, während ich mich anschnalle.

George legt den ersten Gang ein und fährt los. »Zwar werde ich so tun, aber dadrin befindet sich kein Geld, sondern nur die verschwitzten Sachen vom letzten Squash-Spiel.«

»Und wie wollen wir es überhaupt machen?«, frage ich. Wir haben noch nicht darüber gesprochen. Langsam beschleicht mich das Gefühl, dass dies schon wieder eine Aktion ist, die nicht genau geplant ist. Und die letzte endete in einer Katastrophe.

»Keine Sorge, ich bin gut ausgestattet.« Bei diesen Worten lüpft er sein Jackett, und ich sehe ein klobiges, dunkles Ding, das mit einem Gurt an seinen Brustkorb geschnallt ist.

»Mein Gott! Ist der echt?«, rufe ich aus. Einen Revolver habe ich noch nie gesehen. Meine Erfahrung beschränkt sich auf die Spielzeugpistolen von Linus damals.

George nickt. »Al Capone. Du erinnerst dich? Das ist meine Lebensversicherung. Ich denke nicht, dass sich Hansi ohne Gegenwehr überreden lässt, sich der Polizei zu stellen. Und falls nötig, hab ich ein Seil dabei. Strapazierfähig genug, um ihn zu fesseln. Außerdem hab ich in der Jackentasche ein Diktiergerät. Vielleicht will er uns vorher noch etwas erzählen.« Er gibt Gas und überholt souverän einen langsameren Wagen.

George hat anscheinend an alles gedacht. Trotzdem ist mir mulmig zumute. Eine Pistole bringt eine völlig andere Dimension in die Geschichte. Was, wenn etwas schiefgeht? Dann haben wir es gleich mit Verletzten zu tun. Oder schlimmer noch: mit Toten.

Ich sehe zu George hinüber, der konzentriert das nächste Überholmanöver angeht. Er scheint nicht im Mindesten beunruhigt. Im Gegenteil. Er strahlt eine selbstsichere Gelassenheit aus.

Na dann, Karin, vertrau ihm einfach. Er wird schon wissen, was er tut. Ich versuche, mich zu entspannen und meine Gedanken zu sammeln. Gleich werden wir Hansi gegenüberstehen, und bis dahin sollte ich mein Zaudern abgelegt haben.

Vor uns taucht auch schon die Werbetafel vom Moustache auf, dahinter ist die Einfahrt zum Parkplatz. Aber George brettert vorbei. Erstaunt sehe ich dem Schild hinterher, dann zu George hinüber. »Das war gerade das Moustache.«

»Wir nähern uns von hinten.« Er biegt in einen Feldweg ein, der zwischen Büschen verborgen ist und in ein schmales Waldstück führt.

»Aber er weiß doch, dass wir kommen, oder?«, frage ich verwirrt.

»Schon, aber erst in einer Stunde«, murmelt George.

»Erst in einer Stunde? Was hast du vor?« Ich stecke die Hand in meine Jackentasche und knipse die Taschenlampe immer wieder an und aus. Irgendwie habe ich mir vorgestellt, dass wir versuchen würden, vernünftig mit Hansi zu reden und ihn davon zu überzeugen, dass sein Spiel aus ist. Und wenn er unseren Argumenten nicht aufgeschlossen gegenüber wäre, ihm die Pistole zu zeigen, und die Sache wäre gegessen.

Aber so sieht anscheinend nicht Georges Plan aus.

Wir haben den Wald erreicht. Er übergeht meine Frage, wendet geschickt den Wagen und parkt in einer kleinen Einbuchtung am Waldesrand wieder in Richtung B 388. Er schnallt sich ab und springt aus dem Wagen.

Zaghafter folge ich seinem Beispiel.

»Was hast du vor?«, frage ich ihn noch einmal.

Er nimmt die Tasche aus dem Auto und schlägt die Tür zu. »Wir werden ihn überraschen«, antwortet er, »und dieses Überraschungsmoment für uns nutzen. Ich habe keine Lust, mit ihm ewig zu diskutieren.«

Aha.

Ich drehe an meinen Locken. Will ich das auch? Sollte ich nicht lieber hier beim Auto bleiben und auf die beiden warten?

Ich bin nicht der Typ fürs Hinterlistige. Außerdem hört sich das irgendwie gefährlich an.

George bahnt sich bereits den Weg durchs Unterholz. Als er merkt, dass ich nicht hinter ihm bin, dreht er sich um.

»Was ist?«, fragt er.

Ich habe beide Hände in meine Jackentaschen gesteckt und drücke mit der einen den Schalter meiner Lampe. »Ich hab kein gutes Gefühl«, sage ich gedämpft.

»Warum?« Er hat die Augenbrauen hochgezogen und kommt wieder ein paar Schritte zu mir zurück.

»Na, die Pistole und das Anschleichen und die falsche Uhrzeit. Das hört sich nicht gut an. Ich möchte nicht, dass noch etwas passiert. Nach gestern Nacht.« Meine Augen werden feucht. Ich hasse mich dafür, dass ich immer so schnell emotional werde. George soll nicht denken, dass ich ihn mit meinen Tränen irgendwie manipulieren will. Männer denken so etwas schnell.

George stellt die Tasche auf den Waldboden und nimmt meine Schultern in beide Hände. »Karin, das kann ich gut verstehen.« Seine wunderbaren braunen Augen blicken verständnisvoll. »Wenn du Angst hast, bleib einfach hier. Ich ziehe es auch alleine durch. Denn der Alptraum muss ein Ende haben. Ich denke da nicht so sehr an die Rosi. Der hattest eher du dich verpflichtet gefühlt. Obwohl ich es auch für eine bodenlose Schweinerei halte, was Hansi mit ihr gemacht hat. Aber ich denke in jeder Minute an Max und sehe, wie er vor den Lastwagen fällt und herumgewirbelt wird und plötzlich zerschmettert auf der Straße liegt.«

George schließt die Augen, und eine steile Falte auf der Stirn zeigt den Schmerz, den er fühlt. Er schweigt einen kurzen Moment, und ich kann diesen Schmerz, der meinem so ähnlich ist, ebenfalls spüren. Er muss gar nicht weitersprechen. Ich weiß jetzt, dass ich es mir nie verzeihen würde, wenn ich kneife. Nie. Ich werde an seiner Seite kämpfen.

»Gehen wir«, sage ich ruhig. Ich bin mir ganz sicher.

George öffnet die Augen und sieht mich fragend an.

»Gemeinsam schaffen wir es«, füge ich hinzu. Die Zuversicht, die diese Worte ausdrücken, fühle ich tief in mir.

Er beugt sich zu mir hinab und küsst meine Stirn. »Ich habe die größte Hochachtung vor dir«, sagt er, und seine Augen strahlen. »Ja, gehen wir.« Damit wendet er sich wieder um und schlängelt sich unter den herabhängenden Ästen hindurch.

Bald sind wir an der Rückseite der Diskothek angelangt. Alles ist ruhig. Hinter uns zwitschern die Vögel im Wald. Von fern vernimmt man das Rauschen der B 388, und ganz verhalten wehen die Geräusche vom Karpfhamer Fest zu uns herüber.

»Bleib kurz hier.« George stellt seine Tasche ab. »Ich drehe mal 'ne Runde und schau, ob alles in Ordnung ist.«

»Okay«, willige ich ein und verberge mich hinter einem Baum. So kann man mich vom Haus aus nicht sehen, hoffe ich.

Es dauert nicht lange, und George ist wieder da. Er nickt mir zu und nimmt die Sporttasche auf. Es geht los.

Wir huschen wie Agenten in einem Thriller auf die Hintertür der Diskothek zu. George drückt vorsichtig die Klinke nach unten. Es ist abgeschlossen. Wir werden noch nicht erwartet oder zumindest nicht am Hintereingang.

George fasst in ein Seitenfach seiner Tasche und holt einen schmalen Schraubenzieher, ein gebogenes Drahtstück und ein Paar Handschuhe heraus. Ich blicke auf meine nackten Hände. An Handschuhe habe ich gar nicht gedacht. Ich wollte ja auch reden und nicht einbrechen.

Tatsächlich. Das ist es. Wir brechen gerade in Hansis Diskothek ein! Mir wird ganz anders.

»Georg«, wispere ich. »Lass uns erst in einer Stunde wiederkommen. So wie ausgemacht.«

Aber George reagiert nicht auf meine Worte. Er stochert weiterhin im Schlüsselloch der Metalltür und sieht so aus, als ob er genau wüsste, was er da tut.

»Georg«, flüstere ich wieder. Vergebens. Unruhig sehe ich mich um. Hoffentlich beobachtet uns niemand.

Ein leises Klicken lässt mich zur Tür schauen. George richtet sich zufrieden auf. Er drückt die Klinke, und die Tür öffnet sich. Schnell steckt er sein Werkzeug zurück und tritt ein. Ich folge ihm. Gerade kann ich noch erkennen, dass ein Gang mit

Betonfußboden in die Tiefen der Diskothek führt, da fällt die Tür mit einem dumpfen Plopp zu.

Es ist finster, einzig das Schild »Exit« über dem Ausgang leuchtet grün und spendet so viel Licht, dass wir die nächsten paar Meter vor uns erkennen können. Ich taste nach meiner Taschenlampe.

»Nicht«, flüstert George, und so ziehe ich meine Hand gehorsam zurück.

Wir tappen voran. Georges Schuhe machen keinerlei Geräusch, wohingegen meine Turnschuhe das übliche kleine Quietschen der Gummisohlen von sich geben. Ärgerlich. Ich versuche, mich so lautlos wie möglich fortzubewegen.

Neben uns sind in unterschiedlicher Höhe Getränkekisten gestapelt. Sie müssen leer sein, denn es riecht nach schalem Bier. Als sich die Schemen der Kisten in der Dunkelheit aufzulösen beginnen, biegen wir um eine Ecke. In einiger Entfernung schimmert das nächste »Exit« und zeigt uns den Weg. Auch hier wieder Kisten über Kisten. Da hätte der Gruber allein vom Pfand schon eine ganze Stange Geld bekommen, geht mir durch den Kopf.

»Georg«, versuche ich erneut mein Glück.

»Jetzt nicht«, murrt er. Wir sind am Ende des Ganges angelangt. Mit nervenaufreibender Langsamkeit drückt er die Klinke hinunter und öffnet die Tür.

Der nächste Gang. Diesmal nur ein paar Meter, rechts und links führen Türen ab. Wir schleichen daran vorbei und stehen in einer großen, hohen Halle. Die eigentliche Diskothek. Durch wenige knapp unter der Decke angebrachte Oberlichter dringt Tageslicht herein, das sich aber auf den Weg bis zu uns hier unten weitgehend verliert. Trotzdem reicht diese düstere Helligkeit, um alles in dem Raum zu erkennen.

Unübersehbar ist die riesige Tanzfläche in der Mitte, die von Friseurstühlen und baumartigen Gebilden umrahmt wird. Auf den ersten Blick sehen sie wie künstliche Palmen aus, aber bei näherem Hinsehen identifiziere ich sie als überdimensionale Rasierpinsel. Ausgefallenes Interieur. Das hätte ich dem Gruber gar nicht zugetraut. Darüber hängen meterlange Schienen mit

Lichtstrahlern und Discokugeln. In den Ecken wahre Türme von Lautsprechern. Damit kann man jedem ohne Weiteres das Trommelfell aus den Ohren blasen. An der breiteren Seite der Halle ist in circa zwei Metern Höhe ein riesiger schwarzer Schnurrbart angebracht. Treppenstufen führen hinauf. Da oben thront der Discjockey und hat alles im Blick. Im Hintergrund erkenne ich noch eine lang gestreckte Theke mit einer Hundertschaft an Barhockern davor. Das ist alles.

Niemand ist zu sehen. Nichts ist zu hören. Hansi ist wohl noch nicht da.

George geht ein paar Schritte in die Halle hinein. Ich folge ihm wie ein junger Hund, stoße an seinen Rücken, als er anhält.

»Okay«, sagt er leise. »Ich werde die Lage checken, und du bleibst am besten hier ruhig stehen.« Damit drückt er mir die Tasche in die Hand, und ich halte sie automatisch fest.

»Aber was soll ich tun, wenn der Gruber kommt?«, frage ich ängstlich. Ich fühle mich dieser Situation nicht gewachsen. »Warum willst du mich allein lassen? Ich kann doch mitkommen«, flehe ich ihn an.

Er schüttelt energisch den Kopf. »Auf keinen Fall. Das macht mich nervös. Gib mir doch bitte deine Taschenlampe.« Er streckt fordernd die Hand aus.

»Wieso?«

»Weil du hier genügend siehst, ich aber dort vorne kein Licht machen möchte.« Er zeigt zum Eingang der Diskothek.

»Aber –«

»Hier.« George greift in sein Sakko und zieht den Revolver hervor. »Nimm.« Er drückt ihn mir in die Hand. Überrumpelt nehme ich ihn und fahre mit dem Zeigefinger in den Abzug. »Damit kannst du dich verteidigen.«

Ich blicke auf das schwere Eisen. »Aber ich weiß doch gar nicht, wie man damit umgeht«, sage ich weinerlich. Das ist alles nicht so, wie ich es mir vorgestellt habe.

Er presst einen Hebel nach hinten. »So, jetzt ist er entsichert. Du brauchst bloß noch hier abzudrücken. Ganz einfach.« Da ich mich nicht rühre, fischt er die Lampe aus meiner Jackentasche und knipst sie zur Kontrolle kurz an und aus. »Ich bin gleich wieder da«, murmelt er und schleicht an den Barbierstühlen entlang in den vorderen Teil der Diskothek. Dann verschwindet er im Eingangsbereich.

Ich stehe immer noch zur Salzsäule erstarrt auf meinem Fleck und lasse die Pistole nicht aus den Augen. Sicher fühle ich mich ganz und gar nicht. Im Gegenteil. Ich misstraue diesem Ding. Es kann jeden Moment losgehen. Nichts anderes hat mehr Platz in meinem Kopf. Was hat sich George nur dabei gedacht?

Angespannt hole ich Luft. Im Kino sieht es immer so leicht aus. Der Detektiv drückt der Heldin die Knarre in die Hand. Sie guckt kurz verwirrt, nietet dann aber – obwohl sie noch nie geschossen hat – im Ernstfall zehn Mafiosi um. Im richtigen Leben ist es anders. Zumindest bei mir.

Ich weiß nicht, wie lange ich schon dagestanden und auf diese Waffe geglotzt habe. Mich schmerzt bereits mein ganzer Körper.

Karin, stell dich nicht so an, schimpfe ich mit mir. Leg dieses Ding doch einfach aus der Hand.

Ich nehme mich zusammen, bewege meine linke Hand auf die Waffe zu und fasse ihren Lauf. Gut. Als mir ein Tropfen ins Auge rinnt, wird mir bewusst, dass ich schwitze wie ein Sprengstoffexperte bei der Entsicherung einer Bombe. Millimeter für Millimeter ziehe ich meinen Finger aus dem Abzug. Dann schiebe ich den Hebel wieder in seine Ausgangsstellung zurück. Geschafft. Sie ist gesichert und kann nicht mehr losballern. Befreit atme ich auf.

In diesem Moment durchfährt mich ein stechender Schmerz und rast von meiner Schädeldecke bis hinab zu den Zehen. Noch bevor er unten angekommen ist, wird mir schwarz vor Augen, und ich klappe zusammen.

***

Über meinen Arm laufen Tausende von Ameisen. Sie beißen und stechen und versprühen ihre Säure. Es tut teuflisch weh. Ich versuche, ihn zu bewegen, meinen Arm von den bissigen Monstern wegzuziehen. Aber es gelingt mir nicht. Etwas lastet tonnenschwer auf ihm.

Ich dämmere weg.

Mein Bein zuckt. Zuckt wie verrückt. Ich winkele es an und strecke es aus. Das vertreibt das Zucken. Dafür kommen die Ameisen zurück. Sie krabbeln über meinen Arm und piesacken ihn. Ich muss ihn von dort wegbekommen. Undeutlich spüre ich, dass ich selbst auf ihm liege. Ich muss mich umdrehen. Mühsam spanne ich meine Muskeln an und wälze mich zur Seite. Das hätte ich besser nicht getan. Denn die Bewegung lässt meinen Kopf explodieren.

Als ich erneut erwache, hat der Kopfschmerz nachgelassen. Ich öffne die Augen einen witzigen Spalt. Das geht. Blinzele und sehe einen staubigen Boden vor mir. Die Halle. Ich bin in der Diskothek. Der Diskothek vom Gruber. Wie lange liege ich schon hier? Ich muss weg, bevor er mich entdeckt.

Mit aller Willenskraft stemme ich eine Hand auf den Boden und drücke mich in die Höhe. Mir wird schlecht, aber es ist auszuhalten. Ich setze mich auf und hole tief Luft. Direkt neben mir liegt der Revolver. Den braucht George. Wo ist George? Ich lange hinüber und nehme die Waffe ohne zu zögern am Schaft. Mein benebelter Kopf lässt keine Angst zu.

Mit dem Ding in der Hand rappele ich mich auf die Beine. Schwankend, die Hände auf die Oberschenkel gestützt, stehe ich da. Atme. Schlucke die Übelkeit hinunter.

Dann höre ich etwas. Wie durch eine Wattewand. Knirschen. Draußen fährt ein Auto auf den Hof. Nein, nicht nur eines. Türenschlagen.

Das bringt mich in Gang. Ich muss hier raus, bevor die hier reinkommen. Am besten, ich türme durch die Hintertür.

Aber von dort erklingen schnelle Schritte. Scheiße! Also nach vorn. Ich laufe mit wackeligen Knien quer durch die Halle, renne an der Theke vorbei und stolpere. Etwas liegt im Weg, und ich taumele darüber, kann das Gleichgewicht eben noch halten, will auf keinen Fall stürzen, das würde meinem Kopf nicht bekommen, sehe beiläufig zur Seite, und meine Flucht endet jäh. Ich schreie.

Laut und hoch.

Keuchend halte ich mich an der Theke fest. Von überall her

trampeln schwere Männerstiefel näher, umringen mich, ich habe jedoch nur Augen für den, der da am Boden liegt. Gefällt wie ein Baum.

Hansi Gruber blickt zur Decke empor. Starr und unbeweglich. Die Augenbrauen streben zur Stirn, und sein Mund steht halb offen.

»Waffe langsam fallen lassen!«, wird hinter mir befohlen.

Hansi hat immer noch sein giftgrün kariertes Hemd an. Dort, wo der Knopf fehlt, springt es etwas auseinander, und man sieht die kringeligen Haare auf seiner Brust. Ein Stück daneben hat sich ein blutroter Fleck gebildet, der sich von der Farbe des Hemdes abhebt.

»Frau Schneider«, sagt jemand, und die Stimme kommt mir bekannt vor, »geben Sie mir den Revolver.«

»Was?«

Eine Hand legt sich behutsam auf meinen Arm. »Sie wollen doch nicht, dass noch jemand verletzt wird.«

Was für eine Frage. »Nein«, sage ich. Natürlich nicht. Niemand soll verletzt werden. Keiner soll sterben. Aber Hansi ist schon gestorben. Da liegt er. Tot. Schon wieder ein Toter. So viele Tote in letzter Zeit.

Ich spüre, wie die Hand langsam an meinem Arm hinabgleitet, über meine Finger hinweg, und mir etwas abnimmt.

Im nächsten Augenblick werden meine Arme nach hinten gedreht.

Ich schreie auf, vor Überraschung, aber auch vor Schmerz, es nützt jedoch nichts. Um der Pein in den Schultern zu entgehen, beuge ich mich nach vorne, fühle gleichzeitig etwas Kaltes an meinem Handgelenk, höre es klicken.

Grob werde ich umgedreht und sehe dem Eckbauer ins Gesicht.

***

Die Kirchmünsterer Polizeistation hat tatsächlich eine Zelle. Das weiß ich nun. Denn dahin haben sie mich gesteckt.

Ohne viel Federlesens hat mich Eckbauer in einen der Wagen

verfrachtet und mich hierher transportieren lassen. Netterweise lässt er jede meiner Fragen unbeantwortet.

Da sitze ich nun. Auf einer Pritsche hinter Gittern. Wenn es mir nicht aus zahlreichen naheliegenden Gründen grottenschlecht gehen würde, hätte ich es vielleicht interessant finden können. Aber das ist es nicht im Mindesten.

Für die Polizei liegt der Sachverhalt klar auf der Hand. Das kann ich selbst in meinem derangierten Zustand erkennen. Hansi erschossen in seiner Diskothek und ich mit einer Waffe daneben. Eindeutiger Fall.

Dabei weiß jeder »Tatort«-Zuschauer, dass es solche eindeutigen Fälle nicht gibt. Dass die offensichtlich Verdächtige nie die Täterin sein kann. Aber von diesen der ganzen fernsehschauenden Welt bekannten Gesetzmäßigkeiten haben Eckbauer und seine Kollegen noch nie etwas gehört. Und wenn, dann ist es ihnen egal. Auf jeden Fall bin ich hier.

Und der wahre Täter läuft draußen frei herum. Lacht sich eins, weil sein Plan so gut aufgegangen ist. Ganz toll.

Ich lege mich zurück und schiebe mir die Arme unter den Kopf. Im Liegen geht es mir immer noch am wenigsten schlecht. So kann ich auf meinen Anwalt warten. Ich habe den Polizisten, der mich hier eingeliefert hat, beauftragt, Herrn Biedersteiner anzurufen. Der soll mir einen Strafverteidiger schicken. Das erschien mir die beste Lösung. Denn ich selbst kenne keinen. Woher auch. Und bevor ich mir einen aus dem Telefonbuch aussuche, verlasse ich mich lieber auf die Verbindungen von Herrn Biedersteiner.

Nun hoffe ich, dass sie ihn erreicht haben und er sich beeilt.

Außerdem habe ich sie gebeten, mir Arnica-Globuli zu bringen. Schließlich habe ich einen heftigen Schlag auf den Kopf bekommen. Eckbauer schaute mich nur etwas eckig an und meinte, sie würden einen Arzt holen.

Inzwischen kann ich mir meinen angeschlagenen Kopf zerbrechen. Was ist in der Halle geschehen? Wer hat mich niedergeschlagen? Und wo ist George abgeblieben?

Ich brüte dumpf vor mich hin. George hätte mich nie freiwillig alleingelassen. Irgendetwas musste ihn davon abgehalten haben, mir zu helfen. Vielleicht ist Hansi aufgetaucht, und George hat sich im vorderen Teil der Diskothek versteckt. So hat er nicht mitbekommen, was hinten passiert ist.

Aber was ist passiert?

Wenn mir mein Schädel nicht so wehtun würde! Dann könnte ich besser denken.

Mein Gott! Ich schlage mir an die Stirn und stöhne auf. Zum einen, weil mein Hirn im Moment keine Schläge verträgt, zum anderen, weil ich die ganze Zeit über etwas außer Acht gelassen habe! Obwohl es meine eigene Theorie gewesen ist! Mensch Meier!

Der Komplize!

Hansi hat ja bei dem Komplott gegen Rosi einen Komplizen gehabt.

Und ich hohle Nuss habe das ganz verschwitzt. Am liebsten hätte ich mir gleich noch einmal an die Stirn gehauen, halte mich aber gerade noch rechtzeitig zurück.

Und dieser Komplize kam mit Hansi zur Diskothek. Vielleicht hatten sie geplant, George zu überwältigen, wenn er ihnen das Geld nicht gab. Oder Hansi wollte nicht allein dahin. Was weiß ich? Der Gruber kam von vorne, der Komplize von hinten. Auf leisen Sohlen ist er den Gang entlanggeschlichen und hat dann mich gesehen. Er holte aus und schlug mich zusammen. Natürlich! So musste es gewesen sein.

Aber warum hat er danach Hansi erschossen? Ich beiße zur Förderung der Denkfähigkeit auf meinem Daumennagel herum.

Wahrscheinlich wusste er, dass der Gruber mit den Nerven am Ende war und bald geschnappt worden wäre. Dann hätte er seinen Mund nicht gehalten und alles gestanden. Einschließlich der Beteiligung des Komplizen. Das leuchtet mir ein. Wenn Hansi verhaftet worden wäre, weil sie ihn ernsthaft in Verdacht hatten, dann hätte er nicht lange durchgehalten. Das ist sicher.

Vielleicht wollte der andere auch gleich noch Georges Geld für sich einkassieren. Ist denn die Tasche irgendwo herumgelegen, als ich aufgewacht bin? Ich versuche mich zu erinnern, aber ich kann es nicht mit Bestimmtheit sagen. Auf jeden Fall musste derjenige sich schwarzgeärgert haben, als er in der Tasche nur verschwitzte Sportsachen gefunden hat.

Stattdessen hat er jetzt einen Mord am Hals.

Oder nein. Den habe ja ich am Hals. Mich hat die Polizei mit der Pistole in der Hand vor dem toten Hansi gefunden. Deshalb haben sie mich auch behandelt wie eine Schwerverbrecherin.

Aber sie kommen sicherlich schnell darauf, dass ich es gar nicht gewesen sein kann. Ganz bestimmt. Da muss ich mir gar keine Sorgen machen.

Oder vielleicht doch?

Viel zu schnell stehe ich auf und muss mich an der Wand abstützen. Als die Sternchen sich verflüchtigen, wandere ich in dem kleinen Raum hin und her. Ich muss endlich herausbekommen, wer Hansis Komplize ist. Als Allerererstes fällt mir Katharina Ilzdorfer ein. Sie hätte eindeutig ein Motiv gehabt, da sie ihre Liebesbeziehung zu Tanja auf alle Fälle verheimlichen will. Und sie hat mit Hansi telefoniert.

Ich würde ihr auch zutrauen, mich hinterrücks niederzuschlagen. Wer jemanden in diese XXL-Todesmaschine zerrt, der schreckt auch nicht davor zurück, ihm eins überzubraten.

Würde sie aber auch Hansi erschießen?

Das möchte ich nicht behaupten. Wer erschießt einen anderen Menschen so einfach, außer er ist ein Auftragskiller? Oder er wird angegriffen oder ist in sonstiger Not.

Ist Katharina Ilzdorfer wirklich so abgebrüht, dass sie erst mich zusammenschlägt und dann Hansi niederschießt? Vielleicht. Ich denke an den energischen Zug um ihren Mund und ihre resolute Art. Außerdem war sie heute ziemlich durch den Wind. Vielleicht hatte sie es da schon geplant.

Aber was war mit George? Ist er vorher geflohen? Oder hat sie ihn als Geisel genommen? Das könnte sein. Wenn sie auch vorhatte zu fliehen, brauchte sie Georges Geld. Und da in der Tasche kein Bargeld war, brauchte sie George, um bei der Bank die nötige Summe abzuheben. Oh, der Arme. Musste zuerst mitansehen, wie seine Frau zur Mörderin wird, und dann war er in ihrer Gewalt und musste sich ausplündern lassen.

Was muss das für ein gewaltiger Schock für ihn sein!

Und was hat Katharina mit George vor, nachdem er ihr das Geld übergeben hat? Sie wird ihn doch bestimmt nicht auf ihre Flucht mitnehmen, sondern eher Tanja. Sie wird sich seiner entledigen. Ganz klar! Dann ist auch George in unmittelbarer Gefahr!

Ich muss hier raus und ihn finden!

Glücklicherweise höre ich Schritte, dann wird ein Schlüssel im Schloss umgedreht und die Tür geöffnet. Eckbauer kommt herein.

»Sie müssen sofort eine Fahndung nach der Katharina Ilzdorfer ausschreiben«, sage ich aufgeregt. »Die hat den Gruber Hansi umgebracht.«

Der Eckbauer verzieht keine Miene, sondern nimmt mich am Arm und führt mich in das angrenzende Zimmer. Auf dem Türschild steht »OPM Eckbauer«. Hinter dem überfüllten Schreibtisch sitzt der Hauptkommissar. Sein Kollege Volz lehnt am Aktenschrank.

»Sie müssen sofort die Fahndung nach der Ilzdorfer Katharina ausschreiben«, wiederhole ich meine Aufforderung, diesmal hoffentlich an der richtigen Stelle.

Hauptkommissar Grünleitner wirft mir unter seinen buschigen Augenbrauen einen Blick zu, den ich nicht deuten kann. Ist er verwundert, dass ich so fix auf die tatsächliche Täterin gekommen bin?

»Nun, Frau Schneider, was haben Sie in der Diskothek Moustache gemacht?«, fragt er mich.

Na, da habe ich mich wieder mal geirrt. Er ignoriert meine Bitte völlig. Genervt seufze ich. »Herr Ilzdorfer und ich hatten uns mit Herrn Gruber verabredet und wollten ihn schnappen.«

Jetzt kann ich seinen Blick deuten. Er hält mich für hochgradig geistesgestört. Der Volz hat bei meinen Worten aufgelacht. Nun gut, dann erzähle ich ihnen eben die lange Version. Vielleicht verstehen sie dann unseren genialen Plan.

Aber auch als ich unser Projekt in allen Einzelheiten geschildert habe, hellen sich ihre Mienen nicht auf. Im Gegenteil. Im Laufe meines Berichts bekommt der Grünleitner einen feuerroten Kopf. Sieht nicht gut aus.

»Ich hab inzwischen schon einiges von Ihnen gehört«, sagt er gepresst. »Aber *das* schlägt dem Fass den Boden aus. Geht das nicht in Ihren Sturschädel, dass Sie sich aus polizeilichen Ermittlungen rauszuhalten haben und es ungesund ist, auf eigene Faust herumzuschnüffeln?« Er schaut mich voller Grimm an.

»Jetzt will ich Ihnen mal was sagen«, schlage ich zurück. »Wenn Sie und Ihre werten Kollegen hier einfach nicht auf meine Hinweise und Aussagen reagieren, ja, was soll ich dann machen? Meine Hände in den Schoß legen und hoffen, dass Sie doch noch mal in die Gänge kommen?«

Grünleitner drischt mit seiner Faust so heftig auf den Tisch, dass ich vor Schreck zusammenzucke und die Akten verrutschen. Selbst der Volz hat kurzzeitig seinen arroganten Gesichtsausdruck abgelegt.

»Jetzt sag ich Ihnen was«, brüllt Grünleitner, und er hat ein lautes Organ. »Mit Ihrem schlauen Getue stehen Sie jetzt unter Mordverdacht. Und nicht nur, weil Sie mit der Waffe vor der Leiche aufgefunden worden sind. Nein. Es sind auch die Auswertungen der Spurenermittlung gekommen. Und was meinen Sie, wessen Fingerabdrücke auf der Schreibmaschine gefunden worden sind? Auf der Maschine, auf der der angebliche Abschiedsbrief von der Reitmeier Rosi geschrieben worden ist? Ha? Ha? Die Ihrigen. Ja, da schaun S'.«

Ich schaue ihn tatsächlich völlig verdattert an. Grünleitner lässt mir weder Zeit nachzudenken noch, etwas zu erwidern. Wie eine Dampflokomotive walzt er weiter über mich hinweg.

»Und auf dem Knopf, der angeblich dem Gruber gehört und der ihm nach Ihrer Theorie abgerissen wurde, als er die Rosi gekidnappt hat? Ein Fragment Ihrer Fingerabdrücke. Und auf der Flasche, die Sie uns gebracht haben und worin sowieso keine betäubende Substanz gefunden worden ist? Ha? Raten Sie? Ihre Fingerabdrücke.«

Er beugt sich über den Schreibtisch zu mir herüber, und ich kann die hellen Borsten in seinen Nasenlöchern übergenau erkennen.

»Erschwerend kommt noch hinzu, dass Sie unbedingt Betreuerin von der Frau Reitmeier werden wollten.«

»Von unbedingt –«, protestiere ich, aber der Kommissar wedelt nur seinen großen Zeigefinger vor meinem Gesicht herum und denkt gar nicht daran, mich zu Wort kommen zu lassen.

»Was wollten Sie mit der Betreuung anfangen? Ha? Vielleicht genau das, was Sie dem Neffen die ganze Zeit unterstellen. Wenn man es geschickt angeht, kann man sich schon ein Stück vom Vermögen des Betreuten unter den Nagel reißen. Und Sie brauchen ja Geld«, setzt er zu meinem Erstaunen nach. »Wie man hört, besteht Ihre Ehe nur noch auf dem Papier, und es ist lediglich eine Frage der Zeit, bis Ihr Mann die Scheidung einreicht.«

Mein Mund steht sperrangelweit offen. Woher hat er denn das?

»Und Sie scheinen auch schon einen Neuen gefunden zu haben. Sie verbringen viel Zeit mit dem Georg Ilzdorfer. Da trifft es sich gut, die Ehefrau vom neuen G'spusi anzuschwärzen, dann kann man die auch noch aus dem Weg räumen. G'scheit, g'scheit. Meine Hochachtung.«

Wow!

Ich räuspere mich. Das hat mir jetzt in der Tat die Sprache verschlagen.

»Und woher haben Sie Ihre Erkenntnisse über mich?«, bringe ich mühsam heraus.

»Das nennt man Umfeldrecherche«, tönt Volz von oben.

»Umfeldrecherche«, plappere ich nach. Davon habe ich noch nie etwas gehört. »Warum haben Sie in meinem Leben herumrecherchiert? Bin ich etwa schon länger unter Verdacht?«

»Wundert Sie das?«, fragt Volz.

»Mit Ihnen rede ich nicht«, fauche ich und sehe seinen Chef an.

»Das werden Sie sich nicht aussuchen können, mit wem Sie reden oder nicht«, kommt es indigniert vom Volz.

»Aber *ob* ich rede oder nicht«, pflaume ich zurück. Ich rutsche auf dem Stuhl ganz nach hinten. »Ich glaube, es ist für mich besser, wenn ich auf meinen Anwalt warte.« Ich verschränke meine Arme und setze ein trotziges Gesicht auf. Hoffentlich hat der Biedersteiner eine Koryphäe im Strafrecht besorgt, der diese Kerle mit ihrer Umfeldrecherche in der Luft zerreißt.

***

Da ich mich geweigert habe, auch nur einen Ton noch mit den Herren von der Polizei zu reden, bevor mein Anwalt erschienen ist, wurde ich wieder in meine Zelle begleitet.

Aber ich bleibe nicht lange allein. Vielleicht eine Dreiviertelstunde nach meinem Verhör erscheint Eckbauer schon wieder und lässt einen Herrn im dunkelgrauen Anzug in mein Reich treten.

Im ersten Moment bin ich irritiert, doch dann schaltet selbst mein geschundenes Hirn. Das muss mein Anwalt sein. Gott sei Dank!

»Faltermayer, gestatten«, stellt er sich vor, schüttelt mir die Hand und überreicht mir eine Visitenkarte. Alles in einem Schwung.

»Schneider«, entgegne ich und werfe einen Blick auf das Kärtchen in meiner Hand.

Dr. Albin Faltermayer
Fachanwalt für Strafrecht
München
steht dort in goldener Prägung. Nun gut.

Eckbauer hat sich ohne Weiteres verzogen und die Tür hinter sich verschlossen.

»Schön, dass Sie so schnell gekommen sind«, leite ich das Gespräch höflichkeitshalber ein.

»Ja, mein Kollege Biedersteiner hat mich von der Dringlichkeit Ihres Falles unterrichtet.« Dr. Faltermayer setzt sich auf den einzigen Stuhl in diesem Raum und zupft die Bügelfalten seiner Anzughose zurecht. »Nach meinem Gespräch mit der Polizei und dem Studium der Akten bin ich zu demselben Ergebnis gekommen.« Den Aktenkoffer hat er auf seinen Schoß genommen und lässt die goldenen Verschlüsse aufspringen.

Na sauber! Wenn er seinen Klienten immer solchen Mut zuspricht …

Der Anwalt legt einen Block auf den inzwischen wieder geschlossenen Aktenkoffer, zückt einen goldenen Kugelschreiber und begutachtet mich mit ausdrucksloser Miene. »Dann erzählen Sie mal!«, fordert er mich auf.

***

Mit den Worten »Ich werde sehen, was ich für Sie tun kann, aber es wird nicht leicht« verabschiedete sich mein Rechtsbeistand und ließ mich nicht gerade hoffnungsfroh zurück.

Nachdem endlich auch ein Arzt nach mir gesehen hatte, war ich brezenfertig. Mir tat alles weh, mein demolierter Kopf brummte wie ein Hornissennest, und mir war so elend, dass ich sogar freiwillig die Kopfschmerztablette nahm.

In einer Art Dämmerzustand liege ich auf meinem schmalen Bett und habe es aufgegeben, über mein Schicksal und die Dinge, die sich in letzter Zeit ereignet haben, nachzudenken. Vorsichtig drehe ich mich auf die Seite, wobei mir ein Rascheln in meiner Hosentasche auffällt. Mit geringem Elan richte ich mich auf, ziehe ein Blatt Papier heraus und falte es auseinander.

Was habe ich denn da?

Meine vergangenheitssentimentale Probe an Rosis Schreibmaschine. Es scheint mir wie ein Zeichen aus einer anderen Welt. Was ist seitdem alles passiert? Zwei Menschen sind tot und einer lebensgefährlich verletzt im Krankenhaus. Wenn man den Zauner-Wirt mitrechnet, dann ist noch einer zu Schaden gekommen. Und sein Bruder sitzt im Gefängnis.

Ich lasse mich auf die Pritsche zurücksinken, lege meinen malträtierten Kopf nieder und starre auf mein unschuldiges *Rosen, Tulpen, Nelken, alle Blumen welken.*

Warum habe ich damals nur auf der Maschine rumgealbert? Das wird mir jetzt zum Verhängnis. Ein Indiz zu meiner Verurteilung, wenn es nach dem Kommissar geht.

Die Tablette hüllt meine Gedanken auf angenehm betäubende Weise ein. Ich stopfe das Papier wieder in die Tasche zurück, seufze und bin eingeschlafen.

6

Dienstag

Am nächsten Morgen weckt mich Eckbauer. Er schiebt mit dem Fuß den Stuhl geräuschvoll neben meine Pritsche. Darauf stellt er einen Teller mit Brot, Butter und drei Scheiben Paprikawurst sowie einen Becher dampfenden Kaffee ab.

»Der Hauptkommissar ist in einer Viertelstunde da und möchte Sie dann sprechen«, meint er.

Nach dieser Ankündigung lässt er mich mit meinem üppigen Frühstück allein, und ich bemühe mich, wach zu werden. Das fällt mir nicht leicht, denn die Chemie spukt immer noch in meinem System herum. Deshalb hasse ich Tabletten.

Ich nehme einen Schluck von dem Kaffee, der gar nicht mal so schlecht schmeckt, und durchdenke all die aufbauenden Statements von Herrn Dr. Faltermayer. Eigentlich kann ich gleich aufgeben. Aber das werde ich nicht! Es muss sich doch wenigstens eine Kleinigkeit finden lassen, die für meine Unschuld spricht.

Der Zettel!

Vielleicht sollte ich das überprüfen, kommt mir in den Sinn. Womöglich habe ich gar nicht dieselben Tasten berührt wie derjenige, der den Abschiedsbrief geschrieben hat.

Ich krame ihn aus meiner Hosentasche und streiche das Papier glatt. *Rosen, Tulpen, Nelken, alle Blumen wel~~c~~ken.*

Wie lautete gleich wieder der Abschiedsbrief? *Ich mag nicht mehr. Mir ist alles zu viel.* Genau!

Ein Fünkchen Hoffnung flammt in mir auf. Ich buchstabiere mir die Sätze vor und tippe mit dem Finger auf die einzelnen Buchstaben in meinem Schrieb. Und ich brauche nicht lange zu suchen. Gleich das I am Anfang kommt in meinem Text nicht vor. Genauso das h, das g, das z und das v. Fünf Buchstaben! Ich hätte danach den Abschiedsbrief schreiben und bei diesen fünf Buchstaben auf die Tasten blasen müssen, damit sie anschlugen!

Das werde ich dem Grünleitner gleich mal unter die Nase reiben. Mit mehr Appetit als vorher beiße ich in mein Wurstbrot.

***

Es wurden dann doch mehr als fünfzehn Minuten, bis ich abgeholt wurde. Ich hatte genug Zeit zu frühstücken, in meiner Zelle auf und ab zu laufen und mir Sorgen zu machen. Vor allem um George. Denn ich glaube nicht, dass sich der Anwalt gestern noch dafür eingesetzt hat, nach ihm suchen zu lassen beziehungsweise eine Fahndung nach seiner Frau herauszugeben. Wer weiß, wie es ihm in der Nacht ergangen ist!

Als Eckbauer hereinkommt, um mich abzuholen, frage ich ihn sofort nach meinem Anwalt. Obwohl er mir gestern keine Hoffnung gemacht hat, wäre es mir doch lieber, wenn er bei dem Verhör anwesend wäre. Der Polizeiobermeister beruhigt mich. Dr. Faltermayer sei schon im Besprechungszimmer.

Und so stehe ich vor drei Herren, als ich in das Büro vom Eckbauer komme.

Der Grünleitner und der Volz haben die gleichen Positionen wie gestern eingenommen. Mein Anwalt sitzt auf einem von zwei Stühlen vor dem Schreibtisch und springt schneidig auf, um mich zu begrüßen.

»Haben Sie schon die Fahndung nach der Ilzdorfer Katharina ausgeschrieben?«, frage ich statt einer Begrüßung.

Die Miene vom Hauptkommissar verdüstert sich. Dann nimmt er sich aber zusammen und beugt sich über den Schreibtisch zu mir herüber.

»Frau Schneider«, versucht er es in einem nachsichtigen Ton, »lassen Sie das doch. Es wäre besser, wenn Sie mit uns zusammenarbeiten würden. Es sprechen eine Menge Indizien gegen Sie. Da sollten Sie uns schon Antworten liefern, sonst sieht es schlecht aus für Sie. Was ist demnach gestern in der Diskothek Moustache passiert?«

Ich schaue fragend zu Dr. Faltermayer hinüber, der nickt mir mit ernster Miene zu. Also füge ich mich. »Ich habe den Gruber

Hansi nicht erschossen. Den Revolver hatte ich nur zufällig in der Hand«, grummle ich vor mich hin.

»Zufällig«, mokiert sich Volz. Aber ein Blick von Grünleitner bringt ihn zum Schweigen.

»Woher haben Sie die Waffe überhaupt?«, fragt mich der Hauptkommissar.

Ich rutsche ungemütlich auf dem Stuhl hin und her. Soll ich zugeben, dass sie mir George in die Hand gedrückt hat? Bekommt er dadurch Schwierigkeiten?

»Die lag da rum«, antworte ich. Das ist nicht gelogen.

»Wie? Die lag da rum?«, echot Grünleitner.

»Na, vor mir auf dem Boden. Als ich wieder aufgewacht bin, lag sie da, und ich habe sie genommen, ohne mir dabei etwas zu denken. Bei meinem geschundenen Kopf ging das sowieso nicht gescheit.« Ich fasse an die Stelle meines Hinterkopfes, die gerade wieder zu pochen beginnt.

Der Hauptkommissar hat sich zurückgelehnt und beobachtet mich. Er sagt kein Wort. Seine buschigen Brauen beschatten seine Augen, trotzdem kann ich seinen Blick auf meinem Gesicht spüren. Glaubt er mir nicht?

»Wo waren Sie in der Zeit von acht Uhr bis zehn Uhr gestern Morgen?«, fragt er schließlich.

Das habe ich ihm doch alles schon erzählt. Dennoch antworte ich ihm, ohne meine Stimme zu erheben. »Erst zu Hause. Dann bei den Münchhamerinnen, dann hab ich Frau Ilzdorfer getroffen, und danach bin ich in die Diskothek gefahren. Was da alles passiert ist, wissen Sie ja bereits.«

»Und wo ist Herr Ilzdorfer jetzt?«

»Das wüsste ich auch gern«, entfährt es mir. »Sie müssen nach seiner Frau fahnden lassen.«

»Soso«, meint Grünleitner. »Die Frau Ilzdorfer können Sie wohl nicht leiden.«

»Das hat nichts mit Leidenkönnen zu tun«, begehre ich auf. »Sondern –«

»Was würden Sie sagen«, schneidet er mir das Wort ab, »wenn Ihnen gerade ebendiese Frau Ilzdorfer ein Alibi gegeben hat?« Ohne jegliche Regung mustert er mich.

Hat er das ernst gemeint?

»Wie«, ich suche nach dem Sinn seiner Worte, »also, wie meinen Sie das?« Ich blicke wieder mal zu meinem Anwalt. Der lächelt mir aufmunternd zu.

Grünleitner sieht mich ruhig an. »Wie ich es gesagt habe.«

Dadurch bin ich auch nicht klüger. »Ein Alibi wofür?«, stopsle ich daher.

»Für den Mord an Johannes Gruber«, antwortet der Hauptkommissar. »Sie wurden um elf Uhr zwanzig neben der Leiche aufgegriffen. Der Zustand der Leiche sowie die Gerinnung des ausgetretenen Blutes grenzen den Todeszeitpunkt ein. Der Rechtsmediziner geht von einem Zeitraum zwischen acht Uhr und neun Uhr dreißig aus, allerspätestens zehn Uhr. Frau Ilzdorfer hat nach ihren Angaben um drei viertel neun noch mit Herrn Gruber telefoniert. Das haben wir auch mit Hilfe der Telefongesellschaft überprüft. Im Übrigen hat sie Ihre Aussage bestätigt, Frau Schneider. Sie hat Sie um neun Uhr fünfundvierzig auf dem Kirchplatz von Kirchmünster getroffen. Sie hatten eine Tüte des Trachtenladens Münchhamer in der Hand. Auf unsere Nachfrage haben die Damen Münchhamer bestätigt, dass Sie ab acht Uhr fünfundfünfzig in ihrem Laden waren. Es ist unwahrscheinlich, dass Sie es in den verbleibenden Minuten zwischen acht Uhr fünfundvierzig und fünfundfünfzig geschafft hätten, Herrn Gruber zu erschießen und dann zum Kirchplatz zu fahren.«

Er hält inne. Ich bin zu keiner Erwiderung fähig.

»Deshalb dürfen Sie jetzt gehen«, beendet er seine Ausführungen.

»Was?« Mein Blick huscht von ihm zu Dr. Faltermayer. Der steht auf und nimmt seinen Aktenkoffer in die Hand.

»Sollten sich durch die weiteren Untersuchungen andere Fakten ergeben, werden wir uns wieder an Sie wenden«, erklärt der Hauptkommissar meinem lahmen Verstand. »Bis dahin steht es Ihnen frei, zu gehen. Jedoch!« Er haut abermals auf den Schreibtisch, und ich zucke abermals zusammen. »Halten Sie sich aus den Ermittlungen heraus! Wenn ich Sie in der Nähe vom Tatort erwische oder Sie Ihre Nase weiterhin in Dinge stecken, die Sie nichts angehen …« Er lässt den Satz unvollendet, aber sein drohender Ton ist Warnung genug.

***

Unsicher stehe ich auf, verabschiede mich vom Anwalt, stolpere über die Füße vom Volz, der mir missmutig nachblickt, stolpere aus dem Zimmer, stolpere zum Eckbauer, der mir meine persönlichen Sachen übergibt und mich etwas unterschreiben lässt, stolpere aus dem Gebäude hinaus auf die Straße.

Freiheit.

Die Sonne scheint. Die Luft ist lau. Die Vögel zwitschern. Ich bin frei.

Ich blähe meine Lungen auf und stoße einen Seufzer der Erleichterung aus. Damit hätte ich nicht gerechnet, dass es so schnell und einfach gehen würde.

Frauenstimmen dringen an mein Ohr. Ich wende meinen Kopf in die Richtung und sehe zwei Frauen auf mich zukommen. Die eine ist meine Exfreundin, ach was, in dieser Stimmung kann ich nicht nachtragend sein, meine *Freundin* Isabell. Und die andere? Die Ilzdorfer. Seltsam. Wieso tauchen die hier zu zweit auf? Was haben die beiden denn miteinander zu schaffen?

Sie bleiben vor mir stehen.

»Hallo, Karin«, grüßt mich Isabell und streckt zaghaft ihre Hände nach mir aus. Aber ich bin ihr nicht mehr gram und umarme sie fest.

Die Ilzdorfer schaut mich schüchtern an. Ihre Bluse ist verknittert, und auch ihr Gesicht hat mit einem Mal mehr Falten bekommen als früher. Sie ist nicht mehr die selbstsichere Brauereibesitzergattin. Irgendetwas muss sie ziemlich erschüttert haben. Klar, so ein Mord geht an einem nicht spurlos vorüber.

»Danke für das Alibi«, werfe ich ihr hin.

Sie kneift die Lippen zusammen und nickt.

»Haben Sie Ihren Mann gefunden?«, frage ich. Die Sache mit dem Alibi war nett, trotzdem traue ich ihr nicht über den Weg. Ihre Aussage kann ja auch nur den Zweck haben, mich aus dem sicheren Gefängnis zu bekommen. Draußen kann sie mich leichter erledigen, bevor ich Beweise gegen sie gesammelt habe.

»Nein«, antwortet sie. »Er ist wie vom Erdboden verschwunden. Und sein Revolver ist auch nicht mehr da. Das macht mir am meisten Sorgen.«

Na, tu nicht so unschuldig! Der Revolver liegt bei der Polizei, und du weißt das genauso gut wie ich. Aber das behalte ich für mich. Stattdessen sage ich: »Warum fragen Sie nicht Ihre Haushälterin? Vielleicht weiß die was.«

Sie sinkt noch weiter in sich zusammen. »Tanja ist weg.« Sie schluckt und wirft einen Blick zu Isabell hinüber. Daraufhin legt ihr meine Freundin eine Hand auf den Arm. Das wundert mich. Seit wann ist aus der Atelierbekanntschaft mehr geworden?

Isabells Berührung hat sie so weit gestärkt, dass sie weiterreden kann. »Tanja hat vorgestern Abend ihre Sachen gepackt und ist gegangen.« Sie hält inne, überwindet sich aber dann doch und fährt fort: »Sie wollte nicht mit mir reden. Sie hat alles in den Koffer gestopft und gemeint, dass sie jetzt endlich nach Neuseeland abhaut. Das wollte sie schon die ganze Zeit. Deshalb hat sie ja überhaupt bei uns die Stelle angenommen. Um das Geld für die Reise zu verdienen.« Sie stockt wieder und spricht nach einer Weile leise weiter. »Aber ich hab gesehen, dass sie geweint hat.« Der letzte Satz ist ihr sichtbar schwergefallen. Nun schweigt sie und blickt an mir vorbei in die Ferne.

Ich weiß nicht, was ich von dieser plötzlichen Herzenserleichterung halten soll. »Haben Sie es schon mal mit Anrufen versucht?«, schlage ich eine Lösung vor. Gleichzeitig fällt mir ein, dass ich selbst dringend auf meinem Handy nachschauen muss. Während meiner Inhaftierung ist es mir abgenommen worden. Hoffentlich hat sich George gemeldet. Ich hole es aus meiner Tasche und schalte es ein.

»Natürlich«, beantwortet Frau Ilzdorfer meine Frage. »Aber ich habe keinen von beiden erreicht.«

Währenddessen zeigen mehrere Plings an, dass eine Menge SMS bei mir eingegangen sind.

»Entschuldigung, ich muss kurz mal nachsehen. Meine Kinder.« Zur Demonstration lüpfe ich meinen Apparat in die Höhe und gehe ein paar Schritte zur Seite.

Die erste SMS ist gleich von George. Aufgeregt öffne ich sie. Er hat sie eine Stunde nach unserem Discoinferno geschrieben.

Karin, lebst du noch? Antworte mir!

Ein wenig später: *Es war meine Frau! Karin! Meine Frau hat …*

Erschrocken schlage ich meine Hand vor den Mund. Was?

Mit fliegenden Fingern öffne ich die nächste SMS. George hat sie eine Stunde später abgeschickt.

Karin! Sie hat mich abgefangen. Wollte mit mir in die Bank. Geld abheben. Aber ich habe sie abgehängt. Katharina hat Hansi erschossen!!! Sie hat es mir gesagt.

Katharina hat Hansi erschossen? Mein Gott! Habe ich es doch gewusst! Diese falsche Schlange! Ich werfe einen Blick zu ihr hinüber. Sie und Isabell stehen nahe zusammen, meine Freundin hat ihr eine Hand auf die Schulter gelegt und redet ihr gut zu.

Die braucht keinen Trost, will ich ihr zuschreien. Sie ist eine Mörderin! Aber ich halte mich zurück. Um Isabell kümmere ich mich nachher. Zuerst muss ich wissen, wie es George geht.

Ich öffne die nächste SMS.

Scheiße! Mein Fuß ist hin. Total geschwollen. Kann kaum noch gehen. Verstecke mich in Rosis Haus. Dort sucht sie mich bestimmt nicht.

Herr im Himmel! Was hat er nur durchgemacht in den letzten Stunden!

Dazwischen kommen ein paar Nachrichten von Vicky und Martin. Beide können mich nicht erreichen und fragen sich, wo ich wieder stecke. Jeder von ihnen formuliert es anders, wobei ich den Text von Vicky bevorzuge. Schreibe meinem Schatz schnell zurück, dass alles in Ordnung ist und sie Papa einen schönen Gruß von mir sagen soll. Ich hoffe, ich habe sie damit beruhigt.

Dann klicke ich auf die nächste SMS von George.

Bin in Rosis Speicher. Akku fast leer. Glaube, ich habe Fieber. Kommst du?

George! Ich muss schnellstens zu ihm. Hoffentlich hat er sich keine Blutvergiftung zugezogen. Wer weiß, wie er sich verletzt hat?

Ich trete auf die beiden Frauen zu. Sie unterbrechen ihr Gemurmel und blicken mich mit sorgenvollen Mienen an. Ich kann die Ilzdorfer gar nicht ansehen. So eine elende Lügnerin!

»Isabell, kommst du mal mit? Ich muss dir was sagen«, fordere ich meine Freundin auf. »Wir sind gleich wieder da«, meine ich zu Frau Ilzdorfer und verziehe meinen Mund zu einer Karikatur von einem Lächeln.

Ich nehme Isabell am Arm und führe sie so weit um die Häuserecke, bis uns die Ilzdorfer nicht mehr hören kann.

Zur Sicherheit flüstere ich trotzdem. »Isabell, ich hab nicht viel Zeit. Pass auf! Die Ilzdorfer hat den Gruber Hansi erschossen. Sie hat es George gesagt. Er ist geflohen und versteckt sich momentan. Es geht ihm nicht gut. Ich muss zu ihm.« Ich hole Luft und checke, wie Isabell die Informationen bislang aufnimmt. Sie sagt nichts, sieht mich nur mit offenem Mund an.

»Ich weiß jetzt auch grad nicht, wie es weitergeht«, fahre ich fort. »Wahrscheinlich ist es am besten, wenn ich George überrede, die Polizei einzuschalten.« Wer hätte gedacht, dass ich diesen Satz jemals sagen würde!

Ich beuge mich noch näher zu ihr und drücke ihren Arm. »Du halt dich von der Ilzdorfer fern. Sie hat die Rosi auf dem Gewissen und den Hansi skrupellos ausgeschaltet. Sie ist gefährlich! Ich habe keinen blassen Schimmer, was die noch alles im Schilde führt. Aber es kann nichts Gutes sein. Lass dich von ihr nicht einwickeln. Verabschiede dich und geh!« Ich schaue sie eindringlich an.

Isabell legt langsam eine Strähne ihrer langen Haare über ihre Schulter.

»Also, ich weiß nicht«, fängt sie an, und ich stöhne innerlich auf. So nett sie auch ist, meine Isabell, so wirklichkeitsfremd ist sie manchmal. Die Ilzdorfer hat sie schon eingelullt.

»Weißt du, dass die Katharina unheimlich darunter leidet, dass diese Tanja sie einfach verlassen hat?«, sagt Isabell und guckt wie ein kleiner Dackel. »Ich habe gestern den ganzen Tag mit ihr verbracht, weil sie mir völlig aufgelöst über den Weg gelaufen ist und ich sie nicht allein lassen konnte.«

Hatte sie mir nicht zugehört, oder was? Ich erzähle ihr, dass die Ilzdorfer eine Mörderin ist, und sie quatscht was von Liebeskummer? Das war nicht gut. Gar nicht gut! Isabells weiches Herz hat offensichtlich ihren Verstand aufgelöst.

»Und sie macht sich so große Sorgen um ihren Mann«, erklärt Isabell weiter. »Du musst ihr sagen, dass du weißt, wo er ist.«

»Auf keinen Fall!«, begehre ich auf. »Muss ich dir noch mal erklären, dass sie ihn sucht, um an Geld für ihre Flucht zu kommen oder noch Schlimmeres? Schließlich weiß er jetzt Bescheid. Also, halt deinen Mund, Isabell! Glaub es oder glaub es nicht, die Ilzdorfer ist gefährlich.«

Leider kann ich erkennen, dass sie mir nicht glaubt.

»Isabell, ich muss jetzt los. Kein Wort zur Ilzdorfer, wenn dir mein Leben lieb ist!«, wispere ich aufgebracht. »Okay?«

Sie nickt widerstrebend. Wenigstens etwas.

Ich lasse sie einfach stehen, eile mit einem knappen Gruß an der Ilzdorfer vorbei und renne nach Hause. In aller Hast werfe ich Desinfektionsmittel, Verbandszeug und Arnica-Globuli, von denen ich schnell selbst ein paar einnehme, in eine Tasche. Dann ziehe ich mir eine Daunenweste über, da mir trotz der Eile bitterkalt ist. Wahrscheinlich ist das den Aufregungen der letzten Zeit geschuldet. Ohne weitere Verzögerung düse ich nach Karpfham.

***

Heute ist der letzte Tag vom Karpfhamer Fest, und die Leute lassen es noch mal richtig krachen. Gleich in der Früh gibt es ein Traktor-Geschicklichkeitsrennen auf dem Turnierplatz neben Rosis Grundstück. Der Wettkampf wird von einer Nutzfahrzeugfirma ausgelobt, und die Bauern und auch immer mehr Bäuerinnen stellen ihr Können zur Schau. Banner mit Werbung für die Sponsorenfirma und eine Tribüne wurden aufgebaut. Die Show ist gut besucht.

Ich werfe einen Blick auf den Parcours mit den orangefarbenen Verkehrshütchen. Ein Traktorfahrer versucht gerade, sein Gefährt über eine riesige Wippe zu lenken und dabei nicht den Ball zu verlieren, der auf dem Frontlader balanciert. Der Traktor hat den Scheitelpunkt erreicht, jetzt heißt es Vorsicht, denn eine zu schnelle Abwärtsbewegung würde den Ball zum Rollen bringen. Die Zuschauer halten den Atem an. Nach ein paar ruckelnden Vorwärtsbewegungen der Zugmaschine schlägt die Wippe gemächlich um, und der Fahrer hat's geschafft. Der Ball bleibt oben, die Leute applaudieren. Begeistert kommentiert der Moderator diesen Erfolg.

Der nächste Fahrer windet sich in den orangefarbenen Overall. Es ist der Tim Venus. Sein Vater steht daneben, die Arme verschränkt, und verfolgt die staubaufwirbelnde Abschlussrunde des aktuellen Fahrers. Nicht weit davon entfernt sitzt Stefan auf dem Holzzaun, der den Turnierplatz umgibt. Klar, dass so ein Rennen einem Jungen in seinem Alter gefällt.

Ich muss weiter!

Als ob es ganz selbstverständlich wäre, gehe ich zu Rosis Hintertür. Sofort fällt mir das gebrochene Polizeisiegel auf. Das war bestimmt George. Ich schlüpfe durch die Tür und drücke sie wieder zu.

Im Flur ist es düster und viel kühler als draußen. Ich verharre und lausche. Aber ich kann im Haus nichts hören. Der Lärm des Traktorrennens und die übliche Geräuschkulisse des Festes sind durch die geschlossene Tür zwar ein wenig abgedämpft, trotzdem übertönen sie alles andere. Da bleibt mir nichts anderes übrig, als mich einfach so hineinzutrauen.

Mit klopfendem Herzen schleiche ich durch das Erdgeschoss und spähe in alle Zimmer. Die Spuren der polizeilichen Untersuchungen sind zu erkennen, aber es ist niemand zu sehen.

Ich gehe die Treppe in den ersten Stock hinauf und bemühe mich, nicht zu fest auf die knarzenden Stufen zu treten. Mein Rundgang stellt klar, dass auch in diesem Stockwerk kein Mensch zu finden ist.

So stehe ich vor der schmalen Stiege, die in Rosis Speicher führt. Sie ist steil. Wie eine Hühnerleiter. Auf der rechten Seite gibt es einen Handlauf. Ich fasse ihn an. Er wackelt. Und die Treppe wackelt mit.

Vor Schreck lasse ich los und trete einen Schritt zurück. Dieses Ding ist ja gemeingefährlich.

Und da oben soll George sein? Ich lege meinen Kopf zurück und schaue in das dunkle Viereck, das den Eingang zum Speicher bildet. Ich erkenne nichts.

Vielleicht ist er gar nicht dort oben. Wie soll er überhaupt mit einem verletzten Fuß diese Stufen hinaufgeklettert sein? Am besten, ich sehe noch mal im Erdgeschoss nach. Ich wende mich ab und gehe zögernd zur normalen Treppe.

»Karin?«

Abrupt bleibe ich stehen. Das kam aus dem Speicher. Das war George. Ich laufe die paar Meter wieder zurück, lege meine Hand erneut auf den Griff der Treppenleiter, beuge den Kopf nach hinten und rufe leise: »Georg, bist du da oben?«

»Karin. Du bist gekommen. Gott sei Dank.« Ein Scharren. »Komm rauf.«

Ich stoße leicht an den Handlauf, die Treppe wackelt immer noch. Gruselig! »Willst du nicht lieber runterkommen? Hier unten kann ich dich auch besser verarzten. Da ist Licht und Wasser.«

Über meinem Kopf kratzt etwas über den Boden. Ein Stöhnen folgt. »Ich kann nicht.« George hört sich mutlos an. »Ich kann nicht mehr aufstehen. Du musst hier heraufkommen. Bitte!«

Ich sacke zusammen. So ein Mist! Ob er weiß, welche Überwindung mich diese Bitte kostet?

»Karin? Kommst du?«

Okay. Ich reiße mich zusammen. Das ist nur eine einfache Leiter, Karin, die hält dich aus. Los jetzt!

Mit einem tiefen Atemzug greife ich den Handlauf, setze meinen Fuß auf die erste Stufe, höre zu denken auf und kraxle das Ding hoch. Der Übergang auf den Speicherboden ist knifflig, aber auf allen vieren meistere ich auch das. Nichts ist zusammengebrochen. Ich lebe noch. Erleichtert stehe ich auf, klatsche mir den Staub von den Händen und suche George.

Es ist dämmrig hier oben. Nur eine Luke, kaum größer als ein DIN-A2-Blatt, ist drei Meter vom Boden entfernt im Dach eingelassen. Wuchtige Holzbalken stützen das Gebälk. Die Schindeln sind uralt und fast schwarz. Überall stehen Kisten, alte Schränke, dreibeinige Stühle. Ich frage mich, wie die früheren Bewohner das alles über die Stiege heraufgeschafft haben.

In einer Ecke liegt eine Gestalt, den Oberkörper an eine Kommode gelehnt, und winkt mir zu. George!

Ich eile zu ihm, gehe auf die Knie, lasse meine Tasche auf den Boden gleiten und umarme ihn. Um den häufchenweise herumliegenden Mäusekot kümmere ich mich nicht. Ich bin so froh, ihn zu sehen. Er lässt es einen Moment geschehen, dann drückt er mich von sich weg.

»Wie schön, dass du gekommen bist, Karin«, sagt er trocken.

Noch während ich verwundert in sein Gesicht blicke, greift jemand von hinten nach meinen Armen und zwingt sie auf meinen Rücken. Ich fühle Metall, höre ein Klicken und habe ein Déjà-vu.

»Hey!«, schreie ich und bemühe mich, nicht umzukippen. Das kann doch jetzt unmöglich die Polizei sein!

Man zieht mich schwungvoll auf die Beine, ich fahre herum und schaue einer Frau ins feindlich blickende Angesicht.

Tanja.

»Sie?«, rufe ich aus. »Georg, was …« Ich wende mich zu ihm um und sehe, wie er ohne Probleme aufspringt und sich als Erstes die Spinnweben von den Kleidern putzt. Das lässt mich verstummen.

Aber nur kurz. »Dein Fuß?«, frage ich. Ein Blick genügt jedoch, um mich davon zu überzeugen, dass damit alles in Ordnung ist.

»Was ist hier los?« Plötzlich fühle ich mich schwach. Ich taumle zwei Schritte nach hinten, stoße an einen niedrigen Kasten und plumpse darauf nieder.

»Was hier los ist, willst du wissen?«, fragt George, nein, Georg, ab sofort eindeutig Georg. Er ist aufgekratzt. »Ich wollte mich noch bei dir für deine Mithilfe bedanken.« Er macht einen

Diener. »Du warst phantastisch. Genau das, was uns zu unserem Plan noch gefehlt hat. Gell, Tanja?«

Tanja deutet ein Nicken an und fixiert mich weiterhin mit grimmigem Blick.

»Welcher Plan? Wieso?« Langsam dämmert mir, dass Georg nicht wirklich so wunderbar ist, wie ich gedacht habe. Dass alles nicht so ist, wie ich gedacht habe. Aber das kann doch gar nicht sein, oder?

»Tanja, willst du erzählen? Nein? Na, dann übernehme ich es, unsere Freundin hier aufzuklären«, meint Georg und läuft vor mir auf und ab. »Womit soll ich anfangen? Hm, am besten mit den Hintergründen. Du sollst ja auch alles verstehen. Nicht wahr? Also.« Er schlägt die Hände zusammen. »Meiner Brauerei geht es schlecht. Die Konkurrenz. Europa. Das amerikanische Freihandelsabkommen. Nimm, was du willst. Es ging einfach immer weiter bergab. Auch die Kontakte zu den Chinesen waren ein schwacher Versuch, das Ruder noch herumzureißen. Aber dann kam mir der rettende Einfall.«

Er bleibt stehen und hält seine Hand mit den schmalen, eleganten Fingern in die Höhe. »Ein Festzelt auf dem Karpfhamer. Ab dieser Saison wurde eines frei, und das wäre es gewesen. Aber die anderen Wirte wollten mich partout nicht hineinlassen in ihren illustren Kreis. Vor allem der Zauner hat gegen mich gehetzt. Der eifersüchtige Depp!«

Georg macht eine wegwerfende Handbewegung und setzt seinen Lauf fort. »Aber dann hatte ich die glorreiche Idee, einfach ein eigenes Zelt danebenzusetzen. Genial! Der Haslinger hat's vorgemacht. Und die Reitmeier Rosi hatte das passende Grundstück. Das *einzige* Grundstück. Und das hat sie gewusst. Ich hab ihr Geld dafür angeboten, viel Geld. Aber sie hat bloß immer Nein gesagt. ›Na, i mog ned. Na, des braucht's ned.‹« Seine Stimme wird immer lauter und hämischer. »›Na, i gib mein Grund bestimmt ned her für so a Zelt.‹ Die Schreckschraubn, die alte.«

Er ist am Ende des Raumes angelangt, klatscht in die Hände und wirbelt herum.

»Eines Tages bin ich mit dem Gruber Hansi zusammengesessen, Gott hab ihn selig.« Georgs Hände fliegen rasch zu Stirn, Herz und Schultern. Er bekreuzigt sich. »Und der hat vielleicht gejammert. Dass seine Tante ihm kein Geld gibt, wo er doch so dringend welches braucht. Mich wollte er auch wieder angraben, der Gruber, aber ich hab ihm keines mehr gegeben. Das letzte war eh schon rausgeschmissen, weil er einfach nicht wirtschaften kann. Und dann seine Spielerei im Casino. Er war erbärmlich.« Georg schnalzt missbilligend mit der Zunge. »Aber da hab ich ihm gesagt, ich hab die Lösung, Hansi, und hab's ihm ganz langsam erklärt, weil der Hellste war er auch nicht.«

Er grinst mich an. Ich starre zurück. Ich fühle mich immer mehr in einem Alptraum gefangen. Das durfte doch alles nicht passieren, oder?

Da Georg mich immer noch ansieht, würge ich heraus, was er hören will. »Und, was war die Lösung?«

Er ist zufrieden und marschiert weiter.

»Ganz einfach!« Er wirft die Hände in die Luft. »Die verrückte Rosi wird noch verrückter gemacht, sie begeht Selbstmord, aber nur fast, schließlich sind wir keine Unmenschen, und der Hansi wird ihr Betreuer. Da kann er schön ihr Grundstück verkaufen, weil er die Krankenhauskosten zahlen muss und das Heim, in das sie dann kommt. Und er verkauft's natürlich mir. Und unter der Hand«, Georg macht eine abwiegende Bewegung, »da bekommt er ein kleines Zubrot ausbezahlt. Muss sich ja auch für ihn lohnen.«

Er bleibt auf der anderen Seite des Speichers stehen und blickt die Wand zum Dach hinauf. Ich tue es ihm gleich. Sehe aber anscheinend nicht das, was er sieht.

»Aber was sagt der Hiasl?« Georgs Stimme wandert in die Höhe. »›Das kann ich der Tant nicht antun.‹«

Wütend stapft er mit dem Fuß auf und setzt seine Wanderung fort. »Hat die Welt schon so einen Idioten gesehen? ›Das kann ich der Tant nicht antun.‹ Und dabei ist er dann geblieben, der Malefizkerl. Aber da erschien mir das Glück in Gestalt dieser holden Maid.«

Georg tanzt zu Tanja, nimmt ihre Hand und drückt ihr einen

Kuss darauf. Unwillig zieht Tanja sie wieder zurück und verschränkt ihre Arme. Es kommt immer noch kein Ton über ihre Lippen.

»Tanja wollte ebenfalls Geld von ihrer Tante. Aber die gab ihr auch nichts. Denn es war dieselbe Tante wie die vom Hansi.« Georg freut sich über seinen Witz. Er bleibt mit seiner Freude allein. »Und weil die Tanja nicht so schnell aufgibt, wollte sie nach Karpfham kommen, um sie zu überreden, die Tante. Aber sie wollte nicht bei ihr absteigen, auch nicht bei ihrem geliebten Bruder, denn so lieb hatten sich die beiden nicht. Gell?«

Tanja stößt ein Grunzen aus.

»Wie es der Zufall jedoch so will, hat meine Frau eine Haushälterin gesucht. Weil meine Frau von meinen finanziellen Engpässen nichts weiß. Woher auch?« Er lacht. »Und Tanja hat sich beworben. Schicksal. Wir kamen zusammen, wir beiden, und Tanja hat gleich kapiert, welche Vorteile ihr mein Plan bringt. Sie ist ja auch sehr viel klüger als ihr Bruderherz.«

Im Gesicht der Angesprochenen zuckt es. Kurz. Dann hat sie sich wieder in der Gewalt.

»Das Nannerl«, flüstere ich.

Georg dreht sich zu mir um. »Genau. Das Nannerl. Gut kombiniert, Frau Privatdetektivin.« Nun schüttet er sich aus vor Lachen. Wir warten still ab.

»Und jetzt kommst du ins Spiel«, japst er und wischt sich die Tränen aus den Augenwinkeln. Er gleitet zu mir, legt seine Hand unter mein Kinn und hebt es an, um mir in die Augen zu schauen. Seine Augen, die ich so geliebt habe, mit ihren goldenen Sprenkeln, verhöhnen mich nun.

»Als ich dich das erste Mal gesehen habe auf der Straße, die Plastiktüte mit der toten Katze in der Hand, dachte ich, ich hätte eine göttliche Erscheinung.«

Er lächelt mich liebevoll an. Ich könnte kotzen.

»Diese Naivität. Dieser Enthusiasmus. Und so von ihrem Tun überzeugt.« Er schüttelt leicht den Kopf. Mein Kinn ist immer noch in seiner Hand. »Natürlich hab ich sofort erkannt, wen ich vor mir habe. Karin Schneider, die ermittelnde Übermutter, die kriminalistische Heilpraktikerin! Wunderbar!« Er legt seinen Kopf nach hinten und lacht lauthals. Ist er verrückt geworden?

Endlich lässt er mich los. Bleibt jedoch nah vor mir stehen. Ich nehme seinen Geruch wahr. Auch den fand ich vor Kurzem noch geradezu betörend. Nun wird mir schlecht.

»Und du bist gleich darauf angesprungen, und es lief alles wie geschmiert. Ich konnte mein Glück nicht fassen, als ich dich genau hinter dem Zauner Michael sitzen sah. Der hat das mit deiner Handtasche erledigt. Rosi hat mir dazu ja so schön die Vorlage geliefert.« Er schlägt sich an die Stirn. »Von ihren hirnrissigen Beschuldigungen gegen den Zauner hat ja jeder gewusst. Später hat Tanja Postbotin gespielt und dir den Abschiedsbrief überbracht. Dann noch ein wenig Schmeichelei von mir, und du hast mir aus der Hand gefressen und alles geglaubt, was ich dir untergejubelt habe, mein Täubchen.« Bei diesen Worten beugt er sich zu mir hinab. Gleich spucke ich ihm ins Gesicht!

Aber schon richtet er sich wieder auf und fährt fort, in dem alten Speicher herumzustolzieren.

»Und wie du immer so brav zur Polizei gedackelt bist und den Hansi angeschwärzt hast! Phantastisch! Dabei hat der arme Kerl nichts gemacht. Als wir die Rosi da hatten, wo wir sie haben wollten, hat er sich nur bereit erklärt, bei ihr ein bisschen aufzuräumen. Ich wollt meine Briefe nicht da rumliegen lassen. Wer weiß, auf was die Polizei sonst gekommen wär, wenn sie mal nachgeschaut hätt. Als Ausgleich hab ich seinen Knopf unter Rosis Bett deponiert gehabt. Für alle Fälle.« Er grinst. »Die Betreuung von der Rosi hat der Hansi auch nur übernehmen wollen, weil er ihr helfen wollte. So kann's gehen.«

Er klingt abscheulich selbstgefällig.

»Es hat Spaß gemacht, deinen ach so durchdachten Plan, den Hansi mit der Flasche Hollerwein zu konfrontieren, für meine Zwecke auszunutzen. Auf so einen Schmarrn muss man erst mal kommen!« Er kichert. »Meine Assistentin hier …«, damit streicht er Tanja über die Wange. Sie ruckt ihren Kopf zackig zur Seite, das stört Georg jedoch nicht im Mindesten, »… kam einfach in die Bar und hat Max, dem Helden, unbemerkt

K.-o.-Tropfen eingegeben. Ihn vor den Lkw zu schmeißen, war ein Leichtes.«

»Was?«, schreie ich entsetzt und springe auf. »Du Arschloch!«

Ich renne zu ihm und brülle ihm in rasender Wut alle Schimpfwörter, die ich jemals gehört habe, in die Visage.

Bis Georg ausholt und mir heftig ins Gesicht schlägt.

Mein Kopf schleudert zur Seite, Spucke fliegt mir aus dem Mund, ich wanke und falle zu Boden. Auf meine gefesselten Hände. Es knirscht in meinen Schultern. Ich schreie auf. Versuche, mich aufzurichten, aber zapple nur erfolglos herum, wirbele Staub auf und vergrößere meine Schmerzen.

Georg nimmt mich grob am Kragen, schleift mich zu dem Kasten zurück, auf dem ich vorher gesessen bin, und lehnt mich dagegen.

»Mach das nicht noch mal«, flüstert er mir zu, dreht sich im Aufstehen um seine eigene Achse und meint laut im gleichen larmoyanten Tonfall wie davor: »Ich habe mich schon gefragt, wann du mir dein Temperament zeigst.«

Ich kauere jammernd auf dem Fußboden. Mein Kopf zerspringt, aber viel schlimmer sind die Schmerzen in meinen Handgelenken und in meiner rechten Schulter. Mühsam ziehe ich die Beine an und lege den Kopf auf meine Knie. So ist es einigermaßen auszuhalten.

Georg kümmert sich nicht weiter um mich. Er hat Spaß daran, seine Geschichte zu erzählen.

»Der Hansi musste weg. Keine Frage. Nachdem Rosi gestorben ist, hat er die Nerven verloren, der Schwachkopf. Keine Widerstandskraft, der Kerl. Die eine Vernehmung vor der Polizei hat er gerade noch überstanden, aber danach ist er durchgedreht. Er hatte Angst vor dir. Vor dir! Das muss man sich mal vorstellen. Dass du alles weißt. Und er wollte mir einfach nicht glauben, dass ich die Sache im Griff habe. Dich lenken kann wie eine Marionette. Selber schuld.« Er pustet kräftig aus.

Eine Marionette? Ich stöhne. Sofort fallen mir die Momente ein, in denen er mir mit seinen Berührungen angenehme Schauer durch den Körper geschickt hat. Er hat recht, ich war

Wachs in seinen Händen. Blöd und blind! Voller Abscheu vor mir selbst bohre ich die Stirn zwischen meine Knie.

Georg hat einstweilen seinen Vortrag wieder aufgenommen. »Eigentlich war geplant, dass du bei der Disco-Sache auch gleich ausgeschaltet wirst. Zumindest so lange, bis ich meine Angelegenheiten hier geordnet habe und verreisen kann. Aber, na ja, das hat nicht geklappt. Die Polizei arbeitet doch schneller, als ich gedacht habe. Macht nichts.«

Ich höre, dass er mit dem Fuß gegen eine Kiste haut. Dann geht er weiter.

»Deshalb gab es Plan B: das Ganze meiner Göttergattin in die Schuhe zu schieben. Das hast du ja auch brav gefressen und bestimmt die Polizei damit genervt. Du konntest Katharina eh nicht leiden, weil du dir bei mir Chancen ausgerechnet hast.« Er kichert, und es hört sich nicht freundlich an. »Der Witz des Tages. Als ob ich auf so eine alte, übergewichtige Trulla stehen würde!«

Treffer. Versenkt.

Ich schnappe nach Luft und hebe ein wenig den Kopf. Zwischen meinen zerzausten Locken hindurch beobachte ich ihn. Er stolziert wie ein aufgeblasener Gockel vor uns auf und ab. Tanja steht die ganze Zeit an demselben Fleck und spielt Eisblock.

Ich putze meine Tränen an meiner dreckigen Jeans ab und strecke mich noch ein wenig weiter nach oben, bis es in meiner Schulter sticht.

»Tanja«, richte ich das Wort an sie. Meine Stimme hört sich an wie über ein Reibeisen gezogen. »Was sagen Sie dazu, dass Kathy der Mord angehängt wird? Sie lieben sie doch.«

Georg fährt herum. Tanja schickt zornige Blitze in meine Richtung, rührt sich jedoch keinen Millimeter.

»Was?« Georg sieht mit drohend zusammengezogenen Augenbrauen zwischen uns hin und her. Tanja scheint nicht antworten zu wollen. Dann übernehme ich das.

»Na, deine Frau liebt deine ›Assistentin‹ und umgekehrt. Hast du gar nichts davon mitbekommen? Armer gehörnter Ehemann.« Mit aller Gewalt presse ich einen ironischen Tonfall in meine Worte, auch wenn mir eher nach einem Schmerzensschrei zumute wäre.

Georgs Augen werden glasig und scheinen aus seinem Kopf herauszutreten. »Was!«, schreit er nochmals, jetzt aus vollem Hals. Er baut sich vor Tanja auf und donnert auf sie herab: »Du elende Missgeburt! Was hast du vor?«

Er haut ihr eine vor den Brustkorb, sie weicht zurück, löst die Verschränkung ihrer Arme.

»Willst du mich zum Gespött der Leute machen?«

Er gibt ihr erneut einen Schubs, diesmal härter. Sie fällt zwei Schritte zurück, fängt sich aber wieder. Langsam ballt sie ihre Hände.

»So dankst du es mir, dass ich dich aufgenommen hab? Dir helfen wollt, an Geld zu kommen? Du Lesbenschlampe!«, schreit er. »Ich hätt es gleich wissen müssen. Mit euch versautem Gesindel sollte man sich nicht einlassen. Euer Gehirn funktioniert nicht wie bei normalen Menschen!« Bei diesen Worten klatscht er gegen ihre Stirn.

Postwendend stößt sie ihn so kräftig zurück, dass er aus dem Gleichgewicht gerät. Er stützt sich an einem Turm aus Kisten ab, die laut polternd auf den Boden fallen.

»Wer hat hier wem geholfen!«, kreischt Tanja. »Und wenn du es genau wissen willst: Ja, ich liebe Katharina. Aber so was wie Liebe kennst du nicht.«

Als Antwort holt Georg aus und boxt Tanja mit voller Wucht ins Gesicht. Sie kracht mit dem Kopf gegen einen Holzbalken, rutscht daran entlang nach unten und bleibt reglos liegen.

»Mein Gott! Was hast du gemacht?«, schreie ich ihn an. Ich will aufstehen, aber es gelingt mir nicht. Wie ein Käfer strample ich mit den Beinen, finde jedoch keinen Halt, um mich hochzudrücken.

Georg kommt zu mir und bückt sich. Aber anstatt mir aufzuhelfen, tastet er meine Hosentaschen ab, zieht mein Handy heraus und nimmt es an sich.

»Hey!«, protestiere ich. »Was machst du da?« Er antwortet mir nicht, sondern wiederholt das Gleiche bei der regungslosen Tanja.

»Was seid ihr für jämmerliche Gestalten.« Ohne einen weiteren Blick dreht er sich um und geht zum Abstieg. Dort leuchtet es sonnenhell vom unteren Stockwerk hoch. Er klettert die Leiter hinunter. Als dunkler Schattenriss verschwindet er im Licht.

»Georg?«

Ich höre Holz splittern, etwas kracht auf den Boden, Scharniere quietschen, der Speichereingang schließt sich.

»Georg!« Der will uns hier einsperren! »Hey! Komm zurück!«

Er rumort ein paar Minuten herum, stampft hierhin und dorthin, verschiebt Möbel. Ich rufe noch einige Male seinen Namen. Ohne Erfolg. Unter seinen festen Tritten knarren die Treppenstufen, immer leiser, die Haustür fällt ins Schloss. Er ist weg.

***

Die Geräusche des Traktorrennens und des Festes dringen wieder in mein Bewusstsein. Die Stimme des Moderators klingt begeistert, die Zuschauer jubeln. Die da draußen haben ihren Spaß.

Wir zwei hier drinnen weniger.

Mühsam drehe ich meinen Kopf, um nach Tanja zu sehen. Sie liegt auf der Seite, ihre niedliche Nase ist klumpig verschwollen, Blut sickert heraus.

Ich lasse mich vorsichtig nach links fallen, auf die Schulter, die mich weniger schmerzt, und rolle mich dann auf den Bauch. Nach einigen Versuchen kann ich mich mit meiner Stirn von dem schmutzigen Boden abdrücken und komme keuchend auf die Knie. So rutsche ich zu Tanja.

Ihre Augen sind geschlossen. Sie atmet, Gott sei Dank, wenn auch unruhig. Ich würde sie gerne rütteln, aber meine Hände sind auf dem Rücken fixiert. Deshalb fahre ich mit meinem Knie über den Fußboden und klopfe an ihren Arm.

»Tanja. Hey! Hörst du mich?«, rufe ich und stupse weiter. Ich bin einfach mal zum Du übergegangen. Förmlichkeiten haben hier keinen Platz. »Tanja! Aufwachen!«

Sie rührt sich nicht, aber ich gebe nicht auf. Und endlich verzieht sie ihr Gesicht und macht Anstalten, wach zu werden.

Als sie ihre Augen öffnet und stöhnend gleich wieder zukneift, bin ich erleichtert. »Schön, dass du zurück bist«, begrüße ich sie. »Er hat uns eingesperrt.«

»Was?« Sie will sich aufrichten, hält sich aber sofort den Kopf und legt sich wieder hin. Ich kann gut nachvollziehen, wie es ihr geht.

»Der Ilzdorfer hat mich gefesselt, dich niedergeschlagen und uns beide eingesperrt«, fasse ich die letzte Stunde für sie zusammen, auf dass ihre Erinnerung schnell wiederkehrt. »Jetzt ist er gegangen, und ich denke nicht, dass er Hilfe holt. Ach ja, und unsere Handys hat er auch mitgenommen.«

Tanja kommt ächzend in die Höhe. Sie ist aschfahl im Gesicht und bedeckt ihr Gesicht mit beiden Händen.

»Mir ist schlecht«, sagt sie, wendet sich zur Seite und übergibt sich. Bei dem Dreck hier oben fällt das nicht weiter ins Gewicht.

Sie wischt sich mit dem Ärmel über den Mund. »Jetzt geht es mir besser«, meint sie und rückt von ihrer Hinterlassenschaft ab.

»Gut«, sage ich. »Vielleicht können wir beide aufstehen, dann könnten wir nachsehen, wie wir hier rauskommen.«

Zuerst versuchen wir es jede getrennt, auf die Beine zu kommen. Merken aber bald, dass gegenseitige Hilfe schneller zum Ziel führt. Eine die andere stützend stehen wir irgendwann doch aufrecht. Mir tut alles weh, und Tanja ergeht es sicherlich nicht anders. Auch die Arnica-Globuli, die wir auf mein Geheiß und mittels ihrer Hände aus meiner Tasche ziehen und einnehmen, bringen keine prompte Verbesserung.

Ihre Nase nimmt einen lilafarbenen Touch an, der sich bis zum rechten Auge hochzieht. Über ihre Kopfschmerzen will sie nicht reden. Meine Handgelenke stehen ihrer Nase in Sachen Schwellung nichts nach. Wie sie aussehen, weiß ich natürlich nicht. Aber sie fühlen sich wund und einfach scheußlich an.

Leider besitzt Tanja die Schlüssel meiner Handschellen nicht. Die hat wohl der Ilzdorfer mitgenommen.

Als Kind konnte ich durch den Ring meiner auf den Rücken gefesselten Arme steigen. Was man halt so alles ausprobiert im Spiel. Inzwischen müssen sich die Proportionen meines Körpers verschoben und meine Gelenkigkeit abgenommen haben, denn mein diesbezüglicher Versuch misslingt. Netterweise fängt mich Tanja auf, ehe ich auf den Boden knalle.

So ist die momentane Lage. Nicht rosig. Aber wir verzichten auf Jammerei und schauen uns nach Fluchtmöglichkeiten um.

Was wir sehen, ist allerdings entmutigend. Außer der Dachluke und dem Abstieg nach unten, der jedoch fest verrammelt ist – wir haben nach besten Kräften daran gezogen und gezerrt –, gibt es keinen Ausgang nach draußen.

Als Nächstes wollen wir auf uns aufmerksam machen, indem wir rufen, schreien und mit abgebrochenen Stuhlfüßen gegen die Wände klopfen. Allerdings geben wir schnell wieder auf, denn der Geräuschpegel draußen ist zu hoch, als dass jemand unsere Stimmen hören könnte.

Nach kurzer Beratschlagung sind wir uns einig, dass wir es mit diesem kleinen Fenster im Dach probieren müssen. Wir reichen jedoch beide nicht so ohne Weiteres heran. Eine Leiter muss her.

Bis auf den Krempel, der hier herumsteht, um zu Staub zu zerfallen, gibt es allerdings nichts. Uns bleibt nur die Wahl, abzuwarten, ob nicht doch noch Rettung naht, oder Kisten aufeinanderzustapeln, um daran hochzuklettern.

Tanja beginnt mit dem Stapeln der Kisten.

Ich entscheide mich fürs Warten. Noch bin ich nicht verzweifelt genug, um mich ohne Hände auf einen so wackeligen Aufbau zu wagen, um dann entweder dabei herunterzufallen oder doch aufs Dach zu gelangen und da oben dann den Höhenkoller zu bekommen.

»Darf ich dich etwas fragen?«, beginne ich und lasse mich langsam auf eine Bank nieder, die in der Nähe steht.

Drei gleich hohe Kisten hat Tanja schon als Basis nebeneinandergestellt. Nun ist sie auf der Suche nach dem passenden Überbau. »Wenn es sein muss«, murmelt sie.

Weniger hartnäckige Personen als ich hätten es dabei belassen. Aber ich sitze hier gerade so schön. Ich kann meine Finger nicht mehr spüren, das imaginäre Messer in meiner rechten Schulter bohrt sich immer weiter Richtung Lunge, und das Pochen an meinem Hinterkopf geht in ein penetrantes Klopfen über. Ich muss mich ablenken. Dringend!

»Was war denn deine Rolle bei der Geschichte?«, frage ich und spüre nun auch ein Grummeln im Bauch.

»Du meinst die Sache mit meiner Tante?«, fragt sie zurück. Das macht sie ja gerne, eine Frage mit einer Gegenfrage zu beantworten.

»Mhm.« Mehr braucht es nicht.

Sie schnauft tief durch, schaut auf die Schachtel in ihrer Hand und legt sie zurück. »Eigentlich bin ich nur nach Karpfham gekommen, weil ich mit ihr reden wollte. Aber du kennst ja Rosi – oder kanntest: Sie konnte unglaublich stur sein.«

Tanja blickt in ihre Handflächen und wischt ein bisschen daran herum. Absolut sinnlos, denn sie ist von oben bis unten völlig verdreckt.

»Ich hatte gerade einen schlechten Lauf in München gehabt. Meine Freundin hat Schluss gemacht, in der Arbeit gab es Stunk, der Vermieter hat die Miete erhöht. Ich sah das als Zeichen, endlich nach Neuseeland abzuhauen. Das wollte ich immer schon. Aber ich hatte nicht genug Geld, und Rosi war die Einzige, die mir was hätte leihen können. Doch sie wollte nicht. Hat mich beleidigt und eigentlich auch rausgeschmissen.«

Sie putzt immer noch an ihren Händen herum.

»Ich wollt schon wieder zurückfahren, da hab ich in der Pension, in der ich übernachtet hab, das Inserat von der Katharina in der PNP gesehen. Zufall. Oder Schicksal.« Sie bewegt den Kopf ein wenig. »Auf jeden Fall waren wir uns gleich sympathisch. War schon komisch. So Liebe auf den ersten Blick.«

Sie lächelt traurig.

»Da bin ich geblieben. Hab mir gedacht, vielleicht lässt sich die Rosi ja noch erweichen. Aber das Gegenteil war der Fall. Sie hat uns beobachtet und dann der Kathy den Brief geschrieben. Die hat sich gleich große Sorgen gemacht: Wenn der Georg davon erfährt, lässt er sich sofort scheiden. Und sie hat kein Geld. Aber vor allem wegen dem Stefan. Wie der das aufnimmt und wie die anderen Kinder ihn dann behandeln würden. Richtig verrückt hat sie sich gemacht deswegen.«

Tanja starrt auf den Boden. Die Erinnerung arbeitet in ihr. Dann gibt sie sich einen Ruck und erzählt weiter.

»In dieser Zeit hat der Georg mir seinen Plan verraten, und ich hab mitgemacht.« Sie setzt sich auf eine ihrer Kisten. »Ich wollte der Rosi einen Denkzettel verpassen. Sie sollte aufhören, uns hinterherzuschnüffeln und sich in unser Leben einzumischen. Und das Geld, das mir der Georg dafür angeboten hat, mei, das Geld hätt ich schon brauchen können. Auch wenn ich nicht mehr vorgehabt hab, nach Neuseeland zu fahren. Wegen der Kathy.«

Sie sackt nach vorn, stützt die Ellbogen auf die Knie und legt den Kopf in die Hände.

»Aber dann ist es irgendwie schiefgelaufen. Die Rosi war plötzlich tot, und du hast dich eingemischt.« Sie wirft mir einen Blick zu. »Und dann das mit dem Max. Der Georg hat gemeint, ich soll den Max betäuben, damit er ihn ablenken und der Hansi derweil fliehen kann. Auch wenn wir uns nie gut verstanden haben, der Hansi und ich, wollte ich ihm helfen. Ich wusste ja nicht, dass der Georg den Max vor ein Auto schmeißen will!«, ruft sie und sieht mich mit Augen voller Entsetzen an. »Das musst du mir glauben!«

Ich nicke. Warum sollte ich ihr nicht glauben? Es ist auch für mich im Nachhinein noch völlig unvorstellbar, wie man einem so liebenswürdigen Mann wie dem Max so etwas Schreckliches antun kann.

Tanja hat den Kopf wieder in ihre Hände gelegt. »Und dann, und dann war ich zu tief mit drin. Der Georg hat gesagt, ich wär genauso am Unfall vom Max schuld wie er und ich würde genauso bestraft werden, wenn es rauskommt.«

Ihre Stimme hat einen anderen Klang bekommen. Oje, gleich weint sie, denke ich mir. Da tropft die erste Träne in den Staub zwischen ihren Füßen.

»Und er hat gemeint, dass der Hansi uns ans Messer liefert. Deshalb …« Die weitere Erklärung geht in Schluchzen unter.

Mühevoll erhebe ich mich und tappe zu Tanja hinüber. Es gelingt mir, mich neben sie zu setzen. Es gelingt mir nicht, meinen Arm um ihre Schultern zu legen. So versuche ich, sie mit Worten zu trösten.

»Ja, es ist schlimm, was du gemacht hast«, sage ich und verstärke dadurch ihr Weinen. Mir steckt ebenfalls ein Kloß im Hals, wenn ich an all die Menschen denke, die zu Schaden gekommen sind. »Aber du hast jetzt die Chance, es wenigstens zum Teil wiedergutzumachen. Du kannst gegen den Ilzdorfer aussagen. Du kannst bezeugen, was er alles gemacht hat. Das ist wichtig. Er muss für seine Taten bestraft werden. Und solange du lebst, Tanja, hast du die Möglichkeit dazu.«

Ich bezweifle, dass meine Ansprache geholfen hat. Denn sie weint und weint und bekommt schon keine Luft mehr, weil ihre Nase noch mehr zuschwillt.

Auch mir fällt das Atmen schwerer als zuvor. Irgendwie ist es hier stickig geworden. Vielleicht weil es Mittag ist und die Sonne aufs Dach scheint? Das alte Holzhaus hat von Isolierung noch nie etwas gehört. Wie gerne würde ich meine Daunenweste jetzt ausziehen!

Und es riecht auch so komisch. So würzig. So nach Lagerfeuer im Herbst.

Beunruhigt blicke ich im Speicher umher. Durch kleine Lücken zwischen den Dachschindeln fallen vereinzelt Sonnenstrahlen in unser Gefängnis. Das sieht hoffnungsfroh aus. All die Möbel und Schachteln stehen genauso da wie vorher. Ich kann nichts Ungewöhnliches entdecken. Plötzlich huschen zwei Mäuse von der Speicherecke neben der Abstiegsluke in eine andere und verschwinden in einem Mauerriss. Was hat sie vertrieben? Ich sehe zur Falltür.

Winzige Rauchsäulen schlängeln sich durch die Ritzen, streben nach oben und vermischen sich mit den Sonnenstrahlen.

Ich schieße von meinem Sitz hoch. Die aufkeimende Panik überwindet mit Leichtigkeit meine Schmerzen. Sofort bin ich bei dem Ausgang. Ja, ich hab mich nicht getäuscht. Rauch steigt vom Stockwerk unter uns nach oben, und hier höre ich sogar Flammen knistern.

Es brennt!

»Tanja«, schreie ich auf und laufe zu ihr zurück. »Feuer! Es brennt! Es brennt unter uns!«

»Was?« Verstört blickt sie auf.

»Da schau! Der Rauch!« Ich zeige mit dem Kopf in Richtung Falltür.

Dann sieht sie es selbst. Sie springt auf, rennt zum Abstieg, riecht das Feuer, hört es knistern und fängt zu kreischen an.

»Der Ilzdorfer hat uns angezündet!«

Aufgeschreckt laufen wir durch den Raum. Ich spüre die Hitze, die von unten aufsteigt. Wir sind in einem Holzhaus gefangen. Da hätte er uns auch gleich auf einen Scheiterhaufen binden können.

Kopflos suchen wir nach einem Ausweg. Nach einem Versteck. Aber vor dem Feuer gibt es kein Versteck.

Die Luft wird immer drückender. Hustend bleibe ich stehen. »Tanja«, keuche ich und versuche, ruhiger zu werden. »Wir müssen hier raus. Los. Du musst den Turm zum Fenster hoch bauen. Wie eine Pyramide. Schnell.«

Sie sieht mich gehetzt an. Schweiß läuft an ihren Schläfen hinab. »Ja. Okay.« Sie schnappt sich die nächstbeste Kiste. In Windeseile stellt sie Kisten und Schachteln neben- und übereinander. Ich kann nicht wirklich helfen. Wie ein aufgescheuchtes Huhn renne ich herum und rufe nach Tanja, wenn ich glaube, einen passenden Baustein für unseren Fluchtweg gefunden zu haben. Dann saust sie zu mir, nimmt das Teil und hastet zurück. Aus ihrer Nase sickert wieder Blut. Achtlos wischt sie es mit dem Ärmel fort.

Immer wieder schaue ich zur Falltür. Die Rauchsäulen werden dichter und dichter. Inzwischen steigen sogar durch den Fußboden neben dem Abstieg erste graue Fäden in die Luft. Das Feuer breitet sich aus!

Ich wende mich ab und treibe Tanja an. Sie muss bereits hochklettern, wenn sie Kisten anbauen will. Das Ganze wackelt und wankt. Manchmal bricht sie mit dem Fuß ein, schüttelt ihn wieder frei und macht weiter.

Irrsinnigerweise erinnern mich ihre Bemühungen an eine Fernsehsendung meiner Kindheit: »Spiel ohne Grenzen«. Mannschaften traten gegeneinander an. Meist musste man auch irgendeinen Quatsch zusammenbauen, und die Zeit lief.

Wieso fällt mir das ein? Werde ich jetzt auch verrückt?

Tanja steht auf den obersten zwei Kisten und erreicht das Fenster. Sie tastet den Rahmen ab und drückt dagegen.

»Verfluchter Mist! Das kann man nicht aufmachen«, schreit sie zu mir herab.

»Dann musst du es einschlagen«, rufe ich und durchforste mit meinem Blick die herumliegenden Gegenstände.

»Womit denn?« Tanja klettert schon wieder nach unten.

Ich laufe um einen windschiefen Schrank herum und spähe in die Ecken des Speichers. Hier hinten ist die Luft noch besser als vorne.

»Da!«, schreie ich. Neben einer Stehlampe ohne Schirm liegt ein altes Bügeleisen. Handlich, mit einem Holzgriff und ziemlich schwer.

Tanja ist neben mir. Ich deute mit dem Fuß darauf.

»Perfekt!«, schreit sie, nimmt es hoch und läuft zurück.

Ich folge ihr langsamer. Bald kann ich nicht mehr. Meine Schulter fühlt sich wie ein Brei aus Schmerzen an. Meine Unterarme oder gar meine Finger spüre ich überhaupt nicht mehr. Die rauchige Luft schläfert ein. Ich muss mich überwinden, einen Fuß vor den anderen zu setzen.

Als ich bei unserer Pyramide angelangt bin, haut Tanja bereits oben das Fenster ein. Sofort weht ein spürbarer Luftzug durch den stickigen Raum. Aber es ist nur einen Moment lang eine Wohltat, denn mit einem Mal kracht und knistert es hinter uns, und das Feuer bricht, vom Wind ermutigt, durch die Falltür.

Wir schreien auf.

Tanja schaut zum Feuer, dann zu mir. »Karin. Komm! Wir müssen raus!« Hektisch hackt sie mit dem Bügeleisen die übrig gebliebenen Scherbenstücke aus dem Rahmen.

Ich stehe vor der Pyramide und weiß nicht, wie ich da jemals hochsteigen soll. Die Hitze des Feuers glüht in meinem Rücken. Ich muss gar nicht hinsehen, um zu wissen, dass die ersten Flammen aus dem unteren Stock hochzüngeln und gefräßig um sich greifen. Als ich doch einen Blick wage, sehe ich, dass der Abstieg ein einziges Flammenmeer geworden ist.

»Mein Gott«, jammere ich. Ich beiße die Zähne zusammen und knie mich auf die erste Kiste. Irgendwie muss ich es bis nach oben schaffen. Aber schon der Übergang auf die nächste Reihe erscheint mir unüberwindlich. Ich stütze mein Kinn auf die oben stehende Schachtel und versuche, auf die Füße zu kommen. Die Schmerzen in meiner Schulter sind nicht auszuhalten. Der Karton biegt sich unter meinem Druck, aber hält stand. Mit einem Schrei habe ich die erste Stufe erklommen, und ich stehe auf.

Tanja tritt auf ihrem Aussichtspunkt von einem Fuß auf den anderen. »Karin, los, beeil dich! Du schaffst das«, ermutigt sie mich. Aber ich weiß, es ist schier unmöglich, ohne Arme da hinaufzuklettern.

Obwohl ich mir geschworen habe, nicht nachzusehen, werfe ich einen Blick zurück. Die Flammen greifen um sich. Das offene Fenster fungiert wie ein Kamin und schürt sie an.

Das hätte ich nicht tun dürfen. Vor Angst zittern mir die Beine. Wenn die mich jetzt auch noch im Stich lassen, kann ich mich gleich in das Feuer hinabstürzen.

Ich versuche, auf die nächste Ebene zu kommen, aber meine Beine versagen mir den Dienst. Entschlossen beiße ich mir auf die Unterlippe, lasse mich nach vorne fallen und wälze mich auf die obere Kiste. Ich komme auf meiner rechten Schulter zu liegen, eine gewaltige Welle an Schmerz klatscht über mir zusammen und wirft mich beinahe wieder auf die untere Stufe zurück. Ich spüre, wie mich jemand festhält, vor dem Hinunterfallen bewahrt, und schmecke Blut.

Tanja versucht, mir aufzuhelfen. Sie zieht an meiner anderen Schulter und drückt mich gegen die nächsten Kisten.

»Es sind nur noch zwei Stufen«, sagt sie nahe an meinem Ohr. »Nur zwei Stufen. Das schaffst du.«

Ich nicke. Auch wenn ich nicht daran glaube. Aber es wäre so schön, hier nicht verbrennen zu müssen. Wieder herauszukommen. Meine Kinder zu sehen.

Meine Kinder!

Für die wäre es eine Katastrophe, wenn ich hier sterben würde.

Sterben – das muss jeder irgendwann. Aber nicht in Rosis Haus in Flammen aufgehen, weil man so blöd war.

So blöd, mich für etwas zuständig zu fühlen, das mich einen Scheißdreck anging. So blöd, mich in einen Mann zu verlieben, der mich nur für seine Machenschaften ausgenutzt hat. So blöd, nichts, aber auch gar nichts, davon zu merken.

Meine Wut lenkt mich ab, und ohne es wirklich mitzubekommen, bin ich eine Reihe nach oben geklettert.

Tanja gönnt mir keine Pause. Sie schiebt von hinten, drückt gegen meinen Hintern, zieht an meiner Kleidung. Das Ganze ist eine wackelige Geschichte, und zwei mit der Materie kämpfende Frauen sind eine Herausforderung für den Aufbau. Jeder Stoß lässt die Kisten erzittern, aus einer der unteren Ebenen poltert eine Schachtel zu Boden. Mein Blick folgt ihr, gleitet weiter zu dem Feuer. Keine gute Idee. Die Flammen züngeln an dem nächstgelegenen Schrank. Aus den Tiefen des unteren Stockwerks grollt die Feuersbrunst.

Verschreckt richte ich meine Augen nach oben. Zum offenen Fenster, das einen Ausschnitt des blauen Himmels zeigt. Dort draußen ist alles in Ordnung.

Mit letzter Kraft und Tanjas Hilfe rolle ich mich auf die obersten zwei Kisten. Die Schmerzen schütteln meinen Körper. Ich bin unfähig, mich aufzusetzen.

Dachte ich. Aber Tanja lässt mir keine Wahl. Sie schreit auf mich ein, dass sie hier nicht elend sterben will.

»Kneif deinen Arsch zusammen und erheb dich«, brüllt sie mich an. Sie presst sich gegen mich und schiebt mich Richtung Dachfläche, die knapp neben den Kisten abschüssig nach unten fällt. Mehr schlecht als recht lehne ich mich schließlich sitzend dagegen. Meine Klamotten sind schweißdurchtränkt und kleben an mir, ich fühle mich halb tot, aber ich habe die Pyramide bezwungen.

Wind weht herein und bringt Stimmen von draußen mit. Erst verstehe ich nicht, was sie rufen, aber dann ist es ganz deutlich.

»Da brennt's!«

»Wo?«

»Da. Bei der Reitmeierin im Haus!«

»Feuer, Feuer!«

Immer mehr Leute werden auf die Flammen aufmerksam. Das müssen die Zuschauer von dem Traktorenrennen sein.

Tanja kraxelt über mich drüber und zieht sich hoch. Ihr Kinn reicht gerade über den Fensterrahmen. Sie streckt einen Arm hinaus, winkt und schreit um Hilfe.

»Da oben ist einer!« Man hört die Bestürzung in den Stimmen der Menschen.

»Feuerwehr! Wo bleibt die Feuerwehr?«

Tanja zieht sich vom Fenster zurück und beugt sich zu mir. »Hörst du, Karin, die Leute haben uns gesehen. Wir sind gerettet.« Sie klingt richtig euphorisch.

Vor Erleichterung schließe ich die Augen. Gerettet. Wie schön.

Aber als ich die Augen wieder öffne, sehe ich, dass wir noch weit davon entfernt sind, gerettet zu sein. Die Flammen schlecken sich durch den Speicher. Ein altes morsches Ding nach dem anderen fällt ihnen zum Opfer. Die Hitze wird immer unerträglicher. Was würde ich darum geben, aus dieser Daunenweste zu kommen! An uns vorbei zieht immer wieder dicker Rauch zum Fenster hinaus. Es wird nicht mehr lange dauern und das Feuer hat die ersten Kisten unserer Pyramide erreicht. In Sekunden hätte es sich dann bis zu uns hochgefressen.

Wir haben nur noch eine Chance. Wir müssen aufs Dach.

Ich verdrehe meinen Hals, um zum Fenster zu blicken. Tanja hat sich wieder hingestellt und winkt ekstatisch.

»Tanja!«

Sie hört mich nicht.

Ich beuge meinen Oberkörper in die eine Richtung, um Schwung zu holen, und werfe mich dann gegen ihre Beine. »Tanja!«

Erschrocken sieht sie auf mich herab.

»Wir müssen hier raus«, sage ich. »Du musst mir helfen, dass ich mich hinstellen kann.«

»Freilich«, sagt sie, nimmt mich unter den Achseln und zerrt. Ich stoße mich mit den Füßen ab, drücke meinen Rücken gegen die Wand und komme in die Höhe. Unsicher stehe ich neben ihr. Das wäre geschafft, mache ich mir selbst Mut, da verschwindet die Welt vor meinen Augen. Ich schwanke und sinke nach vorn.

»Karin!«, höre ich von Ferne Tanja schreien. Undeutlich merke ich, wie ich falle.

Als mein Blick wieder klar wird, liege ich eine Reihe weiter unten als vorher. Das Feuer brüllt zu uns herauf. Bald ist seine Geduld am Ende, und es wird uns holen.

Ich kann nicht mehr.

Tanja steht neben mir und redet auf mich ein. Ich sehe, dass sie ihren Mund bewegt, und höre Laute. Aber ich verstehe sie nicht. Meine Augen fallen immer wieder zu. Ich werde geschüttelt. Nie im Leben komme ich hier heraus.

»Warte«, schreit Tanja und springt die Kisten bergab. Was macht sie da? Sie soll mich einfach liegen lassen und sich selbst retten. Es hat keinen Zweck. Ich gebe auf. Ich schließe meine Augen.

Da ist sie plötzlich wieder neben mir. »Karin«, brüllt sie gegen den Lärm des Feuers an. Sie hat eine lange Stange in der Hand, an der ein dunkles Seil befestigt ist.

»Ich binde dir das jetzt um den Bauch«, schreit sie. Ich kann sie hören. Ja, ganz deutlich. Aber ich verstehe nicht. Was?

Ich werde ein wenig hochgehoben und geschoben, sie zieht eine Schnur unter mir hindurch und knotet sie über meinem Busen fest. Dann klettert sie die letzte Ebene empor, wirft ihre Stange aus dem Fenster, die Schnur spannt sich. Oder ist es ein Kabel, so schwarz und glatt? Sie schwingt sich hoch, stützt sich am Rahmen ab und springt hinauf.

Sie ist weg. Ist sie vom Dach gefallen? Ich wünsche es ihr nicht. Und mir auch nicht. Aber ich kann nichts dagegen unternehmen. Ich liege hier. Und bleibe hier liegen.

Da taucht ihr Kopf im Fensterrahmen auf. Sie gleitet auf die oberste Kiste.

Jetzt ist sie wieder über mir, beugt sich zu mir herab. »Du musst aufstehen«, befiehlt sie mir.

Natürlich. Aufstehen. Nichts leichter als das.

»Tanja«, sage ich. Aber meine Stimme hört sich nicht wie meine Stimme an. Abgefahren. Trotzdem rede ich weiter. »Lass mich hier. Es ist gut. Geh du nur. Ich bleibe.« Der Rauch macht mich so schläfrig.

»Schmarrn!«, ruft sie und zerrt mich hoch. »Du kommst mit.« Sie haut mir ein paarmal ins Gesicht. Mein Kopf fliegt von einer Seite zur anderen. Das merke ich. Es fühlt sich nicht gut an. Sie soll damit aufhören.

»Karin! Jetzt wach endlich auf!« Sie klingt böse. »Du gibst doch sonst nicht so schnell auf. Reiß dich zusammen. Los. Hopp. Stell dein Knie auf die Kiste!«

Ich gehorche.

Es ist eine unmenschliche Kraftanstrengung, aber irgendwie schaffe ich es, die Ebene wieder hochzuklettern. Ich knie auf der Kiste. Über mir ist das Fenster. Das Seil, das sie um mich herumgebunden hat, führt zum Fenster hinauf und hängt raus.

»Okay«, sagt Tanja und klettert erneut ins Freie. Bei ihr sieht das ganz leicht aus. »Ich ziehe, und du machst hier mit. Wir kriegen dich hier raus!« Damit ist sie verschwunden. Nur noch ihre roten Haare tanzen vor dem Fenster auf und nieder. Immer wenn sie Schwung holt, sind sie zu sehen, wenn sie am Seil zieht, nicht mehr. Ich konzentriere mich auf die Haare und komme mir wie ein Wal vor, der auf ein Schiff gehievt wird.

Es funktioniert. Mit Hilfe des Seils komme ich auf die Füße. Nur einmal schlage ich gegen die Wand und schreie vor Schmerz. Aber darauf kann niemand mehr Rücksicht nehmen.

Ich stehe.

Ich schaue aus dem Fenster. So weit war ich vorher noch nicht. Ich sehe die dunklen Dachziegel. Den blauen Himmel. Die obere Rundung vom Riesenrad. Im Hintergrund die Spitzen der anderen Fahrgeschäfte. Da draußen ist das Karpfhamer.

»Nein, was machst du? Bleib hier!«, höre ich jemanden von unten brüllen. Das ist nicht für uns. Ansonsten scheint da unten Chaos zu sein. Alles schreit durcheinander. Von fern höre ich die Sirenen der Feuerwehr. Gut.

Das Seil, das um meinen Oberkörper gebunden ist, ist tatsächlich ein Kabel. Es läuft seitlich die Dachneige hinab, ist mit einem anderen Kabel verknotet, wird dadurch verlängert und läuft weiter. Hinter einem Schornstein verschwindet es, schlingt sich einmal um ihn herum und endet an einem komischen Gestänge. Ich erkenne die Stehlampe ohne Lampenschirm, die neben dem Bügeleisen lag.

Tanja steht mitten auf dem Dach, hält das Kabel in der Hand und zieht. Ich werde immer ein Stück in die Höhe gelupft, plumpse aber dann zurück auf die Schachtel unter mir.

Sie hat nicht genug Kraft. Sie weiß, dass es nicht funktionieren wird. Ich sehe es ihr an.

»Lass mich da«, schreie ich ihr zu. Tränen laufen ihr übers Gesicht, aber sie schüttelt stur den Kopf. Das will ich nicht sehen. Ich wende mich etwas um und schaue in den Speicherraum hinab, aber da erkenne ich nichts außer Qualm und Rauch. Die Hitze, die von unten hochstreicht, ist mörderisch.

Eigentlich seltsam, dass ich so ruhig bin. Vielleicht machen das die Schmerzen. Aber Schmerzen? Ich spüre nichts mehr. Nur mein Verstand fühlt sich vernebelt an. Der Rauch.

»Ah!« Tanjas Ausruf lässt mich wieder aus dem Fenster blicken. Neben ihr steht jemand. Kenne ich den? Er kommt ein paar Schritte das Dach hinauf. Duckt sich unter den Rauch, der in wolkigen Schwaden aus dem Fenster schlägt.

»Hallo, Frau Schneider«, sagt er.

»Hallo, Stefan«, sage ich.

»Wir holen Sie da raus«, sagt er.

Ich nicke. Diesem Jungen traue ich das zu.

Er läuft über das Dach zu Tanja zurück, als ob es eine gerade Wiese wäre. Dann nimmt er vor ihr das Kabel, und sie packen wie beim Tauziehen auf Kommando gemeinsam an. Ich werde in die Höhe gehoben.

Schlage aber gleich wieder unten auf.

Beim nächsten Mal springe ich von der Kiste ab und komme ein Stückchen höher.

So geht das zwei-, dreimal. Da höre ich es krachen. Ich blicke zurück. Das Feuer im unteren Stockwerk hat die Decke zum Speicher durchgenagt. Ein großer Schrank, der nahe dem Aufgang stand, ist in den ersten Stock gestürzt. Die Flammen schlagen hoch.

Unsere Pyramide hat ebenfalls Feuer gefangen. Die ersten Kisten brennen. Wenn ich es jetzt nicht schaffe, ist es vorbei.

Ich schaue zu den zweien auf dem Dach. Stefan blickt mir direkt in die Augen. Wir beide wissen: Jetzt gilt es. Ich gehe in die Knie und springe so hoch wie noch nie in meinem Leben.

Ich werde durch die Luft gehoben, schramme am kantigen Rahmen vorbei und krache auf das Dach. Ich schliddere die Ziegel hinab wie bei einer Schlittenpartie im Winter. Ich kann nicht stoppen. An der Regenrinne schieße ich vorbei, hinaus in den Himmel.

Das Kabel greift und schneidet mir in die Achseln und rund um den Brustkorb. Ich fühle mich wie in der Mitte durchtrennt, aber es hält mich zurück. Mein Flug ist jäh beendet. Ich pendle zur Hauswand und schlage dagegen. In dieser Sekunde weiß ich, dass dahinter das Feuer brodelt. Ich hänge an meinem Lebenskabel vom Dach. Meiner Nabelschnur. Allerdings mehr tot als lebendig. Ich bekomme noch mit, dass sich eine riesige Schaufel unter mir platziert und mich aufnimmt. Dann falle ich in Ohnmacht.

***

Feuersäulen schießen in den Himmel und explodieren zu tausend gleißenden Sternen. Erst grün und rot, dann funkelnd weiß.

Es ist vorbei. Dienstagabend um elf geht das Karpfhamer Fest zu Ende, und der Himmel erstrahlt in den leuchtenden Farben des Brillantfeuerwerks.

Ich habe nicht den besten Platz, um es zu genießen. Aber immerhin steht mein Krankenhausbett am Fenster, und ich kann die Pracht zumindest erahnen. Kleine Funken glimmen über den dunklen Hügeln auf.

Mit meinem Lieblingsvolksfest habe ich gemeinsam, dass auch ich am Ende bin.

Ich lebe jedoch noch, und das verdanke ich Venus. Geistesgegenwärtig sprang er in einen Traktor, der als Frontlader eine Schaufel hatte, brach durch Rosis Gartenzaun und angelte mich aus der Luft. Stefan, der Teufelskerl, kletterte an der Regenrinne nach unten, hüpfte zu mir in die Schaufel und schnitt mit seinem Taschenmesser das Kabel durch. So konnte Venus uns beide am Boden absetzen. Die Feuerwehr war inzwischen eingetroffen, sie holte Tanja mit der Drehleiter. Der Notarzt kümmerte sich um uns und verfrachtete uns beide ins Krankenhaus.

Die Feuerwehrler begannen, den Brand zu löschen. Wie ich später erfahren habe, vergebens. Das Holzhaus war nicht mehr zu retten und brannte bis auf die Grundmauern nieder.

Von meiner spektakulären Rettung habe ich nichts mitbekommen. Ich bin erst Stunden später auf der Station aufgewacht. Das war bestimmt besser so. Denn das Einrenken einer gebrochenen Schulter soll nicht angenehm sein, habe ich mal gehört. Auch meine anderen Verletzungen sind nicht von schlechten Eltern, aber sie werden irgendwann alle verheilen. Zu meinem großen Glück hatte ich diese Daunenweste an. Ohne sie hätte sich das Kabel noch viel tiefer in mein Fleisch geschnitten. Da hat jemand auf mich aufgepasst.

Sobald ich wach bin, frage ich nach Tanja. Ich muss nicht lange warten. Wenige Minuten später schiebt Stefan sie im Rollstuhl zur Tür herein. Frau Ilzdorfer begleitet die beiden.

Tanja hat einen Klebeverband um die gebrochene Nase und sieht mit den dunkel umrandeten Augen wie ein Preisboxer nach dem Wettkampf aus. Man hat ihr aber versichert, dass die Blutergüsse nach ein paar Tagen verschwinden würden. Wegen der leichten Gehirnerschütterung wird sie kutschiert.

Es ist ein feuchtfröhliches Wiedersehen, denn wir küssen uns – soweit es unsere Blessuren zulassen – und heulen gleichzeitig wie die Schlosshunde. Stefan natürlich ausgenommen. Auf weiteres Gesieze verzichten Katharina und ich.

Ich bedanke mich ausführlich bei Stefan und Tanja für die Lebensrettung. Ohne die beiden würde ich jetzt als verkohlte Leiche in der Asche von Rosis abgebranntem Haus liegen. Es war der absolute Wahnsinn, welche Risiken sie für mich eingegangen sind. Tanja hat mich nicht im Stich gelassen, obwohl ich sie bei Georg hingehängt hab und sie deshalb ihre Verletzungen von ihm einkassiert hat.

»Wie kann ich das jemals wiedergutmachen?«, frage ich sie tränenüberströmt.

Tanja drückt meine Hand. »Das hättest du für mich auch getan«, meint sie, und ihre Augen sind so rot geweint wie meine. »Und wir hatten Glück.«

»Ja, und einen Schutzengel, der klettern konnte.« Dabei schaue ich Stefan an.

»Schon okay«, meint der nur und blinzelt.

»Ich werde mir trotzdem ein kleines Dankeschön für dich einfallen lassen«, verspreche ich ihm und denke an einen Parcourskurs bei seinem Idol.

Nachdem ich ihn für seine akrobatische Leistung noch so lange bewundert habe, bis seine Stirn voller Falten war, lasse ich es gut sein. Stattdessen schicke ich ihn an den Krankenhauskiosk: ob er mir eine Zeitschrift bringen könne? Er stellt nicht in Frage, dass ich mit meinem eingegipsten Oberkörper kaum eine Zeitung halten kann, sondern trollt sich. Vielleicht ist er auch ganz froh, diesem emotionsgeladenen Zimmer entfliehen zu können.

Dann kann ich meine Neugierde nicht mehr zügeln. »Was ist mit deinem Mann?«, frage ich Katharina. »Hat man ihn geschnappt?«

Sie streicht ihren Rock glatt. »Ja. Die Polizei hat ihn verhaftet, als er am Münchner Flughafen einchecken wollte.«

»Gott sei Dank«, entfährt es mir, und ich lehne meinen Kopf in das Kissen zurück. »Das war's dann mit seinen Plänen vom Volksfestwirt.«

»Nicht nur das. Wir werden ihn bestimmt einige Jahre nicht mehr sehen«, sagt Tanja. »Und ich bin auch nicht scharf drauf.«

Ich ebenfalls nicht.

»Wie geht es Stefan damit?«, frage ich.

Katharina nimmt eine Strähne hinters Ohr. »Nun ja, er redet nicht darüber. Ich denke, wir müssen ihm Zeit lassen.«

Das verstehe ich.

»Und …« Ich kann mich nicht zurückhalten. Auch wenn es furchtbar aufdringlich ist, ich muss es einfach fragen. »Was sagt er zu eurer Beziehung?«

Die Frauen blicken sich an. Dann schleicht sich ein Lächeln in Katharinas Gesicht, und Tanja beginnt zu strahlen. »Er sagt, dass er es schon lange weiß.«

»Und dass es für ihn okay ist«, ergänzt Tanja.

Ich freu mich für die beiden. »Ein klasse Junge! Heißt das auch, dass ihr hierbleiben werdet?«

»Ja, warum nicht? Dann bringen wir eben ein bisschen Abwechslung nach Kirchmünster.« Katharina grinst. So glücklich und befreit habe ich sie noch nie gesehen.

»Sehr gut«, sage ich und schließe erschöpft die Augen.

Um sie gleich darauf wieder aufzureißen, da mit Schwung die Tür geöffnet wird und ein Wirbelwind ins Zimmer fährt. Isabell mit Venus im Schlepptau.

»Karin!«, ruft sie aus, drängelt sich an den anderen beiden vorbei und stürzt auf mich zu. »Mein Gott, bin ich froh, dass du lebst!« Sie schiebt den Infusionsständer beiseite, beugt sich über meinen Schultergips und die diversen anderen Verbände und busselt mich ab.

Venus ist da zurückhaltender. Er bleibt bei der Tür stehen.

Nachdem der erste Überschwang von Isabells Erleichterung vorüber ist, winke ich ihn heran.

Mein dritter Retter bahnt sich einen Weg zu meinem Bett, und ich nehme seine Hand.

»Danke, Benedikt«, sage ich, und auf einmal fehlen mir die Worte. Die Erinnerung katapultiert mich zurück und raubt mir den Atem. Ich sehe mich da oben hängen. An diesem alten Kabel. Wer weiß, wie lange es gehalten hätte?

»Passt scho«, meint er, wortkarg wie immer. Aber ich kann sehen, dass auch er gerührt ist.

»Ich werde dir das nie vergessen«, sage ich und schlucke. »Und es tut mir so wahnsinnig leid, dass ich dich verdächtigt hab. Ich weiß selbst nicht, wie ich auf den schwachsinnigen Gedanken kommen konnte, dass du dich an der Rosi gerächt hast. Verzeih mir.«

»Wieso verdächtigt?«, fragt Venus, und sein Gesicht verschließt sich. Vielleicht war es nicht klug, jetzt noch davon anzufangen. Aber nun muss ich mich erklären.

»Na, weil der Tim doch diese Haschplantage hat und du auch einen Brief von der Rosi bekommen hast.«

»Ach, der Schmarrn!« Benedikt schmunzelt. »Da kannst ganz beruhigt sein. Das Geschreibsel von der Rosi war mir wurscht. Haschplantage? Geh weiter! Der Tim experimentiert mit Futterpflanzen für unsere Viecher. Das hätt jeder Polizist auf den ersten Blick erkannt, dass das kein Marihuana ist. Mir ist schleierhaft, wie die Rosi da überhaupt drauf gekommen ist.« Er tätschelt meine Hand. »Hättst mich nur fragen müssen, dann hätt ich sie dir gezeigt.«

»Ja, das hätt ich tun sollen.« Es ist mir mehr als peinlich, dass ich ihm nicht vertraut habe. »Ich hoffe, du nimmst es mir nicht übel?« Ich wage es kaum, ihm ins Gesicht zu blicken.

»Schwamm drüber, Karin. Hauptsache, du wirst schnell wieder gesund. Und dann kommst mal bei mir vorbei, und wir rauchen eine Alfalfa zusammen.« Er amüsiert sich prächtig über seinen Vorschlag, und ich bin froh, dass er darüber lachen kann.

»Will jemand von euch wissen, wie es Max geht?«, wechselt Isabell das Thema. In diesem Moment kommt auch Stefan wieder ins Zimmer. »Ich war vorher auf seiner Station. Er ist überm Berg.« Sie freut sich, Überbringerin einer so guten Nachricht zu sein. »Allerdings«, das Leuchten auf ihrem Gesicht erlischt, »hat er ein Bein verloren. Vielleicht muss ihm auch noch das zweite abgenommen werden. Aber er hat überlebt.«

»Gott sei Dank!« Da fällt mir ein gigantischer Stein vom Herzen. Trotzdem werde ich in nächster Zeit viel damit zu tun haben, meine Schuldgefühle ihm gegenüber aufzuarbeiten. »Hast du mit Max geredet?«, frage ich meine Freundin.

Isabell schüttelt den Kopf. »Nein, er ist noch auf der Intensivstation. Da kann keiner zu ihm. Aber mit der Schwester. Die wissen hier alle, was passiert ist. Und die hat mir auch gesagt, dass er in einer kurzen Wachphase etwas gemurmelt hat.« Sie blickt mich ernst an. »Er hat gesagt: ›Vertrau dem Schönling nicht.‹«

An diesen Satz muss ich immer wieder denken, auch als meine Freunde schon lange gegangen sind. Ich liege allein in meinem dunklen Krankenhauszimmer und blicke aus dem Fenster in Richtung Karpfham, wo die Raketen das Ende des Festes verkünden.

Max hat ganz recht. Ich bin auf den schönen George hereingefallen, und das hat mir und anderen viel Schmerz bereitet. Aber so etwas wird mir nie mehr passieren!

Und am Nachthimmel verglüht der letzte Funke des Feuerwerks.

Zitate, Quellen und Wissenswertes

- Die Zeilen »Schneeglöckchen ahnen nun, was sie bedeuten. Wenn du die Augen schließt, hörst du sie läuten« entstammen dem Gedicht »März« von Erich Kästner.
- Das Lied »Der Haberfeldtreiber« ist von den Troglauer Buam.
- »Marmor, Stein und Eisen bricht« hat 1974 Drafi Deutscher gesungen.
- »Zehn nackte Friseusen« bejubelt Mickie Krause.
- Die Ansagen des Rekommendeurs der XXL habe ich den Volksfest-Checkern auf www.youtube.com/user/Volksfest-checker entnommen.
- Der Erzählband »Der Stier von Pocking« wurde von Wugg Retzer geschrieben.
- Wichtiges über Rodeo in Deutschland steht auf der Seite von www.rodeo-america.de.
- Es gibt eine Dissertation von Petra Dorfner aus dem Jahr 2014 über die »Analyse von Masskrugschlägen hinsichtlich potenziell lebensgefährlicher Verletzungen«. Danach sind interessanterweise Köpfe meist härter als Masskrüge. Nachzulesen unter www.d-nb.info/1048310817/34.
- Das veröffentliche Festprogramm habe ich der offiziellen Seite zum Karpfhamer Fest unter www.karpfhamerfest.de entnommen. Es ist Grundlage der zeitlichen Struktur meiner Geschichte.
- Wir werden alle nie erfahren, was Rosi in der Plastiktüte in ihrem Regal aufbewahrt hat.

Danke …

… meinem Verlag für das erneute Vertrauen in Karin Schneider, die temporeiche Umsetzung meines Projekts und das wunderbare Cover.

… meinem Lektor Carlos Westerkamp für das kollegiale und fruchtbare Miteinander. Wie schön, dass wir wieder zusammenarbeiten konnten!

… den Experten: Dr. med. Johannes Schwerdtner, Chefarzt der Forensischen Klinik am BKH Mainkofen; Kriminalhauptkommissar Bauernfeind, KPI Passau; Polizeikommissar M. Kainz; Rechtsanwalt Jens Fröhlich. Jeder Einzelne von ihnen hatte sehr viel Geduld mit mir. Sollte trotz der Hilfestellung der eine oder andere Widerspruch zur Realität vorhanden sein, so ist dies der dichterischen Frei- und meiner Sturheit zu verdanken.

… den Mörderischen Schwestern. Allen voran meinen Kolleginnen Anette Hinrichs, Iris Leister und Claudia Schlegl. Ein illustres Trio mit kriminalistischem Scharfsinn. Meine Welt wäre so viel kälter ohne euch!

… meiner Freundin Sandra Richter für ihren Glauben an mich und die täglichen E-Mails. Sie haben mich aufgebaut und mich über so manche Klippe getragen. Die erfolgreiche Beendigung des Buches müssen wir im Kalami bei einer Portion Mezes feiern!

… meiner Heilpraktikerin Brigitte Rohrer, die mir mit der Methode »Walking in your shoes« so manchen Fingerzeig in die richtige Richtung gegeben hat.

… meiner Buchhändlerin Petra Münichsdorfer für die professionelle Unterstützung, auch im Vorfeld.

… Keith Jarrett für die musikalische Untermalung beim Schreiben.

… meiner Familie. Trotz turbulenter Zeiten haben wir es geschafft. Das Buch ist fertig, und alle leben noch. Mein Mann Roman begab sich wieder in die Rolle des Advocatus Diaboli. Ein mutiger Akt! Meine Töchter Felicitas und Antonia ließen mir genug Freiraum, um zu schreiben. Und meine jüngste Tochter Xenia hatte wahnsinnig gute Ideen für meinen Plot, die ich postwendend eingebaut habe. Ich freue mich schon auf deine eigenen Bücher!

… allen Rosis, Hansis, Katharinas, Maxens, Tanjas, Claudias, Georgs, Benedikts, Michaels, Venus', Reitmeiers, Eckbauers und … für eure Namen. Darüber hinaus verbindet euch nichts mit dem Buch. Ich wünsche euch ein langes, glückliches Leben.

… allen Karpfhamer-Liebhabern für ihr Verständnis. Diese Geschichte ist keine Dokumentation. Ich habe sie erfunden. Genauso wie die Zelte, die weder so heißen wie im Original noch so aussehen. Oder die Bauernhäuser, die nicht dort stehen, wo ich sie hingestellt habe. Oder die Personen, die es nicht oder so nicht gibt. Auch ein Rottaler Rodeo wird bis jetzt noch nicht am Karpfhamer aufgeführt. Alles entsprang meiner blühenden Phantasie. Trotzdem hoffe ich, dass ich den Geist des Karpfhamer Fests eingefangen habe und Sie sich darüber amüsieren.

Ingrid Werner
NIEDERBAYERISCHE AFFÄREN
Broschur, 192 Seiten
ISBN 978-3-89705-846-0

»Mord und Eifersucht im Landkreis Griesbach. Ein Krimi mit Aha-Effekt.« Passauer Neue Presse

Ingrid Werner
UNGUAD
Broschur, 240 Seiten
ISBN 978-3-89705-964-1

Kirchmünster, nahe der Therme Bad Griesbach im Rottal gelegen, ist einmal mehr Schauplatz eines grausigen Todesfalles. Elvira, Pflegerin im Altenheim Sonnenhügel, ist erstickt. War es ein Unglücksfall oder doch Mord? Karin Schneider findet die Leiche und mischt sich in die Ermittlungen ein. Daneben hat sie mit der Demenz ihrer Mutter, der Untreue ihres Ehemannes und manch dubioser Vergangenheit ihrer Mitmenschen zu kämpfen. Zur entscheidenden Begegnung kommt es in den unterirdischen Gängen des Städtchens, wobei ein Luchs eine ungewöhnliche Rolle spielt.

www.emons-verlag.de